MvS

James Patterson

Wer sich umdreht oder lacht

Aus dem Amerikanischen
von Gerhard Beckmann

Marion von Schröder

Titel der amerikanischen Originalausgabe: Hide & Seek.
Originalverlag: Little, Brown, New York.
Übersetzt von Gerhard Beckmann.

Die Deutsche Bibliothek – CIP-Einheitsaufnahme

Patterson, James:
Wer sich umdreht oder lacht: Thriller / James Patterson.
Aus dem Amerikan. von Gerhard Beckmann. –
2. Aufl. Düsseldorf: Marion von Schröder, 1996
ISBN 3-547-77422-5

2. Auflage 1996
Veröffentlicht im Marion von Schröder Verlag.

Lektorat: Bettina Foulon. Gesetzt aus der Bembo und Clearface, Berthold.
Satz: Dörlemann Satz, Lemförde. Druck und Bindearbeiten: Mohndruck, Gütersloh. Printed in Germany. ISBN 3-547-77422-5.

Prolog

Versteckspiel

1

Ich kauerte unter der vorderen Veranda unseres Hauses bei West Point. Es war dort so niedrig, daß man gerade durchkriechen konnte, niedrig und eng. Ich wagte mich nicht zu rühren, hatte mein Gesicht gegen den brutal kalten, hartgefrorenen Boden gepreßt, auf dem überall totes und dorniges Gesträuch herumlag. Ich rechnete mit dem baldigen Tod. Auch für meine kleine Tochter. Mir klangen plötzlich Worte eines Lieds im Ohr, ein Song von Crosby, Stills and Nash – *»Our house ist a very, very fine house«.*

»Nicht weinen ... bitte, nicht weinen«, flüsterte ich meiner Kleinen ins Ohr.

Ich wußte keinen Ausweg, sah keine Chance mehr, von hier wegzukommen – nicht mit einem Kind auf dem Arm. Ich hatte mir eingebildet, helle zu sein, hatte alle in Frage kommenden Fluchtmöglichkeiten überdacht. *Es gab nur keine ...*

Falls Philip uns in unserem Versteck aufspüren sollte, würde er uns umbringen. Das konnte ich unmöglich geschehen lassen. Nur hatte ich keine Ahnung, wie ich ihn daran hindern könnte. Ich schob Jennie eine Hand über den Mund. »Du mußt jetzt mucksmäuschenstill bleiben, mein Schatz. Ich hab' dich lieb. Aber du mußt jetzt einfach ganz, ganz ruhig bleiben.«

Ich konnte Philip hören. Ich hörte, wie er über uns oben im Haus tobte. *In unserem Haus.* Er wütete von Stockwerk zu Stockwerk, er randalierte in den Zimmern, er schmiß die

Möbel um. Wutschäumend. Erbarmungslos. Er war völlig durchgedreht. So schlimm wie noch nie. Diesmal war es das Kokain, doch der eigentliche Grund war das Leben, das Philip nicht in den Griff bekam.

»Komm heraus, komm aus deinem Versteck, Maggie ... kommt heraus, Maggie und Jennie ... ich bin's, es ist Daddy. Ich werde euch sowieso finden«, schrie Philip immer und immer wieder, bis seine Stimme heiser war. »Komm raus, nun komm schon, Maggie ... Das Spiel ist aus.

Maggie, egal, wo du steckst, du böse, ungehorsame kleine Hexe, ich *befehle* dir, aus deinem Versteck herauszukommen!«

Ich lag zitternd unter den durchhängenden Brettern der alten Veranda. *Das durfte nicht wahr sein. Es war unvorstellbar.* Ich hielt meine Kleine, die sich vor Angst ins Höschen gemacht hatte, zärtlich an mich gedrückt. »Du darfst jetzt nicht weinen, Jennie. Bitte, bitte nicht weinen. Nicht weinen. Bist so ein tapferes Kind. Und ich hab' dich lieb.«

Jennie nickte und sah mir stumm in die Augen. Ich wünschte mir bloß eins – daß alles nichts als ein Alptraum wäre. Daß gleich alles vorbei sein würde. Es war aber kein böser Traum. Es war die harte Wirklichkeit – wie der Herzinfarkt meiner Mutter, als ich dreizehn Jahre alt und ganz allein zu Hause war. Nur noch schlimmer.

Ich konnte ihn hören, meinen Mann, *meinen Mann*, wie er durch das Haus stürmte, treppauf, treppab. Er schrie immer noch ... er brüllte jetzt bestimmt schon eine volle Stunde lang herum, ununterbrochen, hämmerte mit den Fäusten gegen die Wände. *Captain Philip Bradford. Dozent für Mathematik an der Militärakademie. Offizier und Gentleman.* Man hielt ihn für einen Gentleman, man wollte ihn dafür halten. Auch ich hatte es geglaubt.

Aus einer Stunde wurden zwei.

Dann drei, und das in dieser finsteren, eisigen Enge – es war die Hölle.
Jennie war Gott sei Dank eingeschlafen. Ich hatte sie an mich gezogen, um sie zu wärmen. Am liebsten hätte ich mich selber dem Schlaf überlassen; nicht länger gegen ihn angekämpft; aufgegeben; aber mir war klar, daß ich das auf keinen Fall tun durfte. Inzwischen mußte ein neuer Tag angebrochen sein, und die ersten Morgenstunden waren für Philip eine schlimme Zeit, da war er oft wie verhext. Wie spät mochte es sein? Drei Uhr? Oder schon vier?
Ich hörte die Haustür ins Schloß fallen. Wie ein Donnerschlag krachte es durch die Nacht. Auf der Veranda explodierten Schritte. Genau über meinem Kopf.
Jennie wachte auf. *»Psst!«* flüsterte ich. *»Psst!«*
»Maggie! Ich weiß doch, daß du hier bist. *Ich weiß es genau!* Du kannst mich nicht für blöd verkaufen. Du sitzt in der Falle.«
»Daddy ... Daddy!« rief Jennie, als ob sie sich noch in der Geborgenheit der Wiege befände – wie oft hatte sie damals nach ihm gerufen, genau so.
Da fuhr der Strahl einer Taschenlampe unter die Veranda. Ein helles, fürchterliches Licht blendete mich. Es war, als träfen Millionen Lichtsplitter meine Augen.
»*Guck – guck!* Jetzt hab' ich euch! Maggie und Jennie – da sind ja meine zwei kleinen Mädchen«, rief Philip triumphierend. Seine Stimme war so heiser und rissig, daß ich sie kaum mehr wiedererkannte. Ich hätte mir einbilden können, daß dieser wahnsinnige Kerl nicht mein Mann war. Wie konnte *der* mein Mann sein!?
Aus seiner Waffe lösten sich zwei ohrenbetäubende Schüsse. Er zielte genau auf uns. Entweder wollte er Jennie töten oder mich. Vielleicht auch uns beide.

Nur daß ich dieses Mal für Philip eine Überraschung parat hielt.
Selber guck – guck!
Ich schoß zurück.

2

Manchmal habe ich den Eindruck, einen furchtbaren, scharlachroten Buchstaben auf der Stirn zu tragen – das M für Mörderin. Ganz werde ich dieses Gefühl wohl nie mehr los, und das scheint mir ungerecht. Es *ist* ungerecht. Unfair und widerwärtig.
Die Erinnerungen sind bruchstückhaft und wirr, doch so lebhaft und schrecklich, daß sie sich mir unauslöschlich ins Bewußtsein eingeprägt haben. Sie werden mich bis an mein Ende begleiten.
Ich will Ihnen alles erzählen. Ich werde niemanden schonen, am allerwenigsten mich selbst. Ich weiß, daß Sie *alles* erfahren müssen. Ich bin mir auch darüber im klaren, daß meine Geschichte großen Nachrichtenwert hat. Ich weiß, was es heißt, Nachrichtenwert zu haben. Aber können Sie sich vorstellen, was das heißt? Können Sie sich denken, wie das ist, Gegenstand der Medien zu sein, eine gefühllose, druckschwarze Zeitungsstory, die von allen gelesen wird, über die sich alle ein Urteil anmaßen?
Von den Lokalzeitungen in Newburgh, Cornwall, Middletown wurde die erste Schießerei als schlimmste »Familientragödie« dargestellt, die sich in West Point je zugetragen hat. Ich selber erlebte sie so, als wäre sie Wildfremden zugestoßen. Nicht Jennie und mir, nicht einmal Philip, sosehr er sein Schicksal auch verdient haben mochte.

Doch nachdem bereits Zeit ins Land gezogen und die ganze Geschichte noch viel unklarer geworden war, weil ich alles abgestritten und meine persönlichen Reaktionen verdrängt hatte, zwingt mich *ein zweiter Mord*, mir West Point in seiner vollen Schaurigkeit wieder in lebendige Erinnerung zu bringen.
Da gibt es Fragen, denen ich nicht mehr ausweichen kann. Sie lassen mir keine Ruhe. Bin ich eine Mörderin?
Habe ich nicht einen, sondern meine beiden Ehemänner umgebracht?
Ich weiß es nicht mehr. *Ich weiß es nicht.* Es mag verrückt klingen, aber ich weiß es wirklich nicht.
Mir ist schrecklich kalt – manchmal scheint es so kalt wie an jenem Weihnachtsabend, als Philip den Tod fand. Ich kann nichts dagegen machen, mir bleibt nichts anderes übrig, als in dieser Gefängniszelle zu hocken, zu leiden und auf meinen Prozeß zu warten.
Ich habe mich entschlossen, alles schriftlich festzuhalten. Zur eigenen Klärung. Aber auch für Sie. Ich werde Ihnen alles ganz genau schildern.
Und wenn Sie's gelesen haben, dann ist es an Ihnen, das Urteil zu fällen. So arbeitet unser amerikanisches Rechtssystem doch, oder nicht? Eine Jury von Geschworenen, von meinesgleichen, soll das Urteil finden.
Ja, und ich vertraue Ihnen. Ich habe ein vertrauensvolles Wesen. Wahrscheinlich ist das auch der Grund, warum ich überhaupt in solch argen Schwierigkeiten stecke.

Erstes Buch

Unglückselig

1. Kapitel

Früher Winter, 1984

Noch mehr Schnee. Schon wieder Weihnachtszeit. Fast ein Jahr vorbei seit Philips Tod – oder, wie manche es sehen, seit Philips Ermordung.

Ich saß in einem rumpelnden gelben Taxi, das sich durch den Matsch der New Yorker Straßen pflügte. Ich versuchte, mich innerlich zu beruhigen, fand aber keine Ruhe. Ich hatte mir fest vorgenommen, keine Angst zu haben – und hatte *große* Angst.

Ich schaute durch die beschlagenen, nassen Scheiben des Taxis. Draußen machten sogar die Weihnachtsmänner der Heilsarmee einen trostlosen Eindruck. An so einem Tag ging doch kein Mensch, der noch bei Trost war, freiwillig auf die Straße; und von den paar Fußgängern, die dort zu sehen waren, zog zum Spenden keiner die Hand aus der Tasche. Verkehrspolizisten sahen aus wie alleingelassene Schneemänner. Auf Fensterbänken und Dächern nirgends eine Taube.

Ich musterte mein Spiegelbild in der Scheibe des Taxis. Langes, blondes Haar, ziemlich formlos und widerspenstig – trotzdem das Schönste an mir, dachte ich. Sommersprossen, die nicht einmal das dickste Make-up abdecken konnte. Die Nase ein wenig zu groß. Die braunen Augen hatten wenigstens ein bißchen von ihrem früheren Funkeln und Glanz zurückbekommen. Ein kleiner Mund mit vollen

Lippen – genau das richtige für Fellatio, wie Philip in glücklichen Tagen gefrotzelt hatte.
Beim Gedanken an Philip lief es mir kalt den Rücken hinunter. Der Gedanke an Sex machte mir immer noch angst; schlimmer: Er machte mich krank.
Seit den schrecklichen Schüssen in West Point war fast ein Jahr vergangen. Ich hatte mich – physisch und psychisch – nur langsam erholt und war keineswegs voll wiederhergestellt. Das Bein tat mir immer noch weh, und mein Verstand arbeitete keinesfalls mit der Klarheit, auf die ich mir früher einmal etwas eingebildet hatte. Ich schreckte beim leisesten Geräusch zusammen. Glaubte auf nächtlichen Straßen Gefahren zu sehen, wo überhaupt keine existierten. Und wenn ich meine Gefühle früher ziemlich unter Kontrolle hatte, so war von solcher Selbstbeherrschung nicht viel geblieben. Es kam vor, daß ich ohne jeden Grund weinte, auf das freundliche Wort eines Nachbarn voller Zorn, Freunden gegenüber mißtrauisch reagierte, vor fremden Menschen furchtsam zurückwich. In manchen Momenten haßte ich mich selbst.
Es hatte Ermittlungen gegeben, selbstverständlich. Zu einem Gerichtsverfahren gegen mich war es jedoch nicht gekommen. Wenn Jennie nicht so übel zugerichtet gewesen wäre, wenn da nur ich allein gewesen wäre, wäre ich möglicherweise schon beim erstenmal ins Gefängnis gewandert – trotz meines blutverschmierten Haares und des verwundeten Beins. Die Tatsache, daß auch meine dreijährige Tochter verletzt war, verlieh meiner Aussage, daß ich in Notwehr gehandelt hatte, eine größere Überzeugungskraft.
Es fand sich kein Staatsanwalt, der bereit gewesen wäre, mich unter Anklage zu stellen; und was die Militärakademie anging, so war man dort bloß froh, daß die Geschichte nicht an die große Glocke gehängt wurde.

Es galt als eine allgemein bekannte Tatsache: *Ein Offizier geht nicht mit Gewalt gegen seine Frau und seine Kinder vor. Frauen und Kinder existierten in West Point eigentlich gar nicht. Sie hatten dekorativ zu sein.*

Ich ergriff also die Flucht und zog nach New York, wo ich mir eine Dreizimmerwohnung nahm, im ersten Stock eines Mietshauses ohne Fahrstuhl, einem schäbigen Backsteinbau an der West Seventy-Fifth Street. Jennie kam in einer Ganztagsschule unter. Unser Leben spielte sich wieder in einem ruhigeren Rhythmus ab.

Wonach ich mich jedoch inständigst sehnte – ein Ende meiner inneren Qualen, ein neues Leben –, das blieb mir versagt.

Ich war fünfundzwanzig Jahre alt und trug das Kainsmal auf der Stirn. Es war nicht zu leugnen, daß ich einem anderen Menschen das Leben genommen hatte; selbst wenn es aus Notwehr geschehen war.

Ohne Mumm kein Ruhm, feuerte ich mich an; an diesem Tag würde ich wirklich nur mit Mumm weiterkommen. Ich jagte einem Traum nach, den ich nun schon über ein Jahrzehnt lang hegte und an dem ich mich festhielt.

Vielleicht würde heute ja mein neues Leben beginnen. Aber tat ich jetzt auch das Richtige? War ich auf alles vorbereitet? Oder beging ich statt dessen einen entsetzlichen Fehler?

Ich umklammerte das Köfferchen auf meinem Schoß, in dem sich die Noten für die vielen Lieder befanden, die ich während des vergangenen Jahres komponiert hatte. In Liedern – in Text und Melodie – hatte ich meiner Qual und meinen Hoffnungen auf eine Zukunft Ausdruck verliehen. Gedichtet und komponiert hatte ich seit meinem elften oder zwölften Lebensjahr. Meistens nur für mich allein, im Kopf, manchmal auch auf Papier. Diese Lieder waren das einzig Liebenswerte an mir, das einzige auch, auf das ich mich wirklich verstand.

Ob es gute Lieder waren? Mir gefielen sie gut; doch waren Jennie und ein Eichhörnchen namens Smooch außer mir die einzigen Lebewesen auf Erden, die sie gehört hatten; und weil ich nun einmal stark auf Lob und Anerkennung von außen angewiesen war, wußte ich, daß ich mich lieber nicht auf die Meinung eines vierjährigen Mädchens und seines Eichhörnchens verlassen sollte.

Bald würde mir jedoch ein neuer Zuhörer lauschen. Ich war zu Barry Kahn unterwegs, um bei ihm vorzusingen, bei *dem* Barry Kahn, dem Sänger und Komponisten, der vor zehn Jahren ganz Amerika in seinen Bann gezogen hatte und inzwischen einer der bedeutendsten Schallplattenproduzenten der Welt war.

Barry Kahn wollte sich meine Songs anhören.

Das hatte er jedenfalls geschrieben.

2. Kapitel

Ich war vor Schreck wie versteinert.

Und dann wurde es noch schlimmer.

»Sie kommen zu spät«, sagte er. Das waren seine ersten Worte. »Ich habe einen sehr engen Terminplan.«

»Es war der Schnee«, sagte ich. »Es hat endlos gedauert, bis ich ein Taxi fand, und dann ist das Taxi auch noch pausenlos geschlittert. Ich bin echt nervös geworden und habe den Taxifahrer aufgefordert, schneller zu fahren, aber daraufhin ist er nur noch langsamer gefahren und –«

O mein Gott, dachte ich plötzlich, *du hörst dich ja wie ein Wellensittich an. Reiß dich zusammen, Polly. Sofort!*

Er blieb ungerührt. Wie ein richtiger Mistkerl kam er mir vor. »Sie hätten eben zeitiger losfahren müssen. Ich habe einen vollen Tag. Ich muß immer alles im voraus planen. Das sollten Sie auch lernen. Hätten Sie gern einen Kaffee?« Diese Frage, diese unerwartete Geste der Höflichkeit, überrumpelte mich völlig. »Ja bitte.«

Er rief seine Sekretärin. »Zucker und Sahne?« Ich nickte. Die Sekretärin betrat das Zimmer. »Einen Kaffee für Miss Bradford, Lynn. Mit allem. Ein Hefegebäck?« Ich schüttelte den Kopf. »Für mich nichts«, sagte er – sagte es mit jener rauhen Stimme, die seinem Gesang ihren unverwechselbaren Flair verlieh.

Er entließ Lynn mit einer Handbewegung und nahm hinter seinem Schreibtisch Platz, mit geschlossenen Augen, als ob er eine Ewigkeit Zeit hätte. *Was ist das bloß für ein Mensch,* dachte ich.

Ich schätzte ihn auf Anfang Vierzig. Er hatte braunes Haar mit fliehendem Haaransatz, eine längliche Nase, einen schmalen Mund und auf dem Kinn einen Hauch von Stoppelbart. Ein unscheinbares, freundliches Gesicht. Seine Fans, die ihn »sexy« finden, sprechen damit auf seine Seele, nicht auf seine äußere Erscheinung an. Doch die Falten in seinem Gesicht zeugten von Anstrengung und Kampf, seine Ruhe von innerem Frieden. Er war damals, bei unserem ersten Zusammentreffen, lässig gekleidet, trug graue Flanellhosen und ein offenes, blaues Hemd, allem Anschein nach zwar teuer, aber sorglos getragen. Barry Kahn *schien* ziemlich nett und harmlos.

Unverheiratet, folgerte ich, und alleinstehend. Nicht, daß er mich in dieser Hinsicht interessiert hätte; es fiel mir nur auf. Ich habe einen Blick für Details. Mir fallen laufend Dinge auf, besonders an Menschen.

Lynn kam mit einer Tasse Kaffee zurück, den ich von ihr

entgegennahm und über mein Handgelenk verschüttete. Ich selber benahm mich keineswegs sehr entspannt, sondern im Grunde saublöd. So kam ich mir jedenfalls vor.
Versteinert! Wie Holz – das sich nie mehr bewegt.
Barry erhob sich, um mir seine Hilfe anzubieten, doch ich winkte ab. »Ist schon gut.« Ich habe mich voll im Griff. Ich bleibe ganz cool. Nun schlag dir doch das Kainsmal aus dem Sinn!
Barry nahm wieder Platz. »Aufs Briefschreiben verstehen Sie sich jedenfalls.« Ich *vermute*, das sollte ein Kompliment sein.
Als meine Genesung im Krankenhaus Fortschritte machte und ich einen Song nach dem andern schrieb, da wollte ich ihm eigentlich nur einen Brief schicken, ich wollte ihm nur sagen, wie sehr ich ihn bewunderte und mir wünschte, daß ich eines Tages bei ihm vorsingen dürfte. Ein Brief führte dann aber zum andern, und als es April geworden war, schrieb ich ihm fast einmal wöchentlich – Briefe, die mir aus dem Innersten sprachen und an einen mir völlig fremden Menschen gerichtet waren.
Komisch. Ich weiß. Aber so war's. Und sie ließen sich auch nicht mehr zurücknehmen.
Er hat keinen einzigen Brief beantwortet. Ich war nicht einmal sicher, daß er sie überhaupt las. Ich wußte nur, daß er sie nicht ungeöffnet zurückschickte. Aber ich schrieb ihm weiterhin. Denn diese Briefe hielten mich über Wasser, weil ich auf diese Weise mit jemand sprechen konnte. Auch wenn von ihm nie Antwort kam.
Ich glaube, diese Briefe haben mir irgendwie geholfen, gesund zu werden. Ich wurde langsam stärker, gewann den Glauben, daß ich eines Tages wieder wohlauf und in Ordnung sein würde. Daß Jennie okay sein würde, wußte ich, zumindest soweit das möglich ist, wenn man im Alter

von drei Jahren im eigenen Elternhaus Furchtbares erlebt hat.
Meine Schwestern kamen aus dem Norden von New York angereist, um sich abwechselnd um Jennie zu kümmern. Das Krankenhaus gab die Erlaubnis, daß Jennie mich besuchte, wann immer meine Schwestern es ermöglichen konnten, sie zu begleiten. Jennie war von meinem Rollstuhl und elektrischen Bett fasziniert. Und es gelang ihr jedesmal, mich in Hochstimmung zu versetzen, wenn sie mich umarmte und bat: »Sing mir ein Lied, Mommy. Nein. Mach ein neues Lied und sing's mir vor.«
Ich habe Jennie oft vorgesungen. Ich habe für uns beide gesungen. Ich schrieb Tag für Tag ein neues Lied.
Und dann geschah etwas Erstaunliches. Ein Wunder. Im West Point Hospital traf ein Brief für mich ein.

Liebe Maggie,
okay, okay, Sie bekommen Ihren Willen. Ich verstehe gar nicht, warum ich Ihnen überhaupt antworte. Vermutlich bin ich leicht zu gewinnen, obwohl ich mir das nicht gern eingestehe. Wenn Sie es aber nicht weitersagen, wird es zwischen uns beiden immer so sein.
Ihre Briefe haben mich gerührt. Ich bekomme viel Post, das meiste wirft meine Sekretärin weg, ohne es mir überhaupt zu zeigen. Und die Briefe, die sie mir zeigt, die werfe ich dann weg.
Aber mit Ihnen ist das etwas anderes. Sie erinnern mich daran, daß dort draußen richtige Menschen leben und nicht bloß Schmeichler und Schleimer, die nichts als Zutritt zu meinem Studio wollen. Ich habe sogar das Gefühl, Sie ein wenig kennengelernt zu haben, und das ist ein großes Lob für Ihre Briefe.
Von den Texten, die Sie mir geschickt haben, hat mich

manches beeindruckt. Amateurzeug – Sie brauchen Ausbildung im Texten von Liedern –, aber trotzdem wirkungsvoll, weil Sie etwas zu sagen haben. Das heißt allerdings nicht, daß (a) die Ausbildung Ihnen zwangsläufig nutzen muß oder (b) Sie mit Komponieren Ihren Lebensunterhalt verdienen könnten, aber sei's drum: Ich gebe Ihnen die halbe Stunde meiner Zeit, um die Sie gebeten haben, um »ein für allemal herauszufinden, ob ich nun Talent zum Liederschreiben habe oder nicht«.
Rufen Sie nach Ihrer Entlassung aus dem Krankenhaus meine Sekretärin Lynn Needham wegen eines Termins an. In der Zwischenzeit sollten Sie mir aber, bitte, keine Briefe mehr schreiben. Sie haben mir schon genug Zeit geraubt. Lassen Sie das Briefeschreiben – schreiben Sie statt dessen mehr Lieder!

3. Kapitel

Er hatte den Brief mit »Barry« unterschrieben, und nun war ich da, und er schaute mich an, und ich kam mir völlig fehl am Platz vor, kam mir vor wie einer dieser Schleimer, über die er sich beklagt hatte. Doch war ich bestimmt nicht herausgeputzt hergekommen – das war nicht meine Art. Ich trug eine schlichte Bluse, eine rosa Weste, einen langen schwarzen Rock und Schuhe mit flachen Absätzen.
Endlich war ich da. Und ich war entschlossen, die Gelegenheit zu nutzen.
Ich gab mir große Mühe, keine negativen Gedanken zu denken ... aber jemand wie ich bekommt Gelegenheiten wie diese in der Regel nicht. Das ist einfach so.

»Tragen Sie Ihre Lieder auch vor, oder schreiben Sie sie bloß?« fragte er.
»Ich singe auch. Zumindest hoffe ich, daß Sie es Singen nennen würden.« *Hör auf, dich kleinzumachen, Maggie. Du hast überhaupt keinen Grund, dich für irgend etwas zu entschuldigen.*
»Schon einmal professionell aufgetreten?«
»Ich bin manchmal als Ersatz eingesprungen in Clubs in der Umgebung von West Point, Newburgh. Mein Mann hat es aber nicht gemocht, wenn ich so etwas tat.«
»Er hat wohl vieles nicht gemocht, wie?«
»Er hat gemeint, daß ich mich damit bloßstelle. Konnte es nicht ertragen, wenn mich andere Männer ansahen.« *Deshalb habe ich auf ihn geschossen – dreimal.*
»Sie wären aber bereit, es jetzt zu versuchen? In der Öffentlichkeit zu singen? Wären Sie dazu imstande?«
Bei der Vorstellung begann mein Herz ganz wild zu klopfen. »Ja, das wäre ich.« Es schien mir die richtige Antwort zu sein.
»Gut geantwortet.« Er zeigte auf einen wunderschönen, glänzend schwarzen Steinway am anderen Ende seines Büros. »Aber die erste Probe ist privat. Haben Sie etwas mitgebracht?«
Ich nahm meine Aktentasche. »Jede Menge. Was würden Sie gern hören? Balladen? Blues?«
Er zuckte zusammen. »Nein, Maggie. Nur *ein* Lied. Es handelt sich hier um eine Anhörprobe. Nicht um einen Auftritt.«
Nur *ein* Lied? dachte ich und wurde mutlos.
Ich wußte nicht, welches Lied ich wählen sollte. *Ein* Lied nur? Ich hatte mindestens ein Dutzend Noten mitgebracht und war auf einmal ganz nervös und durcheinander – wie wenn ich nackt vor ihm dastünde.
Nun mach schon. Er ist auch bloß ein Mensch. Er verhält sich

bloß nicht wie einer. Diese Lieder hast du doch schon tausendmal gesungen.
»Fangen Sie an«, sagte er mit einem Blick auf die Armbanduhr. »*Bitte*, Maggie.«
Ich holte einmal tief Luft und setzte mich an den Flügel. Ich bin ziemlich groß, was mich etwas verlegen macht, deswegen sitze ich lieber. Ich konnte vom Klavierstuhl aus dem Fenster und das stumme Gewirr des Broadways sehen.
Versteinertes Holz.
Okay, redete ich mir zu. *Du hast es geschafft. Du bist tatsächlich hier, um bei Barry Kahn vorzusingen. Und jetzt werf ihn um. Du ... kannst ... ihn ... überzeugen.*
»Dieses Lied heißt ›Frau im Mond‹. Es handelt von einer Frau, die nachts Büros saubermacht, in einer Kleinstadt. Davon, wie sie bei ihrer Arbeit aus einem ganz bestimmten Fenster immer den Mond sieht. Und wovon sie die ganze Nacht über träumt, während sie putzt.«
Ich schaute zu Barry Kahn hinüber. *Herrgott noch einmal, ich befand mich tatsächlich in seinem Büro. Ich war die Frau im Mond.*
Er hatte sich im Sessel zurückgelehnt – die Füße auf der untersten Schublade seines Schreibtisches, die Hände zusammengelegt, die Augen geschlossen. Er sagte kein Wort.
Im musikalischen Sinne glich »Frau im Mond« Barrys »Light of Our Times«. Ich begann zu spielen, zu singen, mit einer leisen, unsicheren Stimme, die mir plötzlich langweilig und gewöhnlich vorkam. Mir war während des Singens, wie wenn ich Barry verlöre.
Ich endete. Schweigen. Schließlich wagte ich, den Blick auf ihn zu richten. Er saß in unveränderter Position da, hatte sich überhaupt nicht bewegt. »Danke«, sagte er zu guter Letzt.
Ich wartete. Von Barry Kahn kam aber nichts mehr.
Ich legte die Noten in die Aktentasche zurück. »Irgend-

welche Kritik?« fragte ich, fürchtete mich vor seiner Antwort, wollte aber unbedingt mehr von ihm hören als dieses »Danke«.

Er zuckte die Schultern. »Wie kann ich am eigenen Kind Kritik äußern? Das war *meine* Musik«, sagte er, »und nicht Ihre. Meine Stimme, imitiert von Ihrer Stimme. Das interessiert mich nicht.«

Ich spürte, wie mir eine tiefe Röte ins Gesicht stieg. Ich kam mir gedemütigt vor, empfand aber auch Wut. »Ich hatte gedacht, daß es Sie vielleicht freuen würde. Ich habe es nämlich Ihnen zu Ehren komponiert.« Ich wollte schon aus dem Raum stürzen, zwang mich jedoch zu bleiben.

»Na schön. In Ordnung. Ich fühle mich geehrt. Aber ich war davon ausgegangen, Sie seien hier, um mir *Ihre* Lieder vorzutragen. Wenn ich ein Echo meiner eigenen Stimme hören will, sing' ich in einem U-Bahn-Tunnel. Klingen alle Ihre Lieder wie Lieder von mir?«

Nein, verdammt noch mal. Sie sind ganz und gar nicht wie die Lieder von anderen Menschen!

»Sie meinen, ob ich etwas Originelleres komponiert habe?«

»Ich bin immer auf der Suche nach Originalität. Mit Originalität ist ein erster Anfang gemacht.«

Ich begann, meine Noten durchzublättern. Meine Finger fühlten sich ungelenk und unsicher an. In meinem Kopf stapfte eine große Marschkapelle daher. »Würden Sie sich noch ein Lied von mir anhören? Nur ein einziges?«

Er stand auf. Er schüttelte den Kopf, wollte verhindern, daß ich weitermachte. »Also wirklich, Maggie. Ich glaube nicht –«

»Ich habe so ein Lied. Viele solcher Lieder. Eigene, die nicht von Ihnen sind.« Ich hatte mir ganz fest vorgenommen, mich nicht in Verlegenheit bringen zu lassen!

Er seufzte. Er hatte mich bereits aufgegeben. »Weil Sie nun schon einmal da sind … *ein* Lied noch. Ein *Lied*, Maggie.«

Ich nahm die Noten von »Cornflower Blue« heraus. Es erinnerte ein ganz klein wenig an einen alten Hit von Carol King. War also vielleicht wieder nicht eigenständig genug. *Zu preziös. Zu konstruiert. Wieder Mist.* Das Geräusch in meinem Kopf war zu einem lauten Donnern geworden, das sich wie ein einfahrender Zug im U-Bahnhof anhörte. Mir war, wie wenn ich im nächsten Augenblick unter die Räder käme.

Ich stopfte »Cornflower Blue« wieder in die Aktentasche und holte ein anderes Blatt heraus – »Loss of Grace«. Jawohl. Das war eine bessere Wahl. Ich hatte es erst kürzlich komponiert, nach meiner Ankunft in New York.

Nur ein einziges Lied.

Ich spürte Barry Kahns Blicke auf mir ruhen, konnte seine wachsende Unruhe fühlen. Es war heiß im Zimmer. Ich schaute nicht zu ihm hinüber. Konzentrierte mich ganz auf die Noten für »Loss of Grace«.

Das Lied handelte von meiner Ehe mit Philip. Es war zutiefst persönlich. Die anfängliche Ekstase, die Liebe, die ich empfunden hatte oder für ihn zu empfinden glaubte. Dann der immer größere Schrecken. Der Schrecken über jenen ersten Verlust der Gnade ... über den endlosen Fall, den ich nicht aufzuhalten vermochte.

Nur ein einziges Lied.

Ich setzte mich an den Flügel, holte einmal ganz tief Luft und begann zu spielen.

Ich sang zunächst ganz leise, dann aber mit steigender Leidenschaft, als ich von dem Lied ergriffen wurde und mich an all das erinnerte, was dieses Lied inspiriert hatte. *An Philip, Jennie, mich, unser Haus außerhalb von West Point.*

Ich spürte, daß sich die Atmosphäre im Raum veränderte, empfand ein Gefühl der Verwandtschaft, des Verständnisses, nach dem ich mich in meinen Briefen gesehnt hatte, ein

Band zwischen mir und dem Mann, der da schweigend am anderen Ende des Raums saß.
Ich hörte auf und wartete, endlos, wie mir schien, auf ein Wort von ihm. Schließlich drehte ich mich zu ihm um. Seine Augen waren geschlossen. Es machte den Eindruck, als litte er unter Kopfschmerzen, Barry Kahn machte die Augen auf.
»Sie sollten ›Heim‹ nicht auf ›mein‹ reimen«, sagte er. »Es ist ein falscher Reim, und wenn Sie damit vielleicht in einem Country-Song durchkommen, wirkt es störend, wenn Sie etwas Ernstes rüberbringen wollen.«
Ich begann zu weinen. Ich kam einfach nicht dagegen an. Und dabei gab es nichts, was mir ungelegener hätte kommen können. Ich war unendlich wütend auf mich.
»Hey«, sagte er, doch ich hatte meine Papiere bereits in die Aktentasche verstaut und stürzte auf die Tür zu. Ich bin fast gerannt. *Ich werde aber nicht rennen.*
»Hey«, sagte er noch einmal. »Hören Sie auf zu weinen. Moment mal.«
Ich drehte mich um. »Es tut mir leid, daß ich soviel von Ihrer kostbaren, so wertvollen Zeit beansprucht habe. Aber wenn Ihnen nicht mehr einfällt, als über einen lausigen Reim zu reden, nachdem ich mir die Seele aus dem Leib gesungen habe, dann kann es zwischen uns beiden keine Zusammenarbeit geben. Und seien Sie unbesorgt: Ich werde Sie nie wieder belästigen.«
Ich stürmte durch die Tür an einer überraschten Lynn Needham vorbei, und fuhr mit dem Pseudo-Jugendstil-Lift nach unten zur Eingangshalle. *Ich pfeife auf Barry Kahn.*
Ich war stark genug, um damit fertig zu werden – ich mußte es sein. Ich hatte für meine kleine Tochter zu sorgen; von mir selbst gar nicht zu reden. Und aus dem Grund hatte ich vom West Point Hospital außer Barry Kahn noch ein halbes

Dutzend anderer Musikfirmen angeschrieben. Bei einer von denen würde ich morgen vorsprechen. Tags darauf bei der nächsten. Und danach, falls es notwendig werden sollte, bei einer weiteren.

Irgendwem würde meine Musik schon gefallen. Meine Lieder waren viel zu gut. Sie waren zu *echt und wahr*, da mußte sich einfach jemand finden lassen, der zuhörte und den sie berührten.

Ihr Pech, Barry Kahn, Mr. Groß-Macker. Mr. Meine-Zeit-ist-ja-so-kostbar.

Sie haben Maggie Bradford verloren!

4. Kapitel

Kennen Sie das Bedürfnis, ganz laut zu sagen, nein, es aus sich herauszuschreien: *Hey, ich bin ein kluger Mensch. Ich bin okay. Ich habe Talent?*

Genau die Worte habe ich auf dem Times Square herausgeschrien. Es hat nicht mal wer bemerkt. Ich habe zu den verrückten Hühnern dort gepaßt.

Ich bin ein paar Stunden durch die Gegend gelaufen und habe nicht einmal gesehen, daß es zu schneien begann; dann habe ich Jennie von der Ganztagsschule abgeholt. Ich bin mir total unnütz und unbrauchbar vorgekommen und habe nur gehofft, daß man es mir nicht ansah. *Jesses, was für ein Tag!*

»Wir haben Grund zu feiern«, sagte ich. »Morgen fangen die Weihnachtsferien an. Gib deiner Lieblingsmommy einen dicken Kuß, und dann gehen wir in irgend so ein schikkes New Yorker Restaurant aus essen. Nur wir zwei beide. Wo würdest du denn gern essen gehen? Im Lutèce? Bei Windows on the World? Im Rumpelmayer?«

Jennie dachte angestrengt über das Angebot nach, legte die Stirn in Falten, zog das Kinn an, so wie eben immer, wenn sie eine wichtige Entscheidung zu treffen hatte. »Wie wär's mit McDonald's? Und anschließend könnten wir ins Kino gehen?«

»Dann also auf einen Viertelpfünder!« Ich lachte und nahm sie an der Hand. »Mein liebes Häschen, du bist überhaupt das einzige auf der Welt, worauf es mir ankommt. Und du magst meine Lieder.«

»Ich *liebe* deine Songs, Mommy!«

Und so begannen wir aufeinander loszuquasseln wie immer. Wir waren die »besten, die liebsten Freundinnen«, »die großen Motormünder«, »das komische Pärchen«. Wir beide würden »nie einsam und allein sein, weil wir doch immer uns hatten«.

»Wie ist dein Tag gewesen, mein Schatz? Mann, braucht man vielleicht Nerven, wenn man in New York durchkommen will. Nur gut, daß wir starke Nerven haben.«

»Heute war's in der Schule lustig. Ich hab' eine neue Freundin. Julie Goodyear heißt sie, und die ist vielleicht spaßig! Und Mrs. Crolius hat gesagt, daß ich ein kluges Kind wäre.«

»Du *bist* ein intelligentes Mädchen. Und hübsch dazu, und obendrein auch noch ein feiner Kerl. Aber schrecklich klein bist du trotzdem.«

»Ich werde aber mal größer sein als du. Glaubst du nicht auch?«

»Doch, ich glaube schon. Ich glaube, du wirst sogar noch zwei Meter zehn.«

Und so weiter, und so fort.

Die Motormünder.

Beste Freundinnen.

Im Grunde kamen wir gar nicht so schlecht zurecht. Wir

gewöhnten uns langsam an New York und vergaßen Philip, so weit das eben möglich war.
Zum Teufel mit Barry Kahn.
Du hast dir selber alles verpatzt!

Als ich mit Jennie nach Hause kam, war es dunkel geworden und mein Stolz und Trotz längst verflogen. Als ich das schäbige rötlichbraune Gebäude betrachtete, packte mich tiefe Niedergeschlagenheit.
Mist. Mist. Mist. Da werden wir wohl noch ein bißchen länger hier wohnen bleiben müssen. Vielleicht bis ans Ende unserer Tage.
Ich öffnete die Haustür. Der Eingang gähnte mir finster entgegen. Wie immer. Typisch New York.
Der Flur und der Treppenaufgang zum ersten Stock waren ohne Licht.
Da war bloß ein Schimmer, der von der Straßenlaterne vorm Haus durchs Fenster der ersten Etage fiel.
»Wie unheimlich«, flüsterte Jennie. »Zum Fürchten und spukig.«
»Nein«, sagte ich. »Das ist überhaupt nicht spukig. Das ist bloß der Spaß, den man hat mit einem Treppenhaus ohne Licht.«
Ich blieb stehen. In mir krampfte sich plötzlich alles zusammen. Ich schob Jennie zurück, hinter mich, um sie zu schützen.
Im Dunkel dort auf dem Treppenabsatz – da war doch jemand. Eine schweigende, reglose Gestalt. Groß. Und kräftig gebaut.
Das gefiel mir gar nicht. Das *war* tatsächlich spukig und zum Fürchten.
Ich bewegte mich vorsichtig auf die Gestalt zu. »Hallo, wer sind Sie? *Hallo dort!*« rief ich, und plötzlich fielen mir wieder

alle Horrorgeschichten ein, die ich über New York gehört hatte – und die schrecklichen Erfahrungen, die ich erst vor kurzem in West Point gemacht hatte.
Die Gestalt schien etwas auf dem Kopf zu haben. Einen ungewöhnlichen Zylinder? Es war etwas verdammt Komisches. Philip! Ich dachte das Unvorstellbare, obwohl ich doch wußte: Es konnte nicht sein. Aber die Erinnerung kam unwillkürlich.
Es hatte Philip immer einen Heidenspaß gemacht, mir Angst einzujagen. Er hatte sich hinter Büschen oder Schranktüren versteckt, um mich aus dem Hinterhalt anzuspringen, weil er genau wußte, daß er mir angst machen konnte – und er fand das komisch. Einmal hatte er an Halloween einen indianischen Kopfschmuck aufgesetzt und mit einem Tomahawk Jagd auf mich gemacht. Das war das Schlimmste gewesen. Natürlich, am Ende war ich auf ihn losgegangen, mit der Waffe in der Hand, ich hatte geschossen ... geschossen ... geschossen.
Philip war tot, wie ich mir eindringlich klarmachte, und so etwas wie Geister oder Gespenster gab es nicht. Auch nicht in New York.
Ich schlich mich näher heran. Der Schatten regte sich noch immer nicht, obwohl ich fast den Treppenabsatz erreicht hatte. »Hallo!« rief ich erneut. »Das ist überhaupt nicht komisch. Bitte sagen Sie doch was. Sagen Sie wenigstens hallo.«
Das Geräusch unserer schleichenden Schritte auf der Treppe rief Erinnerungen an Philip wach – an seine leisen Schritte, als er sich angeschlichen hatte. Ich reagierte schon fast hysterisch, spürte Urängste und mußte mich zwingen, bis zum Treppenaufsatz weiterzugehen.
»Wer ist das, Mommy?« flüsterte Jennie dicht hinter mir. Meine Angst hatte sie angesteckt.

Nicht schon wieder, dachte ich. Ein zweites Mal wirst du uns nichts antun. Kommt gar nicht in Frage!
Ich stürzte auf den bedrohlichen Schatten los und versetzte ihm einen Schlag mit meiner schweren Aktentasche. Volltreffer!
Er ging zu Boden. Ohne sich auch nur zu wehren. Da merkte ich erst, was ich angerichtet hatte.
»O mein Gott! Das ist ja nicht zu fassen!« Ich begann zu lachen, obwohl trotz aller plötzlichen Erleichterung ein klammes Gefühl zurückblieb. »Mann, o Mann!«
Jennie nahm die letzten paar Treppenstufen mit schallendem Gelächter im Sturm. »Philip« war ein Riesenkorb mit langstieligen Rosen. Sie hatten bestimmt ein paar hundert Dollar gekostet.
Ich öffnete das beiliegende Kuvert und las:

An Maggie Bradford.
Glückwunsch zum ersten Tag der wiedergewonnenen Gnade. Wenn Sie den Job wirklich wollen, müssen Sie verrückt sein – aber Sie haben ihn. Meine »kostbare Zeit« ist mir heute mit Ihnen wie im Fluge vergangen. Das dürfen Sie mir glauben.

Barry

Irgendwie eine komische Geschichte, aus damaliger Sicht sozusagen ein Happy-End. Doch während ich diese Zeilen niederschreibe, stellt sich mir, aus heutiger Perspektive, eine Frage, in deren Licht die Sache ganz und gar nicht mehr lustig erscheint. Jedenfalls nicht für mich.
Warum ist mein erster Impuls in gefährlichen Situationen immer das Tötenwollen?
Ist es wirklich wahr, daß ich nicht nur einen, sondern zwei Morde begangen habe?

Viele Leute sind dieser Meinung. Und einer von ihnen ist zufälligerweise der Staatsanwalt für den Süd-District von New York.
Zuerst Philip Bradford.
Und dann – Will.

5. Kapitel

San Diego, Kalifornien, Juli 1967

Der sechsjährige Will Shepherd träumte von Indianern. Wild und erbarmungslos stürmten sie auf ihn ein, auf wiehernden, sich aufbäumenden Pferden, mit Pfeilen, die so lang waren wie Speere und ihm genau aufs Herz zielten. Er liebte solche Aufregungen. Er liebte diesen Film, der in seinem Kopf abspulte. Er liebte Gefahren.
Da hörte er einen Klatscher ins Wasser!
Aber das ergab doch keinen Sinn. Will öffnete die Augen, machte sie sofort wieder zu, schlief wieder ein.
Und wieder Cowboys und Indianer.
Keine weiteren Platscher. Auf jeden Fall nicht in seinem Film.
Um Viertel vor acht wachte Will auf. Er zog sich ganz leise an, um seinen Bruder Palmer nicht zu stören, der noch immer schlief, und lief durch das stille Haus nach unten.
In der Küche verschlang er Grapefruitgelee, Erdnußbutter, Milch und einen halben Laib Brot. Frühstück allein. Wer brauchte schon eine Mutter? Brauchte man überhaupt wen?
Will sah sein eigenes Gesicht und wild ungekämmtes blondes Haar, das ihm aus dem blitzblanken Toaster entgegen-

blickte. Er mußte es doch zugeben. Daß ihm seine Mutter fehlte. Daß er sie schrecklich vermißte. Er vermißte sie, weil sie ihm keine Erdnußbutterbrote mit Gelee mehr machte. Sie war nach Los Angeles gezogen. Seither hatte er die entsetzlichen Auseinandersetzungen, die es zwischen ihr und seinem Vater gegeben hatte, nicht mehr auszuhalten, doch wäre ihm der ganze Ehekrach in diesem Moment lieber gewesen als diese unheimliche Stille. Manchmal fehlte Mom ihm und Palmer so arg, daß sie beide aus völlig unverständlichen Anlässen weinten. Meistens haßte er sie aber. Meistens, aber heute nicht.

Das Aufklatschen – war es vom Swimmingpool her gekommen?

Plötzlich fiel es Will wieder ein. Er nahm Teller und Glas, stellte beides in die Spüle und lief durch die Schiebetür in den lieblichen Sonnenschein nach draußen, wo die Spatzen zwitscherten.

Er sauste um das Haus herum und lief bis zum Rand des Schwimmbeckens – wo er so abrupt stehenblieb, daß er beinah über die eigenen Füße in den Tennisschuhen gestolpert wäre.

Und begann zu schreien. Er schrie, er kreischte dermaßen schrill, daß er seinen kleinen Bruder aufweckte, dessen Gesicht am Fenster im ersten Stock auftauchte.

Will schrie mit solcher Verzweiflung, daß die Nachbarn herbeistürzten und ihm zu Hilfe kamen. Sie nahmen ihn in die Arme und hielten ihn fest; sie gaben sich alle Mühe, ihn vor dem zu bewahren, was er doch ohnehin schon gesehen hatte und in seinem Leben nie mehr würde vergessen können: seinen Vater, der auf der flimmernden Wasseroberfläche des Schwimmbeckens trieb – der Vater, im rotkarierten Bademantel und den beigen Hosen. Auf dem einen Fuß steckte der gelbe Hausschuh; der andere Haus-

schuh schwamm wie ein lilienweißer Bausch frei auf dem Wasser.
Der Vater starrte ihn aus weit aufgerissenen Augen an. *Deine Schuld*, so schienen ihm diese Augen zuzurufen. *Böser Junge. Es ist deine Schuld, Will.*
Du weißt ja selbst, was du angestellt hast.
Du weißt schon, was du getan hast.
Um 5.52 Uhr war Anthony Shepherd mit der Absicht aus dem Haus gegangen, sich im Swimmingpool seines Gartens zu ertränken.
Und was immer Will Shepherd an Bewahrenswertem in sich gehabt hatte, es war offenbar mit seinem Vater zusammen ertrunken.

Wenige Tage nach dem Selbstmord des Vaters erlebten Will und Palmer ihren letzten Nachmittag in Kalifornien, den sie damit verbrachten, gerade so viel von ihren Kleidungsstücken und Spielzeugen auszusuchen, daß es jeweils zwei Koffer füllte. Mehr war nicht erlaubt.
Die Mutter hatte sich geweigert, die beiden zu sich zu nehmen. Den Grund für ihre Ablehnung hatten Will und Palmer nicht erfahren. Die dumme Nutte, dachte Will – und benutzte dieselben bösen Ausdrücke, die sein Vater ihr vor der Trennung an den Kopf geworfen hatte. Nach seinem Selbstmord waren die beiden Jungen bei ihrer Kinderfrau geblieben, die sie aber auch nicht für immer aufnehmen wollte; und nun war ihnen mitgeteilt worden, daß sie nach England reisen sollten – zu Menschen, die sie gern bei sich willkommen heißen würden. Bei den Tanten Eleanor und Vannie, denen sie noch nie begegnet waren und die darauf bestanden, daß jeder nur mit zwei Koffern zu ihnen kam, sollte für sie ein neues Leben beginnen.
Verwirrt und mit versteinerter Miene saßen die beiden

blonden Jungen, die einander verblüffend ähnlich sahen, auf dem lauten und chaotischen Flughafen in Los Angeles und warteten mit einem der wenigen Freunde ihres Vaters auf ihren Abflug. Dr. Engles erzählte ihnen von London, von der albernen Königin und dem albernen Wachtwechsel vor dem Buckinghampalast – genau so, wie sie es in den Gedichten gehört hatten, die die Mutter Will vor ihrem Auszug immer vorgelesen hatte. Doch Will hörte kaum zu. Vor seinem inneren Auge sah er den Vater im Swimmingpool treiben, tot, und von einem Niemandsland her herüberstarren.

»Ladies and Gentlemen«, ertönte die Ankündigung über Lautsprecher, *»we are now ready to board Pan American flight 411 to New York and London.«*

Dr. Engles streckte Will zum Abschied die Hand entgegen. »Nun?«

Will biß mit aller Kraft zu, bis die Hand blutete.

»Verflucht noch mal!« schimpfte Dr. Engles und versetzte Will mit der freien Hand eine saftige Ohrfeige. »Du kleines Biest! Du Scheusal.«

Will öffnete den Mund. Die Vorderzähne waren rot. »Ich will nicht nach England«, heulte er los. »Können wir denn nicht hier bleiben?«

Bitte, Daddy.

Bitte, Mommy.

Bitte, kommt denn niemand, mir zu helfen?

Ich habe doch meinen Daddy nicht umbringen wollen.

Bitte, Daddy, schau mich doch nicht so an. Bitte, Daddy.

6. Kapitel

Die ersten Stunden in England blieben für Will unvergeßlich. Ihm war alles so fremd, als sei er mit seinem Bruder auf dem Mond gelandet.
Die beiden wurden von Tante Eleanor am Flughafen abgeholt. Sie war eine dicke, pedantische Frau mit weißgepudertem Gesicht, die, wie Will zu erkennen glaubte, noch mehr Angst vor ihm hatte als er vor ihr. Er mochte sie von Anfang an nicht. Weh tun kann sie mir aber nicht, dachte er. Mir wird *niemand* mehr weh tun – und Tante Eleanor ganz bestimmt nicht.
Sie erklärte, daß Tante Vannie zu Hause geblieben sei, um für die Jungen ein Festmahl vorzubereiten. Es wird sicher ein Dreck sein, sagte sich Will. England ist ein gräßliches Land.
Auf der Fahrt vom Heathrow Airport redete Tante Eleanor ununterbrochen, so daß die Jungen kaum Gelegenheit hatten, sich ein Bild von der Umgebung zu machen. Wann immer sie aus dem Fenster schauen wollten, hob Tante Eleanor drohend den Zeigefinger und verlangte Aufmerksamkeit. Will überlegte ernsthaft, ob er ihr den Finger abbeißen sollte.
»Von den Leuten, die in London arbeiten, wohnen viele am Stadtrand. In der Nähe einer U-Bahn-Station. So leben wir zum Beispiel in Fulham. Schon seit der Zeit, als eure Mutter auswanderte, um ihr Glück in Amerika zu suchen. Und sie hat es ja wohl auch gefunden, durch die Heirat mit eurem Vater, nicht wahr? Sie wird nämlich sein ganzes Vermögen erben, wißt ihr. Ihr beiden kriegt gar nichts, außer was sie euch abgibt – wir, Tante Vannie und ich, bekommen natürlich sowieso nichts. Wir haben aber auch nie damit gerechnet, etwas zu kriegen. Nicht von *der.*«
Nein. Von meiner Mutter sollte man nichts erwarten. Tante Elea-

nor war Geschichtslehrerin in der Volksschule, wie Will bereits wußte; damit erklärte er sich auch die Tatsache, daß sie pausenlos daherredete. Noch mehr störte ihn aber ihr Schweißgeruch. Und woher hatte sie das Recht, so von seiner Mutter zu reden? Er stellte fest, daß Palmer Tante Eleanor ebenfalls nicht mochte. Tat so, als ob er schliefe, der kleine Gauner.

Das Taxi hielt schließlich vor einem dreistöckigen roten Backsteinhaus mit winzigen Fenstern. Zur Haustür führte eine sechsstufige Steintreppe hinauf.

»Also, da wären wir!« rief Tante Eleanor munter. Als Will sich umschaute, mußte er an die Bäume, die Weiträumigkeit und den Sonnenschein in San Diego denken. Ihm schnürte sich die Brust zusammen.

Auf beiden Straßenseiten drängten sich Häuser, die alle gleich aussahen. Es gab weit und breit überhaupt nur einen einzigen Baum, und der war vom Regen gebeugt und hatte alle seine Blätter verloren. Palmer trug einen Koffer, Tante Eleanor den anderen; Will mußte seine beiden Koffer ganz allein tragen.

Sie hatten die sechs Stufen noch nicht erklommen, als die Haustür aufgerissen wurde. Eine Frau in engsitzenden schwarzen Hosen und in einem schwarzen Rollkragenpullover trat heraus.

Will stieß einen unterdrückten Schrei aus. Sein Herz begann wild zu klopfen. Er spürte, wie sein Gesicht plötzlich rot anlief.

Die Frau war jung. Das aschblonde Haar fiel ihr bis tief in den Rücken. Sie hatte blaue Augen. Und einen hellen Teint.

Es ist meine Mutter, schoß es ihm durch den Sinn.

Nur daß es natürlich *nicht* seine Mutter war.

Es war die jüngere Schwester seiner Mutter, die ihn jedoch schmerzhaft an die Frau erinnerte, die ihn früher, vor langer, langer Zeit, wie ihm nun schien, in den Armen gehalten, gewiegt und geherzt hatte; die ihm versichert hatte, daß sie ihn liebte, und dann einfach fortgegangen war. Will erfüllte eine ganz merkwürdige Mischung aus Furcht und Entzücken. Er hätte sich ihr am liebsten in die Arme geworfen – und wollte doch gleichzeitig aufschreien und weglaufen.

»Bevor ihr hereinkommt, zieht die Schuhe aus!« befahl Vannie. »Wir mögen es nicht, wenn der Dreck durchs Haus getragen wird.«

Das Haus. England. Die neue Heimat. Ein neues Leben. Seine ganz persönliche Leidensgeschichte. Doch das war nur der Anfang.

7. Kapitel

Das Verhaltensmuster bildete sich früh heraus und wurde zu einem festen Charakterzug.

Will ist außergewöhnlich intelligent und ein sehr kluger Junge, doch allem Anschein nach ein unverbesserlicher charmanter, dreister Meisterlügner. So schrieb der Rektor der Fulham-Road-Volksschule im Frühjahr 1970.

Wenn er sich größere Mühe geben würde, könnten seine Noten um einiges besser ausfallen, doch ihn interessiert anscheinend nur der Sport und die Rauferei mit den Klassenkameraden, die ihn als ihren unbestreitbaren Matador anerkennen. Ich muß mich fragen, ob er überhaupt die Grundregeln eines gesitteten Benehmens in der menschlichen Gemeinschaft kennt oder, um es anders auszudrücken, um den elementaren Unterschied zwischen Realität und Phantasie weiß.

Diesen Unterschied kannte Will durchaus – doch er hatte

sich für die Welt entschieden, die ihm persönlich mehr zusagte.
An den Wochenenden machte Will lange, einsame Spaziergänge in der näheren Umgebung. Als er elf Jahre alt war, hörte er eines Tages Stimmengebrüll. Es kam aus einem Sportstadion, das etwa anderthalb Kilometer vom Haus seiner Tanten entfernt lag. Es weckte seine Neugier. Er wollte der Sache nachgehen. Der Eintritt kostete ihn sein wöchentliches Taschengeld.
Ihm bot sich ein überwältigender Anblick – 22 Männer, den Trikots nach in zwei Gruppen getrennt, doch eines Geistes, spielten ein Spiel, das die Engländer »Football« nannten, das aber mit amerikanischem »Football« nichts zu tun hatte. Solche Spiele hatte er bisher nur im Fernsehen gesehen.
Er war in der Schule ein guter Fußballer gewesen, doch auf dem Schulsportplatz war ihm das Spiel willkürlich und zufällig vorgekommen – es war einfach so, daß ein Haufen von Jungen hinter dem Ball hergelaufen waren und das Leder getreten hatten, wie sich's gerade ergab.
Doch hier, auf dem Rasen des Stadions, waltete Symmetrie, Geometrie, eine Koordination im Angriff, eine Schönheit, die so gesetzmäßig schien wie die Dünung der Wellen im Ozean. Ein Mann, der den Ball mit dem Fuß beherrschte, bewegte sich nach vorn; ein zweiter lief an seine Seite; ein dritter begann am Flügel aufzuschließen, bekam den Ball vom zweiten Mann zugespielt, nahm ihn an, ohne den Lauf zu unterbrechen, und nahm Kurs auf das Mittelfeld – verfolgt von einem Gegner, der die Füße des Angreifers nicht aus dem Blick ließ und es zuwege brachte, den Ball einem seiner eigenen Mannschaftskameraden zuzuschießen.
Und dann kehrte sich, wie bei einem Gezeitenwechsel, auf

einmal alles um. In einem wirbelnden Gemenge wurden Verteidiger zu Angreifern und Angreifer zu Verteidigern; das Bild erinnerte Will an ein Kaleidoskop, das sein Vater ihm zum fünften Geburtstag geschenkt hatte.
Und dieser Lärm! Bei jeder Umkehr des Spielverlaufs, bei jeder Bedrohung eines Torhüters durch die gegnerische Mannschaft brüllte die Zuschauermenge los, als ob sie den gleichen Atemrhythmus hätten wie der Sportler, und wenn endlich ein Tor fiel, nahm das Dröhnen der Menge eine solche Lautstärke an, daß Will meinte, ihm müßte das Trommelfell platzen und das Herz explodieren.
In der darauffolgenden Nacht sah er im Traum seine Mutter, die vor seinen entsetzten Blicken dem Vater auf die offenen, toten Augen küßte und Will auslachte. Sie hatte rote Zähne; die Zähne trieften vor Blut.
Du weißt, was du getan hast, Will.
Es ist alles deine Schuld.

Eines Morgens, wenige Tage später, fand er auf den Straßen von Fulham einen herrenlosen Hund, einen Rüden, einen lohgelb-braunen Streuner. Da hatte er im beschissenen alten England endlich einen Freund.
»Na komm. Komm mit«, lockte Will und klopfte sich mehrmals auf den Oberschenkel. »Komm, Lassie, komm.«
Will wanderte in den Stadtpark. Der einsame Köter folgte ihm wie ein Schatten. Will verstand nicht, warum sein Herz so voller Zorn war. Es war ein Gefühl, das ihn seit der Abreise aus Kalifornien schon oft gepackt hatte. Nein, seit dem Moment, als sein Vater sich das Leben genommen hatte. Der Selbstmord seines Vaters hatte ihm übel zugesetzt. Er fühlte sich noch immer schuldig; schlimmer noch – Will hatte sich eingeredet, daß er eines Tages auf die gleiche Weise enden würde.

An einem Teich ließ er sich nieder. Der Hund war noch immer da. Sein neuer Kumpan.
Will schüttelte den Kopf. »Du machst einen großen Fehler, wenn du bei mir bleibst«, murmelte er. »Ich bin vom Unglück verfolgt. Nein, das ist kein Witz.«
Der Hund winselte und hob eine Pfote.
Wills Wut richtete sich auf immer mehr: seinen Vater, die Tanten, Palmer. Ihm war, als ob sich ihm ein enger Gürtel um die Brust spannte. Ihm dröhnte der Kopf. Er hatte einen roten Schleier vor Augen.
Er griff ins kalte, seichte Wasser und holte einen faustdicken Stein heraus. Mit dem Stein schlug er dem Hund seitlich auf den Kopf. Urplötzlich, einfach so. Er schlug ein zweites Mal zu. Der Hund fiel winselnd auf die Seite. Ein trauriges braunes Auge blickte zu Will empor. Will schlug auf den Hund ein, bis er tot war.
Er wußte nicht, warum. Er hatte den Hund gern. Doch machte Will hinterher die Entdeckung, daß seine Wut verflogen war. Er fühlte sich okay. Das heißt, im Grunde fühlte er gar nichts.
Er hatte sogar eine Selbstbeobachtung gemacht: Es gab in ihm einen erkennbar guten Teil – und einen bösen Teil.
Also gab es zwei Wills, nicht wahr?

8. Kapitel

Es war Will von Anfang an klar, daß er Größe besaß. Was ihn aber nicht sonderlich beeindruckte. Andere dagegen waren davon sehr beeindruckt.
Will Shepherd war der jüngste Fußballer, der je in der ersten Mannschaft der Fulhamer Schule gespielt hatte. Als

Elfjähriger überredete er den Trainer, mittrainieren zu dürfen. Er wurde gleich in die Mannschaft aufgenommen. Er ignorierte das Gespött der Kameraden, die fünf oder sechs Jahre älter waren, und wurde zum Spitzentorschützen.
Als Will zwölf Jahre alt war, wurde Fulham bei den Londoner Schulmeisterschaftsspielen zum erstenmal Sieger und verlor den Pokal nie mehr – bis Will die Schule verließ. Als Vierzehnjähriger schoß er in einem Match, das sein Team mit 12 : 0 gewann, neun Tore.
Will war ein schmächtiger Junge mit für sein Alter ungewöhnlich langen Beinen und einer erstaunlichen Körperbeherrschung. Er war ungewöhnlich schnell – er rannte, wie sein Trainer einmal bemerkte, »so schnell, wie ein Pfeil fliegt«. Er rannte ähnlich wie kalifornische Halfbacks und Wide Receivers im amerikanischen Football.
Will trainierte tagtäglich, so lange, bis der Ball fast wie ein verlängerter Teil seines Fußes schien oder zumindest wie ein Trabant, der durch einen unsichtbaren Draht mit seinem Körper verbunden war. An Samstagen und Sonntagen trainierte er manchmal sechzehn Stunden lang. Das Fußballfeld war sein Zuhause – und nicht dieses blöde Haus, wo Palmer und seine beiden Tanten wohnten.
Die Reporter der Lokalzeitungen machten ihn zu einer Legende des Londoner Schulsports. Sie wiesen immer wieder auf seine tollkühne Spielweise hin, die sehr individuell, ja, ungewöhnlich und seiner amerikanischen Herkunft zuzuschreiben sei.
Das war aber nicht der Grund. Sein Erfolg lag in etwas ganz anderem begründet, das keiner von ihnen begriff: Will entwickelte und perfektionierte heimlich einen höchst individuellen Stil. Er war zu der Überzeugung gelangt, daß es absolut notwendig war, sich von den anderen zu unterscheiden, sich von ihnen abzuheben, aufzufallen – und doch

nicht als Eigenbrötler zu gelten. Will wußte genau, was der Sport für sein Leben bedeutete. Fußball hieß für ihn, nicht einsam zu sein und keine Angst zu haben; es hieß, nicht mehr an seine blöde Mutter und seinen Vater denken zu müssen.
Fußball war seine einzige Waffe. Sie würde, sie *mußte* ihm die Rettung bringen.

9. Kapitel

Frühjahr 1985

Anderthalb Jahre lang Knochenarbeit mit Barry Kahn am Klavier. Es begann mit Unterricht im Verfassen von Liedern und den theoretischen Überlegungen, die dabei im Hintergrund standen – zur Philosophie Bob Dylans und Joni Mitchells; oder was Rodger und Hart, was Johnny Mercer sich dabei gedacht hatten. Was Barry selbst betraf, so war er der Überzeugung, daß man über das Mittelmaß nur mit harter Arbeit an sich selbst hinauskommt.
Er ließ mich Liedtexte schreiben und umschreiben; zwang mich, tiefer und tiefer in mein vergangenes Leben einzutauchen, bis es schließlich Tage gab, an denen ich drauf und dran war, ihn anzuflehen, mich nicht so arg unter Druck zu setzen, endlich einmal Ruhe zu geben. Ich habe ihn dann aber doch nicht um Rücksicht gebeten, nicht mal um ein ganz klein bißchen; denn insgeheim wollte ich noch mehr angetrieben werden.
Er war mir gegenüber erbarmungslos; wie ich selbst. »Du hältst etwas zurück«, kritisierte er. »Du versteckst dich hinter billigen Reimen und falscher Sentimentalität.« Oder:

»Du fühlst nichts. Gar nichts. Ich weiß es, weil ich nichts spüre. Und wenn es mich kaltläßt, wie würde dann wohl ein Publikum reagieren? Denk mal nach. Es würde dich steinigen, Maggie!«

»Was für ein Publikum?« fragte ich.

»Siehst du denn keine Zuhörer vor dir? Spürst du nichts von einem Publikum, das dich hören *muß*? Wenn das *so* ist, dann mach, daß du wegkommst. Du vergeudest bloß meine Zeit.«

Und aus diesem Grund ließ ich nicht locker, bis wir beide zufrieden waren und ich mich der Kunst des Komponierens zuwenden durfte. Auch da gab er sich streng und kompromißlos; Melodien kamen mir jedoch leichter als Worte; beim Komponieren fühlte ich mich mehr zu Hause. Eines Tages bemerkte er, ich würde ja immer aus dem vollen schöpfen, wie ein Brunnen, der nie versiegt. Das klang ein wenig nach Eifersucht und freute mich irgendwie – weil er mich als Konkurrentin mit sich selbst auf einer Ebene sah.

Als letztes kam das Singen an die Reihe, und auf dem Gebiet war Barry in der Tat ein wahrer Meister. Er brachte mir das richtige Phrasieren bei, Betonung und Diktion. Wie man vor einem Publikum zu singen hat; wie man im Tonstudio das Mikrofon einsetzen muß. Ich besäße, so erklärte er mir, eine natürliche Stimme, die mich von allen anderen Sängerinnen unterscheidet; aber auf diesem Gebiet sei es besonders schwer zu urteilen. »Darüber wird einzig und allein das Publikum entscheiden«, sagte er. »Wer hätte schon gedacht, daß Bob Dylans Stimme die Herzen seiner Hörer begeistern würde, bevor es eintrat? Deine Stimme hat eine gewisse Schärfe, sie ist offen. Verfügt über eine Ausdrucksfülle, die in abruptem Wechsel alle Gemütsschwankungen wiedergeben kann, die deinen Texten entsprechen. Du kannst zärtlich,

kalt, gelangweilt, mütterlich, leidenschaftlich liebend klingen. Du hast eine wundervolle Stimme!«
Wirklich? Endlich ein Kompliment! Ich habe die Worte förmlich in mich aufgesogen, sie auswendig gelernt!
Ich probte im nahegelegenen Aufnahmestudio in der Power Station. Dort lernte ich allerdings nicht nur, meine eigenen Lieder vorzutragen; ich war auch Mädchen für alles und habe endlose Gänge gemacht, um belegte Brote und Kaffee zu holen. Ich hatte damals einen langen schwarzen Mantel, der mir bis an die Schuhe reichte und den ich immer und überall trug. Deshalb hieß es unablässig: »Große Blondie im Mantel, können Sie uns mal rasch ein paar belegte Brote besorgen?«
»Kein Problem. Was hätten Sie denn gern?«
Ich litt unter dieser Behandlung und dachte: Einem Mann gegenüber würde Barry sich nie so verhalten. Doch er ließ sich nicht erweichen und blieb dabei: Es sei ein wichtiger Teil des Lernprozesses; wenn's mir nicht gefiele, könne ich ja aussteigen und mir anderswo etwas Besseres suchen.
Doch ich wußte nur zu gut, daß es kein »Anderswo« gab.
Und dann war da schließlich noch Jennie. Wir Motormünder waren munter und wohlauf.
Da war außerdem Lynn Needham, mit der ich mich richtig angefreundet hatte, die manchmal auf Jennie aufpaßte, die mir New York zeigte, an deren Schulter ich mich anlehnen konnte.
Es gab die Wohnung an der West Side, die Höhle des Bösen, die nur ein Gutes hatte – eine Badewanne aus der Zeit der Jahrhundertwende, die in die Küche eingebaut war. War das toll, in der Küche ein Schaumbad zu nehmen!
Ich machte Männerbekanntschaften, ging gelegentlich aus, es wurde aber nie etwas Ernstes. Ich begann mich wieder so

zu fühlen, wie ich mich vor der Begegnung mit Philip gefühlt hatte – als eine Frau, die zu groß und zu ungeschlacht war, ein bißchen ungeschickt im Reden, unzulänglich für alle möglichen und unmöglichen Dinge, der Busen zu klein, mein Haar zu ungepflegt und unmodisch. Letzten Endes lief alles darauf hinaus, daß ich im Grunde Angst hatte, mich ernsthaft auf einen Mann einzulassen. Ich wollte niemandem die Sache mit Philip beichten müssen – sagen, was ich ihm angetan hatte. Ich spürte dieses riesige Kainsmal auf meiner Brust, ohne Hoffnung, es je wieder abwischen zu können.
Nein, nein – für mich gab es kein »Anderswo«.

10. Kapitel

Ich blieb also das Mädchen, das belegte Brote und Kaffee zu besorgen hatte. Aber wissen Sie, was – das war immerhin viel besser als mein früheres Leben. Gewiß, ich war manchmal deprimiert und habe die miese Lauferei zu dem »berühmten Delikatessengeschäft« gehaßt, mein Gott, habe ich es gehaßt, »Blondie im Mantel« zu sein; andererseits habe ich es aber auch genossen. Ich gehörte mit dazu, war Teil von etwas, das manchmal eben auch ungemein schön und bewegend sein konnte.
Eines Morgens zog meine Freundin Lynn Needham mich in der »Musikfabrik« in mein Kabuff. »Am besten läßt du gleich alles stehen und liegen – außer vielleicht deinen heißen Kaffee. Mr. Wunderbar ruft!«
Wenn Barry bisher für mich Zeit gehabt hatte, dann meist gegen Tagesende; insofern handelte es sich in der Tat um etwas Ungewöhnliches. Ich war also verständlicherweise

ziemlich aufgeregt; Barrys Zeit war nach wie vor »sehr kostbar«.

»Ich habe eine gute Nachricht und leider auch eine schlechte«, erklärte Barry, sowie ich den Raum betreten hatte, in dem ich bei unserer ersten Begegnung vorgesungen hatte.

Ich bekam Herzklopfen. *Sag schon, worum es geht. Zieh's doch nicht so in die Länge.*

»Ich hab' einen deiner Songs nach Kalifornien geschickt«, fuhr er fort. »›Loss of Grace‹. In der überarbeiteten Fassung, die du mir in der vergangenen Woche gezeigt hast. Und dort unten in Kalifornien hat er jemandem gefallen. Dort möchte jemand den Song aufnehmen.«

Da bin ich ganz spontan zu ihm gelaufen und ihm um den Hals gefallen. So etwas war bis dahin noch nie vorgekommen. Wirklich nicht.

Er hat mich mit einem freundlichen Lächeln von sich weggeschoben und mir offen in die Augen geschaut. »Und nun die schlechte Nachricht. Diese Person möchte das Lied selbst singen.«

Das war aber doch *mein* Lied! »Sag ihr, das sei völlig unmöglich«, bat ich ihn. Ich war wie am Boden zerstört. »Nein. Barry, bitte.«

»Willst du denn nicht wissen, wer diese Person ist? Ich habe zustimmen müssen, daß sie es singen darf. Diese Zustimmung war die Grundvoraussetzung für den Deal.«

Ich hatte eine alptraumartige Vorstellung von irgendeiner drittklassigen Sängerin, irgend so einer Frau, die gerade Karriere machte und mein Lied völlig falsch interpretieren würde. »Natürlich will ich wissen, wer es ist. Aber wenn sie mein Lied kaputtmacht, bring' ich sie um!« So etwas hätte *ich* besser nicht sagen sollen. Ich weiß.

»Ich bin überzeugt, daß sie es richtig vortragen wird.« Er

grinste auf ungemein liebenswürdige Art und Weise; dazu war er gelegentlich durchaus fähig. »Es handelt sich nämlich um Barbra Streisand. Sie möchte ›Loss of Grace‹ aufnehmen. Und sie hat darum gebeten, daß du zu ihr fährst und ihr dabei hilfst.«
Daraufhin bin ich ihm gleich noch einmal um den Hals gefallen. Ich habe ihn an mich gedrückt und ihm einen Kuß auf beide Backen gegeben. Die Zeit des Kaffee- und Brötchenholens war vorbei – auf nach Hollywood!

11. Kapitel

Ich buchte einen Flug für Jennie und mich nach Los Angeles. Den Luxus des Fliegens hatten wir verdient; wir hatten ihn uns redlich erarbeitet. Nach der Landung nahm ich einen Saab Turbo als Leihwagen und fuhr uns zum Beverly Hills Hotel. Es schien uns, als läge West Point eine Million Kilometer hinter uns.
»Es ist rosarot!« rief Jennie, als wir mit dem Wagen die Einfahrt hochkrochen und vor dem Hotel hielten. »Meine Lieblingsfarbe. Es ist ganz rosarot!«
»Ich hab's extra für dich anstreichen lassen«, scherzte ich. »Ich hab' vorher angerufen und drum gebeten, daß es rosa gestrichen wird.«
»Motormünder!« rief Jennie, als wir unseren Saab im eindrucksvollen Carport geparkt hatten. »Auf immer und ewig!«
Ein hübscher, beachboyblonder Hotelpage trug unsere verbeulten Koffer auf eine Art, als wären es Louis-Vuitton-Luxuslederwaren gewesen. Er begleitete uns zu einem wunderhübschen Häuschen, das hinter dem eigentlichen

Hotelgebäude lag – *Bungalow Six*, unser persönliches *Pied-à-terre*, so wie es Barry für uns organisiert hatte (»damit ihr den richtigen Eindruck erweckt«). Mit solchen Dingen kannte er sich garantiert aus – im Unterschied zu mir.
»Ihr Domizil, Ma'am. Und das Ihrige, kleines Fräulein.« Lächelnd öffnete der Hotelpage die Tür.
Ich wich schnell einen Schritt zurück. Drinnen erwarteten uns Dutzende American-Beauty-Rosen. »Jesses«, flüsterte ich. Tiefrote Rosen, wohin man schaute.
»Gibt es hier immer so viele Blumen?« witzelte ich, aber der Humor segelte glatt über den Blondschopf weg. *Außerdem ist die Beleuchtung angeschaltet*, dachte ich, *obwohl doch niemand zu Hause war.*
»O nein, Ma'am. Die Blumen sind ein Geschenk. Dort drüben liegt ein Kärtchen.«

Willkommen in Tinseltown.
Ich bin sicher, daß Du einen Riesenerfolg landen wirst.
Laß Dich nicht vom vielen Glitter blenden ... und von ein paar Dutzend Rosen auch nicht.

Gruß und Kuß, auch für Jennie,
B.

Gruß und Kuß auch dir, Barry. Aber eine Tasse Kaffee werde ich dir mein Lebtag nicht mehr holen.

12. Kapitel

Vielleicht können Sie sich ausmalen, wie ich mich fühlte; vielleicht kann sich's aber im Grunde niemand wirklich vorstellen.

Davon hatte ich die ganze Zeit geträumt. Während des Arbeitens bis zum Umfallen; wenn Barry mich erbarmungslos anstachelte, in den schier endlosen Stunden des Gesangstrainings und beim Umschreiben meiner Texte. Nun hatte ich's geschafft – mir zog sich der Magen zusammen, als ich durch den halbdunklen Korridor hinüber zum Aufnahmeraum der berühmten Devan Sound Studios blickte.

Hier sind berühmte Songs aufgenommen worden. Auch mein Lied könnte jetzt berühmt werden. Au weia.

Jetzt ging es um alles oder nichts; um die eine große Chance, die sich angeblich jeder wünscht und die so viele von uns nie bekommen – und mit der ich nie gerechnet hätte.

Ich wußte von dem seltsamen Zauber, der sich um die verschiedenen Tonstudios gebildet hatte. Manchmal war's der Aberglaube einer Clique von großen Musikern, singenden Superstars und ihren Managern. Elton John war zu seinen Plattenaufnahmen jahrelang immer nur zu einem abgelegenen Château in Südfrankreich gereist. Die Rolling Stones hatten – um eines ganz bestimmten Sounds willen – ihre Aufnahmen in einem protzigen Hausboot vor Jamaika gemacht. Eine Reihe von Countrysängern wollten ihre Songs nur in einem ganz bestimmten Studio in Nashville und ihre Schallplatten nur von Chet Atkins produzieren lassen.

In L. A. galt ähnliches für Devan. Ich faßte nach Jennies Hand. Uns war, als wären wir in einem Traum, als wir ein Barry-Kahn-Barbra-Streisand-Recording miterlebten.

Aber es gefiel mir partout nicht! Ich empfand sogar richtigen Haß. Als ich »Loss of Grace« komponierte, hatte ich sicher nicht an Barbras Stimme gedacht. Ihre Art zu singen war entschieden zu eigenmächtig, viel zu beherrschend.

»Was meinst du?« fragte ich Jennie. Sie hatte Hunderte Male zugehört, wenn ich das Lied sang; sie kannte meine Phrasierung, die immensen Stimmungswechsel.

»So gut wie bei dir klingt es nicht«, sagte Jennie nach kurzem Nachdenken, »aber so gefällt es mir auch. Es klingt wirklich schön.« *Verräterin!*

Doch sie arbeitete dran, und es wurde immer eindringlicher. Mit jeder Aufnahme wurde es besser. Ich begann in meinem eigenen Lied Dinge zu hören, von denen ich nicht einmal gewußt hatte, daß es so etwas überhaupt gab. Kein Zweifel, es *war* mein Lied; es wurde aber auch *ihr* Lied. Ich stellte fest, daß hier ein nahezu vollkommenes Zusammenwirken entstand.

Ich lehnte mich zurück. Ich jubelte innerlich. Barry kam zwischen den Takes nicht mehr zu mir herüber. Er war Jennie und mir gegenüber auf einmal so freundlich, so hilfsbereit geworden – eine richtige Stütze.

Nach einer Weile hatte ich den Eindruck, als ob Barbra Streisand nur für *mich* sänge, so wie ich einst nur für Jennie gesungen hatte. Ich fühlte mich emporgehoben, hatte ein Erlebnis, als ob die Musik eins würde mit allem, was ich erlebt und empfunden hatte. Ich befand mich wieder in West Point, doch in der glücklicheren Phase des Anfangs, als ich noch dem Eichhörnchen Smooch vorgesungen und mich nur ganz gelegentlich in Träume von Erfolg und Anerkennung geflüchtet hatte, wie sie mir nun zuteil wurden.

Mein ganzes Wesen war wie betäubt; es war jedoch eine sehr angenehme Art von Benommenheit.

Es brauchte mindestens hundert Takes, bis Barbra und Barry sich zufriedengaben und die Spannung, die sich im Kontrollraum aufgebaut hatte, in albernen Witzen und einem geradezu ansteckenden Lachen entlud. Ich fühlte

eine Woge der Erleichterung; ich reagierte, wie wenn ich selber gesungen hätte.
Da spürte ich eine Hand auf meiner Schulter. Ich drehte mich um und blickte in Barbra Streisands Gesicht. Sie war zu mir herübergekommen, ohne daß ich es gemerkt hatte. Im wirklichen Leben – falls dies jetzt die Realität war – war sie eine auffallende, doch nicht im konventionellen Sinn schöne Frau. Ihre Augen verrieten Güte; ihr Lächeln war sehr sympathisch. Daß sie hart sein konnte, hatte ich bereits beobachten können; sie besaß aber auch eine sanfte, liebevolle Seite. Sie dürfen nicht alles glauben, was in den Zeitungen steht – *mir können Sie das abnehmen.*
»Ich kann mir denken, wie Ihnen jetzt zumute sein muß«, sagte sie. »Jedenfalls ein ganz klein bißchen. Ich erinnere mich an mein Debüt am Broadway, an meine erste Aufnahme. Zittern und Nervosität durch und durch, nicht wahr.«
»Wie wenn man schwebt«, sagte ich.
Sie nahm neben Jennie und mir Platz. »Denken Sie immer daran, daß Sie es sich verdient haben. Der Schweiß, die vielen Tränen und die Mühsal, die Sie bis zum heutigen Erfolg durchmachen mußten, geben Ihnen ein Recht, sich nun maßlos zu freuen. Ihr Song wird sowieso ein Hit – ganz gleich, wer ihn singt. Weil ich ihn singe, wird er nun die Aufmerksamkeit bekommen, die er verdient. Ihre Musik hat mich verzaubert, Maggie, und so wird es allen Menschen gehen. Schreiben Sie noch mehr Songs für mich. Bitte.«
Dann gab sie mir einen Kuß auf die Wange und nahm mich in den Arm. »Ich danke Ihnen«, flüsterte sie. »Ihr Lied ist so wahr, und die Wahrheit, die daraus spricht, ist einfach bezwingend.«
Ich brachte kein Wort heraus; ich brauchte einen Augen-

blick Zeit, bis ich die Fassung wiedergewann. »Ich gebe mir nur große Mühe, nichts Dummes zu sagen«, flüsterte ich ihr zu. »Sie können sich gar nicht vorstellen, was Ihre Worte für mich bedeuten. Für Jennie und mich.«
»O doch«, widersprach sie. »Das kann ich mir durchaus vorstellen. Das erste Lied ist immer das wichtigste.« Sie sah Jennie an. »Du hast eine wunderbare Mutter.«
Jennie nickte mit einem strahlenden Lächeln. »Ich weiß«, sagte sie, »es ist nur so, daß sie es manchmal nicht weiß.«

13. Kapitel

Ich hatte mir immer gewünscht, daß es einmal so kommen würde. Das ist ganz normal. Da konnte das, was ich jetzt erlebte, doch nur ein verrückter Traum sein, oder?
Ich habe in kürzester Zeit eine Menge Lieder verkauft. Ich war so gefragt wie eine Zehn-Dollar-Pistole. Und beim Aufwachen in meiner winzigen New Yorker Mietwohnung, die ich aus einem anhaltenden Gefühl von Unsicherheit noch immer nicht aufzugeben wagte, dachte ich Morgen für Morgen das gleiche: *Das kann doch alles nicht wahr sein.*
Eines Abends führte Barry mich dann in eins von diesen ultraschicken New Yorker Restaurants zum Essen aus, zur Feier von »Maggies Greatest Hits«, wie er sich ausdrückte. Ich war sehr gefragt. Die Zeitschriften *Rolling Stone, Spin* und *People* hatten über mich Reportagen veröffentlicht. Das schien mir grotesk, unwirklich, das war gar nicht mein Stil; andererseits wollte ich aber auch nicht, daß diese Aufmerksamkeit aufhörte. Ich hatte – wahrscheinlich zum erstenmal in meinem Leben – das Bewußtsein, jemand zu sein.
Es dämmerte gerade, als wir das Lutèce an der 50th Street in

Manhattan erreichten. Wir wurden mit einigem Pomp in den Wintergarten geführt. Barry kannte dort alle – vom Chef und Eigentümer bis zu den Hilfskellnern.
»Ist das etwa der Auftakt zu einem Schäferstündchen?« fragte ich Barry. Ich witzelte – ich glaube zumindest, daß ich es tat.
»Es ist meine Art von Wiedergutmachung, ein für allemal, für das erste Vorsprechen«, antwortete er mit einem freundlichen Lächeln. Er war bester Laune. Wir waren beide in Hochstimmung. Wir bestellten Champagnercocktails. Ich aß danach *Foie gras*, Lachs in Sauerampfersauce, ein Pflaumensoufflé. *Das kann doch alles nicht wahr sein.*
»Das hätte ich uns auch selber kochen können«, sagte ich zum Schluß, als wir Brandy und Kaffee bestellten.
»Ich würde es dir glatt zutrauen. Weißt du«, meinte Barry, »mich hat noch nie etwas so glücklich gemacht, wie zu beobachten, wie du –«
»Wieder zum Leben zurückfindest?« schlug ich vor.
»Aufblühst«, sagte er. »Du weißt doch, wie schwer es mir fällt, von solchen Dingen zu sprechen, aber es ist wahr. Ich empfinde es tatsächlich so.«
Ich wurde ein wenig nervös und verlegen, weil ich mir unsicher war, ob diese Einladung nicht doch vielleicht als Beginn zu einer intimeren Beziehung gedacht war. Dafür fühlte ich mich einfach noch nicht frei genug. Außerdem befürchtete ich, die Freundschaft aufs Spiel zu setzen, die sich zwischen Barry und mir mittlerweile entwickelt hatte. Barry zwinkerte mir zu. Er muß wohl verstanden haben, daß ich mich in meiner Haut nicht wohl fühlte. »Die Leute werden von dir gar nicht genug hören können, Maggie. Von deinen Liedern, deiner Musik, deiner ganz eigenartigen Stimme. Es kann dich nun nichts mehr aufhalten, Maggie. Es gibt für dich keine Grenze mehr.«

Ich begann zu weinen. Im Wintergarten vom Lutèce! Es war mir ganz egal, wer mich so sah. Ich war überglücklich. Ich war absolut selig.
Als Barry mir mit seiner Serviette die Tränen vom Gesicht tupfte, mußten wir plötzlich beide lachen.
»Nun erzähl mir aber endlich etwas von dir. Wer zum Teufel bist du wirklich, Maggie? ›Blondie im Mantel‹ bist du jedenfalls nicht. Nicht mehr. Soviel steht fest.«
Über mein persönliches Leben hatte ich bisher gar nichts erzählt, doch an jenem Abend ließ ich einiges heraus. Barry war mein Freund, ich vertraute ihm – auch das war ein wichtiger Schritt.
»Etwa dreißig Kilometer oberhalb von West Point liegt eine Kleinstadt. Newburgh«, begann ich.
»Bin ich schon mal gewesen. Kein Ort, der meine Sehnsucht weckt.« Er verzog das Gesicht. »Die Hauptstraße erinnert an Beirut. Meinst du *das* Newburgh?«
»Es war früher einmal ein hübscher Fleck, Barry. Es liegt schließlich direkt am Hudson. Es verkörpert das alte kleinstädtische Amerika. Wie ich.«
»Das kann ich aus deinen Liedern heraushören, Maggie. Ehrlichkeit, Aufrichtigkeit, kaum Zynismus. Kitschig, aber was macht das schon?« Er grinste maliziös.
Ich war sehr verlegen geworden. »Willst du wirklich mehr darüber erfahren?«
»Nun hör endlich auf, dich kleinzumachen. Bitte. Du bist im Begriff, ein großer Star zu werden – dann wird alles, was du von dir gibst, als interessant gelten. Du *warst* interessant, als du zum erstenmal mein Büro betreten hast.«
Dafür kniff ich Barry kräftig in den Arm. Ich schloß die Augen. Öffnete sie wieder. Die Sache fiel mir schwer. Davon sprach ich ungern, selbst ihm gegenüber.
Schließlich holte ich tief Luft und begann:

»Meine Eltern haben zuviel getrunken. Eine leichte Untertreibung. Beide waren Alkoholiker. Mein Vater war ein unruhiger, ein ziemlich ausschweifender Mann. Er hat uns verlassen, als ich vier Jahre alt war. *Mein Papa.* Daraufhin habe ich angefangen, ganz schrecklich zu stottern, es war mir so peinlich, daß ich deswegen oft in Tränen ausbrach. Ich habe es dann aber über-wu-wu-wunden. Als ich in der achten Klasse war, ist meine Mutter gestorben. Tante Irene hat mich und meine zwei Schwestern aufgezogen. Nach Abschluß der High-School bin ich fortgezogen. Meine Schwestern haben geheiratet und leben im Norden von New York.

Meine Lehrer plädierten dafür, daß ich ein College besuchte. Das konnte ich mir aber irgendwie nicht vorstellen. In der Umgebung von West Point habe ich einen Job in einem schicken Restaurant gefunden. Philip kennengelernt. Er hat sich in mich verliebt. Hat behauptet, mich zu lieben, und sich so verhalten. Ich brauchte jemand, der mich liebte. Ich meine, ich hatte so etwas wirklich bitter nötig.«

Barry runzelte die Stirn. »Philip war für dich der Vater. Genau das, Maggie. Wir machen immer wieder denselben Fehler. Jeder von uns. Stimmt's?«

»Kann schon sein. Er war Mathematiker. In der Neuen Armee. Gehemmt. Leicht verletzlich, in noch viel größerer Not als ich. Wie sich dann herausgestellt hat, war Philip ebenfalls ein Trinker. Eben wie Daddy. Und ich wollte ihn natürlich retten. Ich habe geglaubt, ich könnte ihn retten.«

»Er hat dich geschlagen – mißhandelt?« sagte Barry und berührte ganz leicht meine Wange. Es war in diesem Moment genau das richtige. Was ich brauchte – einen Freund.

»Ich habe nicht mehr gewußt, wie ich da überhaupt herauskommen könnte. Damals nicht. Ich wußte nicht, wohin. Wie ich Jennie aufziehen sollte. Ich bin auf den Dachboden des Hauses geflüchtet und habe dort die ganze Zeit über Lieder geschrieben. Habe sie Jennie vorgesungen, dort oben auf dem Dachboden gesungen, für uns beide.«

»Du bist in der Umgebung von West Point nie öffentlich aufgetreten?«

Ich schüttelte den Kopf. »Ausgeschlossen! Dazu hatte ich viel zuviel Angst.«

»Dann hast du mich also beim Vorstellungsgespräch belogen. Du bist hiermit gefeuert.«

»Okay«, sagte ich und berührte Barrys Wange. »Ich kann jetzt allein für Jennie und mich aufkommen. Danke, für deine Hilfe.«

»Ich habe gar nichts getan. Ich habe nur zugeschaut, wie du dich entwickelt hast. Du bist ein unglaublicher Mensch, Maggie. Ich kann nur hoffen, daß du es eines Tages selbst erkennst.«

Ich beugte mich über den Tisch und gab Barry einen ganz, ganz zarten Kuß. Wir waren gute Freunde geworden, und ich mochte ihn wahnsinnig gern. *Denken* konnte ich das – ich brachte es aber nicht über mich, es ihm auch zu sagen.

»Du bist der Beste«, sagte ich.

»Nein. Nur der Zweitbeste. Das ist mein Ernst, Maggie. Und vergiß nie, wo du es zum erstenmal gehört hast.«

14. Kapitel

Es war am zweiten Juli in meinem Jahr der Jahre, der schönsten Zeit meines Lebens, und ich befand mich in Begleitung von Barry und Jennie im Meadowlands-Stadion außerhalb von New York City.

Ich werde den Tag nie vergessen. Diesen Teil meines Lebens kann mir niemand nehmen.
Ein paar Minuten nach 20.30 Uhr kam der unmögliche New Yorker Discjockey Bret Wolfe auf die Konzertbühne des Meadowlands-Stadions getänzelt – angezogen wie ein ungezogener Teenager, den die Eltern so nie und nimmer aus dem Haus lassen würden.
Die erste Darbietung – zum Aufwärmen des Publikums – mußte eigentlich bald beginnen. Es war bekannt, daß die Hauptattraktion des Abends – die großartigen R.S.V.P. – erst nach 22 Uhr oder wahrscheinlich noch später auftreten würde.
Da sollten wir allerdings unser blaues Wunder erleben.
Bret Wolfe war wegen des Lärms in der Zuschauermenge kaum zu verstehen. »Es ist für mich eine ganz besondere Freude, Ihnen ankündigen ...« Das Orchester setzte mit einer wohlbekannten, vertrauten Melodie ein. Auf den blassen Mond, der über dem Dach des Stadions schwebte, flimmerten fluoreszierende Flugobjekte zu.
»... *eine ganz besondere Freude, Ihnen jetzt die R.S.V.P. ankündigen zu dürfen* –«
Plötzlich herrschte Grabesstille. Im nächsten Augenblick brach unter den Zuhörern, die noch immer gemächlich ins Stadion strömten, ein Chaos aus.
»Ich kann es nicht glauben. Sie sollten doch erst in ein paar Stunden auftreten.«
»Mein Gott, was ist denn hier los? Was soll der Quatsch?«
Von der hinteren Bühne aus sah ich lange Luftschlangen und blauschweifige Feuerwerkskörper in die Höhe steigen und platzen. Rauchschwaden und Goldlaméfunken trieben ostwärts Richtung New York. Der Sänger der R.S.V.P., Andrew Tone, geschmeidig und ungemein sexy, trat ans Mikrofon und hielt es wie eine lebendige Schlange

in der Hand. Er strich sich durch sein langes, senfblondes Haar.
»Wir sind am Leben und wohlauf!« Er hob die Faust. Die Band schlug den charakteristischen Downbeat an. R.S.V.P. sangen den Song, der zur Zeit praktisch überall in der Welt der Hit Nummer eins war.
Anschließend »Champion of Myself«.
Danach die Ballade »Loving a Woman of Character«.
Das Publikum raste. Verstehen konnte das keiner: Zehntausende Fans würden nicht vor 21.30 Uhr erscheinen, weil üblicherweise die nur regional bekannten Bands, die die Einstimmung des Publikums besorgten, dann allmählich die Bühne verließen.
Die Musik verstummte. Andrew Tone trat ans Mikrofon. Er hob eine Hand, bat um Stille.
»Keine Sorge«, rief er. »Wir werden unsere Hits noch einmal singen, wenn alle Besucher eingetroffen sind. Aber ihr, die ihr so früh gekommen seid, ihr habt einen besonderen Leckerbissen verdient. Ihr seid nämlich die wahren Musikfreunde. Oder etwa nicht!?«
Beifall. Vereinzeltes Gelächter. Aber das Rätsel blieb ungeklärt. Was taten die R.S.V.P. zu dieser Zeit da oben auf der Bühne?
»Wir haben die Stücke aus einem bestimmten Grund gespielt. ›Alive‹, ›Champion‹, ›Woman‹. Ich weiß genau, daß es unsere drei besten Songs sind. Und ihr wißt es auch.«
Lauter Applaus bestätigte, daß Andrew Tone mit seiner Vermutung ins Schwarze getroffen hatte.
»Die Sache ist die: Diese drei Songs wurden von der ersten – und einzigen – Künstlerin geschrieben, die das Publikum heute abend auf uns einstimmt. Und es wird die beste Performance zum Aufwärmen, die es je gegeben hat.«
Vielleicht war mein Name manchen Besuchern bekannt,

daß ich aber auch Sängerin war, konnten nur ganz wenige wissen. Hinter Andrew Tone hatten Bühnenarbeiter einen Flügel auf die Bühne gerollt. Die Beleuchtung erlosch. Die Klaviertastatur erstrahlte unter einem Spotlight.
Ein Raunen ging durchs Publikum. Die Neugier war geweckt.
»Sie ist wirklich eine Frau von Charakter«, fuhr Tone fort. Er sprach mit leiser Stimme, er stand außerhalb des Scheinwerferlichts. »Es ist ihr allererster Auftritt live, in einem Konzert – und genau deshalb haben wir heute so früh gespielt: Wir wollten sie euch vorstellen! Wir wollen ihr auf diese Weise für ihre Songs danken. Ich garantiere euch eins. Es ist das erste und letzte Mal, daß diese Lady im Vorprogramm auftreten wird. Hört ihr also gut zu. Haltet euch fest. Öffnet eure Herzen. Es ist die umwerfende Maggie Bradford.«

15. Kapitel

Ich hörte zu, während Andrew, wie mir schien, gar nicht mehr aufhörte. Das ist des Guten zuviel, dachte ich. Damit schraubt er die Erwartungen einfach zu hoch. Er erweckt den Eindruck, als ob gleich eine aufwühlende Sängerin der Weltklasse die Bühne betritt.
Aber er sprach doch gar nicht von *mir*. Konnte gar nicht von mir sprechen. Der wachsende Druck legte sich mir wie ein stählerner Ring um die Brust. Ich hatte ohnehin eine Contraltostimme und daher Mühe, die wirklich hohen Töne zu schaffen.
Ich hatte plötzlich Angst, daß ich nicht spielen, nicht singen könnte. Nicht nur, daß ich mich ganz und gar nicht als »Frau

von Charakter« fühlte, mir war auch so, als hätte ich überhaupt kein Rückgrat mehr.
Ich bekam kaum noch Luft.
Ich mußte mich geradezu zwingen, die große Konzertbühne zu betreten: Applaus. Er war aufrichtig, aber vereinzelt.
Mir kamen wieder Andrews Worte in den Sinn: »Es ist ihr erster Live-Auftritt.«
Zum erstenmal sah ich dieses wogende Meer aus Gesichtern, das schreiend bunte Patchwork der Kleidungsstücke, das fließende Licht des Bühnenscheinwerfers, der dem Flügel auf einmal riesige, geradezu furchterregende Bedeutung verlieh.
O Gott, das kann ich doch unmöglich tun. Dort unten sitzt ja eine ganze Stadtbevölkerung und beobachtet mich.
Panische Angst packte mich. Ich kam mir vor wie damals in der Schule, als ich stotterte und stammelte.
Die Orchestermusiker, die ich zum großen Teil von den Aufnahmen in den Studios her kannte, hatten sich erhoben und klatschten mir ebenfalls Beifall.
»Laßt das, Jungs!« rief ich ihnen zu. »Ich bin's doch nur! Aufhören, aufhören, aufhören!«
»Kauf sie dir, Maggie!« schrie mir ein Schlagzeuger namens Frankie Constantini zu. »Du bist die Beste!«
Irgendwie habe ich dann den Flügel erreicht. Ich habe es sogar geschafft, mich zu setzen, ohne in Ohnmacht zu fallen oder einen Herzanfall zu erleiden.
Man hält mich – ich bin 1,73 – im allgemeinen für groß. An jenem Abend sei ich »phänomenal« gewesen, hat Barry hinterher behauptet. Ich habe mich selbst aber wie ein Bauerntrampel gefühlt – wie schon als Teenager. Das Haar, das ich mir hatte sehr lang wachsen lassen, fiel mir tief in den Rücken. Meine Haare mochte ich wenigstens; wenn nichts sonst – meine Haare waren okay.

»Ich habe früher in West Point gelebt«, stieß ich mit leiser Stimme in das silbrig blitzende Mikrofon. »Ich habe ganz in der Nähe der Militärakademie von West Point gewohnt. Ich war Mrs. Bradford – eine Hausfrau und Mutter. Ich kann mich erinnern, daß ich mich am liebsten auf den Dachboden verkrochen habe. Es hat dort ein Eichhörnchen gegeben, das Eichhörnchen hieß Smooch, und vor der Geburt meiner Tochter Jennie war dieses Eichhörnchen der einzige Freund, den ich auf der Welt hatte. Ich habe sehr gern auf dem Dachboden gesessen, weil ich dort sicher war. Dort hatte ich nämlich keine Angst, daß mein Mann mich schlagen würde. Dort auf dem Dachboden habe ich angefangen Lieder zu schreiben.«

Mir war, als würde mein Kopf platzen. Philip trat wieder in mein Bewußtsein, so deutlich, als ob er noch am Leben wäre. Ich konnte seine Schritte auf der Treppe in dem alten Haus hören, seine drohende Stimme: Vor mir kannst du dich nicht verstecken. Mir zitterten die Hände.

Ich zwang meine Finger, die Klaviertasten anzuschlagen. Als ich sang, kam es aus dem Herzen, aus tiefster Seele:

I used to be a housewife
A new wife
A midwife
I used to live the good life
High in the storm king mountains.
I used to give him haircuts
Fix cold cuts
Mend shirt cuffs
My name was Mrs. Bradford
And I thought I was going to die.
Battery
He hit me!

This can't be me
This can't be me
Battery
I used to be a housewife
A new wife
A midwife
He hit me!
How can he say he loves me
When I think I am going to die?

Der Beifall schwoll an, erreichte eine unvorstellbare Lautstärke. Die Menschen begannen mit den Füßen im Takt zu stampfen, und das Tosen, das aus dem Stadion zu mir heraufkam, hatte eine ganz und gar physische Dimension. Es hat mich getragen. So emporgehoben hatte ich mich in meinem ganzen Leben noch nichts.
Es bewies mir, daß die vielen Menschen dort unten an mich glaubten. Sie glaubten meine Geschichte.
Noch nie hatte ich diese Erfahrung gemacht, nicht mal im Traum, und ich muß gestehen: Ich wünschte mir, daß es nie ein Ende nähme.
Mann, o Mann. Mann, o Mann. Mann, o Mann.

16. Kapitel

So war es damals; heute ist alles ganz anders.
Ich hätte mir damals nicht vorstellen können, daß ich einmal dort lande, wo ich jetzt bin – im Gefängnis von New York. Es war mir unvorstellbar. Absolut unmöglich. Ich hätte mir nie und nimmer diese Folge von Umständen denken können, die mich hierhergebracht hat.

In dieser Woche hat man eine anerkannte Psychiaterin zu mir geschickt. Eine Frau namens Deborah Green.
Ich darf es wohl niemandem übelnehmen, mich für verrückt zu halten.
Die Mannsmörderin. So nennen mich die Zeitungen.
Die Schwarze Witwe aus Bedford.
Mein Gespräch mit Dr. Green fand in einem kleinen Besprechungsraum neben der Kapelle statt; eine Tatsache, die mir dann doch noch ein Lächeln entlockte.
Ich war immerhin froh zu erfahren, daß Dr. Green auf Fälle von Körpermißhandlung spezialisiert war – und nicht auf Mord.
Sie hat es mir leichtgemacht. Hat mir von sich erzählt, hat berichtet, warum gerade sie für mich ausgesucht worden ist, und falls es mir nicht recht sein sollte, würde sie gehen. Sie ist in meinem Alter, ganz unprätentiös, und hat eine leise, angenehme Stimme.
Ich habe sie einigermaßen sympathisch gefunden. Ob ich ihr vertrauen kann? Na ja, vielleicht mit der Zeit.
»Ich mache Ihnen einen Vorschlag«, sagte ich. »Ich will Ihnen die Sache nicht unnötig schwermachen. Ich erzähle Ihnen alles, was mich quält. Ich wüßte nicht, warum wir beide Geheimnisse voreinander haben sollten.«
Ich saß Dr. Green gegenüber. Das war mir lieber, als auf der Couch zu liegen, die man zu diesem Zweck bereitgestellt hatte.
Natürlich habe ich ihr nicht uneingeschränkt die Wahrheit gesagt – es gab da einen wichtigen Punkt, den ich verschwieg; ein Geheimnis, das ich mit niemandem teilte.
Ironischerweise war es genau das, was mich hätte retten können.
»Gehen Sie die Sache ganz nach Ihren eigenen Wünschen

an, Maggie«, sagte sie. »Wenn Sie einen Haufen Mist loswerden wollen, schießen Sie los.«

Ich lachte. »Es ist Mist, nicht wahr?«

Doch, ich wollte ihn loswerden.

Während der ersten Sitzungen habe ich Dr. Green also alles erzählt, was die Zeitungen und das Fernsehen von mir wissen wollten und für kein Geld dieser Welt aus mir herauskriegen würden.

Ich sprach davon, was mir angst machte, mich beschämte oder mich mit Wut erfüllte.

Etwa die Sache mit meinem Vater, der 1965 meine Mutter sitzengelassen hatte. Sich einfach aus dem Staub gemacht hatte, als ob wir so etwas wie ein Motel gewesen wären, in dem er bei einer Fahrt durchs Land mal kurz abgestiegen war.

Oder die schreckliche Geschichte meiner Stotterei zwischen meinem vierten und dreizehnten Lebensjahr. Wie weh es mir getan hatte, wenn die Kinder sich über mich lustig machten; daß ich mich deswegen ganz klein und wertlos fühlte und daß ich es aus eigener Kraft in den Griff bekam; ohne Hilfe von außen.

Daß ich die Lieder für mich, in meinem Kopf schrieb, um die ganzen bösen Stimmen meiner Kindheit loszuwerden.

Oder von Philip, den alle für einen lieben, stillen Collegeprofessor hielten – der er überhaupt nicht war. Er besaß einen Sportwagen, eine schwarze Corvette, in der er im Rückwärtsgang mit 60 Stundenkilometern aus der Einfahrt setzte; er besaß eine Waffensammlung; er hatte Verhaltensregeln aufgestellt, die ich in allen wachen Momenten des Lebens zu befolgen hatte – wahrscheinlich sogar im Schlaf.

Ich redete bei jedem Treffen zwei Stunden lang in einem fort. Dr. Green unterbrach mich nur ganz selten.

Nach der dritten oder vierten Sitzung hatte ich alles gesagt.
»Ich glaube, Sie haben etwas vergessen«, meinte Dr. Green.
»Was?« fragte ich.
»Nun ja – und wie war die Sache mit Will Shepherd? Sie erinnern sich an ihn?«
Und ob. Will.
Der Mann, wegen dessen Tod ich jetzt im Gefängnis sitze.
»Auf Will läuft alles hinaus. Darauf habe ich hingearbeitet«, sagte ich. »Will ist ein Fall für sich.«

17. Kapitel

Will hatte in der Schule gelernt, daß man sich, um Erfolg zu haben, anders geben mußte, als man war. Er wurde schon als bester Nachwuchsfußballer Londons gefeiert. Und er war äußerst beliebt, vor allem bei den Mädchen. Eine richtige Freundin hatte er allerdings noch nicht.
Im Frühsommer nach seinem vierzehnten Geburtstag legte ihn die asiatische Grippe flach. Er wurde von Schüttelfrost gepackt. Es war so schlimm, daß er glaubte, sterben zu müssen.
Während der Zeit des hohen Fiebers pflegte ihn Tante Vannie. Sie war ganz für ihn da. Das war ungewohnt, weil ihn bisher, wenn er krank gewesen war, immer nur Tante Eleanor gepflegt und getröstet hatte. Tante Vannie hatte er in gesunden wie in kranken Tagen nur als eine Gestalt aus der Ferne erlebt. Sie ging fast jeden Abend aus, oft mit Männern, die sie meist nur ein paarmal begleiteten und dann wieder verschwanden, um durch andere ersetzt zu werden.
Jetzt spielten Vannie und Will viel Schach und plauderten.

Vannie war eine geübte Schachspielerin. Da Will jedoch schnell lernte, kam es schon am Ende der Woche zu einem echten Spiel. Und Will machte die Entdeckung, daß er sich mehr und mehr auf diese Spiele freute.

Beim Schachspielen konnte er seine Tante ganz aus der Nähe betrachten. Über sie hatte er mit seinem Bruder, Palmer, endlose, verschworene Gespräche geführt. Die beiden Jungen hatten sich Gedanken gemacht wegen der Männer, mit denen sie ausging; über ihre gelegentlichen Reisen nach Bournemouth oder nach Südfrankreich. Wenn Vannie sich aufs Schachspiel konzentrierte, konnte man sie anstarren, sie bis ins Detail gründlich studieren.

Während ihr Blick das Brett und die Figuren fixierte, ruhte sein Blick auf ihren Brüsten, und er malte sich aus, wie er ihre Brüste küßte, wie er zärtlich an ihren Nippeln lutschte, die ihn unter allen Blusen und Kleidern, die sie trug, herausforderten. Er stellte sich vor, daß er die Nippel glatt abbiß.

»Mich kannst du nicht täuschen wie die andern«, sagte Vannie ihm während eines besonders anstrengenden Spiels. »Ich weiß, daß du ein sehr kluger Junge bist, Will, und ich weiß auch, daß du dir große Mühe gibst, damit wir das Gegenteil glauben. Ich weiß es aber trotzdem. Und ich weiß sogar, woran du in diesem Moment denkst, mein lieber Junge.«

Nach sechs Tagen im Krankenbett wachte Will morgens auf, und es paßte ihm gar nicht, daß es ihm besserging. Er würde aufstehen müssen. Gewiß, der Gedanke, wieder Fußball spielen zu können, machte ihn froh. Aber leider war damit das Zusammensein mit Vannie vorbei.

Um halb zehn klopfte es an seiner Tür. Palmer war bereits aus dem Haus, Eleanor ebenfalls; die beiden waren in den Zoo in Regent's Park gefahren. Will beschloß, sich kränker

zu stellen, als er in Wahrheit war. Er verstellte sich überhaupt gern; er spielte gern Rollen, um auszuprobieren, wie gut es ihm gelang.
»Ich bin wach«, sagte er schwach. Er imitierte die Stimme des kleinen Tim in der *Weihnachtsgeschichte* von Dickens.
Vannie trat ein – in einem gemusterten Baumwollkleid, das sich straff über ihre Brüste spannte, die sofort Wills Aufmerksamkeit erregten – *wie immer*.
»Ich werde Eier machen«, sagte sie. »Rühreier. Ob du mir wohl beim Essen hilfst, Master Will?«
»Ein bißchen«, sagte Will, der noch immer den kleinen Tim spielte. »Vielleicht eine halbe Portion.«
»Ich weiß gar nicht, ob ich imstande bin, eine so große Portion zu kochen«, meinte sie augenzwinkernd.
Was ihm schließlich ein Lächeln entlockte.
Sein Halunkenlächeln nannte Vannie es. Doch er wußte, daß es ihr gefiel. Deshalb hatte er es ja aufgesetzt. Auch Schauspielerei seinerseits.
»Bleib nur liegen. Ich werde dir das Frühstück ans Bett bringen, *Master* Will.«
Zitternd schaute er ihr nach, als sie aus dem Zimmer ging. Es dauerte eine halbe Stunde, bis sie zurückkehrte, mit Rühreiern und Kartoffelbrei für beide. Sie nahm neben ihm auf dem Bett Platz. Das war wirklich *sehr* lieb von ihr.
Es kam Will so vor, als ob er schon einen Monat lang nicht mehr richtig gegessen hätte. Ihre Nähe nahm ihm jedoch völlig den Appetit.
»Noch immer keinen Hunger?« fragte sie, nachdem sie ihren Teller leer geputzt hatte. »Wie wär's denn mit einem letzten Spielchen? Um die Fulham-Schachmeisterschaft? Du scheinst mir hinreichend erholt, um daran teilnehmen zu können.«
»Ich nehm' die Herausforderung an. Um die Meisterschaft!«

»Aber um welchen Preis, Vannie? Was gewinnt der Sieger?«
Ich kann mir denken, was du bei mir gewinnen willst. Ich glaube, ich weiß Bescheid.

18. Kapitel

Blitzschnell räumte Vannie ab, um das Schachspiel aufzustellen. Auf dem Bett. »Die kleinen Figuren da vorn heißen Bauern«, hänselte sie ihn. »Mach nur rasch einen Zug mit einem von deinen Bauern, damit's gleich zur Sache gehen kann.«
Daraufhin konzentrierte er sich voll auf das Spiel. Die Herausforderung hatte seinen immensen Sportsgeist geweckt; er liebte den Wettstreit und war entschlossen zu gewinnen – so sehr, daß er sogar ihre Brüste vergaß. Und alles andere auch.
Es war mit Abstand das beste Spiel, das sie sich bisher geliefert hatten. Sie waren einander diesmal fast ebenbürtig – weit mehr, als Vannie erwartet hatte, er konnte es spüren –, doch zuletzt machte sie einen Zug, den er eigentlich hätte vorhersehen müssen, nahm mit einem Läufer seinen Turm und lehnte sich zufrieden zurück.
»Bedaure – schachmatt, mein Liebling.«
»Ach, scheiß drauf!« rief Will und hämmerte übellaunig auf das Schachbrett ein, daß die Figuren vom Bett auf den Boden flogen und unters Nachttischchen rollten.
»Schlechter Verlierer. Wie alle Männer«, spottete Vannie. »Was meinst du wohl, was deine Gegner auf dem Fußballplatz fühlen?«
Da lachten sie beide und krochen anschließend im ganzen Schlafzimmer herum, um die zerstreuten Schachfiguren

einzusammeln: die Königin unter dem Nachttischchen; der König unter dem Orientläufer. Der Läufer fand sich unerklärlicherweise auf dem Schreibtisch.
Beide waren auf allen vieren, griffen gleichzeitig nach dem König. Wills Ellbogen streiften den glänzenden Stoff von Vannies Kleid. Er nahm unter dem Stoff die Wärme ihrer Haut wahr. Sie wich nicht zurück. Will auch nicht.
Im Schlafzimmer schien plötzlich jedes Geräusch und noch die kleinste Bewegung laut. Will war wie elektrisiert. Er bekam kaum noch Luft. *Sie will mich. Ich hatte recht. Ich habe es doch gewußt.*
Vannie sah ihm lange in die Augen. Sie fixierte ihn richtig. In der Stille hörte er das Stakkato des eigenen, wie wild pochenden Herzens. Hatte Angst, daß auch sie es hören könnte, und wünschte sich doch, daß sie hören würde, wie laut sein Herz für sie schlug.
Ohne ein Wort zu sagen, streichelte Vannie ihm über die Wangen, dann glitten ihre Hände weiter, fuhren ihm über die Kehle und über seinen Adamsapfel. Ihm entwich ein leises Stöhnen.
Sie beugte sich vor und küßte ihn sanft. Dann zupfte sie spielerisch mit ihren Zähnen an seinen Lippen, legte die Arme um seinen Hals und zog ihn an sich.
Ihre Zunge glitt in seinen Mund. Auf einmal war ihre Zunge in ihm – sie war fest und *hart.*
»Mein Kleiner«, flüsterte sie. »Du bist anders. Du bist etwas ganz Besonderes, Will.«
Schließlich griffen Wills Hände nach ihr, zuerst noch tastend, als ob sie dem Wunder, das da geschah, nicht trauten. Mutiger dann, über ihren erstaunlich muskulösen Rücken, hinauf und herunter, über ihr weiches Gesicht und schließlich, welche Seligkeit, über ihre wundervollen Brüste. *Sie will mich. Endlich will mich wer.*

»Nicht so schnell«, flüsterte sie. »Wir haben Zeit, *Master Will.*«
»Ich weiß. Ich habe ja schon so oft dran gedacht.«
Sie lächelte. Ihre Augen öffneten sich ganz weit, mit einem Ausdruck von Belustigung. »Das hast du wirklich, nicht wahr?«
Seine Hände rutschten über die Außenseite ihrer Schenkel. Vannies Kleid machte ein Geräusch wie leicht elektrisch geladene Luft.
Sie zog ihn noch enger an sich. Er hatte keine Ahnung, was folgen würde – was nun wohl geschehen könnte.
Er war bereits ein ganzes Stück größer und viel stärker als sie, obwohl sie kräftig *war.* Ihre Hände eroberten seinen Körper, griffen ihm in den Pyjama hinein. Ihr Kleid rutschte zu Boden. Wie viele Hände hatte sie eigentlich? Wo hatte sie das alles bloß gelernt?
Wills Gesicht und Nacken glühten, und ihm sangen die Ohren. Sein Penis fühlte sich riesig groß an. Er rieb sich mit einem Schrei hemmungsloser Freude gegen ihr nacktes Fleisch. Er war unsicher, was er nun tun müßte, was weiterhin käme, aber er würde es schon herausbekommen. Er war ein kluger Junge. Sie hatte es selber gesagt.
Vannie lag nackt auf dem Rücken im Bett. Sie hielt sich mit den Händen offen. Sie hatte rote Wangen, sie wurde rot – es war ein Anblick, der ihm wahnsinnig gefiel. Unvergeßlich.
»Jetzt«, sagte sie und streckte sich nach ihm aus. »Jetzt ist der richtige Moment, Will.«
Sie wollte. Sie begehrte ihn. Genauso sehr, wie er sie ganz haben wollte.
Will beobachtete ihr Gesicht, sah die herrlichen braunen Augen, die wogenden Brüste, das satte Dreieck oberhalb ihrer Beine und das dunkle Schamhaar zwischen den Beinen. Er hatte einen unglaublichen Steifen, er konnte es

kaum fassen, daß es *sein* Penis war. So stark, so mächtig hatte er sich noch nie gefühlt. Was jedoch das allerwichtigste war: Plötzlich wußte er auch, was er mit ihr machen mußte. *Er wußte es einfach. Natürlich.*

»Nichts überstürzen, Will«, flüsterte sie ihm zu. »Laß dir Zeit.«

»Keine Sorge. Ich will doch selber nicht, daß es schnell vorbei ist.«

Als es dann aber doch vorbei war und beide Seite an Seite lagen und sie zärtlich über sein langes blondes Haar streichelte, sagte sie: »Du bist schön. Du wirst jede Frau haben können, die du willst.« Sie strahlte ihn an. »Du bist unwiderstehlich, Will.«

Das war Will irgendwie längst bekannt. Er wußte nur noch nicht, was es wirklich bedeutete.

Unwiderstehlich zu sein – war das etwas Gutes, oder war es etwas abgrundtief Böses?

19. Kapitel

Allan »Skipper« Thomas wirkte wie ein ganz gewöhnlicher Mann – ein Handelsvertreter vielleicht. Will wußte allerdings, daß Thomas für ihn der wichtigste Mensch war, dem er bisher begegnet war.

Thomas war Anfang Vierzig und Manager der Fulham Rangers. Einem Gerücht zufolge trainierte er sich selbst genau so unerbittlich wie seine Spieler und bot jedem seiner Spieler, der es schaffte, ihn im Zweikampf zu überholen, eine Prämie an. Einem anderen Gerücht zufolge hatte er bislang noch keine Prämie zahlen müssen.

Wie richtige Gentlemen saßen Thomas und Will im

Wohnzimmer der Tanten beisammen. Eleanor und Vannie hatten sich taktvoll zurückgezogen, damit die Männer sich über Fußball unterhalten konnten, was Männer ja bekanntlich gern tun.

»Ich hab' dich beim Spiel beobachtet, Will«, sagte Thomas, der sich genauso zugeknöpft verhielt, wie Will es erwartet hatte.

»Ich fühle mich geehrt, wenn *Sie* das sagen, Sir. Aufrichtig geehrt.« *Blödsinn.* Sämtliche Londoner Fußballclubs hatten Späher ausgeschickt, die ihn beim Spiel beobachten sollten.

»Sie sind ein Naturtalent. Keine Frage. Ich könnte einen tüchtigen Spieler aus Ihnen machen. Mit der Zeit wäre mir das bestimmt möglich.«

Will musterte Skipper Thomas, seelenruhig, so wie er sich eben allen gegenüber verhielt. »Ich bin bereits ein guter Spieler, Sir. Und Sie wissen das auch, sonst säßen Sie nämlich nicht hier.«

»Sie sind fünfzehn Jahre alt. In dem Alter ist niemand ein Spieler, sondern immer nur ein potentieller Spieler.«

»Ich bin trotzdem ein Spieler«, widersprach Will.

»Und ein bescheidener obendrein.« Thomas lachte gutmütig.

»Nein, bescheiden bin ich wirklich nicht, Sir. Es wäre nicht ehrlich, wenn ich das von mir behaupten wollte. Aber ich bin ein Torschütze, Sir. Ich habe keinen besonderen Teamgeist, ich habe kein Gefühl für die andern Spieler auf dem Feld. Ich bin ein Einzelgänger. Nur ein Torjäger. Mehr nicht. Ich bin aus dem gleichen Holz geschnitzt wie Johan Cruyff, Pelé, Gerd Müller. Ich bin der beste Fußballspieler meines Alters, den England je gesehen hat. Kein Profi ist schneller, keiner stärker als ich. Das können Sie in allen Zeitungen nachlesen.«

Über die Dreistigkeit dieses Jüngelchens mußte Thomas grinsen, vor allem deshalb, weil er wahrscheinlich recht hatte. »So heißt es in den *Lokal*blättern, Will.«
»Aber auch im *Telegraph*. Und in der *Sun*. Hören Sie, Mr. Skipper Thomas, warum kommen Sie nicht gleich zur Sache? Sie wollen, daß ich für Sie spiele; und ich möchte für Sie spielen. Lassen Sie doch den Zinnober. Wieviel sind Sie bereit zu zahlen, Sir?«

»Nun mach schon, Will, dribbel an mir vorbei. Falls du der Meinung bist, daß du kannst. Bist du nun der nächste Johan Cruyff oder nicht?«
Skipper Thomas und Will waren die einzigen, die nach dem offiziellen Training noch so lange den Ball traktierten. Tag für Tag. Nach jedem Training. So einen besessenen Erfolgswillen hatte Thomas noch nie erlebt, auch nicht bei jungen Nachwuchsspielern. Will war tatsächlich ein außergewöhnlicher Stürmer, der geborene Torschütze.
»Was krieg' ich, wenn ich's schaffe? Was ist für mich drin?«
»Zwanzig Pfund Sterling«, sagte Skipper und spuckte aus. Will lachte und ging weg. Der Oberkörper war nackt, und er schüttelte sein langes, blondes Haar. »Für zwanzig Pfund würde ich nicht einmal Ihre Frau vögeln.«
»In Ordnung. Fünfzig Pfund. Aber dann mußt du auch wirklich an mir vorbeiziehen.«
Will kam zurück, nahm die Herausforderung an. Thomas warf ihm den Ball zu. Will holte ihn sich mit dem Fuß, völlig gelassen, führte sich auf wie ein blöder, aufsässiger kleiner Mistkerl.
Skipper Thomas ging in die Hocke, blieb jedoch auf dem Sprung. »Wann immer du soweit bist, mein Sohn.«
Will war soweit. Und *niemandes* Sohn.

Will täuschte vor, nach links loszulaufen, unternahm blitzschnell einen Scheinangriff nach rechts, lief direkt auf seinen Trainer zu, um dann mit einer himmelwärts gereckten Faust und mit zum weltweiten Zeichen der Verachtung erhobenen Mittelfinger auf eine Weise an ihm vorbeizuziehen, als ob die Schuhe seines Trainers am Gras festkleben würden.
»Behalten Sie Ihr Geld«, rief er Thomas lachend zu. »Bei meiner Karriere werde ich's sowieso nicht brauchen.«

Zwei Jahre lang spielte er für die Rangers; dann wurde sein Vertrag von Manchester United gekauft, dem ewigen Spitzenreiter der ersten englischen Fußballiga: für anderthalb Millionen Pfund. In England war er bereits *der* Star. In seinem ersten Jahr erwies er sich als bester Torschütze und wäre fast zum Fußballer des Jahres gewählt worden. Da war er eben neunzehn Jahre alt.
Die Zeitungen schrieben begeistert von dem *»brennenden inneren Feuer«*, von der *»unglaublichen Fähigkeit, förmlich über das Feld zu fliegen«. »Aus dem Nichts stürzt er heran wie ein goldener Adler, um dann seinem natürlichen Horst entgegenzufliegen – dem gegnerischen Tor«*, schrieb der *Guardian.*
»Er ist der blonde Pfeil, der ins gegnerische Tor fliegt.«
»Auf dem Spielfeld ist Will Shepherd der vollkommene Egomane. Er hat die Einstellung des vollendeten Torschützen. Er spielt so, als wäre er ganz allein auf dem Feld.«
Mit 19 Jahren gelang Will auch der Sprung in die Klatschspalten. Er ging *»mit Freunden in Gloucestershire auf Fuchsjagd«, »auf dem Besitz von Lord Dunne in der Nähe von Balmoral zur Jagd auf schottische Moorhühner«, »in Anwesenheit der königlichen Familie spielte er Polo in Swinley Forest. Der blonde Pfeil macht eine eindrucksvolle Figur – ganz gleich, wo und in welcher Gesellschaft er sich befindet.«*

Als Zwanzigjähriger führte er Manchester United zur englischen Meisterschaft. Manchen galt er als der größte Fußballstar in Europa. Bei der FIFA-Auszeichnung des weltbesten Spielers kam er auf den zweiten Platz. »Um ehrlich zu sein, Scarlet«, meinte er einer Freundin gegenüber, »es ist mir scheißegal, was da irgendwer von meinem Spiel hält. Ob ich bester Spieler bin oder nicht, entscheide ich selbst.«
Bald gab es die ersten beunruhigenden Nachrichtenmeldungen über ihn – womit er aber für die Öffentlichkeit erst recht interessant wurde. Es kursierten Gerüchte von Alkoholmißbrauch, Drogen und Schlimmerem. Er versäumte das Training vor einem Match *»aus persönlichen Gründen«*. Liverpool transferierte ihn für zwei Millionen Pfund an einen Konkurrenten. Außerhalb der Fußballsaison begann Will in Grand-Prix-Autorennen zu fahren – was ihm durch seinen Vertrag ausdrücklich verboten war. *»Falls ich überlebe, spielt es keine Rolle. Falls ich sterbe, spielt es auch keine Rolle«*, wurde er von einer Boxe aus zitiert.
Will war überall im Gespräch – er war absolut *unwiderstehlich.*

20. Kapitel

Unwiderstehlich.
Will fuhr zum Landsitz von Melanie Wellsfleet in der Grafschaft Somerset. Er saß hinter dem Steuer ihres roten Ferraris und jagte den brandneuen Wagen auf der engen, kurvigen Landstraße einmal auf 195 Stundenkilometer hoch; der Tacho zeigte selten unter 150.
»He, das ist doch kein Rennwagen!« rief Melanie bei einem

angstschweißtreibenden Tempo auf einer gefährlichen Strecke lachend.

»Jetzt schon. Mit mir am Steuer bestimmt. Halt dich fest, Mel. Für die Fahrt deines Lebens!«

Der Landsitz in Somerset entsprach ganz Wills Erwartungen – er war nur noch viel beeindruckender, als er sich vorgestellt hatte. Die Rasenflächen wirkten wie mit Pinzetten gepflegt. Ryertton Hall selbst, mit seinen sechsundzwanzig Räumen, war wie ein Museum aus der Tudorzeit.

»Mein Boß kann anscheinend aufgrund meiner Leistungen gut leben«, sagte Will zu Melanie, als sie ihm die neun Schlafzimmer des Herrenhauses aus dem 16. Jahrhundert zeigte. Melanie war die 31jährige Ehefrau von Sir Charles Wellsfleet, dem Eigentümer des Fußballclubs, für den Will spielte; ihm gehörten ferner ein Gestüt mit Rennpferden und ein renommiertes Verlagshaus. Sir Charles Wellsfleet war 69 Jahre alt.

»Dieses Haus hat Charles schon gehört, bevor du auf der Szene erschienen bist«, widersprach Melanie lachend und nahm Will in die Arme. Die Affäre zwischen den beiden währte bereits vier Wochen. Melanie konnte nicht genug von Will bekommen und war fest überzeugt, daß es ihm umgekehrt nicht anders ging. So was von Leidenschaft kann er unmöglich vortäuschen, redete sich das ehemalige Fotomodell in gelegentlichen trübsinnigen Momenten ein.

»Du hast mir so gefehlt. Ich brauche dich. Ich will dich«, sagte Melanie, als sie das Herrenschlafzimmer mit seiner herrlichen Aussicht auf den Ziergarten mit dem kunstvoll beschnittenen Baum- und Buschwerk und der Wasserterrasse erreichten. »Was *brauchst* du? Was *willst* du?«

Die Frage schien ihn zu belustigen. Er wanderte durch die geräumige Suite und wühlte in Melanies riesiger Garderobe im begehbaren Wandschrank und in den Schubladen.

Er zog etliche Kleidungsstücke, Nachthemden, Unterwäsche und Strümpfe heraus und legte sie übers Bett und auf den Fußboden.
»Darf ich wissen, was du vorhast?« Melanie schmollte ein ganz klein wenig. »Ich hab' gar nicht gewußt, daß du, was meine persönlichen Sachen betrifft, ein Fetischist bist.«
»So ist es aber. Wirst du für mich Model spielen? In so schönen Reizklamotten hab' ich dich noch nie gesehen. Ich würde dich gern mal so sehn.«
Melanie strahlte. Sie mochte seine Phantasien, seinen Spieltrieb. Er war eben keiner von diesen hohlköpfigen Fußballstars, die sie sich in der Vergangenheit herausgepickt hatte. Im übrigen hatte Will seinem Ruf als sensationeller Liebhaber alle Ehre gemacht. Sie begriff, was es mit diesem ganzen Kult um den blonden Pfeil auf sich hatte. Sie war ganz besessen von ihm; sie konnte sich keine Frau vorstellen, die von ihm nicht besessen gewesen wäre. Er war wirklich verdammt gut im Bett.
Sie probierte eine Abendgarderobe von Karl Lagerfeld an, ein schwarzes Kleid von Jil Sander, Sandalen von Chloë. Will saß in seiner vollen splitternackten Herrlichkeit auf dem Bett, spielte an sich herum und sog jede Bewegung Melanies in sich auf.
Sie wußte schon, daß er sich stundenlang einen Steifen halten konnte. Falls er mit dem Vögeln überhaupt ein Problem hatte, dann bestand es darin, einen Höhepunkt zu erreichen. Mit ihr war es ihm bisher noch nicht gelungen. Das war aber doch etwas, worauf man gespannt sein durfte, oder?
Sie hatte ein rotes Kleid und ein funkelndes enges Perlenhalsband angelegt, als ihr plötzlich klar wurde, daß sie es einfach nicht länger aushielt. Sie ging auf Will und seinen Prachtpfeil zu.

»Bitte, bitte, besorg's mir!« rief sie lachend und ließ sich theatralisch in Ohnmacht fallen. »Gestatte, daß ich mich auf dein Schwert stürze!«
Will ließ es keineswegs zu, daß sie das Carolina-Herrera-Kleid auszog, das etliche tausend Dollar gekostet haben mußte; nicht einmal die Pumps von Ernesto Esposito. Er benutzte Hermès-Schals und -Strümpfe, um Melanie an die Bettpfosten zu fesseln und sie danach mehrere Stunden lang zu lieben. Er verhalf ihr so oft zum Höhepunkt, daß sie schließlich das Zählen vergaß. Doch er selbst kam nie.
Sir Charles Wellsfleet traf abends um elf Uhr auf seinem Landsitz ein, nach einem entsetzlich anstrengenden Arbeitstag mit endlosen Geschäftssitzungen, und rechnete damit, Melanie, wie üblich, schlafend im Schlafzimmer zu finden.
Seine Frau war jedoch hellwach, mit Augen, die wie hellblaue Murmeln wirkten, und machte einen Eindruck, als ob sie tagelang nur geschluchzt hätte. Sie war immer noch mit den Schals und Nylons an den Bettpfosten festgebunden und, bis auf das Perlenhalsband, nackt. Das Gesicht war verquollen und so bleich wie die weißen Perlen, die sie am Hals trug. Die kostbare italienische Unterwäsche lag über das Bett verstreut, neben den Schuhen und dem zerrissenen Kleid von Carolina Herrera.
In jenem Sommer wurde Will in aller Stille aus Sir Charles' Fußballmannschaft herausbefördert. Die Medien vermuteten alles mögliche; auf den wahren Grund kamen sie nicht: Will war Melanie überdrüssig geworden. Der blonde Pfeil wollte auf einer viel größeren Bühne auftreten.

21. Kapitel

Eine Woche vor der neuen Spielsaison lud Will seinen Bruder Palmer in sein Apartment im vornehmen Londoner Stadtteil Chelsea zu sich. Die Wohnung war offensichtlich teuer und kostbar eingerichtet, doch wirkte alles völlig steril – als ob hier niemand *lebte.* Im Hintergrund spielte leise, ruhige Musik – eine Aufnahme mit Maggie Bradford.

»Ich brauche deine Hilfe«, erklärte Will, als er an dem teuren Brandy nippte, den er für sie beide eingeschenkt hatte. Es war bereits sein viertes oder fünftes Glas; die Schallplatte lief schon zum drittenmal.

Palmer warf seinem Bruder einen erstaunten Blick zu. Will hatte ihm noch nie den Eindruck gemacht, auf einen Mitmenschen angewiesen zu sein. »Wie sollte ich dir denn helfen können, Will?«

»Ich brauche einen Manager. Und ich glaube, du wärst für mich genau der richtige. Ich habe lange drüber nachgedacht.«

»Einen Manager! Aber du hast doch Jacob Golding.«

»Der kümmert sich um die geschäftlichen Angelegenheiten. Ich meine: einen Manager für meine privaten Belange. Für mich persönlich. Jemand, der auf mich aufpaßt. Der mich davor bewahrt, Blödsinn zu machen.« *Ich krieg' langsam vor mir selber Angst. Und wer soll mir da helfen, wenn nicht du?*

»Ein Kindermädchen, Will?« Palmer schüttelte den Kopf und begann zu lachen.

Will zuckte die Schultern. »Wenn du es unbedingt so nennen willst. Wirst du die Sache übernehmen? Die Bezahlung ist verdammt gut.«

Palmer leerte seinen Brandy und stand auf. »Kommt nicht in Frage, großer Bruder.«

»Wieso nicht? Was machst du denn so Wichtiges?«

»Wenn du schon danach fragst – ich habe eine gute Position in der Marketingabteilung bei Cadbury's. Aber ich würde dein Angebot auch nicht annehmen, wenn ich arbeitslos wäre.«
Will grinste. »Weil du mich haßt?«
Palmer schüttelte den Kopf. Er war blond wie sein Bruder, trug sein Haar aber kurz. »Nein. Weil ich es verabscheue, in deinem Schatten zu leben. Hassen tu' ich dich nicht. Dich kann doch niemand hassen.«
»Du willst mir also nicht helfen? Selbst wenn ich dir gestehe, daß ich furchtbar unglücklich bin? Daß ich innerlich völlig ausgelaugt und leer bin? Daß ich mich Nacht für Nacht mit Selbstmordgedanken herumschlage?«
Palmer konnte die Augen nicht von seinem famos schönen und erfolgreichen Bruder nehmen. Er setzte sich wieder hin. »Ist das dein Ernst, Will? Dein blutiger Ernst? Oder tust du bloß so? Ist das nur wieder dein übliches Hirnkino? Ein Spiel mit einer neuen Rolle?«
»Es ist mir absolut ernst. Ich hätte sogar in diesem Moment Lust, mich umzubringen. Jetzt, wo wir uns hier unterhalten. Hört sich das vielleicht an, als ob ich Witze mache?«
»Mein Gott!« sagte Palmer. »Ich glaube wirklich, daß es dir ernst ist. Oder du bist verrückt. Vielleicht sogar beides.«
»Ich tauge nichts«, sagte Will. »Ich bin nichts wert. Nie etwas wert gewesen. Du bist der einzige Mensch, der mir helfen kann, Palmer. Wir beide müssen zusammenhalten.«
Palmer hatte sich wieder erhoben, mit einem merkwürdigen, traurigen Lächeln, das eigentlich gar kein Lächeln war. »Es tut mir leid«, sagte er, »aber ich kann dir nicht helfen, Will. Da mußt du dir jemand andern suchen.«
Will sah seinem Bruder nach, als er das Zimmer verließ. Er füllte sein Brandyglas nach und leerte es in einem Zug.

»Aber wie könnte ich denn jemand andern finden?« flüsterte er. »Wer sollte mich denn wirklich lieben?«

22. Kapitel

Stell dich der Situation, Maggie. Es wird Zeit, daß du zu Will kommst, daß du endlich von Will erzählst, damit du es hinter dich bringst, ein für allemal. Und das wollen doch alle von dir hören.

Die Leute fragen mich – vor allem die Reporter –: Wie habe ich mich nur in Will verlieben können? Und darauf kann ich immer nur antworten: *Sie hätten sich auch in ihn verliebt. Der Bruchteil einer Sekunde, und schon war es geschehen. Machen Sie sich da nichts vor.* Aber so ist es nicht gewesen – jedenfalls nicht bei mir.

Will konnte allerdings, in der Tat, *sehr* liebenswürdig sein. Sie können sich das ja nicht vorstellen! Und *ich* war äußerst liebebedürftig. Ich *wollte* geliebt werden – das war mir wichtiger als alles sonst. War es schon immer gewesen. Geht das nicht allen so? Ihnen etwa nicht?

Es kam mehr oder weniger so. Und das ist die Wahrheit und nichts als die Wahrheit, so wahr mir Gott helfe.

Meine erste Europatournee begann in London. Sie war anstrengend, chaotisch, aber wunderbar. Eine herrliche Zeit. Ich wohnte mit Jennie im Hotel Claridge's. Wir sahen uns den Wachtwechsel der Königlichen Garde vor Buckingham Palace an, besuchten eine Aufführung von Agatha Christies Theaterstück *The Mousetrap*, besichtigten Westminster Abbey, den Big Ben. Wir beide waren ideale Touristen, die besten Freundinnen.

Ich sollte in London zwei Konzerte geben. Und war Ehrengast auf einem Kostümball in Mayfair, für den die Eintrittskarte eintausend Pfund Sterling kostete – sämtliche Einnahmen kamen der Kinderkrebshilfe zugute.
Am Abend dieses Wohlfahrtsballs übte ich den »großen Auftritt« im Salon unserer Hotelsuite.
»Mom, nein! So kannst du dich wirklich nicht in der Öffentlichkeit zeigen!« rief Jennie und verzog das Gesicht, als ob sie gerade einen Schluck warmes Starkbier runterschlucken sollte.
Ich hielt mir ein Visier aus Goldlamé als Kostümballmaske vor die Augen und bog mich vor Lachen, als ich mich im Spiegel sah. Jennie hatte völlig recht. Ich platzte fast aus dem steifen alten Ballkleid und zeigte viel mehr Busen, als ich mir vorgestellt hatte. *Herrje!*
»Natürlich werde ich mich so in der Öffentlichkeit zeigen. Ich finde das Kleid so einfach perfekt. Barbara Cartland würde mir sofort recht geben.«
»Und wer ist Barbara Cartland? Deine Kostümschneiderin? Oder die für die Draculafilme?«
»Du weißt nicht, wer Barbara Cartland ist? Na also, das zeigt nur, daß du von Kostümen überhaupt nichts verstehst. Bei dieser Sache hast du nicht mitzureden.«
Jennie verdrehte die Augen. Sie vergrub beide Hände in ihrem Haar. »Aber wen willst du denn in dem Kleid darstellen? Nun laß mich doch nicht in solch fürchterlicher Ungewißheit.«
»Eine Königin am Hofe Ludwigs VI. Was denn sonst?«
Jennie kicherte. Sie ließ sich auf den dicken Teppich fallen und kugelte sich.
»Du siehst eher wie eine Stripperin aus. Tut mir leid. Entschuldige. Ich mach' ja bloß Spaß, Mom.«
»Das will ich auch hoffen.«

Aber was soll's – was spielte es schon für eine Rolle, wie ich ausschaute? Das Ganze war ja nur ein Traum, oder? Das Ganze konnte doch gar nicht wahr sein. Das war alles viel zu schön, um wahr zu sein. Ich war überglücklich.

23. Kapitel

Weil es meinem Wesen ganz und gar nicht entsprach. Deshalb waren Kleid und Maske so perfekt.
Der Ball fand im Haus von Lord Trevelyan statt, in einem vierstöckigen Stadtpalais aus dem 18. Jahrhundert, das an diesem Abend von den Dächern umliegender Gebäude durch riesige Scheinwerfer angestrahlt wurde.
Zur gleichen Zeit traf die schwarze Limousine einer ausgelassenen Gruppe ein, die sich als Literaten der Bloomsbury Group aus den 1920er Jahren kostümiert hatten. Die Leute trugen Knickerbocker, Suffragettenblusen und lange, bauschige Röcke; sie kamen mit verstaubten Büchern und Körben voller Schnittblumen in der Hand. Das hätte Jennie bestimmt gefallen.
Bald darauf ertönte ein Trompetenstoß. Die Gäste wurden still. Auf der Treppe, die zum Foyer herunterführte, wo sich die meisten von uns versammelt hatten, erschien – Königin Elisabeth I.! Ihre Krone mit Rubinen und Saphiren funkelte im Licht; ihr Kleid, das mit tausend Perlen behängt war, wirkte so königlich wie die Trägerin. Ein Traum, nicht? Aber ein schöner Traum.
Die Königin war natürlich unsere Gastgeberin, Lady Trevelyan. »Das Buffet ist eröffnet«, verkündete ein Butler, und wir betraten einen herrlichen Speisesaal, wo wir uns von Lachs, Salat, Käse, frischem Obst und *Petits fours* reichlich

nahmen. Nach etwa einer Stunde erhob sich Lady Trevelyan und gab zwei Lakaien per Kopfnicken ein Zeichen. Die Türen zum großen Ballsaal wurden geöffnet, bald darauf setzte auch die Musik ein. Walzer und Foxtrot.
Auf der Tanzfläche trat ein Mann auf mich zu. Ich hätte mich weggedreht, fand mich aber in einem Gedränge und konnte nicht weg.
Er war ganz in Schwarz gekleidet mit einer Kapuze über dem Kopf, sein Gesicht von einer Maske verdeckt, so daß nur die Augen sichtbar waren. Er hatte sehr schöne Augen, wie ich nicht umhinkonnte festzustellen. Ich spürte eine Erregung. Seltsam.
»Sie sind Maggie Bradford«, sagte er. »Geben Sie mir bitte Ihre Juwelen, oder Sie zwingen mich, sie Ihnen zu stehlen.«
»Sie befinden sich im Vorteil«, erwiderte ich. »Sie kennen meinen Namen. Ich dagegen weiß nicht, wer Sie sind.«
Er machte eine Verbeugung und führte meine Hand an seine Lippen. »Ich bin Raffles – der berüchtigte Dieb. Stehe zu Diensten. Und lieber als Ihre Juwelen würde ich Ihr Herz stehlen.«
Ich wandte meinen Blick nicht von seinen Augen ab. »Dann gestatten Sie bitte, daß ich Ihr Gesicht sehe. Ich kann doch nicht einfach irgendeinem Unbekannten erlauben, mein Herz zu stehlen.«
Ich wußte nicht, was ich von ihm halten sollte. Seit ich jemand geworden war, hatten viele Männer versucht, mich zu verführen; das hier war eine ganz neue Form der Annäherung: Hi, ich würde Ihnen gern die Juwelen stehlen oder noch lieber Ihr Herz.
Er machte eine weitere Verbeugung, und mit einer einzigen Handbewegung entfernte er Maske und Kapuze.
Vor mir stand, ohne jede Übertreibung, einer der schönsten

Männer, die mir je begegnet waren. Das blonde Haar fiel ihm auf die Schultern. Die grünen Augen strahlten in einem alles verzehrenden Leuchten. Mir klang der Kopf vor Musik. Seine Bräune verriet, daß er sich viel im Freien aufhalten mußte. Das Gesicht zeigte keinerlei Faltenbildung. Er war noch jung. Sein Lächeln – und jetzt lächelte er wirklich – offenbarte vollkommen weiße Zähne. Die Haut um das Kinn war straff und glatt.
»Raffles. Tatsächlich? Und wie nennt man Sie bei Tageslicht?« fragte ich.
»Will«, sagte er. »Will Shepherd.« Er trat einen Schritt zurück, um besser beobachten zu können, welche Wirkung sein Name bei mir auslöste.
Er löste bei mir überhaupt nichts aus. Ich hatte noch nie von ihm gehört. »Ein hübscher Name«, sagte ich. Mir war sein Akzent aufgefallen. »Sie sind Amerikaner?«
»Von Geburt. Ich habe aber fast mein ganzes Leben in England gelebt. Ich habe mich nur geweigert, die Sprechweise der Engländer anzunehmen. Ich bin manchmal dickköpfig. Meistens.«
»Und was treiben Sie so, Mr. Shepherd? Abgesehen von der Straßenräuberei?«
Sein Lächeln wurde noch breiter – sofern das möglich war. »Bedaure, aber ich bin Fußballer. Sie könnten sich ja mal ein Match ansehen, in dem ich spiele.«
»Warum nicht? Obwohl ich Sie warnen muß – ich bin nicht gerade ein Sportfan.«
»Ich dagegen bin ein schamloser Fan von Ihnen«, erklärte Will.
»Ich liebe Ihre Musik«, fuhr er fort. »Vor allem die Texte Ihrer Songs. Sie spiegeln viele Erfahrungen wider und sind so voller Verständnis.«
Er faßte mich plötzlich am Arm. »Ich höre mir andauernd

Ihre Lieder an, Maggie Bradford. Ich möchte Sie heute abend zu mir nach Hause mitnehmen. Ich meine es ernst. Ich möchte mit Ihnen schlafen. Lassen Sie uns sofort gehen. *Ich weiß, daß Sie mich auch wollen.*«

Wie konnte er sich mir gegenüber so etwas herausnehmen? Wie konnte er nur ... *Ich weiß, daß Sie mich auch wollen.*

»Wie können Sie es wagen!« brüllte ich ihm über die laute Musik zu.

Ich knallte ihm eine. Er wich einen Schritt zurück, war völlig überrascht. Die Musiker mußten meine Stimme gehört haben, denn sie brachen mitten im Stück ab. Alles starrte uns an.

Es war mir egal. Die Berührung meines Arms war wie eine Berührung Philips gewesen; er sprach mit mir in genau demselben Ton, wie Philip mit mir gesprochen hatte!

»Wenn Sie meinen Liedern wirklich zugehört hätten, würden Sie wissen, was ich von billigen Annäherungsversuchen halte«, rief ich. Meine Stimme bebte; ich zitterte am ganzen Leib. »Sie haben mir das Fest gründlich verdorben. Es interessiert mich nicht im geringsten, ob Sie der beste Fußballspieler der Welt sind oder nicht. Für mich sind Sie ein Dreck, und wenn Sie noch einmal so mit mir reden, werde ich Sie –« Das Wort lag mir schon auf der Zunge, ich hatte sagen wollen: *umbringen.*

Er hatte sich bereits von mir entfernt, deshalb mußte ich den Satz gar nicht beenden. Ich beobachtete – es wurde von *allen* beobachtet –, wie er quer durch den Saal zur Tür ging, hocherhobenen Hauptes, mit wehendem Haar, gemessenen Schrittes, sehr männlich – auf eine Weise, die ich als absolut widerlich empfand.

Ich stand regungslos da. Kämpfte gegen eine plötzliche Verlegenheit und Wut an. Die Musik setzte erneut ein. Die Leute begannen wieder zu tanzen. Lady Trevelyan trat auf mich zu und berührte mich ganz sachte am Handrücken.

»Entschuldigen Sie«, platzte es aus mir heraus, ich war den Tränen nahe, »es tut mir so leid. Ich wollte keine Szene machen. Verzeihen Sie mir bitte.«

»Sie sollten nicht einmal dran denken«, sagte sie beinahe lachend. »Sie haben Will Shepherd gegeben, was er verdient hat. Es gibt hier im Saal wohl keine einzige Frau, die Ihnen in diesem Augenblick nicht insgeheim applaudiert.« Nun lachte die Gastgeberin ganz ungehemmt. »Obwohl sie alle miteinander mit ihm ins Bett hüpfen würden, wenn sie die Gelegenheit hätten. Ihnen herzlichen Glückwunsch, Maggie.«

Zweites Buch

Die Ruhe vor dem Sturm

24. Kapitel

Es war an einem der ersten Termine bei Gericht – an welchem genau, weiß ich nicht mehr, ich kann mich aber noch erinnern, wie glücklich es mich gemacht hat, aus dem Gefängnis herauszukommen, ganz gleich, aus welchem Grund, und sei es nur für den Weg zum Gerichtsgebäude.
Natürlich fühlte ich mein Kainsmal M auf der Stirn. Obwohl ich unschuldig bin, bis meine Schuld bewiesen ist. Aber eben nicht nach Auffassung vieler Leute; diese Erfahrung habe ich jedenfalls machen müssen. Menschen, die mich überhaupt nicht kennen, haben mich schon im voraus verurteilt und verdammt.
Manche halten mich für eine Mörderin. Andere werfen mir vor, daß ich mit vielen Männern geschlafen habe – obwohl nichts, weiß Gott, weiter von der Wahrheit entfernt sein könnte. Was mich jedoch am meisten schmerzt, mir die tiefste Wunde zugefügt hat, ist die Beschuldigung, meinen Kindern eine schlechte Mutter gewesen zu sein. Wenn sie mich nur für zehn Minuten mit meinen beiden Kindern zusammen beobachten könnten – wenn sie Jennie und Allie nach ihrer Mutter fragten –, würden sie das Ausmaß ihres Irrtums erkennen.
Doch ich bin von vornherein verurteilt. *Frauen,* so kommt es mir manchmal vor, *sind schuldig,* solange *ihre Unschuld* nicht bewiesen ist. Und besonders hart gehen ihre Geschlechtsgenossinnen mit ihnen ins Gericht. Wieso eigentlich?
Ich trug mein scharlachrotes M an diesem Morgen also zum

Gerichtssaal. War ich froh, aus dem Gefängnis raus, im Freien zu sein! Es muß eine hochgradige Pollendichte geherrscht haben; denn mehrere Menschen, an denen wir auf der Straße vorbeikamen, haben heftig geniest, und auf den parkenden Autos hat eine dünne grüne Staubdecke gelegen.

Die mich begleitenden Gefängniswärter kannten und mochten mich. Sie gaben sich alle Mühe, mich vor dem Mob vor dem Gerichtsgebäude zu schützen. Einige der »Fans« trugen Plakate mit Schimpfparolen: *»Maggie ist eine Mörderin«* und *»Mannsmörderin«* und *»Gebt Maggie den* STUHL, *das viele Morden hat sie angestrengt«*.

»Halten Sie den Kopf gesenkt, Maggie, halten Sie sich einfach dicht an uns«, sagte mir ein Wachmann.

Ich war so lange im Gefängnis, von der Welt abgeschnitten gewesen, daß ich mich gern ein wenig umgeschaut hätte – doch der Wachmann hatte recht. Ich senkte also den Blick, obwohl mir das wie ein Schuldeingeständnis vorkam.

Die Presseleute waren clever und wußten genau, wo man vor Gericht am besten auf Lauer liegt. Sie erwarteten uns beim Betreten des Gebäudes: Dort schlugen sie zu.

Es war die übliche Lawine von gefühllosen Fragen. Man streckte mir Mikrofone entgegen – sollte ich etwa für sie singen? TV-Kameras starrten mich aus ihren großen, toten Augen an.

Eine Reporterin mit blondem Fransenhaarschnitt lehnte sich weit über die Absperrung des Seiteneingangs. »Maggie! Hierher, Maggie. Bitte!« flehte sie.

Ich hob unwillkürlich den Kopf und fing ihren Blick ein. »Was ist mit Patrick?« fragte sie dann. Hinter ihr tauchte eine gnadenlose Kamera auf. »Haben Sie ihn ebenfalls ermordet? Haben Sie es getan, Maggie?«

Ich hatte noch nie einem Menschen ins Gesicht gespien. Ich

spucke niemanden an, niemals ... Doch diese Reporterin habe ich angespuckt. Ich weiß auch nicht, was plötzlich in mich gefahren ist.
Die TV-Kamera hat es eingefangen – der Vorfall mit dem Spuckvolltreffer erschien auf allen Fernsehkanälen, wurde immer und immer wieder gezeigt. Ein unbeherrschtes Temperament. Die *wahre* Maggie Bradford?
Was ist mit Patrick?
Haben Sie einen dritten Mann umgebracht, Maggie?
Würde es eigentlich noch wen überraschen, wenn ich es getan hätte?

25. Kapitel

»Buchhalter verstehen einen Scheißdreck. Warum zum Teufel zahlen wir ihnen überhaupt was? Das wäre endlich mal eine Sparmaßnahme, mit der ich einverstanden wäre.«
So sprach Patrick O'Malley, als er in seinem noch unvollendeten, namenlosen und noch nicht eröffneten Hotel an der Sixty-Fifth Street und Park Avenue im Badezimmer der noch unmöblierten Tower-Suite stand.
Er warf seinem Buchhalter und Vorstandsvorsitzenden Maurice Freund einen finsteren Blick zu. Für Freund war die Meinung seines Chefs zu Buchhaltern nichts Neues. »Immerhin verstehen wir etwas von Kosten«, meinte er ungerührt, »und Sie verschwenden unnötigerweise ein Vermögen.«
»Es *muß* Seife von Pears sein!« tobte O'Malley. »Die Handtücher *müssen* von Porthault sein! Und in der Tower-Suite ist ein Jacuzzi *absolut notwendig.*«

Freund seufzte und zuckte mit den Schultern. »Die gute Nachricht – alle Zimmer sind ausgebucht. Die schlechte Nachricht – mit jeder Buchung verlieren wir Geld.«
»Dann werden wir eben die verdammten Zimmerpreise noch einmal überprüfen. Wenn man den Leuten das Beste verspricht, muß man ihnen auch das Beste liefern – und dieses Hotel *wird* das beste Hotel, verdammt noch mal, oder Sie werden Seife von Pears fressen müssen!«
»Solange es nur Seife von Pears ist«, sagte Freund grinsend.
O'Malley brummte. »Sind alle Bauarbeiten im Zeitplan?«
»Jawohl. Bei *dem* Zeitplan. Acht Monate Verzögerung – aber wir hatten ja zwanzig Prozent Zeitverlust einkalkuliert.«
»Das heißt noch immer weniger Zeitverlust, als Sie ursprünglich einkalkuliert hatten?«
»Zehn Prozent weniger.«
»Dann verrechnen Sie die Extrakosten für die Seife und die Handtücher gegen diese zehn Prozent.«
»Unmöglich.« Freund nahm O'Malley beim Arm und steuerte ihn aus der Suite hinaus zum vorläufigen Lift. »So wie ich Sie kenne, wird der Kostenplan in allen Punkten überzogen. Die Zimmerpreise *werden* erhöht.«
Falls O'Malley dazu eine Meinung hatte, so behielt er sie für sich. Statt dessen sagte er: »Ich weiß übrigens, welchen Namen ich dem Hotel geben werde.«
Endlich mal eine gute Nachricht, dachte Freund. *Wird aber auch höchste Zeit.* »Welchen?«
»Ich möchte es ›The Cornelia‹ nennen.«
»›The Cornelia‹. Ausgezeichnet.« Freund wußte sehr wohl, daß der Boß seine Reaktion genauestens registrieren würde; seine Freude war jedoch echt, das freundliche Lächeln aufrichtig gemeint. »Das ist ein guter Name für ein Hotel. Eine perfekte Wahl, Patrick.«

»Es ist, glaube ich, überhaupt das erste Mal, daß ein Hotel der Weltspitzenklasse nach einer Frau benannt wird.« O'Malley sagte es beinahe schüchtern.

»Dann ist es eben ein einzigartiger Name für ein einzigartiges Hotel. Außerdem kommt das alles im richtigen Moment.«

»Sie war auch eine einzigartige Frau«, sagte O'Malley. »Absolut. In dem Punkt sind wir endlich einmal einer Meinung, Maurice.«

Freund ergriff O'Malleys Hand und schüttelte sie kräftig. Der Buchhalter verriet allem Anschein nach sogar Gefühl. »Das Hotel gilt ihrem Andenken. Es ist Ihr Tribut an die Frau, die Sie geliebt haben.«

26. Kapitel

Zwanzig Jahre lang waren Cornelia und Patrick O'Malley eins der hofiertesten und beliebtesten Ehepaare von New York. In ihrer Gegensätzlichkeit ergänzten sie sich auf geradezu ideale Weise. Er war der ruppige Selfmademan, der aus einer kleinen Motelgruppe eine Luxushotelkette in den USA und Europa aufgebaut hatte, und sie eine Schönheit, die ihre großbürgerliche Familie, die Whitings, vor den Kopf stieß, als sie ihr Herz an einen Katholiken verlor, der nicht mal in Princeton studiert hatte. Cornelias Kühle mäßigte sein hitziges Temperament; Patricks Leidenschaft weckte die Leidenschaft in ihr. Und in dem Kreis der Superreichen, in dem sie sich bewegten, gaben sie nicht ein einziges Mal Anlaß zu einem Skandal. Er blieb ihr, trotz unzähliger Versuchungen, immer treu, und seine Treue verlieh ihr Kraft. Hinter ihrer königlichen

Fassade war sie weich und voller Vertrauen – zu ihm, auf immer und ewig.
Dieses »Auf immer und ewig« fand allerdings ein jähes Ende durch einen Gehirntumor. Innerhalb von achtzehn Monaten war sie körperlich am Ende, und er blieb im Alter von 54 Jahren allein zurück mit seinem Reichtum, seinem rebellischen Sohn Peter und dem tiefen Mitgefühl der Freunde.

Jetzt baute er um die Hülse eines alten Stadthauses sein großartigstes Hotel, ganz ähnlich, wie es Helmsley mit dem »Palace« getan hatte. Bei seiner Fertigstellung würde es 400 Zimmer umfassen, darunter siebzig Suiten – einige mit dem ursprünglichen Marmor vom Witherspoon House. Die Gäste würden zwischen verschiedenen Einrichtungsstilen wählen können: italienische Renaissance, französisches 18. Jahrhundert und ultramodernes amerikanisches Design.
Und auf allen Zimmern des »Cornelia« – O'Malley wunderte nun, daß ihm der Name nicht gleich bei der Konzeption des Hotels in den Sinn gekommen war – würde es Seife von Pears und Handtücher von Porthault geben. Es sollte ein echtes Grandhotel werden, so wie man früher, in der guten alten Zeit, vor der Erfindung der Buchhalter, Luxushotels eingerichtet hatte.
Er verbrachte den ganzen Tag im Hotel, traf sich morgens mit Freund, überwachte höchstpersönlich, wie die Marmorsäulen in der Lobby Zentimeter für Zentimeter poliert wurden, überprüfte Sitze und Beleuchtung in der Gold Bar, um dann mit seinem Chefarchitekten Michael Hart zu Mittag zu essen.
Das Arbeitsgespräch der beiden zog sich über die Dauer des Lunchs hin. Sie diskutierten über verschiedene Punkte, ins-

besondere über die Vergoldung der Renaissanceornamentik in der großen Lobby und das Filigran über den Fenstern am Eingang auf die Lexington.

Wieder allein im Hotel, begab sich O'Malley in die Küche, wo er endlich das angenehme, befriedigende Lärmen von Hämmern und Bohrern vernahm. Nachdem er vierzehn Wochen auf das Material gewartet hatte, sollten nun endlich die Herde aus rostfreiem Edelstahl, die Warmhaltevorrichtungen und Theken eingebaut werden. Kupfertöpfe und -pfannen waren, wie O'Malley zufrieden feststellte, bereits so viele vorhanden, um den größten Lagervorrat in ganz Manhattan zu bilden.

Um 19.30 Uhr ging O'Malley in der Lobby wieder unter der antiken Uhr her – ein Chronometer, das einstmals den Winterpalast Katharinas der Großen in St. Petersburg geziert hatte.

Im Zentrum des Hotelatriums, im hinteren Teil der Lobby, war ein aus Rom importierter Brunnen von Bernini in seiner ursprünglichen Schönheit restauriert worden. Am Nachmittag waren endlich alle Klempnerarbeiten abgeschlossen worden; Timothy Sullivan von der Bronx Local 41 hatte O'Malley am Telefon mitgeteilt, daß nunmehr alles funktionstüchtig sei.

»Alles einsatzbereit«, murmelte O'Malley und entsicherte den Hauptschalter, der die Wasserhähne und -sprühvorrichtungen des Brunnens steuerte.

Das Wasser stieg in weichen Wellen empor. O'Malley strahlte wie ein Kind am Weihnachtsabend. »Mensch, ist das schön«, sagte er laut in den menschenleeren Garten hinein.

Doch das Wasserspiel müßte noch höher emporsteigen, befand er bei genauerem Hinsehen. Er drehte am Schalter. Nichts tat sich. So würde die Fontäne ja das Licht der

Nachmittagssonne einfangen, das war ja wie die Ejakulation bei einem Neunzigjährigen!
Dieser Mistkerl Sullivan! Alles funktionstüchtig – von wegen! Mit dem werd' ich noch ein Wörtchen zu reden haben.
Und schon hatte O'Malley für den kommenden Tag die erste Aufgabe.
Er ging erneut unter der Uhr in der Lobby her, blieb stehen, verglich ihre Zeit mit seiner Taschenuhr. Zwanzig Uhr sechzehn! Die Uhr in der Lobby ging drei Minuten vor!
Ihn packte eine Stinkwut. »Nun mal langsam.« Er stellte sich vor, Cornelias beruhigende Stimme zu hören. »Vorsicht! Immer mit der Ruhe.« Doch mit Vorsicht hatte er nichts im Sinn. Mit diesem Haufen von inkompetenten Kriechern um ihn herum – und ohne Nellie –, wozu war da überhaupt ein langes Leben gut?

27. Kapitel

Als Jennie dreizehn Jahre alt wurde und ihr Übertritt zur High-School bevorstand, habe ich im Städtchen Bedford im Staat New York an der Greenbriar Road ein wunderschönes Anwesen erworben. Es war höchste Zeit, daß wir beide ein echtes Zuhause bekamen. Was noch wichtiger war: Jennie brauchte eine gute Schule.
Ich wollte endlich feste Verhältnisse und eine friedliche Umgebung – Jennies wie meinetwegen. Das Haus war unser beider Wahl. Es gefiel uns gut mit seinem großen Garten, und auch das Städtchen mochten wir. Wir hatten endlich eine Heimat gefunden.
Ich war bereits berüchtigt dafür, mit Konzertauftritten äu-

ßerst wählerisch zu sein. Oft war ich einfach nicht bereit zu reisen. Ich hatte mir klare Prioritäten gesetzt und einen kühlen Kopf bewahrt. Ich hatte mich nie als Star betrachten wollen und wollte auch nicht das Leben eines Stars führen. Ich schwor mir, so etwas Jennie nicht zuzumuten.

Nach den Erfahrungen in meiner Ehe mit Philip war ich bescheiden geworden, hatte Angst, auf mehr zu hoffen als ein ruhiges, zufriedenes Leben. Es war gar kein schlechtes Leben, redete ich mir ein.

In Bedford gab es für Jennie eine ausgezeichnete Schule; wir waren keine Stunde Autofahrt von New York entfernt; ich konnte völlig ungestört sein, wenn mir danach zumute war, und andererseits ein geselliges Leben führen, wann immer ich wollte. Es war allem Anschein nach für uns ein idealer Wohnort, ruhig, tolerant, genau der richtige Fleck, um die letzten Spuren einer noch immer schmerzvollen Vergangenheit auszuradieren.

Jennie hat unser Haus Shangri-la, la, la getauft – ein Name, den man eigentlich nicht aussprechen konnte, sondern singen mußte. Jennie hatte eine schöne Stimme und einen noch viel schöneren Sinn für Humor.

Die Nächte in unserem Haus waren meist wunderbar friedvoll. An Geräuschen gab es da nur Vogelgezwitscher, gelegentliches Hundebellen, ab und an Musik aus dem Autoradio vorbeifahrender Teenager. Solche »Autotouren« erinnerten mich an die eigene Jugendzeit in Newburgh, das weniger als fünfzig Kilometer weiter nördlich lag.

Eines Abends im April wurde ich durch heftiges Klopfen an unserer Haustür aufgeschreckt. Ich erwartete keinen Besuch. Mit der Polizei gab es meines Wissens keine Probleme. Jennie war auf ihrem Zimmer mit Schulaufgaben beschäftigt und, wie ich doch hoffte, noch zu jung, als daß ein Freund, nachdem er den Laufpaß bekommen hatte, zu so später Stunde noch eine Aussprache suchte.

Ich hatte dafür gesorgt, daß meine Privatadresse der Öffentlichkeit unbekannt war – bei dem Eindringling konnte es sich also mit einiger Sicherheit weder um einen Fan noch um eine Rivalin handeln. Ob sich da jemand in der Tür geirrt hatte? Vermutlich war es das.

Neugierig und ein ganz klein wenig bang ums Herz ging ich zur Haustür, wo ich durchs Guckloch einen Mann zu erkennen glaubte. Die Gestalt war durch das Glas verzerrt, sein Anzug zerknittert, sein Haar ungekämmt, das Gesicht dem Anschein nach erregt. Die Krawatte saß schief. Ich hielt den Mann für einigermaßen harmlos und öffnete die Tür.

»Mrs. Bradford?« sagte er in einem Ton, der irgendwie verärgert klang.

»Ja. Kann ich etwas für Sie tun? Woher kennen Sie meinen Namen?«

»Ich hab' geraten, daß Sie so heißen. Am Briefkasten steht BRADFORD.«

»Es gibt eine Klingel. Warum haben Sie nicht die Klingel benutzt – statt gegen die Tür zu hämmern?«

»Ach wirklich?« Er wirkte ehrlich überrascht. »Da muß ich sie in meinem Ärger wohl übersehen haben.«

Seine Wut war offenbar verflogen. Der Mann war bestimmt keine Gefahr. Ich bat ihn einzutreten. »Und weshalb waren Sie so verärgert?«

Er folgte mir über den Flur ins Wohnzimmer. »Wenn ich meine Hotels so bauen würde, wie General Motors Autos baut, würde man mich kreuzigen. Aber diese Flaschen –«

Aha. Das war also die Erklärung. »Es betrifft also Ihren Wagen?«

»Ein Mercedes Cabrio. Brandneu. Noch keine tausend Kilometer auf dem Tacho der unbrauchbaren Blechmühle. Und dann – ich habe einen anstrengenden Tag hinter mir, bin total fertig, ein friedliebender Bürger, heilfroh, daß ich vom Highway runter bin, und da gibt doch diese Mühle den Geist auf. Ich meine das wörtlich so: Der Motor geht aus, läßt mich einfach im Stich. Ohne jede Vorwarnung. Nicht mal ein Todesröcheln. Habe ich aber nun etwa ein Autotelefon? Selbstverständlich nicht. Wenn ich eins hätte, würde ich's auch benützen. Aber wenn ich im Auto sitze, hab' ich gern Ruhe zum Nachdenken und genieße den herrlichen Frieden. Es gibt für mich überhaupt nur einen vernünftigen Grund für ein Autotelefon – wenn die Karre liegenbleibt. Aber würde man es denn für möglich halten, daß ein brandneues 80 000-Dollar-Auto Probleme machen könnte? Niemals. Ha!« Er brach plötzlich ab und grinste. Sein Lächeln erinnerte mich an Paul Newman – die Ähnlichkeit war sogar stark. »Also, darf ich mal telefonieren? Ich bin vermutlich der einzige irische Katholik, der nicht bei den Anonymen Alkoholikern, sondern bei der American Automobile Association Mitglied ist. Und jetzt brauch' ich diese drei As.«

»Gewiß doch«, sagte ich und hatte Mühe, mir ein Lächeln zu verkneifen. Der Mann war komisch und hatte einen ansteckenden Humor, zumindest an diesem Abend. »Das Telefon befindet sich im Wohnzimmer. Was haben Sie eigentlich zu so später Stunde an der Greenbriar Road zu tun?«

»Ich *wohne* an der Greenbriar Road. Etwa fünf Kilometer weiter. Auf Ihrer Fahrt ins Dorf müssen Sie unzählige Male an meinem Haus vorbeigefahren sein. Ich heiße O'Malley. Es ist dieser übergroße Kasten im Stil des 18. Jahrhunderts. Ich wohn' dort nur, um bei meinen Freunden Eindruck zu machen.«

Ich kannte das Haus oder besser: das Anwesen – es war eines der größten an unserer Straße. »Sie haben Hotels erwähnt. Dann müssen Sie wohl –«
»Patrick O'Malley. Ich bau' gerade eins an der Park Avenue. Das ›Cornelia‹. Gefällt Ihnen der Name? Wenn Sie jetzt ja sagen, sind Sie der erste Gast meines Hauses.«
Diesmal konnte ich mein Lachen einfach nicht zurückhalten. »Doch, der Name gefällt mir. Und es könnte sein, daß ich Sie mal an Ihr Versprechen erinnere. Möchten Sie vielleicht gern einen Drink, Mr. O'Malley?«
Er machte eine Verbeugung. »Sie sind sehr, sehr gütig und verständnisvoll. Einen Scotch, sofern vorhanden. Pur.«
Ich geleitete ihn zum Wohnzimmer und begab mich anschließend in die Küche, um ihm einen Drink zu holen. Dieser arme, reiche, angeschlagene Kerl hatte etwas an sich, das ich wirklich witzig fand. Und seine Mimik – wie aus einem klassischen Stummfilm! Der Mann hatte Starqualitäten.
Von Kollegen aus der Musikbranche abgesehen, ließ ich nicht viele Menschen in meine sichere und gemütliche, abgeschlossene Welt. Ich entwickelte sogar allmählich die Fähigkeit, so zu tun, als ob ich es so wollte. Dabei gefiel es mir ganz und gar nicht.
Ich schenkte einen Scotch ein und kehrte ins Wohnzimmer zurück, wo ich vor dem Eintreten vorsichtig anklopfte. Ich trat ein und blieb stehen – ich mußte plötzlich lauthals loslachen. Ich konnte nicht anders.
Patrick O'Malley hatte sein zerknittertes Jackett ausgezogen und sorgsam über eine Stuhllehne gehängt. Er hatte sich auch seiner Hose aus schwarzem Leder entledigt – sie lag, ordentlich gefaltet, neben der Jacke.
Er selbst lag in voller Länge auf meinem alten Sofa mit dem Blumenmuster. Tief und fest schlafend.

28. Kapitel

Ich wurde früh wach. Als ich nach unten ging, war Patrick bereits fort. Ich bin dann mit Jen zusammen fünf Kilometer gejoggt und habe uns anschließend ein aufmöbelndes Getränk gebraut. Danach machte Jennie sich auf den Weg in die Schule, und ich zog mich in mein Arbeitszimmer zurück. Ich schrieb konzentriert an einem neuen Lied, an »A Lady Hard as Love«.

Gegen halb elf stellte ich auf dem Weg zum Reitstall fest, daß der Tag an Klarheit gewonnen hatte. Ich spürte ein Gefühl von Zufriedenheit. Kein umwerfendes Gefühl, aber gar nicht so schlecht. Gewiß, mir fehlte etwas im Leben. Es hatte mir aber auch viel geschenkt. Kein Grund zu klagen.

Der Lieferwagen eines Blumenhändlers rumpelte die Einfahrt hoch, ein Junge mit abstehendem, fuchsrotem Haar kam auf mich zugelaufen – mit einem Strauß Freesien, der mit Bändern geschmückt war.

Dazu ein Kärtchen. O'Malley! dachte ich und war aus irgendeinem unerklärlichen Grund froh.

Liebe Margaret Bradford,

verzeihen Sie, daß ich Ihren Namen nicht sofort erkannt habe, doch außer den Clancy Brothers habe ich nie was von Sängerinnen und Sängern gehört.

Ich bin mir gar nicht sicher, ob ich mich traue, Ihnen noch einmal unter die Augen zu treten. Nach allem, was sich gestern nacht zugetragen hat. Ich will es trotzdem versuchen.

Würden Sie an einem Abend dieser Woche mit mir zu Abend essen? Gestatten Sie mir diese kleine Geste der Wiedergutmachung.

Sie haben wunderschöne blaue Augen, und ich werde mir bis zu unserem gemeinsamen Abendessen nur Platten von Maggie Bradford anhören, damit ich Ihre Lieder auswendig kann.
Der von Schamgefühlen geplagte Schläfer (Ihr Nachbar)
Patrick

Meine Augen waren natürlich *haselnußbraun*, und ich hatte irgendwie den Eindruck, daß Patrick O'Malley das wußte und auch wußte, daß ich wußte, daß er es wußte.
Ein gemeinsames Abendessen? Warum nicht? Ich mußte hier in Bedford Menschen kennenlernen. Ich hinterließ auf seinem Anrufbeantworter eine Nachricht, in der ich für Donnerstag abend zusagte.
Blaue Augen – die hatte Frank Sinatra. Aber doch nicht ich!

29. Kapitel

Der Donnerstag abend erwies sich als unerwarteter und uneingeschränkter Erfolg. Er brachte mich zum Lachen – ich habe wirklich *viel* gelacht. Er erzählte Geschichten, die wiederum mit anderen Geschichten verwoben waren, und noch mehr Geschichten. Er hatte ein wunderbar warmes Lächeln und ein großzügiges Wesen. Ich hatte in Bedford einen ersten Freund gewonnen, und das tat mir gut.
Ich traf mich in den nächsten Wochen mehrmals mit Patrick. Mir gefiel sein komischer, trockener, aber ehrlicher Humor; seine viel zu sentimentalen und doch bewegenden Geschichten aus seiner Kindheit in einer zehnköpfigen irischen Familie; seine Begeisterung, als er davon erzählte,

wie er seine Eltern in der Flitterwochensuite seines ersten Luxushotels untergebracht hatte.
Weil er in der Welt viel herumgekommen war und gerne reiste, bedachte ich Patrick mit Namen, die ihn belustigten: Padriac, Patrice und Patrizio. Umgekehrt redete Patrick mich jedoch nie mit Spitznamen an. Er hat mich sogar manchmal Margaret genannt – nach meiner Mutter hatte mich kein Mensch mehr mit meinem vollen Namen angesprochen.
»Meine erste Liebe«, erzählte mir Patrick, »war eigentlich das Meer. Mit dem Meer verbindet sich das einzige unauslöschbare Bild von Irland und meiner Jugend dort, das mir noch geblieben ist.«
Patrick besaß ein Segelboot. Eines Morgens segelten wir unter der Woche hinaus auf den Sound. Patrick nahm Urlaub von seinem Hotelprojekt; und mir würden ein paar Stunden Ferien vom Klavierspielen und der üblichen Routine nur guttun.
Ich stellte bald fest, daß es auch mir auf dem Meer gefiel. So früh an einem Wochentag waren – trotz der angenehmen Wärme und eines klarblauen Himmels – nur wenige Schiffe auf See. Vom Boot aus sah ich den starken Verkehr auf den Straßen; der Anblick der Autolawinen auf dem täglichen Weg zur Arbeit machte mir bewußt, wie gut ich es eigentlich hatte.
»Gott sei Dank, daß uns das erspart bleibt!« rief Patrick und salutierte den Pendlern. »Ihr Kriecher!« schrie er in die Brise hinein und lachte. Er war einfach nur guter Laune.
Er mußte heimlich Erkundigungen bei Jennie eingeholt haben; denn er hatte etwas von meinem Energietrank aufs Schiff geschmuggelt und mein übliches Frühstück an Bord vorbereitet. Er trank sogar von meinem Spezialgebräu aus verschiedenen Fruchtsäften und Vitaminen.

»Sind Sie endlich über den Mistkerl hinweg, Maggie?« fragte er schlürfend. Er war, wie immer, ganz spontan und natürlich. Mir war sofort klar, daß er Philip meinte, über den wir uns gelegentlich unterhalten hatten, allerdings nie ausführlich.

»Ja und nein.« Ich sagte Patrick die Wahrheit. Ich hatte das Gefühl, ihm vertrauen zu können.

»Ich glaube, ich verstehe, was Sie damit sagen wollen.« Er legte mir den Arm um die Schulter. Wir standen an der Reling und schauten auf die heranrollenden Wellen.

»Bedaure, aber einen guten Rat kann ich Ihnen da nicht anbieten«, sagte er. »Ich habe noch nie einen Mistkerl umgelegt, obwohl ich selber ein paar kenne, die es verdient hätten. Ist es in Ordnung, wenn ich darüber scherze – das ist so meine Art, wissen Sie.«

Ich nickte. Patrick hatte die Gabe, Witze machen zu können, wenn es besonders unangenehm wurde. Er brachte mich damit andauernd zum Lachen. Ich empfand es als Wohltat.

»Er *war* ein Mistkerl. Ich bedaure, ihn geheiratet zu haben.«

Patrick machte eine verärgerte Bewegung mit dem freien Arm. »Ach, er hat einfach Ihre Situation ausgenutzt. Sie waren damals sehr jung. Es war nicht lang her, daß Sie aus dem Haus Ihrer Tante ausgezogen waren. Und er hat den feinen Offizier gespielt, hat Ihnen hehre Versprechungen gemacht. Sie belogen. Ich kenn' mich da aus. Nehmen wir Kurs auf West Point. Wir werden ihn aus der Erde buddeln und seine Knochen zu Pulver mahlen.«

Ich schüttelte den Kopf, konnte jedoch ein Schmunzeln nicht ganz unterdrücken. »Wenn Sie so reden, muß ich lachen.«

»Das ist meine Aufgabe. Davon verstehe ich etwas.«

Ich sah ihm in die Augen. »Und womit kenne ich mich aus – Ihrer Meinung nach?«
Er gestikulierte mit beiden Händen. »Ach, mit allem. Zumindest soweit ich es bisher gesehen habe. Nur daß Sie sich ein bißchen zu sehr verschließen – das ist der einzige Punkt, an dem ich Verbesserungsmöglichkeiten sehe.«
»Sie sind komisch. Und Sie können sehr nett sein.«
»Ist das Ihr Ernst?« wollte er wissen.
»Doch, das ist mein Ernst. Wirklich. Meine volle Überzeugung.«
»Na schön – da haben wir gleich ein konkretes Lehrbeispiel. Ich bin nämlich nicht einmal zehn Prozent so nett wie Sie. Wie Sie sprechen, denken, Ihre Tochter großziehen, sich in Ihren Liedern ausdrücken ... das ist doch auch der Grund, warum Ihre Musik so beliebt ist. Haben Sie das etwa nicht gewußt?«
»Ich weiß –«
»*Ich* weiß es – und Sie wissen es nicht. Ich möchte Sie um einen Gefallen bitten.«
Ich verkrampfte mich ein wenig.
Patrick zuckte zusammen. »Sehen Sie, was er Ihnen angetan hat, liebe Maggie? Ich kann es nicht leiden, wenn Sie Angst haben. Dieser *Reflex*. Ihr Rücken ist ja so steif geworden wie ein Waschbrett.«
»Es wird schon besser werden mit mir.«
»Ich weiß, daß es besser wird. Aber nun verkrampfen Sie sich doch nicht so. Ich nenne Ihnen meine Bitte. Es ist das Schönste, was ich mir vorstellen kann.«
Ich konnte mir gar nicht vorstellen, was das sein könnte. Doch verkrampft war ich jetzt nicht mehr. Es war Patrick gelungen, mich zu entspannen. Aber ich verstand nicht, worauf er hinauswollte.
»Also gut«, sagte ich schließlich. »Ich werde alles tun, wor-

um Sie mich bitten. Da sehen Sie, wie sehr ich Ihnen vertraue.«

»Ausgezeichnet. Das ist das Beste, was ich bisher von Ihnen gehört habe. Nun denn. Worum ich Sie bitten möchte, Maggie: Würden Sie eins von Ihren Liedern für mich singen. Ganz gleich, welches. Hier auf dem Schiff, wo wir zu zweit sind? Ein Lied, nur für mich?«

Es war eine wunderbare Bitte. Ich habe für ihn gesungen.

30. Kapitel

Es muß etwa eine Woche danach gewesen sein. Ich aß mit Jennie zusammen eine Kleinigkeit zu Abend, und anschließend fuhr sie zu ihrer Freundin Millie, wo sie über Nacht bleiben wollte. Von dort fuhr ich weiter zu Patrick – zu einem zweiten Abendessen.

Patrick hatte seinem »Chefkoch und Flaschenspüler« für den Abend freigegeben. Er wollte, wie er sagte, alles persönlich herrichten. Es gab gegrillten Hummer mit Knoblauchbutter, knusprige hausgemachte Pommes frites, saftige Maiskolben. Ein einfaches, sättigendes *Festmahl.*

Nach dem Essen begaben wir uns auf einen Spaziergang zu den Apfelbäumen am hinteren Ende seines Parks. Dort legte Patrick die Arme um mich und gab mir einen zärtlichen Kuß auf den Kopf.

»Du riechst nach Orangenblüten. Woher kommt der Duft?«

»Wohl eher von dem Shampoo *No More Tears* von Johnson & Johnson.«

»Macht nichts. Du duftest wundervoll!« Er gab mir einen Kuß auf beide Wangen, auf die Stirn, die Nase, mein Kinn.

Auf den Mund. Ich spürte plötzlich, wie seine Zunge meine Zunge berührte.
Ich wich zurück. Es war nicht das erste Mal, daß wir uns küßten; obwohl ich von einer Leidenschaft bisher nichts gespürt hatte, hatte ich mich jedesmal von ihm zurückgezogen. An diesem Abend war jedoch alles ganz anders. *Er küßt wundervoll*, dachte ich. *Ich habe sein Herz gefühlt. Es ist ein schönes Gefühl.*
Ich fühlte mich bei ihm sicher. Der Nachtwind flüsterte sanft im Gehölz. Er küßte mich erneut; und diesmal regte sich etwas in mir.
Ich darf mich nicht länger isolieren und verschließen. Ich darf nicht mein Leben lang in Angst verbringen. Selbst wenn ich Angst habe.
»Laß uns ins Haus gehen«, sagte Patrick. »*Ich* habe schon einmal bei dir übernachtet. In deinem Wohnzimmer – ohne Erlaubnis, wie du mir immer wieder zu verstehen gibst. Wirst du heut nacht bei mir bleiben?«
Ich kuschelte mich an ihn und mußte über uns beide lächeln. Diesmal war ich froh, daß Jennie bis zum nächsten Tag bei einer Freundin blieb.
»Ja, aber hoffentlich nicht im Wohnzimmer.«
Ich spürte plötzlich seine sexuelle Erregung. »Nein«, flüsterte er. »Komm zu mir. Bitte. Vertrau mir.«
Mein Zögern muß stärker gewesen sein, als ich gedacht hatte; denn er muß es bemerkt haben. *Ihm vertrauen.* Ach, ich wollte ihm ja vertrauen, nichts wünschte ich mir sehnlicher als das, doch auf dem Weg ins Haus sah ich plötzlich Philips Gesicht vor mir, spürte ich Philip bedrohlich nah. Ich erschauerte unwillkürlich. Ich verfluchte Philip. Wir hätten doch nach West Point fahren und seine Gebeine zu Pulver zermahlen sollen.
»Wir *müssen* natürlich nicht«, sagte Patrick, der meine Angst bemerkte. »Ich kenne nicht alle Details deiner Ver-

gangenheit. Wir können aber gern warten. Du bist seit langem die erste Frau, die mir wirklich etwas bedeutet. Ich möchte sichergehn, daß es für *uns beide* der richtige Moment ist.«
Er war unvergleichlich rücksichts- und liebevoll. Ich hatte Vertrauen zu ihm.
»Ich möchte bei dir bleiben«, sagte ich und merkte den Kloß in meinem Hals und die Kälte meiner Haut. »Wirklich, Patrick. Laß uns ins Haus gehn.«

31. Kapitel

Wir waren ungewöhnlich leise, als wir uns in Patricks riesigem, mondhellen Schlafzimmer im ersten Stock langsam entkleideten. In der sich hinziehenden Stille hörte ich wie über Verstärker den beschleunigten Schlag meines Herzens. Mir schwirrten Fragen, Zweifel an mir selbst durch den Sinn. *Ich bin für ihn viel zu groß. Wenn er mich ein bißchen genauer kennt, wird er mich bestimmt nicht mehr mögen. Weiß ich denn aber genug über ihn? Nun entspann dich endlich, Maggie. Loslassen!*
Wie er da im Mondlicht stand, sah er wunderschön aus. Der straffe Bauch eines körperlich aktiven Mannes. Muskulöse Beine. Ein breiter Brustkorb, bedeckt mit silbrig-hellbraunen Haaren. *Er ist anziehend*, dachte ich. Ich genoß diese Empfindung.
Öffne dich ihm, Maggie. Hab keine Angst. Diesmal stimmt alles.
Er hielt mich für einen himmlisch entrückten Augenblick in den Armen, küßte mir Haar und Hals. Er hielt mich ganz fest, als wir vor dem vom Mond erleuchteten Fenster standen, und wartete geduldig, bis meine Nervosität schwand.

Ich hatte die Gewißheit, daß er bereit war, ganz lange auf mich zu warten.
Er küßte mich von neuem. Mir war, als ob wir aufeinander zufielen. Er küßte mich auf die Wangen, auf die Stirn, auf die Nase, auf beide Augen. Sanfte, zögernde Küsse. Bis ich schließlich seine Küsse erwiderte. Ich küßte *ihm* Stirn, Wangen, Augen. Ich sank ihm noch mehr entgegen. So schien es mir jedenfalls.
»Liebste, Maggie«, flüsterte er. Er verstand, daß mir noch immer ein klein wenig bang ums Herz war. Er wußte immer, was ich gerade empfand. Er war weise, er war intelligent, ohne damit anzugeben, ohne von sich selbst beeindruckt zu sein.
»Du bist etwas ganz Besonderes. Ich verehre dich, Maggie.« Es war *Patricks* Stimme. Es waren *Patricks* Arme. Und als er mich vom Boden hob und zu dem riesigen Bett hinübertrug, da empfand ich eine Erleichterung, wie wenn er unsichtbare Ketten zerschnitten hätte, die mich gefangengehalten hatten. Es war ein zärtlicher, langsamer Tanz, etwas für mich völlig Neues – hatte ich es vergessen, oder hatte ich so etwas nie erlebt? Er ließ sich Zeit, um dann behutsam, ganz sanft in mich einzudringen.
Von einem empfindsamen, zerbrechlichen Punkt in meinem Innersten, einer ganz verschütteten Stelle wallte Lust auf, die durch meinen Körper floß, und ich begann zu beben. Ich fühlte eine tiefe, warme Erregung, die mich durchströmte, erfaßte, mit sich riß. Es war eine Empfindung, die ich schon lange vermißt hatte. Und in dieser Nacht schien sie gar nicht mehr enden zu wollen.
»Liebster Patrick«, sagte ich zu guter Letzt, und mir war, als würde ich nie mehr aufhören können zu lächeln. Ich berührte sein Gesicht. Er lächelte auch. »Du bist ja so gut zu mir. Du bist gut. Punkt.«

»Es wird immer schöner werden«, sagte er. »Glaub mir. Vertrau uns beiden«, flüsterte er. Ja, es gab wieder einen Menschen, dem ich mich anvertraute.

32. Kapitel

Eigentlich hätte Will Shepherd höchst zufrieden mit sich sein müssen. Aus irgendeinem Grund war er es aber nicht. Gewiß, er *war* berühmt und stinkreich. Doch das ließ ihn kalt. Außerdem war er in dieser Nacht gefährlich high. *Der Werwolf von London*, dachte er. *Vorsicht!*
Das Kokain, das er zu Beginn des Konzerts und dann unmittelbar vor Maggie Bradfords Auftritt genommen hatte, gab ihm ein Gefühl der Allmacht. Warum sollte er auch nicht allmächtig sein? Er galt schließlich nicht nur auf dem Fußballfeld als Star, sondern auch unter der Elite, die sich zu dieser Sonderveranstaltung in der Albert Hall eingefunden hatte.
Will schaute sich um, grinste, winkte mit den Armen. Pete Townshend war anwesend, Sting und Mick Jagger – *eine neue Rockgruppe, die Hasbeens* –, ferner Rupert Murdoch und Margaret Thatcher. *Die beiden Leute, die England kaputtmachen.* Alle waren gekommen, um Maggie Bradford zu hören, deren Musik die gequälten Seelen tröstete. Diese Wirkung hatten ihre Balladen auf Menschen. Ihre Lieder waren einmalig, ein wahres Wunder – ergreifend die Musik und das Wort wie eine Zauberkraft. Kein anderer Sänger, keine Sängerin sonst vermochte so viele verschiedene Gefühlsnuancen in ein Lied hineinzupacken – ihre Songs fingen die schwindelerregende Vielschichtigkeit modernen Lebens ein; so kam es Will jedenfalls vor.

Unter lautem, begeistertem Applaus trat sie auf die Bühne und schien doch schüchtern und scheu. Dabei war das Konzert schon vor Monaten ausverkauft gewesen. Sie setzte sich an den Flügel ... und begann ganz einfach zu singen.
An die Szene auf Lady Trevelyans Fest konnte er sich nicht erinnern. Er sah sie deshalb, als sei es das erste Mal. Bemerkte das lang herabfallende blonde Haar. Die schlichte Schönheit ihrer Gesichtszüge.
An diesem besonderen Abend schien sie förmlich zu *strahlen.* Woher kommt das? überlegte er. Worin bestand ihr Geheimnis? Was besaß diese Frau – was war das für eine Eigenschaft, die ihm abging?
Sie hatte weder eine voluminöse noch eine besonders dramatische Stimme. Sie sang auch nicht in einem Stil, der auf die Tränendrüsen drückte. Sie sang mit einer Reinheit, die ihm wie ein Schwert mitten ins Herz fuhr. Er spürte den Schmerz. Den Schmerz und die unverstellte Schönheit ihres Gesangs.
Sie sang von der Trauer über verlorene Träume, von einem Verlust der Gnade. Will war überzeugt, daß sie damit ihn persönlich meinte.
Ihm rollten Tränen über das Gesicht. Er war von der Musik auf eine Weise bewegt, die er nicht verstand. Doch ihm war, als ob ihn von der Bühne her ein großes Licht umfinge und aus dem Konzertsaal forttrüge an einen Ort, der nur für sie beide bestimmt war. *Was zum Teufel denke ich da!?* Er war versucht, sich selbst auszulachen. Er kam sich wie ein Idiot vor.
Mein Gott, wie er den Klang ihrer Stimme liebte! Er hätte ihr bis an sein Lebensende zuhören können.
Er hatte das merkwürdige, unheimliche Gefühl, daß Maggie Bradford ihn vor sich selber bewahren könnte.

»Sie haben wohl ganz vergessen, daß ich da bin, nicht wahr, Will? Sie sind vielleicht ein Typ ...«
Will schaute auf die schlanke, schwarzhaarige Frau herunter, die sich beim Verlassen des Konzertsaals bei ihm eingehängt hatte. Er hatte sie total vergessen. Er hatte keine Ahnung, wer dieses schöne Gesicht hinter der Sonnenbrille war. Ah, der Werwolf schlägt wieder zu!
Sie war umwerfend. Aber das waren doch alle. Ein Model? Eine Schauspielerin? Möchtegernschauspielerin? Verkäuferin? Wo hatte er sie bloß kennengelernt? Mann, war das unangenehm – das war sogar für seine Verhältnisse ein neues Tief.
»Raus mit der Sprache! Wie lang knallen Sie sich nun schon mit Coke den Kopf voll? Es ist doch Kokain, oder? Können Sie so überhaupt spielen?«
Ahhh! Will seufzte erleichtert auf. *Die Reporterin!* Ihm fiel wieder ein, wer sie war. Sie kam von der *Times*. Sie wollte etwas über ihn schreiben. Und er wollte etwas von ihr. Ein fairer Handel.
Er faßte sich wieder und spielte sofort den Liebenswürdigen. Zog seine Glanznummer als charmanter Märchenprinz ab. Er wußte, daß er sie betören würde. Alle. Ohne Ausnahme. Sogar eine Reporterin von der *Times*.
»Nein, das war kein Rauschgift, Cynthia«, sagte er. *Cynthia Miller! Genau. So hieß sie.* Er war richtig stolz auf sich. »Es war die Wirkung des Konzerts. Ich bin hingerissen von ihrem Gesang.«
»Das haben Sie mir bereits auf der Hinfahrt erklärt. Sie haben ja den Wagen voll mit Kassetten von ihr.«
»Ihre Musik ist so verdammt echt. Kommt direkt aus ihrem Leben«, fuhr Will fort. »Gefällt sie Ihnen denn nicht?«
»Wie ich Ihnen schon unterwegs gesagt habe: Ihre Musik

gefällt mir. Tatsächlich. Auch das Konzert hat mir gefallen, allerdings vielleicht doch *etwas* weniger als Ihnen.«
Will gab ihr einen Kuß auf die Wange – zart, überaus keusch. »Also dann – und was machen wir *jetzt*?« fragte er.
Sei auf der Hut, Will. Sie ist eine Reporterin.
Cynthia Miller lächelte schlau. »Ich hätte gern noch etwas mehr über den blonden Pfeil erfahren«, sagte sie. Sie war eine typische Reporterin. Unglaublich zynisch. Eine verkorkste Romantikerin.
»Würden Sie ihn denn gern kennenlernen?« neckte Will und schickte ein Zwinkern nach.
Er wußte doch, was sie wollte. Was alle von ihm wollten – mit einer Ausnahme vielleicht.
Maggie Bradford! Das war die Frau, die ihm fehlte, die er brauchte – eine echte Persönlichkeit, ein Mensch, der ihn verstand und herausforderte.

33. Kapitel

Die Türglocke läutete. Will legte die Morgenzeitung beiseite. Er schaute durchs Fenster nach draußen. In seiner Einfahrt stand ein silbergrauer Rolls-Royce. Will hörte, wie sein Hausmädchen den Ankömmling begrüßte und sich Schritte dem Wohnzimmer näherten.
»Mr. Shepherd – Mr. Lawrence.«
Im Türrahmen stand ein lächelnder, blonder Mann, der vielleicht zehn Jahre älter als Will war. Will wußte natürlich genau, wer Winnie Lawrence war: die treibende Kraft hinter der Entwicklung des Fußballs in Amerika, ein Mann, der entschlossen war, einem Land, das mit dem Gift des amerikanischen »Football« überfüttert war, die Schönheit

und Grazie dieser eleganten europäischen Sportart nahezubringen. Lawrence war Anwalt, Agent – vor allem aber ein skrupelloser Gauner und Geschäftemacher.
Will blieb in seinem Sessel sitzen, bis Lawrence eingetreten war, stand dann langsam auf, reckte sich wie nach einem Nickerchen und gab dem Amerikaner die Hand. Wie so viele Menschen seines Landes ließ Lawrence sich gar nicht erst auf Vorreden und -geplänkel ein, sondern kam gleich zur Sache.
»Sagen Sie mal, Will, wie erklären Sie sich die anhaltende Stärke der Deutschen? Die Gefahr, daß sie schon wieder die Weltmeisterschaft gewinnen könnten?« fragte Lawrence mit einem Lächeln, das auf seinem Gesicht festgeklebt zu sein schien. »Sie bringen offensichtlich Jahr um Jahr eine starke Mannschaft auf die Beine – ganz unabhängig von den wechselnden Spielern.«
Es war eine Frage, die Will sich auch schon gestellt hatte. »Es muß wohl an ihrer Disziplin liegen«, antwortete er. »Was sie stark macht, ist eher der Mannschaftsstil als irgendein Einzelspieler.«
Lawrence strahlte und gefiel sich, wie es bei Amerikanern oft zu beobachten ist, im Feststellen von Selbstverständlichkeiten. »Ihren Mannschaftsstil habe ich dem amerikanischen Team einverleibt. Aber wir brauchen natürlich auch Spieler von Weltformat. Wir brauchen einen Stürmer. Einen Torjäger.«
»Ich dachte, deswegen seien Sie hergekommen.«
»So ist es. Ich bin hier, um Sie für die Nationalmannschaft der USA zu gewinnen. Ich werde das Haus nicht eher wieder verlassen, bis mir das gelungen ist.«
Will lachte über diese Idee und über Lawrences Unverschämtheit nicht minder. »Da werden Sie aber einiges an Überzeugungskraft brauchen. Denn ob ich nun mitmache

oder nicht – Amerika hat überhaupt keine Chance. Warum sollte ich mich da also dem anstrengenden Training für die Qualifikationsspiele unterziehen? Oder bin ich so dumm, daß ich etwas Wichtiges übersehe?«
Lawrence griff in seine vollgepropfte Ledertasche und zog einen Computerausdruck heraus, den er auf dem Wohnzimmertisch ausbreitete. Beide Männer beugten ihre Köpfe darüber.
»Schaun Sie her, Will. Lassen Sie Ihre Zweifel nur für ein paar Augenblicke beiseite. Hier, sehen Sie: *Zone Norte. Zone Centro. Zone del Caribe.* Der offizielle Spielplan für die nordamerikanische Qualifikationsrunde.«
»Na und?«
»Aber verstehen Sie denn nicht? Ich will es Ihnen erklären. Wir Amerikaner müssen gar keinen erstklassigen Gegner aus dem Felde schlagen. Ist vor dem Endspiel gar nicht erforderlich.«
Will lachte erneut. Lawrence bewies ein phantastisches Verkaufsgeschick, aber das war nun wirklich zuviel des Guten. »Sie haben es vielleicht noch nicht gehört, Mr. Lawrence – *Winnie.* Aber die amerikanische Nationalmannschaft gilt nicht gerade als erstklassig. Jede andere Nationalmannschaft wird sich die Hände reiben, wenn sie gegen die USA spielen darf, und überzeugt sein, den Sieg in der Tasche zu haben.«
»Genau da liegt doch unser Vorteil!« Lawrence klopfte Will auf die Schulter. Er war wirklich ein guter Verkäufer, ganz der mit allen Wassern gewaschene, aggressive amerikanische Verkäufertyp. Auf seine Art durchaus beeindruckend. »Wir haben das Überraschungsmoment auf unserer Seite. Und wenn ich Ihnen jetzt sage, daß Wolf Obermeier sich bereit erklärt hat, das Training der amerikanischen Mannschaft zu übernehmen?«

Obermeier hatte in seinem heimatlichen Deutschland und in Argentinien Mannschaften trainiert, die Meister geworden waren. Er stand in dem Ruf, einer der besten Köpfe im Fußball zu sein – und die böseste Zunge zu haben.
»Die Sache fängt an, mich zu interessieren«, räumte Will ein. »Erzählen Sie mir mehr, Mr. Lawrence. Kann sein, daß ich zur Zeit eine Herausforderung gut gebrauchen könnte.«
»Oder vielleicht eine krönende Leistung?« meinte der Amerikaner grinsend.

34. Kapitel

»Stellen Sie sich etwas so Grandioses vor wie die World Series, den Super Bowl, das Kentucky Derby, den Parteitag der Demokraten und Republikaner zusammengenommen«, schrieb Mickey Trevor jr. in der populären amerikanischen Zeitschrift *Sports Illustrated.*

> *»Dann haben Sie in etwa eine Idee von Größe und Ruhm des World Cup im Fußball.*
> *Und stellen Sie sich dann Rio de Janeiro vor, wo Fußball möglicherweise mehr gilt als Sex und Samba, und machen Sie sich klar, daß im Vergleich mit dem World Cup der Karneval von Rio wie ein Pfadfindertreffen aussieht.*
> *Dort in Rio werden nun aber die Spiele um die Fußballweltmeisterschaft ausgetragen.*
> *Und jetzt stellen Sie sich die beiden Mannschaften im Endspiel vor: der Favorit Brasilien, dreifacher Gewinner des World Cup, dessen Prestige so eindrucksvoll ist wie das der New Yorker Yankees – gegen den Parvenü, den Neuling*

Amerika, die Wundermänner im rot-weiß-blauen Trikot, deren Aufstieg aus dem Nichts zum heroischen Herausforderer alle Elemente des klassischen Märchens besitzt, nur daß es diesmal unglaublicherweise auch noch wahr ist.
Leute, es ist ein Märchen, das es mit ›Aschenputtel‹ aufnehmen kann. Sie haben es vielleicht gar nicht bemerkt, als Amerika unauffällig die Qualifikationsrunde der nördlichen Zone gewann und damit in die Endspielrunde um den Welt-Cup gelangte. Vielleicht hat Ihr Puls ja ein wenig schneller geschlagen, als unsere Jungs über die nächste Qualifikationsrunde hinauskamen und die Niederlage gegen Deutschland ihr einziger Makel blieb. ›Wie schön für uns, wie schön für meine Kids, die Fußball lieben, weil sie in der Schule Fußball spielen‹, haben Sie sich wahrscheinlich gedacht, ›aber das war's dann wohl. Aus und vorbei.‹ Und dann haben Sie sich wieder den Wettrennen zugewandt und der tollen Baseballsaison von Barry Bonds und sich außerdem noch immer ein bißchen gewundert, warum die übrige Welt den Fußball so verdammt wichtig nimmt. Und mittlerweile hatte es unsere Mannschaft geschafft, an Nigeria vorbeizuziehen und ins Achtelfinale zu kommen.
Als die USA dann aber im Viertelfinale über Italien siegten – über Italien! – und jedes Tor von Will Shepherd geschossen wurde, dem amerikanischen Star der Stars, und im Halbfinale den Platz vor den Deutschen erreichte, da müssen Sie doch was gemerkt haben! Und wenn Ihre Körpertemperatur mittlerweile nicht den Siedepunkt erreicht hat, wenn Ihr Herz nicht wie wild schlägt, wenn Sie nicht sämtliche anderen Termine für den Sonntagabend abgeblasen haben, damit Sie daheim bleiben, um das Endspiel zu verfolgen, dann sind sie kein Amerikaner, hassen Sport – oder aber Sie sind schon tot.
Die Mannschaft der USA hat Will Shepherd und zehn wei-

tere Spieler, die es in den anderen führenden Clubs der Weltmeisterschaften wahrscheinlich nicht einmal bis auf die Reservebank schaffen würden.

Aber Shepherd. Ah, Shepherd!

Fußball ist ein Mannschaftssport. Doch selbst Wolf Obermeier, der Trainer der USA, räumt ein: In diesem Fall ist Will Shepherd die Mannschaft. ›Ohne Will hätten wir uns nicht einmal qualifiziert‹, sagt Obermeier. ›Aber mit Will – na, Sie sehen ja, wie weit wir es gebracht haben. Schauen Sie doch, wo wir heute stehen.‹«

»Bravo! Meinen Glückwunsch zu dem Artikel in *Sports Illustrated*! Endlich mal was Anständiges, was Besseres als das übliche Gequassel.«

Will las den Artikel zu Ende und brummte zufrieden. *Shepherd ist die Mannschaft*, stand da. »Klingt irgendwie gut. Außerdem endlich mal eine wahrheitsgemäße Berichterstattung. Bravo!«

»Ich habe ihn gelesen, während du geschlafen hast«, sagte Victoria Landsdowne. Die langbeinige britische Schauspielerin lag wie hingegossen auf der Bettdecke. Der Blick ihrer auffallenden kobaltblauen Augen ruhte voller Bewunderung auf dem Mann, den sie am Abend zuvor kennengelernt hatte. Der blonde Pfeil. Der berühmteste Sportler der Welt.

Obwohl das Rio Hilton eine Klimaanlage hatte, war es heiß in der Suite. Die beiden hatten sich nach einem lang anhaltenden Sex-Match nicht wieder angezogen. Beide sahen jeden Zollbreit genau so gut aus, wie es die Medien immer behaupteten. Auf den perfekten Körpern lag ein leichter Schweißfilm.

»Und wie hast du ihn gefunden? Wieder nur ein Haufen Schaumschlägerei?«

»Ich denke, wenn du Fußball auch so gut spielst, wie du gewisse andere Dinge treibst, dann wirst du Brasilien morgen an die Wand spielen.«
Er lächelte. »Das heißt wohl, du bist befriedigt.«
»Niemals. Auch nicht annähernd, mein Süßer. Ich bin *unersättlich.* Liest du denn keine Zeitung? Hast du noch nie etwas von der *endlosen Serie meiner Liebhaber* gehört?«
Er musterte ihre vollen Brüste, die schlanken, schön gebräunten Beine, die sich ihm so willig geöffnet hatten und doch ein Eigenleben zu führen schienen. Vic erinnerte ihn – wie viele seiner Eroberungen – an Vannie. Vielleicht begann er deshalb einen kleinen Schuß Wut zu empfinden – gegen *diese Angeberin.*
»Willst du nicht noch einmal ... ein Schuß ins Tor, sozusagen?« Victoria war seinem Blick gefolgt, als er ihren Körper abtastete. Sie genoß die Macht, die sie über angeblich starke und einflußreiche Männer ausübte. Dieser hier war jedoch anders, er war intelligenter, als sie erwartet hatte.
»Ich glaube nicht. Vielleicht geht deine endlose Serie hier zu Ende«, sagte er und erwiderte ihr betörendes Lächeln.
»Was ist los? Kein Pfeil mehr im Köcher? Ist uns etwa die Luft ausgegangen?«
Will kämpfte seine Wut nieder und zwang sich ein Lachen ab. »Morgen findet ein Spiel statt. Ein ziemlich wichtiges Spiel. Vielleicht hast du ja davon gehört. Du liest doch die Zeitungen, Vic. Und jetzt hör auf«, sagte er. Er hatte sie zumindest gewarnt.
»Womit soll ich aufhören?« bohrte sie. »Dich zu verführen?« Sie befeuchtete einen Finger mit der Zunge und hielt ihn sich zwischen die Beine. »Wenn du nicht kannst, werde ich's mir wohl selber machen müssen. Wäre vielleicht ein tolles Bild für die Boulevardpresse: *Victoria macht sich's selber. Will außer Gefecht?*«

Mit einem Aufbrüllen war Will auf ihr. Victoria ging die Luft aus.
»Au«, stieß sie hervor. »Mein Gott, du tust mir weh. Das tut *weh*!« Victoria Landsdowne wollte ihn wegstoßen, doch er zwang ihre Hände flach aufs Bett. »Bitte, großer Gott, aufhören! Bitte! Ich flehe dich an, Will. Hör auf. Ich meine es ernst. Halt!«
Der blonde Pfeil war jedoch nicht mehr zu halten.

35. Kapitel

Am Nachmittag des Spiels um den World Cup kletterten an den weißen Sandstränden von Copacabana und Ipanema die Temperaturen bis auf 35 Grad Celsius. Zunächst war es ein ruhiger Tag, ein Nationalfeiertag zu Ehren des Endspiels um die Fußballweltmeisterschaft. Ob reich oder arm, die Menschen ruhten sich aus und sammelten ihre Kräfte für das beliebteste Sportereignis der Welt.
Als der Tag zu Ende ging und die tropische Nacht hereinbrach, schien ganz Rio de Janeiro ins Freie zu strömen und am Volkssport »futebol« teilnehmen zu wollen.
Das Leben auf den breiten Hauptstraßen der südamerikanischen Metropole verwandelte sich in einen rauhen, gefährlichen Karneval. Autohupen lärmten es heraus: *Bra-sil! Bra-sil!* Entlang der Avenida Brasil und dem Castello Branco hüllten sich Studenten in die Nationalflagge. Die Busse und Taxis waren mit bunten Girlanden geschmückt. Frauen tanzten spontan auf den Straßen, die Blusen klebten an ihren Brüsten, die Röcke flogen in die Luft.
Gegen 19 Uhr hatte die Menge sich auf Rios legendäres Maracana-Stadion zubewegt. Die Polizisten ließen niemand

ohne Eintrittskarte durch, trotzdem gelang es Hunderten, an ihnen vorbei ins Stadion hineinzukommen, um sich einen Blick auf das Spielfeld zu sichern.
Im Stadion brüllten hunderttausend aufgepeitschte Cariocas, die bunte Banner und Plakate schwenkten, den World-Cup-Sieg und die Revolution proklamierten; sie brüllten im Rhythmus von unzähligen Sambatrommeln und noch mehr Lautsprechern.
Unter diesem ohrenbetäubenden Lärm stand Will horchend am Ende einer Rampe inmitten seiner Mannschaft.
Er konnte sein eigenes Herz hören. Das Pochen des Herzens gegen den Brustkorb. Er hörte ...
»Numero nueve ... De America ... Will ... Shepherd!« gab eine Stimme über Lautsprecher bekannt.
Die Ansage löste mächtige Buhrufe aus. Die Leute riefen *palhaco* – »Clown«. Aber selbst in Rio gab es für Will Beifall. Unter den Zuschauern befanden sich auch Menschen, denen sportliche Kunst mehr galt als Parteilichkeit – und Wills Können *war* Kunst. Eine Vierergruppe von Männern lief ohne Hemd aufs Spielfeld. Alle vier trugen die Zahl Neun auf ihrer Brust.
Der Beifall hielt an, als Will – die Faust hoch über die wehenden blonden Locken erhoben – aufs Feld lief. Ihm barst der Kopf vor lauter Bildern, Geräuschen und Träumen. Er konnte kaum atmen.
Er spürte den Rausch durch seinen ganzen Körper.
An diesem Abend würde ihn niemand halten können.
Vor den Augen der halben Menschheit würde er Sportgeschichte machen. Nach dieser Nacht in Rio würde ihn niemand mehr vergessen.

36. Kapitel

Um 20.32 Uhr legte der kolumbianische Schiedsrichter den Ball auf ein niedergedrücktes Grasbüschel.
Brasilien gegen die USA! Unvorstellbar, unpopulär, unmöglich – und dennoch die Wahrheit.
Das Endspiel um die Fußballweltmeisterschaft hatte begonnen.
Der neunzehnjährige brasilianische Starspieler Arturo Ribeiro nahm den Ball, führte ihn in einer Taktik, die in den vorangegangenen Monaten täglich stundenlang einstudiert worden war, zu einem Mannschaftskameraden und stürmte in einem brillanten Schlängeltanz nach vorn. Der Ball flog wieder zu ihm zurück. Mit dem Rücken zum Tor schlug er ein Rad und jagte den Ball ins amerikanische Netz.
Die Fans tobten.
»Gooool de Bra-sil!« schrie der PA-Sprecher. *»Gooool de Arturo Ribeiro!«*
Nach 33 Spielsekunden.

Keine sechs Minuten später schossen die Brasilianer das zweite Tor. Leicht und mühelos, wie es schien.
In den Kiosken tanzten Cariocas, ließen schwarze Schlangen frei und holten Hühner aus Körben, die sie vorher versteckt hatten. Vor dem Stadion leuchteten Feuerwerkskörper am Nachthimmel; es wurden Handfeuerwaffen in die Luft gefeuert, und Polizeisirenen heulten und heulten, als ob die langerwartete Revolution ausgebrochen wäre.
Man hätte meinen sollen, daß größerer Jubel gar nicht mehr möglich gewesen wäre. Doch der Jubel über das zweite brasilianische Tor war gedämpft im Vergleich zu der Reaktion auf den erneuten Treffer, den Ribeiro in der 33. Spielminute erzielte.
Zur Halbzeit führte Brasilien mit 3 zu 0.

Für die Amerikaner schien das Spiel mit einer Schlappe zu enden ... nein, es war eine richtiggehende Katastrophe.

Hör sich einer das aufgeblasene Arschloch an! dachte Will, der mit gesenktem Haupt im abgetrennten Bereich der Gastmannschaft saß.

»Du spielst, als ob du betäubt wärst«, sagte Wolf Obermeier. Die »sogenannten Spieler« hatte er schon heftig beschimpft; jetzt redete er leise auf Will ein, den er beiseite genommen hatte, als die Mannschaft für die zweite Halbzeit den Umkleideraum verließ. »Bedrückt dich etwas? *Stehst du unter Drogen?*«

»Kann schon sein.« Will grinste über die Bestürzung des superernsten deutschen Trainers. Um die Wahrheit zu sagen: Er wußte selber nicht, was mit ihm los war. Auch wenn er sich nur undeutlich an die vergangene Nacht erinnern konnte – sie hatte ihn irgendwie erfrischt; nein, ihn hemmte etwas anderes. Er zuckte die Schultern. Was es auch sein mochte, der Rausch war wie ein Blitz durch ihn hindurchgefahren, und er konnte ihn nicht wieder zurückholen. Er fühlte sich dumpf, träge und langsam.

»Du mußt wie ein Verrückter für uns spielen«, fuhr Obermeier fort. »Drei Tore. Ein Ausgleich scheint völlig ausgeschlossen. Aber ich habe schon erlebt, wie du das Unmögliche möglich gemacht hast. Und es ist heute nicht der richtige Moment, um das schlechteste Spiel deines Lebens zu spielen – du mußt ein Held sein!« Er klopfte Will auf den Kopf wie ein Vater dem Sohn. »Beweis mir, daß du ein Mann bist.«

Ein Mann. Will begab sich unter Schock wieder aufs Spielfeld. *Da bist du nun im Endspiel um die Fußballweltmeisterschaft und spielst so, als wärst du noch in Fulham. Du spielst gegen die Brasilianer. Gegen die Weltbesten. Wenn du die schlägst, wirst du für immer berühmt. Obermeier hat recht. Zeig, daß du ein Mann bist.*

Er holte tief Luft und trottete auf die Bank zu. Er hörte das Johlen der Menge. Er wußte, daß es nicht ihm galt. Es galt der brasilianischen Mannschaft, die aus dem Clubhaus kam. Er schaute in die Ränge – ein Ozean von schwarzen Gesichtern, die gegen ihn Stimmung machten. *Zur Hölle mit ihnen. Er war der blonde Pfeil. Er brachte das Unmögliche zuwege. Regelmäßig.*

Zunächst war Wills brillantes Spiel auf dem Maracana-Platz pure Schau. Nachtwandlerisch gekonntes Dribbeln, plötzliche Richtungswechsel, die Durchgänge schafften, wo keine waren, eine sagenhafte Tempoentwicklung auf kleinstem Raum – doch keinerlei Unterstützung, nicht einmal annähernd die Chance für ein Tor.
Neun Minuten nach Anpfiff der zweiten Halbzeit trat Will dann urplötzlich dem Ball in den Weg, einem rasend daherfliegenden Paßball, der für den brasilianischen Ausputzer Ramon Palero gedacht war.
Wie ein Stein fiel die weiße Kugel von Wills Schulter herab, und sofort flog Wills rechtes Bein nach hinten. Er spürte, wie im Schenkel ein kleiner Muskel riß. Der Schmerz schraubte sich in die Kniehöhle.
Egal. Will schickte den Ball im hohen Bogen gegen die obere linke Ecke des brasilianischen Tors. Der Torhüter kriegte kaum den Arm hoch, aufhalten konnte er dieses Geschoß ohnehin nicht.
»Gool de America!« Will hörte es über Lautsprecher und glaubte den Worten. *»Gool de Will Shepherd!«*
Der Rausch explodierte in seinem Kopf. Das Adrenalin jagte durch seinen Körper, die Schmerzen in Schenkel und Knie verschwanden. Er fühlte sich allmächtig, so wie in der vergangenen Nacht, als Victoria ihn provoziert hatte. *Allmächtig!*

Der Stürmer!
Der Torjäger!
Auf dem Spielfeld spielte niemand außer ihm. Der Einzelgänger!
In den nur drei verbleibenden Spielminuten stürmte er sich erneut frei. Er trieb den Ball wie ein Wahnsinniger an der linken Seitenlinie entlang, täuschte einen Paß ins Innenfeld vor, behielt den Ball jedoch für sich und entschlüpfte einem gegnerischen Verteidiger, der ihm bloß noch ungläubig nachsehen konnte. Seine Beine hielten ruckartig inne; er lief wieder, blieb stehen, beschleunigte aus dem Stand.
Dann schoß er, und der Ball blitzte vorwärts, ein weißer verschwimmender Fleck, und zerriß im brasilianischen Tor fast das Netz.
»Goool de America ... Gooool de Will Shepherd.«
Noch verbleibende Spielzeit: 2 Minuten 46 Sekunden. Noch genügend Zeit.

37. Kapitel

In der riesigen Menschenmenge war es still geworden. Die Aufmerksamkeit galt, gleichermaßen, der Uhr im Stadion wie dem hektischen Spielgeschehen auf dem Rasen. Keine drei Minuten mehr – in einem Spiel, das zu einer atemberaubenden Partie geworden war.
Es gibt keinen Spieler, der im Alleingang ein großes Team besiegen könnte. So etwas würde nicht einmal Will Shepherd gelingen.
Das glaubten die Zuschauer. Doch konnte sich keiner von ihnen absolut sicher sein. Er war solch ein famoser Torjäger, vielleicht der größte Stürmer aller Zeiten. Ein Zauberkünstler. Oder hatte er einen Pakt mit dem Teufel geschlossen?

Will fing einen Paß zum rechten brasilianischen Flügel ab und zog adlergleich mit unglaublichem Tempo über das Feld. Jetzt kam es alles auf die Konzentration an, auf Winkelzüge, die er tausendmal geübt hatte – millionenfach. Er täuschte einen Angriff nach links vor und sauste in einer Wendung um 90 Grad nach rechts an einem ausmanövrierten Verteidiger vorbei. Er sah den Torhüter schon vor sich. Ein Fleck der gegnerischen Farben.
Und selbst wenn er Gott wäre, könnte er mich nicht halten, dachte Will, erkannte die Angst in den Augen des Torhüters und nahm den Ball vom rechten auf den linken Fuß.
Er setzte seinen Ellbogen geschickt gegen einen zweiten Verteidiger ein. Er glitt elegant nach rechts weg.
Die neunzig Minuten waren um. Es würde bestimmt ein paar Sekunden länger gespielt werden – zum Ausgleich für verlorene Spielzeit. Eine Menge Zeit. Sie reichte, um unsterblich zu werden, um sich in die Gruppe der Cruyffs und Pelés einzureihen.
Entspannen. Wirken lassen. Laß es den Körper durchströmen wie Heroin.
Der brasilianische Torhüter bewegte sich nach links, um Wills Schuß abzufangen, und ließ dadurch die rechte Torecke ungedeckt.
Kaum noch Tageslicht – nur ein winziger Streifen.
Der Schiedsrichter hob die Pfeife an die Lippen. Gleich pfiff er ab, und das Spiel wäre vorbei.
Es war ein Schuß der Art, für die Will berühmt war, eine Kurve, die mit dem Ball vom linken Fuß ausging, die von links nach rechts zog – Will sah sie vor seinem inneren Auge, maß sie haargenau ab. *Eine Öffnung, die so breit war wie das Tor zur Hölle.*
Ihm kamen auf einmal so viele Dinge zu Bewußtsein: die abrupte, schockierende Stille im Stadion, das Geräusch des

eigenen Atems, der Ball auf dem Rasen, der Ausdruck blanken Entsetzens im Gesicht des Torhüters, der brasilianische Ausputzer, der ihn – umsonst – verfolgte.
Da, vor ihm, das Gesicht seines Vaters. Die Augen seines Vaters. Die weit geöffneten, toten Augen auf der Wasseroberfläche des Swimmingpools.
Und schon griffen ihn die Furien mit Sturmgeschwindigkeit an, Dämonen ergriffen von seinem Instinkt Besitz, von seinen Beinen, von seiner Seele. *Nein! Er wollte sich nicht von ihnen beherrschen lassen.*
Mit einem Aufschrei zog Will sein linkes Bein nach hinten und schoß. Er traf. Mühelos. Vollkommen.
Er wollte in lautes Gelächter ausbrechen über alle, die an ihm gezweifelt hatten – hineinschreien in alle die Gesichter, die da von ihren teuren Sitzen im Stadion auf ihn herunterblickten.

Die Masse drehte durch. Wurde buchstäblich verrückt. Einander Fremde fielen sich in die Arme und küßten sich. Abertausende wurden von dieser frenetischen Stimmung mitgerissen. Überall erklangen Hupen und Trompeten, im Stadion wie außerhalb, und Tausende von Luftschlangen stiegen in den Abendhimmel empor.
Unmittelbar nach seinem Schuß war Will all seiner Kraft beraubt zu Boden gestürzt. Er versuchte die Ohren zu spitzen, um zu hören, was er aber nicht hörte: *»Gooool de America … Goool de Will Shepherd.«*
Er sah die Spieler vom Feld rennen, aus Angst vor dem außer Rand und Band geratenen Mob, der auf sie zuraste. Er war völlig verwirrt, wollte aufstehen. Panik packte ihn. Er kam nicht mehr auf die Beine.
Aber das Spiel ist unentschieden, dachte Will. Es wird eine Spielverlängerung geben. Die Spieler dürfen doch das Feld gar nicht verlassen.

Das ist nicht erlaubt. Schafft die verdammten Zuschauer vom Feld! Treibt sie weg!
Ein niedergeschlagener Wolf Obermeier drängte sich zu ihm durch und versuchte ihm auf die Beine zu helfen.
»Schade«, sagte der Trainer. »Wie sagt man doch in Amerika? Verdammtes Pech.«
»Das Spiel ist unentschieden«, sagte Will, doch der Ausdruck auf Obermeiers Gesicht verriet ihm die Wahrheit, und in genau diesem Moment rissen sich die Furien in ihm los, wurden lauter, angsteinflößender noch als die Tausende von Fans, die sich über sie hermachten. *Unter ihnen war auch sein Vater, der seine Mutter in den Armen trug. Nun war die Mutter die Tote, denn aus ihrem offenstehenden Mund floß Blut. Wie eine Trophäe hielt der Vater sie Will entgegen.*
Es war gespensterhaft.
Will Shepherd begann zu kreischen. Er hatte endlich begriffen.
Brasilien hatte die Fußballweltmeisterschaft gewonnen.
Der blonde Pfeil hatte den Schuß seines Lebens verfehlt.
Er hatte versagt.
Es ist alles deine Schuld.
Es ist immer nur deine Schuld gewesen.

38. Kapitel

Es war wie der Karneval in Rio jene Nacht. Etwas Sinnlicheres, Wilderes, Ausgelasseneres gab es auf der Welt kein zweites Mal. Will mietete eine rote Corvette und raste wie ein Wahnsinniger durch die Stadt. *Der Fußballnarr, der Verlierer, sagte er sich. Der Werwolf von Rio.*

»Und du heißt Angelita, stimmt's?« fragte er die Frau, die auf dieser Tour neben ihm saß. Sie war großgewachsen, dunkelhaarig, schlank und unglaublich schön. Sie wollte den blonden Pfeil erleben, hatte sie ihm gesagt, sie wollte den blonden Pfeil *ganz tief in sich* spüren.

»Ja, ich bin Angelita. Du fragst immerzu, als ob ich meinen Namen ändern könnte. Und wenn du so weiterfährst, werden wir beide uns bald Mr. und Mrs. Tod nennen können.«

»Das ist witzig. Sehr komisch«, sagte Will und wechselte auf der breiten Avenue, die parallel zur Copacabana verlief, in den vierten Gang. »Eine witzige, schöne Frau kann gefährlich sein, nicht wahr?«

Sie warf ihr schwarzes Haar nach hinten und lachte. »Hast du Angst, daß ich dir das Herz brechen könnte?«

»Nein, überhaupt nicht, Angelita. Ich habe nur Angst, daß du es mir *nicht* brechen wirst. Kannst du mir folgen?«

»Ich versteh' kein Wort, Liebling.«

»Großartig.«

Er nahm sie mit nach oben, auf seine Hotelsuite. Der Raum war gut erhellt von den Lichtern der Stadt. Er machte sich deshalb gar keine Mühe, die Beleuchtung anzuschalten. Die Rhythmen, die von der Straße heraufkamen, klangen ganz so, als ob die Trommeln hier im Zimmer geschlagen würden.

»Steck ihn sofort in mich rein, Will Shepherd, Numero nueve. Komm schon«, drängte sie, als sie sich umarmten.

Das war vor vielen Stunden gewesen. Er war in sie eingedrungen. Sie hatte gestöhnt, dann hatte sie schreien wollen, schließlich hatte sie sich mit äußerster Verzweiflung bemüht, den Pfeil aus ihrem Herzen zu ziehen.

»Was hast du getan? O mein Gott, was hast du mir angetan!?«

»Ich wollte dein Herz brechen«, flüsterte Will. »Hab' ich es dir gebrochen?«

Jetzt entfiel ihm laufend ihr Name. Wer zum Teufel war sie bloß? Ach ja, sie hieß Angelita.
Nun lag Angelita in der Badewanne seines Hotelzimmers. Er blickte auf sie und begriff: Diesmal war er zu weit gegangen. Auch für seine eigenen Begriffe zu weit.
Er war zu weit gegangen – er hatte den Boden unter den Füßen verloren.
Wenn mich jetzt meine Fans sehen würden, dachte er. Hier steht der wahre Will Shepherd. Der wertlose Abschaum, der ich in Wirklichkeit bin. Unter der schönen Fassade schlägt ein dunkles Herz. So ähnlich hat es Joseph Conrad doch ausgedrückt, oder? Es war ein Buch, das Will auf der Schule gelesen hatte. Er hatte es von der ersten bis zur letzten Seite verstanden.
Niemand kannte ihn, niemand kam bis zu ihm durch – außer vielleicht Angelita. Sie wußte jetzt Bescheid.
Ihre braunen, erstarrten Augen sahen ihn an – immer von der Seite, wie ihm schien. Er war ihr Gott. Der sie von den Straßen Rios errettet hatte. Sie hatte sich gewünscht, mit einem so großen Star zu vögeln. Na schön, sie *war* gevögelt worden.
In seiner Hand hielt er ein Glas mit roter Flüssigkeit. Er hob es zum Trinkspruch. Auf Angelita. Er hob es zum Trinkspruch mit ihrem eigenen Blut.
»Es tut mir leid«, flüsterte er. »Na schön, tut es nicht. Ich wünschte nur, daß es mir leid täte.«
Er trank einen Schluck aus dem Glas und wußte: Er war verloren. Er hatte einen Mord begangen. Er würde vor Gericht gestellt werden – man würde ihn für schuldig befinden. Ihm trat der Schweiß auf die Stirn.
Blonder Pfeil, Werwolf, Vampir – wo lag da noch ein Unterschied?
Er würde bis zum Ende seines Lebens im Zuchthaus sein.

39. Kapitel

Ich hatte erlebt, was es bedeutet, erniedrigt zu werden, sich zu verlieren, da kannte ich mich aus; aber sich verlieben – das war eine Erfahrung, die mir bislang völlig fremd gewesen war. Nun erlebte ich aber, wie sich zwischen Patrick und mir allmählich und auf wunderbare Weise die Liebe einstellte. Unsere Empfindungen füreinander wurden von Tag zu Tag tiefer. Es war etwas ganz anderes als Vernarrtheit oder Betörung – Gemütszustände, die wir vorher auch schon erlebt hatten.

Lassen Sie mich aufzählen, auf welche Weise ich Patrick liebenlernte.

Da war seine Art, mich beinahe täglich daran zu erinnern, daß ich ein ganz besonderes, wertvolles menschliches Wesen war. Es war das erste Mal in meinem Leben, daß ich an mich selbst glaubte.

Da war sein Bemühen, meine Lieder zu verstehen, und er schätzte sie mehr als die meisten Musikkritiker, die für die Zeitschriften *Rolling Stone* und *Spin* schrieben.

Da war seine Art, sich mit Jennie über alles und nichts zu unterhalten; und wie wir uns auch zu dritt über alles verständigen konnten.

Da war seine Art, mich mit seinen Geschichten, seinem Humor, seinen Erkenntnissen zu überraschen und froh zu machen.

Ja, während der anderthalb Jahre unseres Zusammenseins gab es nur einen einzigen Punkt, der uns Kummer bereitete, und der betraf keinen von uns beiden – er betraf Patricks Sohn Peter. Peter war ein richtig gemeiner Kerl – genau das Gegenteil seines Vaters. In dieser Zeit hat Peter alles darangesetzt, in der Firma seines Vaters das Zepter in die Hand zu bekommen, ohne Erfolg. Patrick war überzeugt, in der Erziehung Peters versagt zu haben, und er trauerte – *über den Verlust seines einzigen Sohnes*, wie er sich ausdrückte.

Welch ein guter Übergang, dachte ich eines Nachmittags in Bedford. Sofern es dafür überhaupt einen Übergang geben kann –

Für mich persönlich war es hart. Ich fand es sehr schwierig. Ich war wie versteinert. Ich seufzte, wappnete mich und sprach es aus:

»Wir werden ein Baby bekommen, Patrick.«

Wir saßen im Wohnzimmer. Man würde es mir bestimmt bald ansehen können. Also mußte ich's ihm jetzt sagen. Wir waren vorsichtig gewesen, hatten Verhütungsmittel benutzt, doch irgendwie war ich trotzdem schwanger geworden.

Obwohl ich eine »Künstlerin« und »Musikerin« war, war ich im Herzen eine ganz normale Frau geblieben; die Schwangerschaft erschütterte mich bis in die Wurzeln meines Seins. Jennie habe ich es sofort erzählt. Sie hat daraufhin nur gemeint: »Du liebst Patrick und er dich. Ich liebe euch beide. Ich freu' mich, daß wir ein Kind bekommen.« Jennies Reaktion hat mir sehr geholfen.

Patricks Gesicht verriet jetzt ein halbes Dutzend von Gefühlsregungen: Staunen, Schock, Bestürzung, Sorge, Zweifel – doch zuletzt Freude. Unglaubliche, unmißverständliche Freude. Das Strahlen in seinem Gesicht, das ich an ihm so sehr liebte.

»Und wann ist es soweit? Mein Gott, du mußt mir alles erzählen, Maggie!«

»In fünf Monaten und zwölf Tagen. Die genaue Stunde konnte Dr. Gamache leider nicht angeben.«

Er hielt meine beiden Hände. »Junge oder Mädchen?«

»Laut Fruchtwassertest ein Junge. Allie? Wie gefällt dir der Name?«

»Ein wunderschöner Name.« Er schüttelte verwundert den Kopf. »Das macht mich sehr froh, Maggie. Ich könnte gar nicht glücklicher sein. Hab' ich dir eigentlich in der letzten Zeit gesagt, wie sehr ich dich liebe?«
»Doch«, flüsterte ich, »aber sag's mir noch einmal. Ich kann's gar nicht oft genug hören.«

Und in jener Nacht kehrte die Erinnerung zurück, mit einer Lebendigkeit, die ich längst für unmöglich gehalten hatte – die Erinnerung an *ihn.*
Philip kam zurück, um mir alles zu verderben.
Er war betrunken, wie so oft. Er konnte sich kaum auf den Beinen halten. Er stürmte durch die Haustür herein, brüllte unentwegt meinen Namen, und ich kauerte in der Küche, gab keine Antwort, selbst dann nicht, als er ganz in der Nähe war.
Wie anders er doch gewesen war, als wir uns in Newburgh kennengelernt hatten. Da war er ganz Offizier und Gentleman gewesen, und Wissenschaftler obendrein. Er hatte mich junges, neunzehnjähriges Ding einfach überwältigt. Ich war so liebesbedürftig gewesen, so schrecklich allein. Wie hätte ich wissen können, daß er in seiner Rolle als Professor frustriert war, daß er sich zur Armee gemeldet hatte, weil er als Soldat kämpfen wollte; und daß man ihn, statt dessen, zum Dozenten gemacht hatte. Per Befehl, den er hatte befolgen müssen, und es war klar, daß ich nun seinen Befehlen zu folgen hatte.
»Wenn ich nach dir rufe, antwortest du: ›Jawohl, Philip‹«, verkündete er mit einem höchst arroganten Grinsen.
»Nicht, wenn du in solchem Zustand bist, Philip. Nicht mit mir. Nie im Leben.«
Er versetzte mir mit der flachen Hand einen Schlag ins Gesicht. »Wann immer ich nach dir rufe, wirst du antworten: ›Jawohl, Philip!‹« wiederholte er.
Ich schwieg. Die Nickelbrille saß ihm schief auf der Nase. Er sah

ganz so aus wie der verweichlichte Snob, der er partout nicht sein wollte.
»Maggie«, sagte er leise. Drohend.
Ich gab keine Antwort. Seine Hand hob sich erneut, seine Faust diesmal. Er war nicht besonders kräftig gebaut, aber einen halben Zentner schwerer als ich.
»Jawohl, Philip. Verpiß dich«, sagte ich. Ich benutze sonst nie solche Ausdrücke. In dem Moment habe ich es getan.
»Wie bitte? Was hast du da gesagt, Frau? Was zum Teufel habe ich da gehört?«
»Du hast gehört, was ich gesagt habe.«
Stocksteif stand er da. Dann bekam er einen geilen Blick. »Okay«, sagte er, »ab in die Kiste.«
Er wollte mich packen, taumelte betrunken auf mich zu. Ich lief die hintere Treppe hoch zum Dachboden und schlug ihm die Tür ins Gesicht.
Dort oben verwahrte Philip Waffen. Im Haus dieses tapferen Soldaten gab es überall Waffen. Ich nahm mir eine von seinen Waffen und entsicherte sie. Ich richtete sie auf die Dachbodentür und wartete auf das Erscheinen seines wilden, zornigen Gesichts.
»Noch einen Schritt, und ich schieße. Ich warne dich, Philip.« Ich war selbst erstaunt, wie ruhig meine Stimme klang, obwohl ich mich ganz und gar nicht ruhig fühlte.
Er starrte mich an, versuchte mich zu zwingen, den Blick zu senken, rührte sich jedoch nicht vom Fleck. Dann begann er zu lachen. Ein scheußliches, gackerndes Lachen.
»Ach, Süße«, sagte er, als er sich wieder unter Kontrolle hatte. »Meine Süße. Die Runde hast du gewonnen. Aber das wirst du noch bereuen.«
Ich bereute es noch, nach all den Jahren.

40. Kapitel

An einem vielversprechenden, strahlend schönen Morgen mußte mich ein ungewohnt nervöser und verwirrter Patrick in aller Eile zum Northern Westchester Hospital in Mount Kisco, New York, fahren. Er war dermaßen außer sich, so völlig anders als der Patrick, den ich kannte, daß es schon wieder lustig und liebenswert war. Jennie hat uns begleitet; von uns dreien war sie es, die sich am besten unter Kontrolle hatte.

Ich selbst wurde auf der rumpelnden Fahrt über die engen Straßen durch die Fichtenwälder meiner finsteren Gedanken trotz aller Bemühungen nicht Herr. *Denk ans Baby*, befahl ich mir; statt dessen kamen mir die Presseberichte in den Sinn, die mich quälten, seit meine Schwangerschaft publik geworden war.

»MAGGIE BRADFORDS SCHÖNSTES LIEBESLIED: Die Inside-Story über die gar nicht so geheime Macht, mit der Maggie Patrick in ihrer Gewalt hat.«

Wie konnte unsere wundervolle Beziehung nur so in den Dreck gezogen werden, so schlechtgemacht werden? Wer schrieb bloß solche Geschichten? Wer wollte solche Sachen lesen? Ich hatte Patrick erklärt, es wäre mir völlig egal, was die Leute über uns redeten; aber die Medien konnten schrecklich grausam sein. Ich fühlte mich verletzt und gedemütigt.

Und hatte damals natürlich noch gar keine Ahnung, wie brutal sie wirklich sein konnten.

»Ich weiß ja, daß du dich beeilst, Patrick ... aber fahr doch noch ein bißchen schneller. Bitte!«

Im Krankenhaus wurden wir schon von Dr. Lewis Gamache erwartet. Er schielte hinter seiner Silberbrille mit Bifokalgläsern. Ich hatte ihn vor Monaten im Dorf Chappaqua

entdeckt. Er war ein praktischer Arzt, der sich auf Geburtshilfe spezialisiert hatte, und ich vertraute ihm mehr als all den berühmten Ärzten, die mir in New York ihre Dienste angeboten hatten.
»Hallo, Lewis. Ich fühl' mich ziemlich furchtbar.« Ich gab mir Mühe zu lächeln, fühlte mich aber einer Ohnmacht nahe.
»Prima. Das bedeutet, daß es fast soweit ist.« Er begleitete mich zu einem Rollstuhl. Ich wurde ins Krankenhaus gefahren.
Fast soweit. Wirklich. Es war elf Uhr abends, als mich zwei Schwestern in weißen Kitteln durch den hell erleuchteten Korridor in den Kreißsaal jagten. Ich war pitschnaß vor Schweiß, mein Haar verfilzt und fast braun. Mir war klamm und kalt. Die Schmerzen waren kaum zu ertragen, doppelt so heftig als bei Jennies Geburt, soweit ich mich erinnerte.
Dr. Gamache wartete im Kreißsaal. Er war wie immer bester Laune und voller Optimismus.
»Hallo, Maggie. Warum haben Sie denn so lang gebraucht?«
»Ooohh!« Ich schloß die Augen, weil die nächste Wehe einsetzte. »Die Wehen haben mir soviel Spaß gemacht.«
»Dann lassen Sie uns jetzt einen Rock 'n' Roll hinlegen«, meinte er. Ich habe den Witz verstanden, aber gelacht habe ich nicht.

Am nächsten Tag sagte Dr. Gamache um genau 11.19 Uhr: »Sie haben einen Jungen bekommen, Maggie« und legte ihn neben mich, damit ich ihn sehen konnte. Es kam mir so vor, als ob er gähnte. Schon von Mutter Erde gelangweilt? Er war wunderschön.
Er bekam den üblichen Klaps auf den Po; das Rucken am Fuß blieb ihm erspart. Ich konnte sein dünnes, kaum hörbares Weinen vernehmen.

»Ich glaube allerdings nicht, daß er Ihre Lungen hat«, bemerkte Dr. Gamache.
»Der Kleine heißt Allen«, sagte ich und fiel in Ohnmacht.

41. Kapitel

Patrick kam förmlich in mein Krankenhauszimmer *geflogen*, strahlend eilte er an mein Bett, gab mir einen Kuß – er *war* nun ganz Paul Newman und Spencer Tracy in einem, ein wirklich wunderbarer Mensch: rücksichtsvoll, mitfühlend, zärtlich, besorgt. Patrick wollte mich heiraten – hatte mich bereits darum gebeten, seine Frau zu werden –, aber irgendeine Vorsicht gegenüber der »Ehe« und meine Erfahrungen mit Philip hatten mich bewogen, ihn zu bitten, noch ein wenig zu warten. Das könne er verstehen, hatte Patrick erwidert. Ich hoffte, er verstand es wirklich. Und hoffte nun, er würde mich abermals bitten – *bald.*
Da sperrte sich doch etwas in der Innentasche seines Sportjacketts, als ich ihn umarmte. Ich wurde neugierig und faßte hinein.
»Das geht nun aber doch zu weit, du Gauner«, sagte ich. »Zigarren zur Feier des Tages? Wie spießig! Wie kitschig!«
»Ich bin eben ein kitschiger Mensch!« Patrick zuckte die Schultern. »Die Zigarren sind nur für meine Freunde. Für den unehelichen Vater des Kleinen habe ich Whisky besorgt.«
»Hast du Allie schon gesehen?«
»Und ob! Allein seine Hoden! Sind größer als die Füße! Ich bin schwer beeindruckt.«
Ich lachte. »So etwas *würde* dir schmeicheln.«

»Ich hatte eigentlich gehofft, daß es auch seiner Mutter ein wenig schmeicheln würde.«
»Wenn sie sieht, daß ihr Sohn gut gerüstet ist für die Eroberung der Welt?«
»Genau. Und wundervoll ausgedrückt.«
Patrick streckte die Arme aus und zog mich zärtlich an seine Brust. Ich konnte sein Herz klopfen hören. Ach, wie gern ich es spürte; jeden Tag von neuem.
Einen besseren Vater für meinen Sohn kann ich mir gar nicht vorstellen, dachte ich.
Und sagte es gleich darauf noch einmal laut, damit Patrick es hören konnte. So glücklich war ich in meinem ganzen Leben noch nicht gewesen. Jetzt war ich sicher: Patrick und ich würden bald Mann und Frau sein. Eine Familie waren wir ja schon – und glücklicher als die meisten, die ich kannte.
In dieser Nacht habe ich zum erstenmal für meinen Kleinen gesungen.

42. Kapitel

Und so geschah er, liebe Leserinnen und Leser, der dritte Mord, über den Sie in Fernsehen und Presse horrende Gerüchte vernommen haben. Dies ist mein Geständnis, exklusiv für Sie.
Patrick hat seine Arbeit geliebt, die Grandhotels, die er gebaut hatte; ich war mir sicher, daß er Allie, Jennie und mich liebte; und er liebte das Meer, er segelte leidenschaftlich gern. Es gab in seinem Leben nur einen einzigen Kummer – die anhaltenden Auseinandersetzungen mit seinem Sohn Peter wegen der Firma, insbesondere wegen des Hotels »The Cornelias«. In Zusammenhang mit diesen Strei-

tigkeiten machte Peter auch kein Hehl aus seiner Verachtung für mich. Patrick und ich kamen zu der Erkenntnis, daß wir uns mit Peters Attacken abfinden müßten. So war es nun einmal.
Ich werde diesen besonderen Tag Anfang Mai nie vergessen. Es war das erste Mal, daß wir im Frühling des neuen Jahres segeln wollten – um ein bißchen Zeit für uns allein zu haben.
Wir waren sehr früh aufgestanden, hatten uns gleich angezogen und schon um fünf zusammen eine heiße Schokolade getrunken. Meine neue, absolut wundervolle Haushälterin, Mrs. Leigh, wünschte uns einen schönen Tag. »Und machen Sie sich wegen der Kinder nur keine Sorgen, Mrs. Bradford.« Mit Mrs. Leigh daheim war das wirklich nicht nötig. Sie hatte selber zwei wohlgeratene Kinder großgezogen und gehörte schon richtig zu unserer Familie.
Wir fuhren hinaus nach Port Washington auf Long Island.
Wir hatten einen ganzen Tag nur für uns! Welch ein Fest!
Gegen 6.30 Uhr schlenderten wir über das sonnenüberflutete Gelände des stolzen Manhasset Bay Yacht Club, der im 19. Jahrhundert gegründet worden war. Die Luft war kühl; der Morgen versprach jedoch angenehm und entspannend zu werden. Auf der Mitte des Fußwegs hielt ich Patrick an und gab ihm einen Kuß. Ich konnte einfach nicht anders.
»Ich liebe dich«, flüsterte ich. »Auch wenn's simpel und unkompliziert klingen mag.«
»Schwer zu finden, so eine Liebe«, meinte er lächelnd, »aber *wenn* man sie findet, ist's eine Sensation. Ich liebe dich auch, Maggie.«
Als wir gleich darauf die *Rebellion* erreichten, erklärte mir Patrick, daß wir auf Osten zuhalten würden, »der Sonne entgegen, von der Erde fort«.
»Der Sturm der vergangenen Woche hat den Schiffen gro-

ßen Schaden zugefügt. Auch unserem«, sagte Patrick während einer raschen Inspektion. »Noch immer Wasser an Bord. Die Batterie ist wahrscheinlich platt. Die Funkantenne kaputt. So ein Mist. Paß bloß auf, daß ich nie einen Luxusdampfer baue. Es würde sowieso eine neue *Titanic.*«

Die *Rebellion* lief ungefähr um Viertel nach sieben aus. Vor uns lag ein Ferientag. So gern ich jeden wachen Augenblick meines Lebens mit Allie verbrachte, sosehr er mir auch schon jetzt wieder fehlte – ich brauchte endlich einmal einen freien Vormittag mit Patrick, den ich in letzter Zeit viel zuwenig gesehen hatte.

Der Himmel war wolkenlos. Es war so ein Tag, der einen fast automatisch in Hochstimmung versetzt. Und ich konnte Patrick richtig anmerken, wie die Anspannung von ihm abfiel. Am Horizont zog – wahrscheinlich auf dem Weg in die Karibik – langsam ein großes Schiff vorüber.

Um die Mittagszeit glitt unser Schiff durch die winzigen weißen Schaumkronen der Hochsee. Das verrückte New York lag meilenweit hinter uns zurück. Wir dachten nicht mehr an das Hotel, an Peter O'Malley, selbst nicht mehr an Jennie und Allie. Wir genügten uns selbst in diesem Gefühl der Zusammengehörigkeit, das die hohe See vermittelt. Ob Patrick mich wohl an diesem Tag erneut bitten würde, ihn zu heiraten?

Plötzlich zogen von Nordwesten her rauchige, rußschwarze Wolken auf. Ein Sturm, der uns rasend schnell näher kam. Die Temperatur fiel innerhalb von fünf Minuten um mindestens sechs Grad.

»Mist!« schimpfte ich. »Immer wenn man sich ein Fest im Freien machen will. Es ist zum Heulen, nicht zum Aushalten!«

Patrick blickte besorgt zum Himmel auf. »Ich werde die

Küstenwacht anfunken, wegen der Wetteraussichten. Vielleicht zieht der Sturm an uns vorbei.«
Auf dem Weg zur Kabine blieb er wie angewurzelt stehen. »Zum Teufel – ich kann gar nicht funken. Die Anlage ist ja defekt. Was wohl bedeutet, daß wir zur Küste zurückmüssen. Übernimm du das Steuer, Maggie. Halt es gut fest.«
»Aye, aye.«
Ich plagte mich mit dem Steuerrad ab, während Patrick das Hauptsegel reffte. Der Zug am Ruder war jedoch noch immer zu stark. Patrick beschloß, ein kleineres Sturmsegel zu holen und zu setzen. Wenn's gar nicht anders ginge, müßte er auch das Stagsegel einholen und mit Motorkraft nach Manhasset zurücksteuern.
Dann aber schlug der Sturm zu! Um das hoch aufragende Segelschiff hüllte sich ein kalter Nebel. Es schüttete wie aus Eimern von oben. Wir wurden pitschnaß vom Regen, und dann klatschte auch noch Meereswasser wie bei einer Sturmflut auf das Deck. Die furchterregende Gewalt der Natur brach von allen Seiten auf uns ein.
Meine Hand rutschte am Steuerrad aus. Ich hatte fürchterlich zu kämpfen, um Kurs zu halten. Die große Anstrengung erzeugte in mir ein Hochgefühl; doch darunter lauerte tiefe Furcht. Der Spaß war mir vergangen.
Patrick fluchte. Er rannte los, rutschte weg, schlitterte auf eine Stelle zu, wo sich ein Tau gelöst hatte und wie ein nasses Bettlaken im Wind flatterte.
Als er das Segel erreichte, schien er auf einmal zu zögern und sein linkes Bein nachzuziehen. Das war der Eindruck, den ich in diesem Moment hatte – daß sein linkes Bein zurückblieb.
Er blieb stehen. Wie wenn er etwas vergessen hätte. Sank auf die Knie, als ob er von hinten einen Schlag auf den Kopf bekommen hätte.

»Patrick!« Ich schrie es heraus.
Er versuchte aufzustehen. Ich beobachtete, wie er die Hand an die Brust hob. Dann sackte er zusammen.
»Patrick!«
Ich eilte über das glitschige Deck zu ihm. Sein Gesicht war so weiß wie das Hauptsegel. Sein Atem ging unregelmäßig. Er lag auf der Seite und wimmerte vor Schmerzen, als ich ihn auf den Rücken legte. Ich bekam plötzlich keine Luft mehr.
Von irgendwoher habe ich mir Wolldecken und einen Streifen grüne Persenning geschnappt. Damit deckte ich Patrick zu, so gut es eben ging. Ich nahm seine Hand in meine Hand. Ich hatte mit einemmal große Mühe, klar aus den Augen zu sehen.
»Du warst fort«, flüsterte er. »Bitte, tu das nie wieder. Laß dich anschaun, Maggie.«
Ich versuchte, seinen Körper ruhigzuhalten, wenn die Wellen das Boot erschütterten.
»Ich bin ja da. Du darfst mich aber auch nicht verlassen. Es wird alles wieder gut. Du wirst wieder ganz okay sein.«
Und das habe ich auch geglaubt, ein Teil von mir hat das jedenfalls fest geglaubt. Doch tief in meinem Inneren breitete sich die Angst aus. Ich mußte das Gesicht abwenden, damit er sie nicht sah.
Als ich Patrick wieder anschaute, war sein Gesicht aschfahl, und auf Stirn und Oberlippe bildeten sich, trotz des eisigen Sturms, dicke Schweißperlen. *Bitte, lieber Gott, bitte, bitte*, dachte ich nur. *Ich liebe ihn doch so. Tu mir das bitte nicht an.*
»Ich sag' das für den Fall, daß mir keine Zeit mehr bleibt«, sagte er. »Ich möchte, daß du glücklich bist. Und du unseren Sohn zu einem glücklichen Menschen machst, und ich weiß, daß du es schaffst. Und bitte, gib acht, daß Jennie

keinen irischen Mann heiratet. *Versprich mir's*«, flüsterte er in dem Ton, den ich so liebte.
»Ich versprech' es dir«, stieß ich schließlich flüsternd hervor. Ich mußte gegen die Tränen ankämpfen.
»Liebste«, sagte er. »Ich liebe dich. Du bist die Beste.«
Er sagte es mit dem mir so vertrauten Ausdruck von Humor in den Augen. Dann veränderte sich sein Blick plötzlich und ging starr an mir vorbei.
Aus der Tiefe seiner Brust stieg ein merkwürdiger Laut. Er ließ meine Hand los. Er ließ mich einfach los. So einfach und unkompliziert, wie auch unsere Liebe gewesen war. Ich schrie, als ich seinen Blick sah. *Lieber Gott, mach, daß er nicht stirbt.*
Ich hielt ihn an mich gedrückt und begann zu weinen. Ich legte meinen Kopf auf seine Brust, in der sich nun nichts mehr rührte.
Ach, bitte ... bitte, laß es nicht zu. Wer immer du bist, zeig uns deine Barmherzigkeit.
Patrick konnte mich nicht hören. Er war von mir gegangen, so schnell, wie der Sturm gekommen war.

43. Kapitel

Ich muß ihn wohl eine ganze Stunde lang in den Armen gehalten haben, ohne einen Gedanken daran zu verlieren, was aus mir oder dem schaukelnden Schiff werden würde, das uns trug.
Der Sturm war ostwärts gezogen, das Meer wieder ruhig, obwohl ich davon nicht viel mitbekam. Eine schwache Sonne schickte Streifen aus Elfenbeinlicht auf die schwappenden Kronen des graugrünen Wassers.

Ich saß hilflos auf dem einsamen Deck neben ihm. Ich dachte an die Zeit, die wir miteinander geteilt hatten, und mußte immer wieder von neuem weinen.
Laß mich nicht allein. Schau mich an.
Geh nicht fort, Patrick. Geh nicht fort, laß mich nicht allein ... ach, Padriac, ach, Patrizio, wimmerte ich.
Leute von der Küstenwacht haben mich aufgefischt, als ich am rötlichen Rand des Sonnenuntergangs dahintrieb. Da hielt ich Patrick noch immer in meinen Armen.
Da haben Sie Ihre Geschichte – *auf diese Weise habe ich ihn umgebracht. Das ist mein Geständnis.*

Drittes Buch

Will

44. Kapitel

Als Will das laute Klopfen an der Tür seiner Suite im Rio Hilton hörte, begann er zu zittern. Er taumelte aus dem Bett und versteckte sich im Badezimmer.

Selbst diese paar Schritte konnte er kaum machen, ohne hinzufallen. *Haut ab. Macht, daß ihr wegkommt!*

Er hörte, wie sich die Eingangstür zu seiner Suite öffnete. Er hörte Stimmen. Ein Zimmermädchen – und noch jemand.

Großer Gott, sie dürfen auf keinen Fall hier rein – egal, wer sie sind. Nicht in diesem Moment! Auf keinen Fall!

»Danke für den Einlaß«, sagte die Stimme. »Ich komme jetzt schon allein zurecht.«

Palmer!

Wer zum Teufel hat den denn eingeladen?

Keiner darf zu mir rein – auch mein Bruder nicht. Ich hab' mich nicht unter Kontrolle. Ich weiß nicht, ob ich mich je wieder unter Kontrolle haben werde.

Palmer Shepherd registrierte jedes Teil des Puzzles: die verschlossene Badezimmertür, der flach auf dem Nachttisch liegende Spiegel, mit einem darauf liegenden Rasiermesser, ein zusammengerollter Hundertdollarschein – die Überreste von weiß Gott wieviel Kokain. Eine leere Flasche Tequila auf dem Boden. Auf dem zweiten Nachttisch ein halbvolles Glas mit roter Flüssigkeit. Portwein? Cinzano?

Aber wo war Will? Wo steckte er bloß?

Da bin ich, kleiner Bruder!
Mit dem Geheul eines Werwolfs hatte sich ein nackter Will auf Palmer gestürzt, er rang ihn nieder, drückte ihn mit den Armen auf den Boden und setzte sich ihm auf den Bauch – wie früher, als die beiden noch klein gewesen waren.
»Du verlierst. Ich gewinne!«
Nur daß diesmal Wills Augen einen geradezu furchterregend irren Blick hatten. Und sein Körper – o mein Gott, was war nur mit seinem Körper?
Mit einem Ausdruck ungläubigen Entsetzens blickte Palmer zu seinem Bruder hoch. »Um Himmels willen, Will, was hast du mit dir gemacht?«
Will lachte gellend – manisch. »Hab' mich geschnitten!«
Er sprang von ihm herunter und tanzte – *war* das Tanzen? – durch den Raum. Er hob das halbvolle Glas, um es seinem Bruder anzubieten. »Und *sie* hab' ich beim Rasieren auch geschnitten. Blut mischt sich übrigens gut mit Tequila. Willst du mal probieren?«
»*Wen* hast du beim Rasieren geschnitten? Was zum Teufel ist hier vorgegangen? Was für Zeug hast du genommen?«
»Angelita. Ihre Leiche ist im Bad. Bloß 'ne dreckige Nutte.« Er hob von neuem das Glas. »Tut mir leid, aber das meiste hab' ich selbst getrunken. Siegerfrühstück.«
»Sag, daß du es nicht getan hast!« flüsterte Palmer. Er stand auf und fühlte sich ganz schwach auf den Beinen. »Dazu wärst du nie fähig gewesen.«
»Wozu nicht? Wozu nicht fähig?«
»Sie umzubringen.«
»Also, ich weiß nicht.« Wills Augen waren so groß wie Silberdollarstücke. Die Augen eines Wahnsinnigen. »Sehen wir doch mal nach. Dann weißt du Bescheid.«
Will riß die Badezimmertür auf, um sein kleines Geheimnis mit dem Bruder zu teilen.

»Wie lautet dein Urteil, kleiner Bruder? Hab' ich oder hab' ich nicht? Und wirst du mir diesmal helfen?«

45. Kapitel

Die Horrorgeschichten in den Zeitungen und Illustrierten waren ausnahmsweise im wesentlichen wahrheitsgemäß; diesmal möglicherweise eher untertrieben. Will wußte es. Sein Bruder auch.

Will *war* gefährlich, sogar noch viel gefährlicher, als die Boulevardpresse mutmaßte. Er hatte sechs Wochen in einer New Yorker Privatklinik zugebracht, um sich von einem »Zusammenbruch« zu erholen. Es hatte in Rio ein »Stoffproblem« gegeben.

Er hatte viel schlimmere Dinge getan, als ein bißchen Kokain einzunehmen – und war trotzdem davongekommen. Dafür hatte er zahlen müssen – eine beträchtliche wöchentliche Zahlung an seinen Bruder, war jedoch immerhin auf freiem Fuß, mußte sein restliches Leben nicht hinter Gittern verbringen.

Will und Palmer waren übereingekommen, daß Will für eine Weile nicht in London leben sollte. Darauf hatte dieser kleine Bastard Palmer doch tatsächlich bestanden! Es war ein Teil ihres Handels. Aus irgendeinem Grund zog es Will sowieso nach New York.

Er mietete ein möbliertes Apartment auf der East Side. Es gefiel ihm dann jedoch in New York so gut, daß er sich auf Haussuche machte. Zufälligerweise las er in der *New York Times*, daß Maggie Bradford ein Anwesen in Westchester besaß – Winnie Lawrence übrigens auch. Will beschloß, zuerst einmal in Westchester zu suchen.

Maggies Songs begeisterten ihn nach wie vor. Ihre Musik hatte Heilwirkung; davon war er überzeugt. Er sprach sogar mit seinem schicken Seelendoktor an der Fifth Avenue über die Lieder, insbesondere die Texte. Dieser war ebenfalls ein Fan von Maggie Bradford und verstand, wovon Will sprach – tat jedenfalls so, als ob er es wüßte.
Will stellte sich vor, daß er Maggie eines schönen Tages in Westchester begegnete. Er hatte gar keinen Zweifel, daß sich das irgendwie bewerkstelligen lassen würde. Er war doch wohl noch clever genug, um so etwas in die Wege zu leiten, oder?

46. Kapitel

Jetzt beginnt die Geschichte, die irgendwie unbegreiflich ist. Vielleicht fasziniert sie gerade deshalb so viele Menschen, hat über die Wochen und Monate des näherrückenden Prozeßbeginns ihre Aufmerksamkeit gefesselt. Hier liegt das eigentliche Geheimnis, sogar für mich: meine Zeit mit Will Shepherd, die dunkle Nacht meiner Seele. Wie konnte es dazu kommen? Wie *ist* es bloß dazu gekommen?

Nach Patricks Tod, nach *seinem Herzinfarkt*, habe ich mich ganz zurückgezogen, mich nur mit Jennie und Allie befaßt und die Medien gemieden – während meiner Schwangerschaft hatte ich sie fürchten und verachten gelernt. Patricks Tod lag fast ein Jahr zurück, ich arbeitete im Garten, es war ein wunderschöner Frühlingsmorgen, und Allie spielte an meiner Seite, als wir von dem Wachmann unterbrochen wurden, den ich angeheuert hatte, um mich vor unliebsamen Besuchern zu schützen – also praktisch vor allen.

»Da ist ein gewisser Mr. Nathan Bailford«, sagte er. »Er weiß, daß Sie niemand zu sprechen wünschen. Es wäre aber sehr wichtig, sagt er.«

Nathan wohnte in der Nachbarschaft. Ich kannte ihn nicht besonders gut. Ich wußte nur, daß er ein prominenter Anwalt war; auch, daß er geholfen hatte, die Fertigstellung des Hotels »The Cornelia« ohne Behinderung oder Einmischung von seiten Peter O'Malleys zu ermöglichen. Was könnte er von mir wollen? Ob es wieder Schwierigkeiten mit Peter gab?

»Lassen Sie Mr. Bailford herein«, gab ich dem Wachmann nach einigem Zögern zu verstehen. »Wir kriegen Besuch«, sagte ich zu Allie. »Komm, da müssen wir uns schnell hübsch machen.«

Der Anwalt war Ende Fünfzig, wirkte jedoch wie Mitte Vierzig. Er lächelte bei der Begrüßung, doch seine Aufmachung – holzkohlengrauer Anzug mit weißem Hemd und der typisch blutrot-golden gestreiften Vertreterkrawatte – strahlte anwaltsmäßigen Ernst aus; jedes Härchen auf seinem Kopf lag haargenau an seinem Platz.

Nathan Bailford nahm meine ausgestreckte Hand in beide Hände. »Sie können ja nicht wissen, wie oft ich seit der Beerdigung an Ihrem Haus vorbeigefahren bin und an Sie gedacht habe – und ich habe mich immer wieder gefragt: Soll ich nun einfach mal vorbeischauen oder Sie in Frieden lassen.«

»Ich bin froh, daß Sie sich endlich entschlossen haben hereinzuschauen.« *Patricks Freund ist doch auch mein Freund,* dachte ich und gab mir Mühe, entgegenkommend zu sein.

»Wie geht's Ihnen?« fragte er.

»Ach, mal so, mal so«, antwortete ich. »Am schlimmsten machen mir die Nächte zu schaffen. Ich mache irgendwie ein böses Jahrzehnt durch.«

Nathan Bailford wußte offenbar nicht, wie er darauf reagieren sollte, und hat dann am Ende einfach bloß gelächelt. Gut so. Das hat mir gefallen.
»Eigentlich bin ich heute aus geschäftlichem Anlaß hier«, gestand er, als uns auf der Terrasse Kaffee serviert wurde. »Es gibt da einen Punkt – nun ja, er ließ sich einfach nicht länger hinausschieben. Patricks Tod liegt nun schon ein Jahr zurück, und eines Tages mußte ich ja doch zu Ihnen kommen.«
Er nippte an seinem Kaffee. Mir fiel seine zitternde Hand auf. Er löste den Knoten seiner Krawatte. »Es ist schließlich soweit, daß Patricks Testament offiziell bekanntgegeben wird. Es war ein furchtbares Durcheinander. So etwas habe ich mein Lebtag noch nicht gesehen. Meine Mitarbeiter und ich haben alles präzise nach seinen ausdrücklichen und komplizierten Instruktionen ausgearbeitet. Ich muß Sie davon in Kenntnis setzen, Maggie. Es wird für Sie einen bösen Kampf bedeuten. Peter O'Malley macht gegenwärtig nicht eben den Eindruck, sich damit abfinden zu wollen. In bezug auf seinen Sohn hat Patrick absolut recht behalten – Peter ist ein richtiger Mistkerl.«
Das traf mich unvorbereitet. Ich hatte nie auf Patricks Geld oder Besitz spekuliert. Nathans Nervosität machte mir angst. Die Vorstellung einer Auseinandersetzung mit Peter war beunruhigend; noch mehr beunruhigte mich allerdings der Gedanke, daß die Medien davon Wind bekämen.
»Was hat das mit mir zu tun?« wollte ich wissen. »Damit will ich nichts zu tun haben, Nathan.«
Nathan Bailford starrte mich an. »Patrick hat die maßgebliche Mehrheit seiner Firmenaktien Ihnen, Jennie und Allen hinterlassen. Peter bekommt eine Pauschalsumme, natürlich eine enorme. Aber 27 Prozent der Anteile von seinem Geschäft fallen an Sie und Ihre Kinder.«

Ich traute meinen Ohren nicht. Ich konnte es einfach nicht glauben. »U-und auf w-w-welchen Wert würden sich diese Anteile be-belaufen?« fragte ich. Ich habe tatsächlich gestottert.
»Auf über 200 Millionen Dollar in Form von Bargeld, Aktien und Immobilien. Plus/minus ein paar Millionen. Um eine Menge, Maggie.«
Ich empfand plötzlich Wut. »Aber warum, Nathan? Ich brauche diese 27 Prozent nicht. Ich brauche gar nichts. Ich habe doch sowieso schon mehr Geld, als ich brauche. Damit will ich nichts zu tun haben. Ehrlich nicht.«
Unwillkürlich brach ich in lautes Lachen aus, worauf Nathan sich kerzengerade aufrichtete.
Mein Gott, war das komisch! Da hatte ich soeben 200 Millionen Dollar geerbt – und hatte das Gefühl, in ein Gefängnis eingesperrt zu werden.

47. Kapitel

Er trug Jennie auf dem Arm! Wie war es dazu gekommen? Ich wollte es nicht glauben. Aber ich sah es vor mir, mit meinen eigenen Augen. Es war eine *Tatsache. Peng!*
Vor meiner Haustür stand Will Shepherd. Der Fußballspieler, der mich auf der Party im Haus der Trevelyans in London hatte abschleppen wollen – und hatte meine Tochter auf dem Arm! Es gab keinen Zweifel. Er war es. Dieses lange blonde Haar, dieses Gesicht hatte ich nicht vergessen, ein paar andere Dinge von ihm auch nicht.
Der Wachmann hatte vom Gartentor her Nachricht gegeben, daß Jennie sich verletzt habe und ein Mann aus der Nachbarschaft sie ins Haus bringen würde. Als ich sah,

wer dieser Nachbar war, hat mich fast der Schlag getroffen.
Ich erkundigte mich gar nicht nach Jennie – sie machte mir *zu sehr* den Eindruck, die Situation zu genießen, wie sie da so im Trainingsanzug auf seinen Armen die Beine baumeln ließ.
»Lassen Sie sie los! Setzen Sie Jennie bitte sofort ab«, befahl ich ihm in lautem Ton.
»Und wo, Ma'am?« fragte Will Shepherd leise und ruhig.
»Dort. Auf der Couch im Wohnzimmer. Bitte, setzen Sie sie hin.«
Er schaute mich mit solch beunruhigt-besorgter Miene an, daß ich nachdenklich wurde. »Hey«, sagte er, »sie ist verletzt. Ich hätte sie beinah mit meinem Wagen überfahren. Gott sei Dank ist sie noch rasch zur Seite gesprungen und hat sich nur den Knöchel verstaucht. Es ist direkt vor dem Haus der Lawrences passiert. Dort bin ich zur Zeit zu Gast. Ich wollte gerade rausfahren und hab' sie nicht gesehen.«
»Es ist nett von Ihnen, sie herzubringen. Vielen Dank«, sagte ich kühl. »Aber jetzt gehen Sie bitte.«
Jennie, auf der Couch, richtete sich auf. »Du könntest ihm wenigstens einen Kaffee anbieten«, sagte sie. »Irgend etwas.«
»Ich bin sicher, daß Mr. Shepherd schon mehr als genug für uns getan hat und sich jetzt wieder um seine eigenen Angelegenheiten kümmern möchte.«
»Sie wissen, wer ich bin?« fragte er. Jetzt wirkte er noch verwirrter. *Dieser Bastard!*
»Wir sind uns schon einmal begegnet«, erwiderte ich knapp.
Er schien erstaunt. »Ach ja? Und wo? Ich habe zwar ein Konzert besucht, das Sie gegeben haben, aber ich gehe nachher nie hinter die Kulissen. Es war in der Albert Hall. In Anwesenheit der britischen Königin.«
»Nicht bei einem Konzert. Auf einem Fest.«

»Wenn dem wirklich so ist, kann ich mich leider nicht erinnern. Und eine Begegnung mit Ihnen hätte ich garantiert nicht vergessen. Da bin ich mir ganz sicher.«
Er kniete, um Jennies Knöchel zu untersuchen. »Gebrochen hat sie sich anscheinend nichts«, bemerkte er. »Ich habe mir in meinem Leben oft genug Knochen gebrochen, da muß ich es ja wissen. Aber Sie sollten wahrscheinlich trotzdem einen Arzt anrufen.«
»Genau das werde ich tun, sobald Sie gegangen sind. Vielen Dank für den Hinweis.«
Er stand langsam auf. »Freut mich, dich kennengelernt zu haben, Jennie. Hoffentlich geht's dir bald besser.« Er wandte sich zur Tür.
»Auf Wiedersehen, Mr. Shepherd«, rief Jennie, und ich hatte plötzlich den Verdacht, daß sie etwas mit der Geschichte zu tun gehabt haben könnte. Daß sie gelegentlich, gemeinsam mit Freundinnen, Rockstars auflauerte, war mir bekannt. Warum nicht einer Berühmtheit aus dem Sport?
»Ich will nicht, daß du wieder mit ihm sprichst«, erklärte ich, nachdem er fort war.
Sie sah mich verständnislos an. Sie war rot geworden. So zornig hatte ich sie noch nie erlebt. »Wie konntest du dich nur so verhalten, *Mutter*«, rief sie. *»O Gott!«*
Sie sprang von der Couch. Dabei entfuhr ihr ein leiser Schrei. Sie brach zusammen. Sie *war* tatsächlich verletzt. Vielleicht hatte Will Shepherd sich völlig korrekt verhalten und nur das Richtige getan, als er sie zu mir nach Hause brachte. Vielleicht hatte ich mich diesmal in ihm getäuscht.

48. Kapitel

Mein Haus befand sich in unmittelbarer Nachbarschaft zu einem der besseren Country-Clubs in Westchester, dem Lake Club in Bedford. Die Mitglieder zahlten astronomisch hohe Eintritts- und Beitragsgelder, um zu gewährleisten, daß dort nur die besten Köche und Platzwarte arbeiteten. Die äußerst gepflegten Rasenflächen und Gärten riefen in mir Erinnerungen an Gstaad, Lake Forest und Saint-Tropez wach, wo ich während meiner Europatourneen gewesen war.

Im September nahm ich an einem Fest in diesem Club teil. Es war seit Patricks Tod einer meiner ersten Ausflüge in die Geselligkeit der Welt.

Nachdem ich die Natursteinstufen von der Einfahrt zum Hauptgebäude des Clubs hochgestiegen war, mußte ich tief Luft holen. Das letzte Fest, an dem ich hier teilgenommen hatte, hatte anläßlich der Eröffnung des »Cornelia« stattgefunden, und die Erinnerung an Patrick war plötzlich so stark, daß mir Tränen in die Augen traten.

»Verdammt«, flüsterte ich. *Reiß dich zusammen, Maggie.*

Auf dem herrlichen Rasen stand eine dichtgedrängte Menschenmenge. Undeutlich erkannte ich die Bar; daneben eine Combo, die ruhige Musik zur Untermalung spielte. Ich begrüßte ein paar Leute aus Bedford; anderen, deren Namen mir zu meiner Schande nicht einfielen, schenkte ich nur ein freundliches Lächeln. Ein Broadwayproduzent zog mich beiseite und erkundigte sich, ob ich – und zu welchem Preis – mit einem Nachwuchstalent meiner Wahl zusammen in einer Show auftreten würde. Ich erklärte ihm, sein Angebot schmeichele mir, es komme aber wirklich ein wenig zu früh; ich würde ihn anrufen, sowie ich dazu imstande wäre. Er ließ nicht locker, und ich fühlte mich von ihm unter Druck gesetzt; sofort spürte ich, wie in mir eine wohlvertraute Angst wieder hochkam.

Die Einsiedlerin von der Greenbriar Road schlägt wieder zu, dachte ich. Das ging alles viel zu schnell. Ich hätte nicht herkommen dürfen.

Ich entschuldigte mich ziemlich rasch und verzog mich, um in den Gartenanlagen allein zu sein, die von den Reitwegen des Lake Club abzweigten. Ich kam mir wie ein dummes Ding vor, wie eine Versagerin, Ausgestoßene, Verrückte. Wie während meiner Pubertät, als ich für die meisten Jungen zu groß war – und obendrein auch noch stotterte.

Der Garten war menschenleer. Ich genoß die aromatische Luft. Sie tat mir gut. Meine Verkrampfung löste sich. So war es schon besser.

»*The loss of grace is the saddest trip* … doch Gnade läßt sich wiedergewinnen, Maggie.«

Es waren *meine Worte*, die da ganz in meiner Nähe geflüstert wurden. Ich fuhr herum, um den Mann zu sehen, der sie gesprochen hatte.

Neben mir stand Will Shepherd.

Unwillkürlich fuhr ich zusammen.

49. Kapitel

Ich wich zurück, aber nur einen Schritt; denn in dem farbenprächtigen Garten und der Helle des Tageslichts erschien er mir irgendwie weniger bedrohlich.

»Ich bin da, weil ich gern wissen möchte, warum sie mich so abweisend behandelt haben, als ich neulich Ihre Tochter nach Hause gebracht habe.«

Ich verdrehte unwillkürlich die Augen. So schwer von Kapee konnte er doch nicht sein, dachte ich. »Sie können sich wohl tatsächlich nicht erinnern.«

Er schüttelte den Kopf. Der Sonnenschein fing sich in seiner blonden Lockenpracht. »Ich weiß wirklich nicht, wovon Sie sprechen. Klären Sie mich bitte auf.«

»Ich spreche vom Maskenball bei den Trevelyans. Sie haben mich damals aufgefordert, mit Ihnen zu gehen, die Nacht mit Ihnen zu verbringen. Sie waren sehr grob. Mehr als grob, um die Wahrheit zu sagen.«

»Ich kann mich nicht –« Er brach ab und schlug sich an die Stirn. Er lief tatsächlich rot an. »O mein Gott«, sagte er. »Sie müssen mir verzeihen. Ich war an dem Abend betrunken, möglicherweise unter Drogen und total verrückt.«

»Und widerlich«, fügte ich hinzu. »Das dürfen Sie nicht vergessen. Jedenfalls nett, Sie wiedergesehen zu haben. Auf Wiedersehn.«

Ich drehte mich um, um zur Party zurückzukehren.

Er holte mich ein.

»Ich bin heute weder betrunken noch unter Drogen und nur ein klein bißchen verrückt. Bitte sprechen Sie mit mir, wenigstens einen Augenblick. Es ist wichtig. Für mich ist es wichtig. Bitte! Ich glaube, daß ich Ihnen mein damaliges Benehmen erklären kann.«

»Und warum sollte ich Ihnen zuhören?«

»Ich kann Sie verstehen. Ich habe es wahrscheinlich nicht besser verdient. Obwohl ich mich noch immer kaum erinnern kann.«

Ich musterte ihn kurz. Er trug einen zerknitterten weißen Leinenanzug; sein Haar leuchtete wie Gold. Er war braungebrannt, unbestreitbar ein gutaussehender Mann – das mußte man ihm lassen.

»Ich wollte Ihnen nur eins sagen«, meinte er mit einer Betroffenheit, die ich ihm partout nicht abnehmen konnte.

»Sie sind für mich – für viele Menschen – eine Inspiration. Als ich Sie damals in dem Konzert zu Ehren der Königin singen hörte, habe ich geglaubt, daß Sie für mich singen. Ich weiß natürlich, daß Sie nicht für mich persönlich gesungen haben, aber ich habe es so empfunden. Ihr Gesang hat mich tief bewegt. Dafür wollte ich Ihnen danken. Also – war es so schlimm, sich das anhören zu müssen?«

Ich wandte mich ihm zu. Wider besseres Wissen. Ich sah den gequälten Blick in seinen Augen. »Loss of Grace?« fragte ich.

»Ja, dies Lied ganz besonders. Obwohl mich all Ihre Lieder angesprochen haben. Nun ja – also die meisten. Ich habe damals gerade eine schwierige Zeit durchgemacht. Und Sie haben mir bewußtgemacht, daß man die Gnade wiedergewinnen kann.«

»Ja. Gut. Und haben Sie sie wiedererlangt?«

Seine Miene verdüsterte sich. Plötzlich wirkte er ganz ehrlich – beinah menschlich. »Nein, leider nicht. Nicht in diesem Leben. Nicht nach ... nach meinem Auftritt in Rio.«

Ich schüttelte den Kopf. Da kam ich nicht mit.

»In Rio? Bedaure.«

Jetzt lächelte er zum erstenmal. Ich hatte ihn noch nie lächeln gesehn, und da war etwas ganz Eigenartiges in seinem Ausdruck. »Soll das heißen, daß Sie nichts darüber gehört haben?«

»Tut mir leid. Wenn ich mich recht erinnere, habe ich Ihnen bei unserer ersten Begegnung gesagt, daß ich nichts von Sport verstehe. Bedaure, aber ich führe keine Mappe mit Zeitungsausschnitten über Ihre sportlichen Leistungen.«

»Gott sei Lob und Dank«, sagte er. Das Lächeln blieb. Weniger klar, doch noch erkennbar.

Wir schwiegen einen Augenblick. *Er ist mir gegenüber verlegen,* dachte ich. *Er weiß nicht, was er jetzt sagen soll.*

Herrje, Maggie, fang jetzt bloß kein Spielchen an. Wirst du natürlich nicht. Du solltest aber nicht mal dran denken.
»Ich muß jetzt zurück«, sagte ich. »Meine Verabredung –«
»Die kann doch noch ein paar Minuten warten, oder? Machen Sie zuerst einen kleinen Spaziergang mit einem alten pensionierten Fußballer.«
Ich zögerte. »Eigentlich wollte ich heim.«
»Bitte, verlassen Sie uns noch nicht. Wir haben erst gestern beim Abendessen von Ihnen gesprochen. Winnie Lawrence, June und ich.«
»Ach ja?«
»Sie haben mir von Patrick O'Malley erzählt. Davon habe ich nichts gewußt. Es tut mir sehr leid.«
»Ja. Es war furchtbar.« Weiter wollte ich dazu nichts sagen.
Wir gingen durch einen Tunnel aus herunterhängenden Fichten und begannen von allen möglichen Dingen zu reden: über die alte Harlem River Railroad (Will war ein Eisenbahn-Fan), über die Unterschiede zwischen dem ländlichen Westchester und dem ländlichen England, über einen kürzlich erschienenen Roman von Jeffrey Archer, den wir beide gelesen hatten. Er benahm sich mir gegenüber so korrekt wie ein Schuljunge, und ich spürte, wie sich meine eigene Schüchternheit wieder einstellte.
Ich hatte die Befürchtung, daß er mir etwas vorspielte. Andererseits mußte ich aber auch zugeben, daß er sich große Mühe gab ... an diesem Tag war er wirklich liebenswürdig. Und, ich muß es gestehen – *um ehrlich zu sein* –, er war ein Bild von einem Mann.
Durch die Schwarzdornbüsche trieb ein Klacks Gelächter herüber. Verstreuter Partyapplaus. Ich schaute auf die Armbanduhr.
»Kaum zu glauben – jetzt unterhalten wir uns schon eine

geschlagene Stunde lang. Ich muß gehn. Heute abend bin ich für das Kochen zuständig, Will. Es tut mir leid.«
»Mir nicht. Kein bißchen. Aber ich bin ein schlechter Ehrengast. Es könnte meine letzte Party als Ruheständler sein. Ich muß ebenfalls zurück.«
Auf dem Weg zum Clubhaus nahm er einen Augenblick lang meinen Arm – es war nur eine leichte Berührung am Ellbogen – und gab ihn sogleich wieder frei. »Es war mir ein Bedürfnis«, sagte er. »Ich habe seit langem nicht mehr so mit einem anderen Menschen gesprochen.«
»Ich auch nicht«, räumte ich ein, um dann, mit einem Lächeln, hinzuzufügen: »So – nun haben wir sogar ein Geheimnis geteilt.«
»Könnten wir uns nicht wiedersehn? Ich bin wirklich nicht so, wie Sie sich das vorgestellt hatten.«
Ich hatte geahnt, daß er mit dem Vorschlag kommen würde, und war darauf vorbereitet. »Tut mir leid, nein. Das ist für mich zu früh.«
»Sie haben recht«, sagte er. »Und im übrigen gibt es für Sie viel bessere Männer als einen pensionierten Fußballer.«
Die Art, wie er sich selbst zurücknahm, gefiel mir; doch beschlich mich sofort der Verdacht, das könnte zu seinen routinemäßigen Verführungstricks gehören. *Es muß für einen Sportler furchtbar sein, die Karriere so früh zu beenden. Wie würde ich mich wohl fühlen, wenn ich nicht mehr singen könnte?*
»Und für Sie gibt es jüngere und schönere Frauen«, gab ich zurück.
»Mittlerweile suche ich mehr als das. Tiefere Beziehungen«, erwiderte er. »Außerdem *sind* Sie eine schöne Frau. Sollten Sie das etwa nicht wissen? ... Sie wissen es wirklich nicht, stimmt's, Maggie?«
»Jetzt muß ich aber wirklich gehn«, sagte ich.
Mir war jedoch bereits klargeworden, daß ich hier einen

anderen Menschen als bei unserer ersten Begegnung vor mir hatte. Er hatte Substanz, war aber äußerst komplex. Interessant.

50. Kapitel

Maggie Bradford entsprach ganz dem, was ihre Lieder versprachen – vielleicht sogar noch mehr, dachte Will. Und obwohl sie sich dessen nicht bewußt ist, ist sie obendrein sehr attraktiv.
Sie war der einzige Mensch, der ihn retten konnte. Davon war er felsenfest überzeugt; und infolgedessen war er wie besessen von ihr. Er hörte sich unentwegt ihre Lieder an. Er ging nach einem ausgeklügelten Plan vor. Als erstes schrieb er ihr einen langen Brief, in dem er nicht um ein Wiedersehn bat, sondern nur um ihr Verständnis. In einem zweiten Brief schilderte er, wie ihn, als er noch ein kleiner Junge gewesen war, die Mutter verlassen hatte und der Vater anschließend Selbstmord beging. Er schrieb Maggie von dem Trost, den ihre Lieder ihm brachten, und bat Sie um eine Antwort auf seine Briefe.
Die Antwort blieb aus, und er wandte sich auf seine übliche Weise anderen Frauen zu. Bei einer wurde er gewalttätig. Nicht so extrem wie in Rio, aber trotzdem grauenhaft. Der Werwolf von New York.
Doch dann kam wie aus heiterem Himmel ein Brief von Maggie. Sie schrieb, der erste Schritt bestehe immer darin, daß man sich dem eigenen Leid stellen müsse, was er ganz offensichtlich getan habe. Schließlich rief er sie an und bat um ein Treffen – nur ein einziges Mal, in New York, zu einem Mittagessen.

Sie verabredeten sich am 12. November um 13 Uhr im Oak Room des »Plaza«-Hotels. Der Ort der Begegnung sollte so neutral und harmlos wirken wie überhaupt möglich. Er hatte alles geplant. Er würde Maggie für sich gewinnen. Er konnte es nicht ertragen, wieder zu verlieren.
Er hatte die feste Absicht, sie zu verführen.
Er wollte gewinnen.
Es gab für ihn keinen Zweifel; er würde gewinnen.

51. Kapitel

Meine nächste Begegnung mit Will fand erst anderthalb Monate später statt. Er hatte mir zwischendurch mehrmals geschrieben, und in den Briefen verriet er mehr als in dem vorangegangenen Gespräch. Er besaß Tiefe. Und Einfühlungsvermögen. Als er schließlich anrief, war ich zu einem Wiedersehen bereit. Nur für ein Mittagessen. Das war doch harmlos – dachte ich.
War das ein Erlebnis, mit Will Shepherd auszugehen! Selbst in dem dunklen, dusteren Oak Room. Ich war sicher, daß viele Frauen für solch eine Gelegenheit alles gegeben hätten. Ich gewann den Eindruck, daß ein paar solcher Frauen tatsächlich an den Nachbartischen saßen. Sie beobachteten uns.
Ich muß gestehen, daß er eine angenehme Gesellschaft war – sympathisch, redegewandt, warm und auch weiterhin empfindsam. Rückblickend kommt mir allerdings ein furchtbarer Verdacht: Ich frage mich, ob das nicht bloß *einstudiert* war.
»Ich unterhalte mich gern mit anderen Menschen, die im Rampenlicht der Öffentlichkeit gestanden haben«, sagte Will. »Sofern es ihnen nicht den Kopf verdreht hat.«

Ich faßte mir an den Hals. »Sitzt mein Kopf noch gerade?«
Will lachte. Ich lachte mit. Ich verstand nur zu gut, was er damit meinte. Zwischen Menschen, die das Dasein als »Star« erlebt hatten, konnte tatsächlich ein Zusammengehörigkeitsgefühl entstehen.
»Erzählen Sie mir von Rio«, bat ich nach einiger Zeit. »Aber nein«, korrigierte ich mich, »erzählen Sie mir zunächst etwas Angenehmes von sich.«
»Ich möchte nicht von mir sprechen«, sagte Will und ging gar nicht erst auf meine Bitte ein. Das war ungewöhnlich; sehr erfrischend. Was mir nämlich an Gesprächen mit »Stars« mißfiel, war die ewige Ichbezogenheit; sie wollten immer nur über sich selbst reden. Ich wäre jede Wette eingegangen, daß auch Will so einer war, und mußte nun erkennen, daß ich mich getäuscht hatte.
»Lassen wir das«, sagte Will, nahm einen Schluck Wein und starrte ins Leere. »Ich versuche, mich zu verändern. Ich versuche, die Gnade wiederzuerlangen. So wie es in Ihrem Lied beschrieben wird.«
»Sie *werden* sie wiederfinden«, sagte ich tröstend. Irgendwie hat er mich innerlich bewegt. Seine Verwundbarkeit, seine Hilfsbedürftigkeit war unverkennbar. Insgeheim war ich beglückt, daß meine Songs ihm so sehr gefallen hatten. Vermutlich lag mir daran, Anteil zu haben an seiner Bekehrung.
»Helfen Sie mir, Maggie.« Er sagte es ganz leise.
»Aber wie? Wie sollte ich Ihnen helfen können, Will?«
Er schaute mich so eindringlich an, daß mir die Wangen zu glühen begannen. »Nehmen Sie mich in Ihre Lieder hinein«, bat er.

Ich tat etwas Besseres. Ich nahm ihn in mein Leben auf. Es geschah wie von selbst. Als hätte ich gar nicht anders gekonnt. Als ob sich der Himmel verschworen hätte, mir das anzutun.
Er lud mich ein, mit ihm auszugehen. Auf eine eher zurückhaltende Art. Und ich fand diese Abende nicht nur sehr angenehm, sondern ausgesprochen faszinierend. Er zeigte sich auf eine Weise aufmerksam, die mich zum Mittelpunkt der Welt machte – als ob ich der einzige Mensch gewesen wäre, auf den es ankam. Er hatte nur Augen für mich, hörte nur auf mich, machte mich glauben, daß ich ein kluger, wertvoller, ein ganz besonderer Mensch sei.
So hat es angefangen. Ich ging wieder mit Will Shepherd aus.

Es war alles sehr romantisch zu Beginn. Unsere Beziehung entwickelte sich langsam und behutsam, jeder Schritt schien irgendwie richtig.
Wir haben uns sogar erst bei unserem vierten Treffen geküßt. Es kam wie von selbst, vor meiner Haustür, als wir uns verabschiedeten. Der Kuß verriet Zärtlichkeit *und* Leidenschaft, und ich fühlte, ohne es zu wollen, wie sich in mir etwas regte.
Ich schob ihn sachte von mir fort. »Das braucht Zeit.«
Will küßte mich erneut, ein längerer Kuß, der erstaunliches Zartgefühl bewies. Für mich bedeutete er halb Lust, halb Schmerz. Ich wollte ihn. Mein Verlangen machte mir jedoch angst. Ich hatte Geschichten über ihn gehört. Ich war skeptisch, wußte nicht, ob er sich wirklich ändern könnte. Andererseits versuchte er so verzweifelt, sich zu ändern.
Diesmal ließ Will freiwillig von mir ab. Er hielt mir die Haustür auf und war fort.
Meine Einfahrt war nachts beleuchtet. Ich blieb stehen und

schaute ihm nach, meine Blicke folgten ihm auf dem Weg zu seinem Sportwagen, und sein Wagen war längst in die Dunkelheit verschwunden, als ich ihm noch immer nachschaute – mit widersprüchlichen, aber eindeutig regen Empfindungen.

52. Kapitel

Will fuhr in jener Nacht gleich nach Manhattan. Auf dem Saw Mill River Parkway jagte er seinen Sportwagen auf über 170 Stundenkilometer hoch. Mein Gott, war er gut! Gleichzeitig empfand er auch Frust. Und er war unerträglich geil. Wie ein Ziegenbock. Er hatte keine Ahnung, wie lange er solch ein altmodisches Werbegetue um eine Frau noch durchhalten würde. So etwas war er überhaupt nicht gewohnt.

Maggie war genauso geradlinig und echt wie ihre Songs – er begann sich aber zu fragen, ob sich die Mühe lohnte. Es fiel ihm schwer, immer so verdammt nett zu sein. Er hatte manchmal den Eindruck, daß er für sie einfach nicht gut genug war.

Katz und Maus, dachte er, als er Westchester verließ und New York City erreichte. Darauf lief doch mit Frauen alles hinaus. Und er fing sie eigentlich alle – bloß daß manche mehr Umstände machten als andere. Im Grunde war es für ihn auch nur ein Spiel, ein Ersatz für Fußball und für das, wofür der Fußball Ersatz war – ganz gleich, was das sein mochte.

Rebecca Post war eine Kunsthändlerin, die an der East Sixty First Street, mit Blick auf die Brücke, ein großes Geschäft hatte. *Rebecca war so ein Mäuschen, das sich spielend leicht fangen*

ließ, dachte Will. Vielleicht war das ein zu leichtes Spiel, aber ihm würde schon etwas einfallen, um der Sache Würze zu verleihen. Mit Sicherheit.
Will besaß zu ihrem Luxusapartment einen Schlüssel und ließ sich herein. Es war gar nicht schwer gewesen, an den Schlüssel zu kommen. Er hatte nur drum bitten müssen – ein einziges Mal bloß.
Als er die unbeleuchtete Wohnung betreten hatte, ging der blonde Pfeil leise, wie auf Zehenspitzen. Er kam sich wie ein Eindringling vor. Im Wohnzimmer zeigte eine Digitaluhr die Zeit. Es war zwanzig nach eins.
Ein Eindringling – die Idee gefiel ihm. Das war eine Rolle, die er ausfüllen konnte. Schließlich war er tatsächlich ein Eindringling – oder etwa nicht? Er *drang* ja ins Leben vieler Frauen ein. Es schien ihnen eine willkommene Abwechslung zu bieten.
Der Werwolf von London, Paris, Frankfurt, Rom, Rio – und nun von New York. *Auf geht's.*
Er lugte ins Schlafzimmer hinein und sah Rebecca im Bett, schlafend, nackt, in einer bequemen Lage wie auf das Laken gegossen. Das kastanienbraune Haar war auf dem Kissen aufgefächert. Wunderschön. Begehrenswert wie die Hölle.
Will wußte genau, was er wollte – vergewaltigen wollte er sie, wortlos. Und gleich darauf die Wohnung verlassen.
Und das machte der blonde Pfeil dann auch – er tat genau das, wonach ihm zumute war.
Das gleiche wie immer. Die Liebe war bloß ein Spiel, das man gewann oder verlor.

53. Kapitel

Anfang Januar mußte Will zu Aufnahmeproben nach Los Angeles fliegen. Er fehlte mir mehr, als ich mir eingestehen wollte, viel mehr, als ich vermutet hatte. Manchmal hatte ich Angst, er könnte ein Hexer sein, ein Zaubertrickkünstler, ein einzigartiger Meister der Verführung. So sah es Barry, der mich vor Will warnte. »Aber mir gegenüber ist er gar nicht so«, widersprach ich. Und das entsprach auch der Wahrheit.

Will kam zurück, es war ein Donnerstag, und lud mich noch am gleichen Abend zum Essen ein. Ich trug hohe Absätze und ein perlenbesetztes schwarzes Kleid, kleidete mich für meine Begriffe also ziemlich schick und war glücklich, als er es bemerkte. »So seh' ich dich gern«, sagte er, schlicht und ergreifend. Schön zu hören.

Er war wunderbar gesprächig und entspannt. In dieser Verfassung gefiel er mir.

»Die gute Nachricht ist die«, erklärte Will, »daß die Filmkamera mich mag; die schlechte, daß ich kein Schauspieler bin.« Eine komische Aussage. Wir mußten beide lachen.

Er redete ununterbrochen, war über die Aufnahmen in Hollywood wirklich erstaunt. Ich stellte fest, daß ich mich richtig für ihn freute. Wir lachten viel während des Abendessens. Ich war in Wills Gesellschaft mittlerweile ganz entspannt und natürlich. Es kam immer wieder vor, daß Leute auf uns aufmerksam wurden; sie waren jedoch stets so rücksichtsvoll, uns nicht zu stören. Ob sie uns wohl für ein verliebtes Pärchen hielten?

Als wir das Essen beendeten, hatte es zu schneien angefangen. Draußen peitschte der Wind die Bäume. Die Schneeflocken bissen uns in die Augen. Wir rannten zum Auto, so schnell wir nur konnten. Und während des Laufens wollte ich schon den Arm nach ihm ausstrecken und ihn festhalten. Ich hab's getan. Mir war einfach so.

Auf dem Nachhauseweg ist Will vorsichtig gefahren. Er hat mich bis zur Haustür begleitet. Ich wollte so sehr, daß er mich einfach in seine Arme nimmt. Er duftete nach einem sehr angenehmen, feinen Eau de Cologne und trug nur ein Sportjackett. Blendend sah er aus, mit rosigen Wangen, und sein Lächeln – mein Gott, dieses *Lächeln*!

»Gute Nacht«, sagte er. »Danke, daß du mit mir ausgegangen bist und dir so lang angehört hast, was ich von meiner neuen Karriere zu berichten hatte.«

Ich wollte nicht, daß er fortging. *Der Zauberer*, dachte ich.

»Warte«, sagte ich. »Das Wetter ist furchtbar. Ich möchte nicht, daß du bei so einem Unwetter fährst.« *Es hatte in meinem Leben bereits zu viele Unfälle gegeben.*

In seinen Augen lag ein seltsames, zartes Leuchten. Auch sein Lächeln war sanft, freundlich. »Es sind doch bloß ein paar Kilometer. Das schaff' ich schon, Maggie.«

»Und wenn ich dich darum bitte?« sagte ich. »Nur für ein Weilchen.«

Will nickte und folgte mir ins Haus. Er schien zu zögern.

Er müsse rasch einmal telefonieren, sagte er – er hätte eigentlich auf einen Drink bei den Lawrences vorbeischauen sollen und müßte ihnen zumindest sagen, daß er nicht käme.

Nach seinem Telefonat machten wir es uns im Wohnzimmer bequem. Ich hatte nachgesehen, ob Jennie und Allie schliefen, doch wenn in ihren Zimmern nicht gerade eine Kanone losginge, würden sie bis zum Morgen fest durchschlafen. Und am Morgen *würde* ich dann eine Kanone brauchen können, um Jennie aus den Federn zu holen, damit sie rechtzeitig zur Schule ging.

Ich bin eine alleinstehende Frau von 38 Jahren, sagte ich mir. *Ich bin Herr der Lage. Ich habe alles im Griff. Ich mache keinen Fehler. Ich habe diesen Menschen sehr, sehr gern. Aber natürlich, er hat mich verzaubert!*

»Ich hätte nie gedacht, daß es einmal dazu kommen würde«, sagte ich zu Will, als wir uns setzten und zuschauten, wie es draußen schneite. »Daß wir beide so zusammensitzen und dem Schneetreiben zuschauen.«

»Um ganz ehrlich zu sein – ich auch nicht. Ich habe nicht damit gerechnet, daß du mir die Chance geben würdest, dir zu beweisen, daß ich endlich vernünftig und erwachsen geworden bin, daß ich wirklich in der Lage bin, mich zu verändern. Und wie komme ich damit voran? Meinst du, daß ich Fortschritte mache?«

»Du kommst prächtig voran. Setz dich nur nicht zu sehr unter Druck«, warnte ich, worauf wir beide lachen mußten. Ich legte meinen Kopf auf seine Schulter, um den Augenblick zu genießen. Ich genoß es, seinen Körper und die Muskeln an seinen Schultern zu fühlen. Ich hatte wirklich nie daran gedacht, einmal mit Will zusammenzusein; aber nun war alles so schön. Ich gestand mir sogar ein, daß er körperlich unglaublich anziehend war. Mir gefiel sein sauberer, frischer Geruch. Ich verstand nur nicht, was er an mir finden konnte.

Er wandte sich mir zu, um mich zu küssen. »Aber nicht übertrieben erwachsen«, flüsterte er. Mir wurde ganz schwindelig von seinem Kuß.

Es war meine Entscheidung, meine Wahl. Ich nahm Wills Hand und führte ihn zum Gästezimmer gleich neben dem Swimmingpool. Ich spürte seine Finger, als sie sich um meine Hand legten. Ich hatte das Gästezimmer am Morgen hergerichtet. Das Bett frisch bezogen. Gelüftet. *Nur für den Fall, daß ...*

Ich habe es vermutlich nicht anders gewollt. Ja, ich weiß genau, ich habe es so gewollt. *Und in dieser Nacht ist es geschehen.*
Schnitt: Ein Zug fährt durch einen wunderbaren Gebirgstunnel.
Immer und immer wieder.

54. Kapitel

Erinnerungen an besondere Augenblicke – *wie sehr sie mich heute verwirren! Wie Fotografien, die ja nur Ausschnitte der Wahrheit zeigen: Fotos können lügen.*
Der blau-weiß gestreifte Landrover schoß den unmöglichen Steilhang zum berühmten Kurhotel in Las Veides hoch. Unglaublich, aber wir hatten drei Tage für uns, Will und ich, ganz für uns allein.
Unser mexikanischer Fahrer nahm die Kurve so schnell, daß der Rover fast von der Fahrbahn geschlittert wäre – wir wären dreihundert Meter tief in die Bucht von Acapulco gestürzt. Ich klammerte mich an Will; wollte ihm so nah sein wie möglich. Ich nahm die kleinsten Einzelheiten wahr: wie gut ich beim Anschmiegen körperlich zu ihm paßte, die Konturen seines Körpers, jede Narbe, die mir bis zur Geschichte ihrer Entstehung vertraut war, wie rasch sein blonder Bart doch wuchs. Ich wollte über sein Leben alles erfahren, was es da zu wissen gab – nicht die maßlos übertriebenen Geschichten der Boulevardpresse.
»Wie wär's mit Schwimmen, Maggie?« fragte er, als wir auf unser Zimmer kamen. Er klang scheu – es war ein Ton, der mir behagte. »Komm, wir ziehn uns die Badesachen an und erforschen das tiefe, blaue Meer.«

Unter einem Deckenventilator aus Teakholz wiegten wir uns sanft in den Armen.
»Vielleicht ein bißchen später«, murmelte ich. »Jetzt sind wir endlich mal allein. Das möchte ich so richtig genießen. Könnten wir nicht ... einfach nichts tun?«
Er lachte. »In Ordnung, verzichten wir auf das tiefe, blaue Meer. Aber wie wär's denn ohne Badesachen, ohne alles, damit wir unseren ganz privaten Pool erforschen, den uns das Hotelmanagement dankenswerterweise zur Verfügung gestellt hat?«
»Der Gedanke gefällt mir schon besser. Er gefällt mir sogar sehr.«
Wir küßten uns, mit einem langen, langen Kuß – wie so oft. Mir schoß der Gedanke durch den Sinn: *Verlier' ich mich selbst, oder gewinne ich etwas, das ich zwischendurch verloren hatte?*
Will schob die Glasschiebetür auf, die zu einer atemberaubend schönen Terrasse führte. Wir entkleideten uns auf dem Weg, bis wir vor dem kleinen Becken standen, das von Hunderten Sonnendiamanten und -sternen funkelte. In den nahen Pernambucobüschen zwitscherten Goldfinken und bunte Papageien. Waren wir im Paradies? Mir kam es damals so vor.
Durch einen Vorhang aus königlichen Palmen und Bougainvillea konnte ich die Dächer, nicht aber die Swimmingpools anderer Hütten sehen. Das war gut durchdacht. *So konnten auch wir nicht beobachtet werden.*
Ich sprang ins Becken und zog Will hinter mir her. Nein, wir waren nicht verrückt – nur verspielt, wie kleine Kinder. Er packte mich am Arm und zog mich an sich. Ich spürte bereits seine Erregung. Ich ließ meine Hände an seinem schlanken, muskulösen Leib hinuntergleiten und streichelte seine Schenkel. Er war mir gegenüber immer so warm und zärtlich; er war gar nicht so, wie ich erwartet hatte.

Wir küßten einander von neuem – zärtlich und lang.
Will hob mich vom Boden des Pools und drehte mich herum, so daß ich mich gegen den Rand des Beckens halten konnte. Er drang langsam und sacht in mich ein. Ich schloß die Augen, gab mich ganz meinen Empfindungen hin, der Wärme der Sonnenstrahlen auf meinem Gesicht und der steigenden Hitze im Inneren meines Körpers.
Einen Mann wie Will hatte ich noch nie kennengelernt. Er gab mir das Gefühl, etwas ganz Besonderes zu sein. Ich muß es sagen; denn es ist die Wahrheit.

55. Kapitel

Es gibt da ein überwältigendes Bild, das ich einfach nicht einordnen kann, das mir stets ein Rätsel bleiben wird – ein schönes, trauriges, bedrückendes Geheimnis.
Auf die Rückkehr von unserem kurzen Ausflug nach Mexiko folgte ein Wochenende, an dem wir uns ganz nach den Wünschen der Kinder richteten. Jennie und Allie jene Wünsche erfüllten, die sie schon lange hegten. Die beiden waren richtig aus dem Häuschen. Will zeigte sich von seiner besten Seite.
Wir fuhren für einen ganzen Tag nach New York, um Touristen zu spielen – besichtigten das Trade Center, die Freiheitsstatue, die Museumsmeile, sogar das »Hard Rock Cafe«. Der nächste Tag, den wir zu Hause verbrachten – als Familie, weil wir feststellen wollten, ob wir das alle miteinander auch wirklich wünschten –, war noch viel schöner.
Ich beobachtete Jennie, Allie und Will. Es war unverkennbar, daß sie ihn anbeteten. Ich war mir fast sicher, daß er umgekehrt auch gern mit ihnen zusammen war, daß es ihm

viel bedeutete, die Kinder auf verantwortungsvolle Weise zu erziehen und nicht, wie er selbst es erlebt hatte. Er hatte es mir gegenüber angedeutet.

Ich erinnere mich, wie er an jenem Nachmittag mit Allie im Haus spielte. Es ist ein außergewöhnliches Bild, das mir immer noch im Kopf herumgeht und mir jetzt zu schaffen macht.

Es war ein Tag wie im Altweibersommer. Herrlicher Sonnenschein mit Temperaturen um 15 Grad Celsius. Die beiden ritten auf einem unserer zahmeren Pferde, einer folgsamen Stute, der Jennie den Namen Fleas gegeben hatte. Will ritt mit Allie im Sattel über ein weites Feld mit hohem Gras, das in dem Licht meergrün wirkte.

Sie hatten sich Winterjacken angezogen, die sie jedoch offen trugen, und gaben sich *sehr männlich.* Beide waren unglaublich blond. Sie lachten unbändig, während Fleas dahintrabte, in anscheinend langsamer Bewegung.

Will hielt Allie eng an sich und sicher in den Armen. Er strahlte vor Freude. Ich wußte, daß die Freude echt war, und der Anblick machte mich glücklich. Der Ausdruck auf den Gesichtern der beiden stimmte mich von Herzen froh.

Jennie kam zu mir herüber und blieb neben mir stehen. »Ist das nicht toll mit den beiden?« sagte sie. »Es sieht wirklich aus, als ob dort der richtige Vater mit seinem Kind spielte. Ach, Mommy, ist das jetzt schön bei uns. Das tut mir so gut.«

»Mir auch«, sagte ich und nahm Jennie in die Arme.

56. Kapitel

Will erzählte mir alles; wir erzählten uns gegenseitig alles; ich glaubte schließlich, *daß es zwischen uns keine Geheimnisse mehr gäbe.* Eines Nachts erzählte er die schlimme Geschichte, wie sein Vater seine Mutter geschlagen und die Mutter ihm anschließend gesagt hatte: *»Nur Mommy liebt dich. Nur Mommy hat dich lieb.«*

Wenn Will erzählte, fühlte ich mich ihm besonders nah. Mag sein, daß ich mich einem anderen Menschen noch nie so nah gefühlt hatte. Auf jeden Fall hatte mir ein anderer Mensch noch nie so viel Leid enthüllt.

»Sie hat mich trotzdem verlassen«, sagte er. Seine Augen schauten wie in die weite Ferne. »Sie hat mich also nicht wirklich geliebt, Maggie.«

Er konnte so verletzlich sein. In solchen Augenblicken stellte ich mir vor, wie er als kleiner Junge gewesen sein mußte. Ich konnte Will als kleinen Jungen dann richtig vor mir sehen, als wunderhübschen, blauäugigen Jungen.

»Und du meinst, daß sie deinetwegen fortgegangen ist?«

»Ja. Aber jetzt belastet es mich nicht mehr so sehr. Ich habe es fast überstanden. Ohne dich wäre mir das nie gelungen, Maggie. Das habe ich nur dem Zusammensein mit dir, Jennie und Allie zu verdanken.«

Ich streckte den Arm aus, um Wills Hand zu halten. Sein Leid, seine Liebe zu mir – es schien alles so klar. Es war anrührend. Ich konnte mich mit der traurigen Geschichte seiner Familie identifizieren – und vielleicht, vielleicht könnte ich selber ja über Will sogar meinen eigenen cholerischen Vater bezwingen.

»Ich werde dich nicht verlassen«, flüsterte ich Will zu. »Niemals.«

»Heirate mich, Maggie. Gib mich nicht auf. Versprich es mir.«

Am folgenden Morgen habe ich ihm meine Antwort gegeben: Ich würde ihn heiraten – zum Beweis für mein Versprechen.

57. Kapitel

Katz und Maus: das herrliche Spiel der Liebe.

Das Möchtegern-Model Cam Matthias nahm Wills Pfeil in den Mund, rollte ihre lange Zunge ganz langsam darüber und drum herum, so daß sie Will ein Stöhnen entlockte und seine Hände fester in ihr fließendes rotes Haar griffen.

Mein Gott, was war er doch für ein herrlich ungezähmtes Tier. Vielleicht der aufregendste Mann der Welt. Einer mußte es ja wohl sein.

»O-oh«, entfuhr es Will. »Cam, das ist wundervoll. *Du* bist wundervoll!«

So ging das nun schon seit Stunden. Er war unersättlich und gab ihr das Gefühl, ebenfalls unersättlich zu sein. Wenn sie wußte oder glaubte, daß er kommen würde, ließ sie ihn los und legte sich auf den Rücken, um seinen Penis zwischen ihre Brüste zu legen und seine Erregung dann langsam von neuem zu steigern, bis sie dachte, er hielte es nicht länger aus. Er hielt es aber aus, unermüdlich wie ein abartiges Karnickel. Bei dieser Vorstellung mußte sie plötzlich schallend auflachen; dann schüttelten sich beide vor Lachen.

Als nächstes kniete sie sich mit dem Gesicht zur Wand, griff hinter sich und öffnete die Backen ihres formvollendeten Hinterns.

»Laß dir Zeit. Als ob du's nicht sowieso tätest«, sagte sie.

Es war der Abend vor Wills Hochzeit.

58. Kapitel

Um 13 Uhr, drei Stunden vor der »Hochzeit des Jahrzehnts«, bezogen zwei Dutzend Polizisten in blauen Paradeuniformen mit weißen Handschuhen an den Haupt- und Personaleingängen des Bradford-Hauses sowie an der Greenbriar Road Position. Ihre erste Aufgabe: Greenbriar von Anreisenden aus New York, Yonkers und von Tennessee bis Texas freizuhalten, die von Will und mir an unserem Hochzeitstag einen Blick erhaschen wollten.

Sie würden sich alle miteinander auf eine Enttäuschung gefaßt machen müssen. An unserem Tag der Tage hatten wir kein Interesse an Öffentlichkeit; und danach übrigens auch nicht.

Bis drei Uhr war die Breenbriar Road von der Bedforder Polizei offiziell für den öffentlichen Verkehr gesperrt. Auf der ganzen Straße hatten nur Menschen Zutritt, die die silberne Karte von Cartier mit dem Aufdruck »Hochzeitsgäste« vorweisen konnten.

Als Ankleideraum hatte ich mit Bedacht eins der hinteren, uneinsehbaren Schlafzimmer gewählt; dort wollte ich mich auch ein wenig sammeln, bevor der Wahnsinn richtig losgehen würde.

Jennie – sie betrachtete meine Hochzeit als den schönsten Tag ihres Lebens –, der Modeschöpfer Oscar Echavarria und zwei seiner jungen Mitarbeiter machten sich an diesem Nachmittag an mir zu schaffen. Allie war zufrieden, sich an das Kindermädchen zu halten und die Aufregung beobachtend mitzuerleben. Ich trug ein wunderschönes Hochzeitskleid aus cremefarbenem Satin. Schleier und Schleppe waren aus betont schlichter belgischer Spitze. Um meinen Hals trug ich eine Perlenkette. Ich hätte nicht glücklicher sein können. Ich fühlte mich schön – innerlich und äußerlich. Es war nicht nur so, daß Will geheilt war; ich selber war es auch.

»Elegant. Sehr schön. Vollkommen.« Echavarria billigte meinen Aufzug, nachdem er mich kritisch gemustert hatte, als ob er Leonardo da Vinci und ich die Mona Lisa wäre. Ich hatte Mühe, angesichts seiner verzeihlichen Pompösität nicht in Lachen auszubrechen.

»Toll siehst du aus, Mommy«, meinte Jennie abschließend.

»Laß mich für ein paar Minuten allein«, bat ich. »Ich brauch' ein bißchen Zeit, um mit allem fertig zu werden.«

»Klar doch«, sagte Jennie sachlich.

»*C'est ça*, alle verlassen den Raum«, erklärte Echavarria und klatschte wie ein Ballettmeister in die Hände.

Alle verließen den Raum; ich hielt Jennie zurück. »Vielen Dank, daß du mich während der letzten Wochen ertragen hast«, sagte ich zu ihr. »Und nun geh und mach dich schön. Aber werd mir bloß nicht schöner als die Braut, verstanden?!«

»Da brauchst du dir keine Sorgen zu machen. Das würd' ich nie schaffen, selbst wenn ich wollte. Aber ich will ja auch gar nicht.«

»Ich hab' dich lieb«, flüsterte ich.

»Ich hab' dich noch viel lieber, Mom.«

»Unmöglich.«

»Doch. Kapiert? Es ist wirklich so.«

Die Liste der Hochzeitsgäste las sich wie ein *Who's who*. Natürlich würde Wills Manager und Freund dasein, Winnie Lawrence. Nathan Bailford, Barry, meine Freunde aus Bedford, meine Schwestern samt Familie, Musiker und Sänger, Leute aus der Welt des Fußballs. Und natürlich Reporter und Fotografen von sämtlichen Großstadtzeitungen, vom Regional-TV, von den großen Fernsehsendern, von

People, vom *Time Magazine* – die Fremden waren allem Anschein nach zahlreicher als die Freunde. Ich schwöre es Ihnen.
Einer der letzten Wagen, die kamen, war, wie ich erst viel später herausfand, ein blitzend weinroter Maserati mit Peter O'Malley am Steuer.
Irgendwie hatte Peter sich eine Einladung beschafft.

Plötzlich sprang, ohne daß vorher angeklopft worden wäre, die Tür des hinteren Schlafzimmers auf. *Also nein, wer würde es wagen –*
»Will, es ist eigentlich nicht erlaubt, daß du ...«
»... in so jungen Jahren heiratest?« Will lächelte. In seinem schwarzen Tuxedo von Brioni sah er sagenhaft, aber auch kultiviert aus. »Sicher, aber mit einer Frau, so wunderschön wie du, konnte ich mich einfach nicht zurückhalten. Weißt du eigentlich, wie sehr du mir gestern abend gefehlt hast? Ich könnte es dir wahrscheinlich sogar beweisen.«
Er tat einen Schritt auf mich zu. »Hinaus! Untersteh dich!«
Ich begann zu lachen. Er fand immer einen Weg, mich zum Lachen zu bringen. »Raus. Ich meine es ernst.«
Er kam näher auf mich zu und nahm mich in die Arme. Seine Hand berührte meinen Busen. Nicht zu provokativ – und gerade deshalb äußerst provokativ.
»Hmmmm«, meinte er. »Sieht klasse aus. Und fühlt sich auch so an!«
»Will!«
»Ja, der bin ich.«
»Ich liebe dich. Aber jetzt geh bitte.«
»Genug, genug. Ich weiß deine Wünsche zu respektieren. Von diesem Augenblick an werde ich dich ehren und dir gehorchen.«

Und gehorsam verließ er den Raum, indem er »Auf immer« summte. Ich lächelte und empfand es als perfektes Vorspiel zum Hochzeitsmarsch.

59. Kapitel

Ein junger Pianist von der Juilliard School of Music schickte die ersten Töne des »Hochzeitsmarsches« mit Crescendo über den Bilderbuchrasen hinter unserem Haus. Die Musik, einfach alles jagte mir einen Schauer über den Rücken. Der Hochzeitstag bedeutete mir viel mehr, als ich erwartet hatte.

Verspätet eintreffende Gäste wurden schnell zu ihren Plätzen begleitet. Über unseren Köpfen rotierten Pesky-Helikopter von Rundfunk und Fernsehen an einem blauen Himmel; die TV-Kameras drehten allem Anschein nach ununterbrochen. Die Fotografen schienen zu Tausenden gekommen zu sein und machten Schnappschüsse von den Gästen und dem Bräutigam.

Schließlich trat ich in Erscheinung.

Das Bouquet aus weißen Callalilien, das ich auf dem Arm trug, geriet ins Zittern.

Ich war große Menschenmengen gewohnt, diesmal war ich aber doch nervös. Ich entdeckte die wenigen Verwandten aus dem nördlichen Staat New York, denen ich ein unsicheres Lächeln schenkte. Meine Brautjungfer Jennie stand feierlich in der Nähe des Altars. In der ersten Reihe saß Mrs. Leigh mit dem unruhigen Allie auf dem Schoß. Wills Tanten waren gekommen, Eleanor und Vannie, matronenhaft die eine, die andere auffallend attraktiv.

Ich sah doppelt! Neben ihnen, statt am Altar, stand Will ...

nein, es war gar nicht Will, es war Palmer. Eine verwackelte Kopie seines Bruders.
Ich wurde über den blumenbestreuten Rasen zum Altar geleitet, von Barry, der in seinem Anzug irgendwie zerknittert wirkte; die Blume in seinem Knopfloch ließ bereits den Kopf hängen.
»Du bist wunderschön. Du strahlst ja richtig«, flüsterte er mir zu, als er meinen Arm freigab und sich zu seinem Platz in der ersten Reihe begab.
Ich hob den Blick, registrierte den weißen Altar, den rote und weiße Rosen schmückten. Es war ein wenig zuviel des Guten – aber schön war es doch. Will stand neben seinem Trauzeugen Winnie Lawrence. Er lächelte mir zu.
Der Gedanke an einen Rückzieher in letzter Minute ist mir wirklich nicht in den Sinn gekommen.

»Hiermit erkläre ich euch zu Mann und Frau«, verkündete der Geistliche. Will hob meinen Schleier und gab mir einen zärtlichen Kuß. Ich konnte seine Erregung sogar durch den Tuxedo spüren; es tat mir immer so gut. Die Gäste applaudierten. Überall auf dem Rasen leuchteten Blitzlichter auf. Über uns drehten die Hubschrauber. Welch unvergeßlicher Anblick!
Aus den Hintereingängen des Hauses platzten steife, irrsinnig komisch korrekt gekleidete Kellner mit Champagnergläsern auf Silbertabletts heraus. Andere reichten geeiste Muscheln und Kaviar, Krabbenfleisch, Sandwiches, Käse, Obst, Pasteten herum. Auf dem glänzenden Fichtenholzpodium, das am Eingang eines riesigen gelb-weiß gestreiften Zeltes aufgebaut worden war, begann unter der Leitung von Harry Connick jr. eine große Band zu spielen. Das Zelt sollte dann später als Ballsaal dienen.
Vielleicht nicht die Hochzeit des Jahrzehnts, aber doch ein

umwerfendes gesellschaftliches Ereignis, wie ich zugeben mußte. Ich lächelte, fühlte mich innerlich wohl und begab mich in den Trubel.

Das riesige Zelt zwischen dem Hauptgebäude und dem Ententeich umfaßte einen halben Morgen Rasenfläche. Zwischen den Eßtischen mit zartgelben Leinendecken und je einem großen Blumengeflecht aus Kornblumen, rosaroten Nelken und gelben Rosenknospen jagten ganze Banden von Kindern hin und her.

Die Musik reichte von Strauß-Walzern bis zu Carly Simon und Patsy Cline. Nach dem förmlichen, üppigen Diner und vor dem Dessert erhob sich Barry und sang sein »Light of My Life«, das mit einer stehenden Ovation aller endete.

Dann ergriff mein Freund Harry Connick das Wort. Seine Stimme schnitt durch das anhaltende Gemurmel der Menge: »Die Braut wird jetzt den Hochzeitskuchen anschneiden. Maggie, erheb dich. Komm schon, mein scheues Kind. Wird Zeit, daß du wieder im Mittelpunkt der Aufmerksamkeit stehst.«

Die Kellner trugen drei enorme Hochzeitstorten herein; auf allen dreien stand oben ein Marzipanmann im Fußballtrikot und eine Marzipanfrau, die an einem Klavier lehnte. Will und ich schoben uns gegenseitig ein Stück Kuchen in den Mund; Fotos von unserer Mampferei erschienen auf den Covers von *People, Paris Match* und allen möglichen lächerlichen Zeitschriften.

Ich tanzte gerade mit Barry, als ein Mann auf uns zutrat und mich übernahm. »Sind wir nun endlich glücklich?« sagte Peter O'Malley. Seine Stimme war schwer, er hatte eine Whiskyfahne, das Gesicht war so aschfahl wie das Patricks im Angesicht des Todes. Die ganze äußere Erscheinung war wie eine Karikatur seines Vaters: Die Ähnlichkeit der Gesichtszüge war deutlich erkennbar, doch

statt der Augen hatte er kleine Knöpfe, und er wog fünfzig Pfund mehr.
»Laß mich los«, sagte ich. »Peter, bitte.« Er hielt meinen Arm so fest im Griff, daß ich spürte, wie seine Fingernägel sich in mein Fleisch drückten.
Er benahm sich wie ein Verrückter. »Du billige Nutte. Vergiß nicht, wie weh du mir getan hast. Du hast dir meinen Vater geschnappt, jetzt hast du dieses Haus, sein Vermögen, seinen Tod an deinen Händen und einen hübschen neuen Ehemann.«
Ich versuchte, mich von dem betrunkenen Kerl loszureißen. Es gelang mir nicht. Er wollte mich einfach nicht loslassen.
»Was willst du damit sagen: ›seinen Tod an deinen Händen‹?« fragte ich schließlich so leise, wie mir möglich war.
Er schrie mir ins Gesicht: »Du weißt verdammt genau, was ich meine.«
»Glaubst du etwa, daß ich ihn umgebracht habe?«
»Ich glaube, daß sein Tod dir sehr gelegen kam. Wollen wir es dabei belassen. Soll doch jeder seine eigenen Schlußfolgerungen ziehen. Ich habe meine gezogen, und ich bin damit nicht allein.«
»Er ist an einem Herzinfarkt gestorben, Peter. Und nun geh bitte. Du bist betrunken.«
»An einem Herzinfarkt? Und wer hat den Herzinfarkt ausgelöst? Was hast du ihm angetan, Maggie? *Du hast ihn zu Tode gefickt!*«
Ich riß meine rechte Hand los und schlug ihm mit aller Kraft mitten ins Gesicht. Mit offener Hand. Um ihn wachzurütteln.
Seine dunklen Augen blitzten aus dünnen Schlitzen. »Wie eine kleine Hexe, nicht wahr?« Plötzlich ließ er mich los. »Du Hure. Du bist solche Vorwürfe doch sicher gewöhnt.«
Aus einem Kristallglas flog mir Rotwein ins Gesicht, der

mir für einen Moment die Sicht raubte. »Und Shepherd ist nichts weiter als ein Zuchthengst. Das weiß doch alle Welt.«
Ich hörte Wills zorniges Brüllen, sah aber nicht, wie er sich auf Peter stürzte und ihn zu Boden warf. Er schlug endlos auf ihn ein.
Am Ende zerrte Winnie Lawrence Will von dem am Boden Liegenden fort und trennte die beiden ineinander verknäulten Körper wie ein Schiedsrichter.
»Maggie! O mein Gott, Maggie, du Arme!« schrie Will. »Ist alles in Ordnung?«
Peter rappelte sich auf die Beine. Sein Gesicht war blutverschmiert, ein Auge halb geschlossen. »Du hast das Geld meines Vaters genommen. Seine Hotels. Alles. Er war mein Vater, und du hast ihn *getötet*!« schrie er.
Zwei Sicherheitsleute führten ihn schließlich aus dem Zelt. Peter wehrte sich nicht, war zu entkräftet, um noch zu kämpfen. Ich konnte mir die Schlagzeilen der Zeitungen vom nächsten Tag lebhaft vorstellen.
Will nahm mich in die Arme und wischte mir das Gesicht zärtlich mit dem Taschentuch. »Ach, Maggie, es tut mir so leid«, flüsterte er. »Vergiß Peter O'Malley. Wir haben ein Leben vor uns, das eben erst beginnt. Ich liebe dich«, flüsterte er.
»Und ich liebe dich, Will.«
Ich habe ihn wirklich geliebt.

60. Kapitel

»Will? Bist du's? Der alte Ehemann? Der bekehrte Junggeselle?«
»In der Tat, in der Tat, Winnie. Und wie lautet die gute

Nachricht von der Westküste? Kann ich nun eine neue Karriere als Schauspieler beginnen oder nicht?«

»Du wirst es nicht glauben, aber Michael Caputo hat ja gesagt. Er findet dich großartig – physisch und *mental.* Er hält dich für den geborenen Schauspieler.«

Das alte Prickeln – es packte Will von neuem. Mit einem Jubelschrei sprang er vom Stuhl herunter. So laut, als ob niemand zu Hause wäre, der es hören könnte.

»Schieß endlich los! Was hast du sonst noch arrangiert«, fragte er.

»Nun, für den Anfang ist es die Hauptrolle in *Primrose.* Ja, du hast richtig gehört – die *Hauptrolle*, du spielst einen Typen namens North Downing. Das Skript ist aber trotzdem okay. Und was noch viel wichtiger ist – der Film soll ein großer Kassenschlager werden.«

Primrose war seit über hundert Wochen die Nummer eins auf der Bestsellerliste der *New York Times.* Es war eine leidenschaftliche Liebesgeschichte, die um die Jahrhundertwende spielte. Michael Lenox Caputo hieß der Regisseur, der sich für ein kleines Vermögen die Filmrechte gesichert hatte. Er war sein eigener Produzent. Wie Selznick bei *Vom Winde verweht* hatte auch er unter großem Tamtam eine öffentliche Suche nach Unbekannt für die Hauptrolle gestartet – diesmal allerdings für eine männliche Hauptrolle. Der Kassenerfolg war von vornherein durch die phänomenale Popularität des Romans und durch die Besetzung der weiblichen Hauptrolle garantiert – Suzanne Purcell, eine stürmische Schauspielerin, die ihr Feuer auf der Leinwand und in ihrem Privatleben gleichermaßen versprühte.

»Gut gemacht. O Mann!« sagte Will. »Ich habe nicht gedacht, daß wir eine Chance hätten. Vielleicht bin ich am Ende doch ein Schauspieler.«

»Er hat sich für dich entschieden. Du hast auf Zelluloid eine phantastische Wirkung, und du *kannst* spielen. Caputo hat es sofort erkannt. Selbst dieser Arsch von Romanautor mag dich.«

»Trotzdem – wenn du mich nicht so angetrieben hättest, hätte ich nie den Mut gehabt, mich zu Filmproben beim großen Caputo zu melden. Wann wird das verdammte Ding gedreht? Wo? Ich kann's gar nicht abwarten.«

»In Australien. Und die Dreharbeiten beginnen schon bald, sehr bald.«

»In Australien? Für ein Epos, das in Amerika spielt? Was soll denn das schon wieder?«

»Wenn bei uns Winter herrscht, ist in Australien eben Sommer«, erklärte Winnie, als ob damit alles gesagt wäre.

»Na und?« fragte Will.

»Willkommen in Hollywood!«

61. Kapitel

Alle Schauspieler für den Film *Primrose* hatten sich eingefunden, mit Ausnahme von Suzanne Purcell, die in der ersten Szene keinen Auftritt hatte und ihren persönlichen Auftritt auf ihre Weise zum Zeitpunkt ihrer Wahl vorbereitete. Sie war schließlich *der* Star. Es war halb sechs am Morgen im sanften Hügelland von Perth.

Es war der Beginn der Aufnahmen: erste Szene, Take eins; Kameramann Nestor Keresty; Regisseur Michael Lenox Caputo. Man setzte riesige Erwartungen in den Film. Er sollte weltweit etwa 400 Millionen einspielen. Der gleichnamige Roman war noch immer die Nummer eins auf der Bestsellerliste.

In dem schlecht geheizten Wohnwagen, der Will als Ankleidekabine diente, hockten außer ihm noch Caputo und mehrere Techniker. Man wartete auf den launischen und genialen Nestor Keresty, der die Beleuchtung einrichtete – die richtige Menge an Hauptlicht, an Vorder- und Rückbeleuchtung, um die frühmorgendliche Stimmung auf dem Hof einer texanischen Farm einzufangen. Das war wirklich hohe Kunst.

In der ersten Szene des Films sollte North Downing in einer heruntergekommenen Scheune bei Lampenschein ein Stutenfohlen zur Welt bringen. Es war eine Szene, die die Romanleser – angeblich Millionen von Lesern – gefesselt hatte. North Downing war »der letzte amerikanische Cowboy«, doch zugleich auch ein zärtlicher Liebhaber und Ehemann.

»Eins müssen Sie mir versprechen«, sagte Will, als er Caputo zur Seite nahm, »und es geht um ein verdammt wichtiges Versprechen, Michael. Ich werde aufpassen, daß Sie es auch einhalten.«

Der Regisseur war irritiert. Schauspieler hatten ihm ja schon merkwürdige Versprechen abgenommen – aber dieser Junge hier war ein blutiger Anfänger. Allerdings ein immens kräftig gebauter Anfänger, der Gerüchten zufolge ziemlich ausfällig werden konnte. »Schießen Sie los. Was immer Sie wollen, Will.«

»Ich möchte, daß Sie mich hier draußen richtig ins Schwitzen bringen. Wenn ich das Fohlen trage, dann soll man die Anstrengung sehen, als ob *ich* mich genau so abrackern muß wie die Stute bei der Geburt des Fohlens. Ich will, daß Sie einen Schauspieler aus mir machen.«

Caputo grinste und hatte Mühe, nicht laut loszulachen. Er mußte sich auf die Unterlippe beißen. Und zwar kräftig. Es war das erste Mal, daß ihm jemand mit so einer Bitte gekommen war. »Sie sind also der Meinung, daß gutes Aussehen allein nicht reicht?«

»Nein. Nicht im entferntesten. Mensch, gut aussehen tut Tom Cruise doch auch.«
»Das ist aber alles, was das Publikum interessiert, Will. Das dürfen Sie mir glauben. Heutzutage ist *Stil* die einzige Realität, die zählt.«
»Das Publikum ist mir scheißegal. War mir immer egal. Im Fußball war ich der Beste. Jetzt will ich auf der Leinwand der Beste werden. Und ich werde es schaffen. Verlassen Sie sich drauf!«
Michael Caputo starrte Will an. Die anmaßende Naivität verschlug ihm schier die Sprache. *Er ist wie ein kleiner Junge*, dachte Caputo. Laut sagte er: »Ich werde tun, was ich kann.«
»Mehr verlange ich ja auch nicht. Das Weitere besorge ich schon selbst. Und dieses herablassende Lächeln, das Sie mir gerade gezeigt haben, werden Sie noch zurücknehmen.«
»Ich wäre glücklich, es bald zu können«, sagte Caputo, um sofort wieder ein Lächeln aufzusetzen. Irgendwie mochte er Will Shepherd, und er wünschte ihm allen Erfolg.

In der Eingangsszene sollte North Downing das Fohlen zur Welt bringen und es dann über den Hof zu seiner jungen Frau Ellie hinübertragen. An diesem Morgen sollte nur die Geburt und Norths Gang über den Hof gefilmt werden.
Es brauchte 22 Takes. Zuerst war Will ungelenk, trotz zahlreicher Proben, weil er sich nämlich mehr auf Caputos Anweisungen konzentrierte als auf die subtile Darstellung psychischer Regungen, die für eine potentiell rührselige Szene wichtig ist.
Caputo trieb ihn rücksichtslos an, gab sich alle Mühe, ihm echte Gefühle zu entlocken, und Will kam dermaßen ins Schwitzen, daß nach jedem Take neues Make-up aufgelegt werden mußte. Beim einundzwanzigsten Mal kam dann alles genau richtig. Perfekt.

»Ein letztes Mal noch«, sagte Caputo. »Nur zur Sicherheit.«
Will stand hinter der Stute, zog das Fohlen mit einem zufriedenen Stöhnen aus der Stute und hob es lächelnd hoch. Torkelnd verließ er die Scheune, ging über den vereisten Hof und trat durch die Tür jener Fassade, die das Downing-Farmhaus simulierte.
Will blieb stehen. Er begann zu strahlen und dann laut zu lachen. *O Mann, war das großartig. Das war ja überhaupt das Beste.*
Hinter der Fassade, gerade außerhalb des Drehbereiches, stand eine Frau. Als Will mit dem Fohlen auf dem Arm eintrat, riß sie sich die Bluse vom Leib und zeigte ihm ihre Brüste.
Fast hätte er das Fohlen fallen gelassen. In ihren Augen zeigte sich ein Ausdruck von unglaublicher Belustigung, eine Einladung.
Maggie, dachte er. *Das würde sie mir nie verzeihen. Wenn du diese Frau vögelst, zerstörst du dich selbst. Sie wird dein Leben ruinieren.*
Er konnte den Blick aber nicht von ihr lassen. Sie war hinreißend schön. Atemberaubend. Und er hatte genügend weltberühmte Schönheiten gesehen, um das beurteilen zu können.
»Willkommen«, sagte Suzanne Purcell. »Willkommen bei *Primrose.*«

62. Kapitel

Ich konnte nur eine Woche lang bei Will in Australien bleiben. Barry drängte mich, das neue Album fertigzustellen, und deshalb mußte ich schließlich zu meiner eigenen Arbeit zurückkehren.

Als mein Wagen vor dem Gebäude 1311 Broadway hielt, kam mir ein sturmumwölkter Morgen von vor vielen Jahren in den Sinn. *Schau, wie weit du es gebracht hast,* sagte ich mir, und ein zufriedenes Lächeln huschte unwillkürlich über mein Gesicht. *Ein Gesangsstar. Glücklich verheiratet. Gelegentlich ganz verrückt nach Sex. Nicht übel. Das ist doch wirklich nicht mehr die verängstigte, unsichere Maggie, die wegen eines Jobs bei Barry vorsprach.*

Inzwischen ging Barry mir Kaffee holen. *Er* holte mir Kaffee. »Komm mit, auf die andere Straßenseite, ins Studio. Ich habe für ›Just Some Songs‹ ein paar Arrangements ausgearbeitet. Warte nur, bis du sie hörst!«

»Barry – ich habe aus Australien zwei neue Songs mitgebracht.«

»Zuerst hörst du dir meine Arrangements an – danach werde ich dir zuhören. Wundervoll siehst du aus, Maggie. Du glühst ja noch richtig. Die Ehe bekommt dir offensichtlich gut.«

»Ich bin glücklich, Barry. Wirklich glücklich«, gestand ich ihm. Natürlich würde Barry nie zugeben, daß er sich, was Will anbetraf, getäuscht haben könnte. Er würde nie einen Fehler zugeben.

Im Studio lief es zwischen uns dann wie immer. Da hatte sich nichts geändert: Wir liebten unsere Arbeit, die Möglichkeit zusammenzuarbeiten. Die große Herausforderung bestand jedesmal darin, jedes Album anders und noch besser zu machen. Es gelang uns nicht immer, aber wir haben uns jedenfalls immer mit allen Kräften bemüht.

An jenem Tag kamen wir außergewöhnlich gut voran. Barrys Arrangements sagten mir zu – wie eigentlich immer, obwohl ich viel kritischer geworden war als zu Beginn meiner Laufbahn. Er wiederum war begeistert von einem meiner neuen Lieder; das andere gefiel ihm zumindest ganz gut. Es würde ein ausgezeichnetes Album werden.

Als wir aufhörten, war es längst Nachmittag geworden. Ich beschloß, ein wenig einkaufen zu gehen. Zur Belohnung. Um mich zu verwöhnen. Dann nach Hause zu den Kindern. Das Abendessen wollte ich selbst kochen. Anschließend wollten wir uns auf Video gemeinsam *Forrest Gump* anschauen. Wir hatten den Film erst sechsmal gesehen. Zum Abendessen könnte ich da ja vielleicht Bubba's Shrimp machen. Das würde Jennie bestimmt zum Lachen bringen.

Bei Bergdorf Goodman fand ich ein Kinkerlitzchen, das mir gefiel. Ich verließ das Geschäft um halb vier Uhr. Auf der Fifth Avenue drängten sich Taxis, Busse, die üblichen Fußgängermassen, so daß ich meinen Wagen und Chauffeur nicht gleich entdeckte.

Und dann gab's *Ärger.*

Wie ein U-Boot-Schnorchel tauchte aus der Menge plötzlich eine TV-Kamera auf. Zwei junge bärtige Affen von *Fox News* kamen auf mich zugeschossen. Dem Aussehen nach üble Jungs. Sahen aus wie Neandertaler.

»Maggie. Maggie Bradford«, rief einer der beiden. Ich wich ihnen instinktiv aus; suchte ganz verzweifelt nach meinem Auto.

»Maggie. Hierher, Maggie. Ist es wahr, daß es zwischen Ihnen und Will in Australien Probleme gab? Sind Sie deshalb zurückgekommen?«

Ich hörte das Surren der Kamera. Fußgänger blieben gaffend stehen. *Zum Teufel mit diesen Fernsehtypen,* dachte ich. *Lebt euer eigenes Leben. Und laßt mich in Ruhe.*

»Nein.« Ich war kurz angebunden.

»Er ist ziemlich eng mit Suzanne Purcell zusammen, wie wir hören. Sagen die Buschtrommeln. Wissen Sie Bescheid?«

Mir krampfte sich der Magen zusammen. »Nein.« Daß über

ihn und Suzanne Gerüchte aufkommen würden, war uns beiden klar gewesen. Falls nicht, würde das Filmstudio welche in Umlauf bringen.
»Sie haben dies Foto also nicht gesehen?«
»Nein. Kein Kommentar. Wiedersehn. Schön, mit Ihnen die Gerüchteküche angeheizt zu haben.«
Ich konnte mich aber nicht durch die Menge drängen und sie hinter mir zurücklassen. *Verdammter Mist! Wo war denn bloß mein Wagen?*
»Das Foto, Maggie.« Ein aggressiver kleiner Glatzkopf von *Channel Five* hielt mir das Mikrofon vor die Lippen. »Es hat in allen Zeitungen gestanden. Will mit Suzanne Purcell. *Sehr intim.* Sie haben es nicht gesehen?«
Ich schob ihn zur Seite, drückte ihn gegen die Kameraleute. Ich hatte endlich meinen Wagen entdeckt, rannte los und versteckte mich drinnen.
Die Entspannung kam erst, als wir durch die grünen Wälder in der Umgebung meines Anwesens waren. *Die Frechheit dieser gefühllosen Arschlöcher!* Es war nicht das erste Mal, daß ich mit einem Reporter Ärger bekam. In Rom hatte es Ärger gegeben, einmal auch in Los Angeles. *Gab es denn überhaupt kein Recht auf Privatleben mehr?* überlegte ich. *Für was halten die sich eigentlich?*
Ich wünschte mir, daß Will zurück in Amerika wäre, hier im Auto, neben mir.
Ach, Will, laß den Ehrgeiz fahren, ein Filmstar sein zu wollen. Laß uns aus dem öffentlichen Leben verschwinden. Für den Rest unseres Lebens unbedeutend sein, unbekannt.
Will und Suzanne. Das Foto. Ob es wahr sein könnte? Nein, ich war nicht bereit, es zu glauben. Wollte es nicht glauben. Ich meinte Will inzwischen zu kennen. Ich war überzeugt, ihn zu kennen. Das Foto war typischer Aufreißerquatsch. Es wäre nicht das erste Mal und würde bestimmt auch nicht das letzte Mal sein.

Auf dem letzten Stück der Strecke konnte ich den Gedanken an das Foto endlich abschütteln. Doch als ich mich abends schlafen legte, kehrte er wieder zurück. Er hinderte mich am Einschlafen. Bis zwei oder drei Uhr morgens lag ich wach.

Will und Suzanne Purcell.

Nein!

Zur Hölle mit den Presseleuten!

63. Kapitel

Die Presse war in dem fraglichen Moment nicht zur Stelle gewesen.

SZENE: *Ellies Badezimmer. Überall herrliches Morgenlicht. Ellie seift sich in einer Zinkwanne ein, ist mit dickem Schaum bedeckt, den sie gelegentlich beiseite schiebt, um ihren Bauch zu betrachten. North tritt ein. Er wirkt besorgt. Ellies Reaktion. Sie blickt mit einem Ausdruck von Scham zu ihrem Mann hinüber. North kniet neben der Wanne. Er ist anders als die andern Männer. Er begreift, was seine Frau denkt.*

NORTH: *Warum gehst du mir aus dem Weg, Ellie? Seit der Geburt unseres Kindes läßt du mich nicht mehr an dich herankommen. So wollten wir es doch nicht.*

ELLIE: *Weil ich jetzt nicht schön bin. Das ist der Grund. (Sie fängt an zu weinen.) Ich werde nie wieder schön sein. Das Baby hat meinen Körper ruiniert. Es hat mich zu einer alten Frau gemacht.*

NORTH: *Neunzehn ist doch kein Alter. Du bist so schön wie immer. Du bist meine wunderschöne Frau. (Er schickt sich an, die Berge von Seifenschaum wegzuschieben.) Du bist meine Ellie. Daran wird sich nie was ändern.*

ELLIE: *Nein, laß das. Bitte … North, ich bitte dich.*

NORTH: *Psst. (Er schiebt den Seifenschaum fort, enthüllt ihre Brüste.) Sieh doch, wie schön du bist. Du bist so schön, daß ich's fast nicht aushalten kann.*

ELLIE: *Ich bin angeschwollen wie eine säugende Sau. Es tut mir weh, und ich komm' mir alt vor, auch wenn ich's gar nicht bin.*

NORTH *(nimmt einen Waschlappen, um ihr damit zärtlich den Körper zu streicheln; seine Hand ist im Schaum versteckt, als er unter ihre Brüste kommt): Hier bist du aber überhaupt nicht alt. Überhaupt nicht. Oder hier … Und ganz besonders da nicht.*

SCHNITT: *Ellies Reaktion. Sie wird von seiner Berührung unmißverständlich erregt. Sie lächelt; es ist ein wundervolles Lächeln. Ellie ist genauso schön, wie North behauptet.*

NORTH *(der die Liebkosung fortsetzt): Meine Schöne. Meine Ellie.*

ELLIE *(schwer atmend): Bin ich das immer noch? Ja?*

NORTH: *Ja, das bist du. Und du wirst es immer sein. Ich habe es dir doch gesagt, und das wird sich nie ändern. Auch dann nicht, wenn du einmal alt wirst.*

Close-up: *Ellie und North küssen sich immer leidenschaftlicher. Der Raum ist plötzlich voller Dampfschwaden.*

Kamera: *Neigt sich, um die Bewegung des Badewassers zu zeigen, als die versteckte Hand von North immer heftiger agiert.*

»Cut!« Wie ein Messer fuhr Michael Lenox Caputos Stimme durch die plötzliche Stille. »Großes Take. Und jetzt Schluß. Ich muß mir erst mal einen von der Palme locken gehn.«
Die beiden hörten jedoch nicht auf, weder Will noch Suzanne, und die Techniker ließen die Kameras weiterlaufen. So hätten sie von den beiden Stars bald Aufnahmen, um die sich alle kommerziellen TV-Sender reißen würden.
Will und Suzanne schienen ihre Umwelt gar nicht zu bemerken. Sie war aus der Wanne gestiegen, nackt, und zog schamlos an seinem Hosengürtel. Er hob sie empor und trug sie – die Lippen auf ihren Lippen, in einem Kuß, den kein Kinobesucher von *Primrose* je sehen würde – in seinen Wohnwagen hinüber. Er schlug die Tür mit dem Fuß hinter sich zu.
Der Werwolf von Perth.

64. Kapitel

»Und was nun?« fragte Will. Die Hauptdreharbeiten für *Primrose* waren abgeschlossen. Es blieben nur noch die Schneidearbeiten und die Synchronisation.
Er ging neben Suzanne über die staubige Ebene. Er hatte sich nicht mit ihr einlassen wollen, aber wie es so schön heißt: Der Blödsinn passiert einfach. Suzanne war, da gab es

keinen Zweifel, eine der schönsten Frauen der Welt, und Will hatte schon immer eine Schwäche für das Beste.
»Ich fliege nach Kalifornien zurück, und du wirst wieder Mr. Maggie Bradford sein, wie schon vorher.«
Will zuckte zusammen. Der Stich saß. »Und was war das hier zwischen uns?« fragte er Suzanne.
»Wir hatten eine schöne Zeit zusammen. Etwa nicht? Du bist gut, Will. Einer von den Besten.«
»Einer von den Besten?« Er schnaubte. »Du bist schön. Und komisch bist du auch.«
Suzanne lachte auch. »Doch, ich hab' Köpfchen, Will. Ach, Will, ich habe wirklich die Besten im Bett gehabt. Schauspieler, andere Sportler, Ski-Asse. Aber du bist wirklich *sehr gut.* Da darfst du ganz unbesorgt sein.«
Er spürte, wie alte Dämonen aus dem Schlaf erwachten und nach oben strebten, wie sie aus der Magengrube hochkletterten, bis in den Kopf. Mein Gott, er konnte einfach nicht verlieren. Er konnte es einfach nicht ertragen, ein Verlierer zu sein.
»Mit diesem Film werde ich ein Star«, sagte er. Er hatte Mühe, die Stimme unter Kontrolle zu behalten. »Dann bin ich nicht mehr ›Mr. Maggie Bradford‹.«
»Wenn du ein Star bist, so verdankst du das mir«, sagte Suzanne. »Das solltest du nicht vergessen. Du solltest aufpassen, daß dir diese verrückte Sache nicht zu Kopf steigt. So etwas kann einem nämlich in den Kopf steigen, weißt du.«
Vernichte sie, dachte er. *Aber nicht gleich hier, nicht sofort. Reg dich ab, Will. Immer mit der Ruhe. Du hast doch wohl etwas aus Rio gelernt.*
Er schwieg. Sie kehrten zum Hotel zurück. »Auf ein letztes Mal?« fragte er.
Suzanne grinste und streckte die Hand nach ihm aus. »Also,

das ist die richtige Einstellung. Bei dir oder auf meinem Zimmer?«
»Bei dir«, sagte Will. »Dann können wir deine Spielsachen gebrauchen.«

Suzanne hatte keine Ahnung, wie sie in solch eine entsetzliche Lage geraten war. Ihr war, als hätte sie eine übersinnliche Erfahrung gemacht.
Sie hatte ihr Hotelzimmer betreten, und im gleichen Moment hatte Will ihr von hinten einen Schlag versetzt. Nicht, daß sie wirklich genau wußte, was geschehen war. Sie spürte nur einen kräftigen Schlag zwischen den Schulterblättern. Dann war's, als ob ihr der blaue Läufer entgegengeflogen käme, sie knallte auf den Boden und verlor das Bewußtsein. Und war nun *in dieser Situation* aufgewacht.
Er hatte sie mit Springseilen festgebunden, die sie für ihr Gymnastikprogramm verwendete, und sie mit einem BH und einem weiteren Seil geknebelt.
Danach hatte er sie in die Badewanne getragen.
Und von da war alles grauenhaft geworden, unglaublich schrecklich.
Er hatte ihr die Handgelenke aufgeschnitten und zugesehen, wie ihr Blut in die Wanne und in den Abfluß floß.
Er saß einfach bloß da und sah.
Suzanne hatte an den Seilen gezerrt und seltsame, erstickte Laute von sich gegeben. Sie hatte versucht zu schreien, aber der Knebel war zu eng. Schließlich hatte sie sich entschlossen, Will anzuflehen – mit Blicken.
»Aha, ich verstehe.« Er sprach also doch mit ihr. »*Jetzt* möchtest du plötzlich über alles reden. Du wirst vermutlich ein paar von deinen widerwärtigen Bemerkungen zurücknehmen wollen, die du draußen gemacht hast. Hab' ich recht, Suzy? Wie du siehst, hab' auch ich Köpfchen.«

Sie nickte, soweit dies möglich war. Sie verlor eine Menge Blut und begann sich ganz benommen zu fühlen – wie unmittelbar vor einer Ohnmacht.

»*Ich* weiß natürlich, daß hier kein wahrer Selbstmord vorliegt. Es sieht aber ganz nach Selbstmord aus. Das Naheliegendste«, sagte Will. »Faszinierend, jemand beim Sterben zuzusehen. Du kannst es dir gar nicht vorstellen. Erstaunlich, jetzt deine Augen zu beobachten. Dir gehn tausend Dinge durch den Kopf, nicht wahr? Kannst es nicht fassen, daß du, die große Suzanne Purcell, sterben mußt. Dein Leben *kann* doch nicht zu Ende sein, einfach so, wie? *Man kann es an deinen Augen ablesen, Suzanne. Alles.*«

Plötzlich brach Will ab.

Beobachtete nur noch – wie sie blutete. Es sah tatsächlich wie Selbstmord aus. Wie der Selbstmord seines Vaters.

Als Michael Caputo am folgenden Morgen zu Suzannes Hotelzimmer herüberkam, um sich von ihr zu verabschieden und ihr einen guten Heimflug zu wünschen, mit der insgeheimen Hoffnung, vielleicht, mit ein bißchen Glück sogar bei ihr zu landen, antwortete Suzanne weder auf das Haustelefon noch auf sein Klopfen an ihrer Tür.

Er holte schließlich den Hotelmanager, der die Tür öffnete. *Drogen*, dachte Caputo. *Zum Teufel mit ihr. Mußte es denn sein, daß fast jede schöne Frau nicht ganz dicht war?*

Er fand Suzanne nackt, übel zugerichtet, bewußtlos, aber noch am Leben. Sie war an den Handgelenken ans Bett gebunden. Es würde bestimmt ein halbes Jahr dauern, bis sie wieder einen Film drehen könnte, und die Close-ups würden nie mehr sein wie vorher.

Suzanne schwor – zuerst Caputo und später der Polizei –, daß es nicht Will gewesen sei. Mehr wollte sie nicht aussagen. Anklage wollte sie nicht erheben.

Kein Wort. Zu niemandem.

Er hatte ihr eine Heidenangst eingejagt. Sie war davon überzeugt, daß Will einen Mord begehen konnte. Er war zu allem fähig.

Viertes Buch

Die dunkle Seite des Mondes

65. Kapitel

Ich bin keine Mörderin.

Ich habe nie einen Menschen ermordet, sagte ich mir immer und immer wieder.

Beim Betreten des Gerichtsgebäudes starrten mich alle an, so daß ich glaubte, kaum mehr atmen zu können. Ich hatte das Gefühl, den Verstand zu verlieren. Vielleicht hatte ich ja tatsächlich den Verstand verloren.

Ich wurde von Gefängnispolizisten und meinen hochbezahlten Anwälten abgeschirmt, eingepfercht, ich bekam Platzangst – genau wie damals in der Enge unter der Veranda in West Point. Alles Schreckliche kam hier anscheinend zusammen.

Es schüttete vom Himmel. Hunderte Menschen, die meisten mit schwarzen Regenschirmen, ein paar hatten aber auch blaue oder rote, waren aus den Häusern gekommen, um einen Blick von der sogenannten berühmten Mörderin zu erhaschen.

Ich war am Boden zerstört, als ich daran dachte, daß meine Kinder mich so sehen würden – *in Handschellen, mit dem Kainsmal auf der Stirn.*

Wir marschierten ins Gerichtsgebäude und gingen in den ersten Stock hoch, wo uns in einem Saal Richter Andrew Sussman erwartete. Er war ein hochgewachsener Mann, sicher über eins achtzig groß, mit einem graumelierten Bart, den er sich wild und buschig wachsen ließ; ein Mittvierziger, der mich irgendwie an einen Rabbi erinnerte. Ein gutes

Omen, wie ich fand; es gab mir Zuversicht, auf einen gerechten und fairen Richter gestoßen zu sein, und mehr wünschte ich mir nicht.

Gerechtigkeit. Fairneß. Das waren doch *die* amerikanischen Grundwerte.

Judge Sussman hielt die amtliche Mordanklage in einer feierlich wirkenden schwarzen Mappe. Meine Anwälte hatten mich vorbereitet auf das, was mich erwartete – an die Vorstellung konnte ich mich nicht gewöhnen.

Warum in Gottes Namen war ich eigentlich hier? Wie konnte mir so etwas widerfahren?

In dieser Geschichte war doch nicht ich der Bösewicht – ich war das Opfer. Wie konnte ich überhaupt des Mordes angeklagt werden?

Die Gerichtsreporter hatten sich bereits im Gerichtssaal eingefunden. Ich stand neben meinem Hauptverteidiger Nathan Bailford vor der Richterbank. Dieses Szenarium konnte sich doch nicht um mich drehen. Es kam mir völlig irreal vor.

»Guten Morgen«, grüßte Richter Sussman in höflichem Ton, wie wenn ich wegen einer Verkehrssünde vor ihm erschienen wäre – oder wegen Nichtbeachtung einer Stadtverordnung Bedfords, die Hauseigentümer dazu verpflichtet, vor ihrem Grundstück das Gras am Straßenrand kurz zu halten.

»Guten Morgen, Euer Ehren.« Es überraschte mich, daß ich so zuversichtlich sprechen konnte, daß ich die Worte herausbrachte, daß auch ich höflich und entgegenkommend sein konnte.

Richter Sussman hielt die schwarze Mappe hoch, damit ich sie sehen konnte.

»Mrs. Bradford, vor mir liegt die Anklage der Großen Geschworenenjury. Sie haben sie zur Kenntnis genommen?« fragte er. Er sprach schlicht und einfach, als ob ich ein

kleines Kind wäre, dem ein besonders unartiges Verhalten vorgeworfen würde.
»Ja, ich habe sie gelesen, Euer Ehren.«
»Sie haben sie studiert und Gelegenheit gehabt, sie mit Mr. Bailford oder anderen Anwälten zu besprechen?« fragte er weiter.
»Wir haben die Anklage durchgesprochen.«
»Sie verstehen, wessen Sie angeklagt werden? Daß man Sie des Mordes an Ihrem Ehemann Will Shepherd beschuldigt?«
»Ich habe die Anklage gelesen. Ich verstehe, wessen ich angeklagt werde.«
Er nickte, wie wenn er einen guten Schüler oder einen besonders einsichtigen Angeklagten vor sich hätte. »Und bekennen Sie sich im Sinne der Mordanklage für schuldig oder unschuldig?«
Ich schaute ihm offen in die Augen. Daß es nichts bringen würde, wußte ich wohl; trotzdem, ich *mußte* es tun.
»Ich bin keines Mordes schuldig. Ich plädiere auf unschuldig.«

66. Kapitel

New York City. *Central Park. Ich war fast ein Jahr mit Will verheiratet.*
»Kannst du was sehn, Maggie? Ich seh' überhaupt nichts. In diesem beschissenen Park stehn zu viele Bäume.«
Ich saß mit Will und Jennie in der schummrigen Dunkelheit einer Stretch-Limousine. Will steckte sich ganz nervös eine Zigarette an, das Streichholz flammte bläulichgolden auf und erhellte sein Gesicht. Er strich sich mit den Fingern die dichten Locken zurück.

Wie blaß er aussieht. Erschöpft. Voller Angst, dachte ich, als ich ihn beobachtete. *Jetzt geht es ihm wieder so wie damals bei der Fußballweltmeisterschaft, nicht wahr? Er hat das Gefühl, heute abend etwas beweisen zu müssen. Na schön, das kann ich ja verstehen.*
»Was geht dort oben am Ende dieser unendlichen Schlange vor sich?«
»Ich kann nichts erkennen«, antwortete ich, »vermutlich schafft man aber die Fußgänger aus dem Weg.«
»Da siehst du mal, wie viele Menschen dein Film anlockt«, meinte Jennie.
Die Limousine steckte im Stau fest, der Motor surrte im Leerlauf; wir standen am Columbus Circle, an der Einfahrt zum Park. Wir standen an fünfter Stelle in einer Kavalkade von Rolls-Royces, Bentleys und Lincolns, die die Würdenträger, den Regisseur und Produzenten und die Stars transportierten.
Schließlich setzte die Karawane sich wieder in Bewegung und rollte über Central Park South, dann auf die Seventh Avenue und über die 54th Street weiter zum Ziegfeld Theatre – zur Welturaufführung des Films *Primrose*.
Und mit jedem Abbiegen stieg Wills Nervosität. Ich nahm seine Hand, um ihn zu trösten; sie war verschwitzt; und wenn er eine Zigarette ausgeraucht hatte, steckte er sich gleich die nächste an. Er rauchte eigentlich selten; an diesem Abend hörte er jedoch gar nicht mehr damit auf. Er war nicht er selbst.
»Es wird schon alles okay sein«, sagte ich. »Das ist nur Lampenfieber.«
»*Alles okay sein?* In einer Viertelstunde werden die Kritiker mich in Zehn-Meter-Größe ungeschützt auf der Leinwand sehen, und hören, wie ich sage: ›Top of the Morning, Ellie. Welch ein schöner Name für dein Pferd. Paß auf das Fohlen auf, als ob's dein Kind wäre.‹«

»Aber das ist doch nur ein Roman, Will. Kino. Und im Film wollen die Leute solche Dialoge hören. Sie haben das Bedürfnis, der Realität manchmal zu entfliehen.«
»Nicht die New Yorker Filmkritiker. Sie werden sofort erkennen, was für ein Mist das ist, werden *merken*, wie unecht *ich* bin, und das war dann auch schon meine Karriere beim Film.«
»Unmöglich«, sagte Jennie.
»Möglich.« Immerhin scherzte Will noch mit Jennie!
Die Kavalkade hielt an. Plötzlich klopften stramme, behaarte Finger ans Seitenfenster der Limousine. Ich erkannte ein bärtiges Gesicht wieder und entsicherte die Tür. »Ein Ärger«, flüsterte ich, »kommt selten allein.«
»Caputo!« Will grinste über das ganze Gesicht, als der Regisseur seinen massigen Körper in den Fond zwängte.
»Man wird uns kreuzigen«, sagte Caputo mit trauriger Miene. »Ich weiß es genau. Mein Instinkt behält immer recht. Sagt mein Instinkt mir etwa nicht immer das Richtige, Will? Das kommt davon, daß ich in Brooklyn aufgewachsen bin. Wer aus Brooklyn kommt, kann sich immer auf seinen Instinkt verlassen.«
Er wirkte so komisch-grotesk deprimiert, daß ich lachen mußte.
»Man erwartet von diesem Film Großartiges«, sagte Caputo. »Was ja bei einem Budget von fünfzig Millionen wohl auch berechtigt ist. Aber Will weiß genausogut wie ich, daß sie bloß billigen Mist kriegen. Australische Schafscheiße. Nicht mal die echte.«
Will lachte über den Humor des Regisseurs, der fast so schwarz war wie sein eigener.
»Wo haben Sie eigentlich Ihre Frau gelassen?« fragte ich.
»Sie hat offenbar auch nicht mehr Glück gehabt, Sie zu beruhigen, wie ich mit Will.«

»Eleanor befindet sich mit meiner allerheiligsten Mama im Wagen, der vor uns fährt. Die beiden können es nicht ertragen, wenn ich so meschugge werde. Sie haben mich an die Luft gesetzt – aus meinem eigenen Wagen rausgeschmissen. Deshalb bin ich hier. Irgendwer muß mich doch zum Filmtheater mitnehmen!«
Ich öffnete die Wagentür und zog Jennie mir nach.
»Wo wollt ihr hin?« fragte Will.
»Eleanor und Michaels Mutter Gesellschaft leisten. Ihr zwei Künstler habt es verdient, nicht gestört zu werden.«

67. Kapitel

Als wir beim Ziegfeld Theatre angekommen waren, ging ich wieder zu Will zurück. Wir bahnten uns den Weg durch die Scheinwerfer, die kreischende Menge, die Reporter, die Direktoren des Filmstudios zu unseren Ehrenplätzen.
Jennie und ich hatten noch nie an einer Welturaufführung teilgenommen. Es war im Grunde ein Riesenspaß. Die Herren in dunklen Anzügen, die Damen in ihren Abendkleidern wirkten irgendwie komisch – so ein Aufwand, und das alles nur, um sich einen Film anzusehen!
Etwa eine Viertelstunde später lief der Film an. Im Vorspann der Name WILL SHEPHERD in gleicher Größe wie der Name Suzanne Purcells. Das Publikum klatschte Beifall, noch bevor sein Name erschien. Ich hörte, wie Will grunzte. Ich war mir nicht sicher, ob aus Angst oder Freude.
Dann begann der eigentliche Film. Die wunderschönen Aufnahmen vom Westen Amerikas nahmen mich völlig gefangen. Nestor Keresty hatte in dieser Landschaft eine

Einzigartigkeit gesehen, die mir selbst bisher verborgen geblieben war, und es verstanden, sein Empfinden auf der Leinwand kunstvoll zum Leben zu erwecken.

Will brachte das Fohlen zur Welt, trug es zu seiner jungen Frau (*sie sieht eher wie dreißig aus als neunzehn, wie ich mit Genugtuung feststellte*) und sprach die Textstelle, die ihm solches Grausen bereitete.

Im Publikum blieb es still. Kein einziges Kichern. Ich spürte, wie Wills Verkrampfung sich löste – endlich. Jennie erhob den Daumen und streckte ihn zum Zeichen des Sieges unter seine Nase. »Siehst du!« flüsterte sie ihm zu. »Ich hab's ja gesagt.«

Der Film dauerte etwas länger als zwei Stunden. Er hatte flottes Tempo und genau die richtige Mischung aus Rührseligkeit und Romantik. Ich war erstaunt, wie gut er mir gefiel – bis zu der Szene, wo North Ellie in der Badewanne überrascht und sie zu waschen begann.

Wie Will diese Frau anschaute! So wie er *mich* anschaute, wenn wir uns liebten. Es machte ganz und gar nicht den Eindruck, als ob er da eine Rolle spielte. Es war das nackte Verlangen, das aus seinen Augen sprach. Lust. Seine Hand verschwand zwar unter dem Seifenschaum, doch als ich seine Bewegungen sah, ahnte ich, was er da in Wahrheit trieb.

Mir zog sich das Herz zusammen. Ich bekam auf einmal keine Luft mehr. Ich mußte mich kerzengerade aufsetzen. *Sie sind zusammen ins Bett gegangen*, dachte ich. Mich packte ein dumpfer Schmerz, der von meinem ganzen Körper Besitz ergriff. Mir kamen wieder die Gerüchte der Presse in den Sinn; Wills Beteuerungen, daß nichts davon wahr gewesen sei. *Das war gewiß keine bloße Leinwandliebe zwischen den beiden gewesen. Oder doch? Ach, lieber Gott, gib, daß es nicht wahr ist.*

Ich zwang mich dazu, Will anzuschauen. Er folgte der Szene auf der Leinwand, wie gebannt, seine Lippen hatten sich geöffnet – *er erlebte das alles noch einmal.*
Als die Liebesszene – sie schien überhaupt kein Ende nehmen zu wollen – vorbei war, beugte Will sich zu mir herüber und gab mir einen Kuß auf die Wange. »Schauspielerei, Maggie«, flüsterte er. »Ich weiß, was dir durch den Kopf geht, aber du irrst dich. Vielleicht bin ich ja doch ein guter Schauspieler.«
Ich seufzte, holte tief Luft und fühlte mich schon ein wenig wohler. Ja – vielleicht war er ein guter Filmschauspieler.

68. Kapitel

Die glanzvolle Party zur Premiere für *Primrose* fand im ersten Stock des Russian Tea Room an 57th Street statt. Hundert oder mehr Leute kamen zu Will, um ihm die Hand zu schütteln oder ihm zu erklären, wie großartig er gewesen sei. Er kannte keinen von ihnen und nahm ihr Lob nur mit einem flüchtigen Nicken zur Kenntnis.
In seinen Gedanken war er ganz woanders. *Er suchte nach seinem Vater und nach seiner Mutter. Er war sicher, daß ihre Seelen sich eine solch grandiose Gelegenheit nie entgehen lassen würden.*
Da kam eine Riesenniederlage auf ihn zu, nicht wahr? Jawohl, es war ganz wie in Rio. Es hatte alle Anzeichen einer Katastrophe. Er mußte feststellen, daß er noch immer nicht gelernt hatte, mit einer Niederlage zu leben.

Eine halbe Stunde vor Mitternacht kam einer von Caputos PR-Leuten ins Restaurant gestürzt. Alle hoben die Köpfe. Auf den Augenblick hatte man gewartet.

»Ein Erfolg!« schrie er und winkte mit einem Exemplar der *New York Times.* »Eine begeisterte Kritik. Na schön – so gut wie!«
Er reichte die Zeitung, die bereits bei den Film- und TV-Seiten aufgeschlagen war, an seinen Chef weiter und reihte sich unter die Gruppe, die sich um Caputo versammelt hatte, um ihm beim Vorlesen dieser eminent wichtigen Kritik zuzuhören:

> *»Mit Primrose hat Michael Lenox Caputo – der Meister des Blockbusters und von allen Regisseuren unserer Tage der einzige, der noch einen spannenden, ja faszinierenden Unterhaltungsfilm produzieren kann – sich selbst übertroffen. Dieser Film wird mit Sicherheit einer der größten Kassenschlager der Saison ...«*

Unter den Gästen, insbesondere unter den Managern der Produktionsfirma, brach Jubel aus. Eine kleine, extra angeheuerte Band spielte »Hail to the Chief«. Während das Getöse andauerte, las Caputo schweigend weiter. Als schließlich wieder Ruhe einkehrte, schleuderte er die Zeitung fort.
»Der Anstand verbietet es mir, noch mehr vorzulesen«, erklärte er. »Morgen früh wird es sowieso jeder nachlesen können. Inzwischen – laßt uns feiern! Trinken wir auf den Erfolg. Wir haben ihn uns ehrlich verdient.«
Man servierte teuren Champagner. Niemand kümmerte sich mehr um das Zeitungsexemplar, das auf einem Tisch in der Nähe des Ausgangs gelandet war. Niemand außer Will, der mit einer unauffälligen Geste danach griff und las – schon aus Neugier, um zu verstehen, weshalb Caputo nicht weiter vorgelesen hatte.
Er stieß bald auf seinen eigenen Namen.

»Dabei wird Caputo aufs wundervollste unterstützt von seiner weiblichen Hauptdarstellerin Suzanne Purcell, die gleichermaßen Unschuld und Sinnlichkeit ausstrahlt und der es in den Liebesszenen gelingt, sowohl eine Neunzehnjährige (die sie ja keineswegs mehr ist) wie eine Frau darzustellen, die mit ihrem sexuellen Hunger umzugehen versteht. Ihr männlicher Gegenpart aber, das frühere Sport-Idol Will Shepherd, ist ganz offensichtlich mehr auf dem Fußballfeld zu Hause als in den wundervollen texanischen Ebenen. Er behandelt seine Frau, als ob sie bloß ein Leckerbissen wäre, der ihm nicht mehr bedeutet als ein Stück New Yorker Käsekuchen – vielleicht gar nur ein Käseschnittchen aus Texas. Beide Stars sehen großartig aus in den Nacktszenen. Doch wenn Mr. Shepherd dann tatsächlich einmal eine schauspielerische Leistung abverlangt wird, verkommt das bißchen Gefühlsregung zu Schmollmund, zwanghaftem Lächeln oder Glyzerintränen. Tränen, die vom Make-up aufgetragen worden sind, aber nicht von Herzen kommen. Über ein reiches Gefühlsspektrum scheint Mr. Shepherd nicht zu verfügen. Er hätte seine sportliche Karriere nicht so schnell an den Nagel hängen sollen.«

Will las nicht weiter. Er drehte sich zu den Gästen um. Er reagierte verrückt, manisch, absolut durchgeknallt.
Er schaute sich im Raum um, suchte verzweifelt nach Maggie. Sie stand neben Caputo, lächelte über irgendeine Bemerkung des Regisseurs. *Zum Teufel mit ihr!*
Mein Rettungsanker hätte sie sein sollen, meine Seelenverwandte.
Das haben mir ihre Lieder versprochen.
Sie hat mir erzählt, ich sei großartig auf der Leinwand.
Sie hat mich belogen.
Diese Hexe.
Er schleuderte die Zeitung zu Boden und verschwand in die

Nacht. Er hatte Angst, wahnsinnig zu werden – oder daß er es möglicherweise bereits wäre. Er brauchte den jubelnden Beifall der Massen, er brauchte soviel uneingeschränkte Liebe und Bewunderung. Davon war hier rein gar nichts zu spüren.
Will bog auf die Seventh Avenue, begann zu joggen und erreichte bald seine Höchstgeschwindigkeit. Doch Jubel war noch immer keiner zu hören, nirgends Liebe in Sicht.
Der Werwolf von New York, dachte er.

69. Kapitel

Seit zwei Tagen war Will bereits spurlos verschwunden. Mir war, als hätte mein Herz aufgehört zu schlagen.
Auch meine beiden Kinder machten sich um ihn Sorgen. Winnie Lawrence und ich suchten verzweifelt nach ihm, wir fragten in Krankenhäusern und Polizeirevieren rund um Bedford und in New York nach und riefen bei allen Teilnehmern der Party an, bei denen er sich möglicherweise hätte aufhalten können.
Doch niemand wußte, wo er sein könnte. Mir fiel wieder ein, was er mir von Rio erzählt hatte – von seiner Enttäuschung nach dem Spiel. Dort mußte irgend etwas geschehen sein, das ihn verändert hatte.
Die Filmkritik in der *New York Times* hatte ich natürlich gleich gelesen, nachdem Will den Raum verlassen hatte. Mit Entsetzen und voller Zorn las ich, was da stand, und mir war sofort klar, wie ihn das treffen und verletzen mußte. Ich kannte es aus eigener Erfahrung. Ich hatte selbst unter niederschmetternden Kritiken gelitten. Manche waren berechtigt gewesen, aber nicht alle.

Wieder ein Versagen vor breiter Öffentlichkeit. So viel Versagen in den eigenen Augen.
Auch das war ein mir vertrautes Gefühl, und deshalb wollte ich für ihn dasein. *Aber wo war er?* Wie sollte ich ihm helfen, wenn ich ihn nicht finden konnte?
Am dritten Tag rief ich erneut bei Barry an und bat ihn, zu mir zu kommen. »Ich fürchte, ich habe die Sache nicht richtig im Griff«, sagte ich ihm gleich nach seiner Ankunft. »Ich werde das Gefühl nicht los, daß ich irgendwie mehr unternehmen müßte. Ich weiß nur nicht, was.«
»Er kommt bestimmt wieder zurück«, tröstete mich Barry. »Er hat etwas, zu dem zurückzukommen sich lohnt. Vergiß das nicht.«
»Du tendierst immer dazu, mich zu überschätzen und Will zu unterschätzen. Er könnte sich das Leben genommen haben, Barry. Ich mache mir wirklich Sorgen um ihn. Sein Vater hat Selbstmord begangen.«
»Menschen wie Will begehen *nie* Selbstmord«, widersprach Barry. »Er weiß schon, was er tut.«
»Wie kannst du nur so etwas sagen? Du kennst Will nicht. Du verstehst nicht, wie sehr ihn solche Erfahrungen persönlich treffen.«
Barry zuckte die Schultern. Er glaubte mir einfach nicht. In gewissem Sinne glaubte ich mir ja selber nicht. Ich war ebenfalls davon überzeugt, daß er wieder zurückkommen würde. Er liebte mich und die Kinder auch. Er *mußte* zurückkommen.
»Ich habe Wahnvorstellungen, daß ich ihn irgendwo im Straßengraben finden werde. Bloß weil die Polizei ihn bisher nicht ausfindig gemacht hat –«
»Die Polizei hat ihn nicht gefunden, weil er nicht gefunden werden will. Ich verstehe ja, wie sehr dir das alles zu schaffen macht, Maggie, aber deine Reaktion ist übertrieben. Er

hat wahrscheinlich einen Mordskater, und wenn der erst vorbei ist, kommt er zurück.«

Wirklich? Ich hatte plötzlich Angst, nicht alles über Will zu wissen. Ich war schließlich in Rio nicht bei ihm gewesen. Aber wer war denn bei ihm gewesen? Welche Furien hatten ihn damals getrieben? Was trieb ihn jetzt? Vielleicht sagte Will mir gar nicht die Wahrheit.

Wie konnte er denn einfach so verschwinden?

Ich hatte ein Bild vor Augen – Will und Allie auf dem Rücken von Fleas. Sie ritten über das Feld hinter unserem Haus. Er mußte doch zu mir zurückkommen. Es war unvorstellbar, daß er nicht wiederkommen würde.

70. Kapitel

Schließlich kam er zurück.

Ich wurde geweckt von einer vertrauten Berührung an der Wange; darauf ein Streicheln meines Haars. *Will war im Schlafzimmer!* Dieses Streicheln kannte ich nur zu gut. Mein Herz tat einen Satz. Mich packte der Schreck.

»*Will!*« brachte ich schließlich hervor. Mein Mund war vor lauter Angst wie ausgetrocknet.

Ich schob seine Hand weg und kroch aus dem Bett. Ich trat ihm mit aller Wut gegenüber, die seit seinem Verschwinden angewachsen war und nun ihren Höhepunkt erreichte.

»Wo bist du gewesen? Warum hast du nicht angerufen? O mein Gott, Will. Du kannst doch nicht einfach so wiederkommen, als ob nichts gewesen wäre.«

In jener Nacht trat in seinen Augen ein Ausdruck hervor, ein ganz merkwürdiger Ausdruck. Nicht *sehr* deutlich, aber er fiel mir doch auf. Er sah nicht so aus wie er selbst.

Er trug eine knitterfreie schwarze Hose und ein schwarzes T-Shirt. Das Haar war locker, wie vom Winde zerzaust. Am Kinn war ein Zweitagebart sichtbar.
Er lächelte mich an – so wie er bestimmt alle Frauen in seinem Leben angelächelt hatte, die ihm böse waren und deren Vergebung er brauchte. Ich hätte ihn am liebsten angeschrien, ich wollte schon mit den Fäusten auf ihn losgehen.
»Ich war in London. Wollte meine Tante besuchen. Sie ist für mich wie eine zweite Mutter. Sie war aber nicht da, sie war zusammen mit Tante Eleanor in die Ferien gefahren. Dann bin ich zurückgekommen.«
Na klar. Zu einer andern Mutter. Zu mir.
»Es tut mir leid, Maggie. Ich hätte es nicht tun sollen, ich hätte anrufen müssen. Du kannst dir überhaupt nicht vorstellen, wie zerstört ich nach dieser niederschmetternden Premiere gewesen bin. Du hast ja keine Ahnung, was mir alles durch den Kopf geht.«
Nein. Bestimmt nicht. Unmöglich. Es fiel mir schwer, doch ich gab mir Mühe, Geduld mit ihm zu haben, ihn zu verstehen. Mag sein, daß ich mir zu viel Mühe gegeben habe.

71. Kapitel

Inzwischen trug Will fast immer eine 200-Dollar-Sonnenbrille – sogar bei Nacht und im Haus. Er nannte es seine »Filmstar-Periode«.
Er nutzte jeden nur erdenklichen Vorwand, um nicht zu Hause zu sein. Er fürchtete die Nähe Maggies und der Kinder. Möglicherweise liebte er sie nicht mehr, empfand für sie nicht mehr, was er zu empfinden wünschte; er wollte ihnen aber auch nicht weh tun.

Er wollte ihnen nicht weh tun.
An einem himmelschreiend sonnigen Nachmittag fuhr er mit seinem neuen Mercedes-Cabriolet nach New York. Er fühlte sich hohl; eine totale Leere. Am Morgen hatte er mit seinem Bruder gesprochen; aber Palmer war natürlich keine Hilfe. Palmer wollte nichts mehr mit ihm zu tun haben.
Er wollte allem ein Ende machen – eventuell durch einen spektakulären Autounfall. Er jagte das Cabriolet auf der engen, gewundenen Saw Mill auf über 170 Kilometer hoch. Er war jedoch ein viel zu geschickter Fahrer, um zu verunglükken; seine Reflexe funktionierten einwandfrei. Vielleicht wollte er aber auch gar nicht sterben – noch nicht.
Warum zum Teufel sollte er sterben wollen?
Primrose war ein wahnsinniger Kinohit. Der absurde Film hatte es zum Kassenschlager Nummer eins gebracht; hielt sich schon seit Wochen an der Spitze. Und noch abstruser: Will wurde bereits als der neue Eastwood oder Harrison Ford gehandelt. Was für ein vermaledeiter Blödsinn! Hollywood mit seinen lächerlichen Deutungen des Publikumsgeschmacks – es machte ihn krank.
In einer einzigen Woche hatte er über hundert gräßliche Filmskripts überflogen. Er hatte sich schließlich für eine weitere Romanverfilmung entschieden, einen effektvollen Psychothriller mit dem Titel *Windchimes.* Er hatte einen Vertrag von vier Millionen Dollar als Basisgage für sich ausgehandelt.
Die Dreharbeiten sollten an ebendiesem Tag beginnen, Regie führte der berühmte Brite Tony Scott. Alle waren sich einig, daß es ein neuer Kassenschlager werden würde. Das Drehbuch hatte alles, was dazu erforderlich war.
Na gut – Will war überzeugt, daß es doch wieder nur so ein kommerzieller Müll würde. Er wußte, was Qualität war und was nicht. Er wußte genau, wann er die Welt zum Narren

hielt und daß es ihn dann früher oder später doch einholen würde.
Er konnte die verdammten Kritiken nicht ertragen – *und zwar deshalb nicht, weil sie recht hatten, die Kritiker hatten völlig recht. Er war ein Haufen Mist.*
Es war nicht zum Aushalten.
Er hielt es nicht länger aus, Will Shepherd sein zu müssen: diese kaum mehr existente Sportlegende, der frühere Fußballstar, »die unglaubliche Laufmaschine«, »Mr. Maggie Bradford«.
Als Will New York erreichte und die Wegweiser zum Broadway und zur 242nd Street sah, gab er Gas und brachte das Cabriolet erneut auf über 170 Sachen.
Es herrschte dichter Verkehr. Er wechselte dauernd die Fahrbahn. Aufgebrachte Fahrer drückten auf die Hupen.
Ich will nicht mehr Will Shepherd sein, dachte er, als er den Wagen zuerst einhändig, dann mit nur einem Finger steuerte – und zuletzt: *Schau mal, Ma, ganz freihändig.*
Ich will nicht länger so leben.
Ich kann nicht mehr.
Ob mein Vater sich wohl auch so gefühlt hat, als er im Wasser versank? Als er unterging?

72. Kapitel

Er ging unter. Sank tiefer, tiefer, tiefer. Das Wasser war kühl, unter Wasser war es dunkel. Es war gar nicht so unangenehm zu ertrinken.
Als »Will Shepherd« hielt er ab dem frühen Abend im Red Lion Inn in Greenwich Village hof. Als Will Shepherd leerte er sechs Scotch, pur; als Shepherd prahlte er jetzt vor einem zumeist betrunkenen Publikum von Bewunderern mit der

Geschichte seines größten Triumphs im Trikot von Manchester United.
Da er eine Runde nach der anderen gab, ging das Publikum mit. Alle hingen an seinen Lippen.
»Will, Will«, schrie einer. Ein Engländer. Vermutlich ein echter Fan.
»Der blonde Pfeil!« rief Will zurück, in einem Ton voller Ironie, die anscheinend jedoch keiner begriff.
»Das blonde Arschloch!« rief eine andere Stimme vom hinteren Ende der Bar.
Will brach mitten in seiner Geschichte ab. Der Rufer war bloß ein Punk in schwarzer Lederjacke und schwarzen Jeans, der den Macho spielte. Will faßte den Typ ins Auge. Dachte: *Euro-Pack. Immer drauf!*
Der Punk bahnte sich einen Weg durch die Menge. Mit zwei Freunden. Will erkannte Tätowierungen auf ihren Armen: Adler und Falken.
»Ein stinkendes Arschloch«, wiederholte der Punk, als er Will gegenübertrat. Die Zuschauer wichen zurück. Der Typ sprach Englisch mit einem harten Akzent.
»Eine Schwuchtel«, fügte einer seiner beiden Freunde hinzu. »Ein schwuler Brite.« Es waren eindeutig Deutsche.
Die Wut, die sich seit Tagen in Will gestaut hatte, brach endlich aus ihm hervor. Sie machte sich mit einer Welle wilder Flüche Luft.
Der Euro-Pack-Punk trat vor und gab Will ein Zeichen. »Dann hol mich doch, du Arsch«, rief er. »Komm doch, du abgetakelter Held.«
Woher plötzlich die Kette in der Hand seines Kontrahenten kam, wußte Will nicht. Es war ihm aber sowieso egal. Er ging trotzdem auf den Deutschen los.
Der blonde Pfeil griff blindlings an. Er wollte sich schlagen; ganz gleich, mit wem.

Als er das Red Lion Inn verließ, hatte er nur Schnittwunden und Prellungen. Nichts Schlimmes. Nichts Lebensgefährliches.
Ihm fiel ein, daß er ja eigentlich bei den Dreharbeiten hätte sein sollen. *Ach, scheiß' drauf. Hier hatte er einen viel besseren Psychothriller erlebt.*
Als nächstes war er sich einer Serie weißer Explosionen im Schatten eines leerstehenden Lagerhauses abseits der Hudson Street bewußt. Eine Gang prügelte auf ihn ein; *er wußte nicht, warum. Hab' ich vielleicht was Falsches gesagt, Kumpels?* Er spürte nur noch den furchtbaren Schmerz ihrer Fußtritte – gegen seinen Kopf, in den Bauch, an die Rippen, den erbarmungslosen Schmerz, den jeder Schlag in seinem Gehirn auslöste. *Strafe,* dachte er, als er auf dem Pflaster zu Boden ging.
Die gerechte Strafe für seine Verbrechen, seine Sünden, sein ganzes Leben.
Seine Arme und Beine waren gefesselt. Nicht einen Muskel konnte er mehr bewegen. Sein Gesicht wurde auf den grobkörnigen Beton des Bürgersteigs geschmettert. Die Nase blutete. Dann wurden seine Beine in die Luft gehoben wie Fleischstücke am Metzgerhaken.
Und nun wurde er richtig traktiert. Mit Händen und Füßen wurde er verprügelt, gestoßen und getreten, bis er glaubte, daß ihm alle Knochen gebrochen wären. Seltsamerweise war ihm der körperliche Schmerz willkommen. *Wenigstens ein Zeichen, daß er am Leben war.*
Plötzlich geriet das ganze Universum ins Wanken. War nur noch helles, flüssiges Rot. Will glaubte zu fallen, kopfüber in ein schwarzes Loch zu stürzen.
Man ließ ihn auf den Straßen New Yorks liegen und sterben.
Eigentlich war es aber gar nicht so schlimm.

Er trat nur in die Fußstapfen seines Vaters. Er hatte ja immer gewußt, daß er einmal so enden würde.
Will Shepherd tot auf der Straße gefunden.
Wie merkwürdig – sein letzter Gedanke, das letzte Bild, was ihm vor Augen trat, war der Hund, den er vor Jahren getötet hatte. Er hatte diesen Hund liebgehabt.

73. Kapitel

Es mußte ein Alptraum sein. Es konnte nur ein Alptraum sein. War ich wirklich wach?
Es war um Mitternacht, als die Polizei von Manhattan vor meiner Haustür stand. Die Beamten teilten es mir in höflicher Form mit, doch ihre guten Manieren, ihr Taktgefühl machten meinen Schmerz nicht erträglicher. Ich mußte mich setzen. Ich dachte, ich müßte mich übergeben oder würde ohnmächtig werden. Ich stand unter Schock.
Ich brachte es schließlich fertig, Winnie Lawrence anzurufen. Er wohnte ganz in der Nähe. Wir fuhren gemeinsam zum St. Vincent's Hospital in New York.
Ich durfte Will nur kurz besuchen – er stand unter starken Beruhigungsmitteln und schlief; das Gesicht in Bandagen eingewickelt. Er sah furchtbar aus.
Mir war, als wäre es ein böser Traum. Was war nur aus dem Mann geworden, den ich geheiratet, den ich geliebt hatte?
Dieser zusammengeschlagene Mann konnte doch wohl nicht Will sein!
Detective Nicolo – der Polizeibeamte, der mich in Bedford benachrichtigt hatte – kam auf uns zu. Ich wollte mit niemandem sprechen, niemanden sehen.
»Er ist ziemlich übel zusammengeschlagen worden«, sagte

Nicolo. »Es sieht aber schlimmer aus, als es ist. Ein paar Wochen wird es allerdings nach Meinung der Ärzte schon dauern, bis er wieder aus dem Krankenhaus entlassen werden kann. Tut mir leid, Mrs. Bradford – wir wissen nicht, wie es dazu gekommen ist. Es gibt keine Zeugen.«

»Er hätte gestern mit den Dreharbeiten für einen neuen Film anfangen sollen«, sagte Winnie Lawrence.

»Viel Glück.« Der Detective lächelte trocken. »Falls er eine Rolle in *Rocky V* hat, könnte er's ja vielleicht schaffen.«

»O mein Gott!« rief Winnie und stürzte zu einem Münztelefon.

Detective Nicolo wandte sich mir zu. Wie Al Pacino sah er aus, nur daß er eine größere Hakennase hatte. Das weiße Haar war glatt nach hinten gestrichen. »Haben Sie eine Idee, wer ihn angegriffen haben könnte, Mrs. Bradford? Wissen Sie, mit wem er gestern abend zusammengewesen ist?«

Ich schüttelte den Kopf. »Bedaure, Detective. Ich weiß gar nichts. Ich war im Moment völlig verstört. Entschuldigen Sie.« Ich mußte gegen Tränen ankämpfen.

Nicolo schluckte und nickte mitfühlend. »Er war also letzte Nacht nicht zu Hause?«

»Ich hatte ihn erwartet. Er ist aber nicht gekommen.«

Was wollte der Detective damit sagen? Warum nahm ich Will in Schutz? überlegte ich. *Weil ich mit ihm verheiratet bin und weil ich ihn liebe.*

»Es wird schwer werden, die Männer zu finden, die ihn zusammengeschlagen haben.« Nicolo hatte ein Notizbuch gezückt, das er nun wieder wegsteckte. »Wenn Mr. Shepherd uns keine Beschreibung der Täter liefern kann, werden wir gar nicht viel unternehmen können. Ich komme wieder, sobald er aussagefähig ist. Ich werde Sie verständigen.«

Er gab mir zum Abschied die Hand und ging mit der Bitte, ihn anzurufen, falls ich etwas Neues erführe. Im Warteraum stieß ein völlig aufgelöster Winnie Lawrence zu mir. »Sie werden Will durch jemand andern ersetzen«, sagte er. »Behaupten, es sich nicht leisten zu können – zu warten, bis Will wieder gesund ist. Was ist eigentlich passiert?«
Ich zuckte mit den Achseln. Mir war kalt. Ich war wie betäubt. Winnies Mitteilung war weder eine gute noch eine schlechte Nachricht. Mir kam ein schrecklicher Gedanke in den Sinn. *Daß ich meinen Mann im Grunde überhaupt nicht kannte.*
»Die Sache mit dem Film wird ihn treffen«, sagte Winnie. »Ich weiß nicht, Winnie.« Eine Woge von Traurigkeit legte sich über meine Erschöpfung. »Ich denke, es wird ihn eher erleichtern.«

74. Kapitel

Ich fuhr mit Winnie Lawrence nach Bedford zurück. Mrs. Leigh war bei den Kindern geblieben. Bei meiner Rückkehr haben Gott sei Dank alle tief und fest geschlafen.
Ich wollte nichts zu Will erklären müssen; ich war mir nicht sicher, ob ich sein Verhalten erklären könnte, nicht sicher, ob ich ihn verstand.
Ich liebte Will; möglicherweise hatte er mich jedoch zum Narren gehalten; vielleicht war er ein guter Schauspieler, wenn es darum ging, anderen etwas vorzumachen. Ich hatte geglaubt, ihm wirklich helfen zu können. Den gleichen Fehler hatte meine Mutter bei meinem Vater auch begangen. O mein Gott, ich wußte überhaupt nicht mehr, was ich denken sollte. Ich hätte mich am liebsten wieder auf

den Dachboden verkrochen – und einfach nur Lieder geschrieben.

Ich saß mit gesenktem Kopf im Wohnzimmer. Die Sonne war aufgegangen; von überall her kam Vogelgesang. In meinem Kopf aber stiegen unangenehme Bilder auf – schlimme Vorstellungen. Ich erinnerte mich an einen Film mit Julia Roberts – *Sleeping with the Enemy*. Mir war, wie wenn meine Erfahrungen ein Teil dieses Films wären. Vielleicht träumte ich ja auch nur. Lieber Gott, bitte mach, daß alles nur ein Traum ist.

Im Grunde kenne ich meinen Mann gar nicht, dachte ich unentwegt. *Wäre das möglich? Liegt da das Problem? Was tut Will sich bloß an? Was tut er uns allen an?*

Allie kam ins Wohnzimmer gewandert und sah mich dort. Ich gab mir große Mühe, so zu tun, als ob nichts geschehen wäre.

»Ich hab' gewartet und gewartet, daß du aufstehst und zu mir kommst«, sagte ich und klopfte mir auf den Schoß. Er kam herbeigerannt und fiel mir um den Hals.

Ich habe Allie an mich gedrückt, ihn umarmt und geküßt. Wie er mich. Er konnte nicht wissen, wieviel mir das in diesem Moment bedeutete. Mir war, als ob sich mir die Brust einschnürte. Da tat es gut, Allie ganz fest in den Armen zu halten.

Plötzlich sah Allie mich an. Er blinzelte, als er mir in die Augen sah. »Was ist los, Mommy?« fragte mein Kleiner. »Was ist los?«

Am späten Vormittag fuhr ich wieder zu dem trostlosen Krankenhaus im Zentrum von New York. Ich durfte Will besuchen. Er saß im Bett aufrecht, war aber noch immer schrecklich benommen. Er trank seinen Obstsaft durch einen Strohhalm.

Der Teil seines Gesichts, der nicht von Bandagen verdeckt wurde, sah purpurrot aus; die Augen waren entsetzlich schmale Schlitze und die Lippen geschwollen, wie wenn ihn ein Bienenschwarm gestochen hätte. Er sah aus wie einer von diesen Armen, die überall in New York auf den Bürgersteigen über Kellergittern sitzen. *So sah nun mein Mann aus!*

Will hielt mir eine Hand entgegen, als ich eintrat. Mein Herz wurde weich. Ich konnte nicht dagegen an. »Maggie ...«, flüsterte er.

Ich habe seine Hand nicht genommen, sondern bin vor seinem Bett stehengeblieben und habe ihn fixiert. Ich habe es gehaßt, mich zurückzuhalten. Aber es mußte sein.

»Maggie ... verzeih mir. Bitte verzeih mir.«

»Wie könnte ich dir verzeihen, Will?« sagte ich schließlich.

Da begann er zu weinen. Wie ein kleines Kind. Er rollte sich zu einer Kugel zusammen, in die Fötuslage, und weinte. Er wirkte so erbärmlich, schrecklich allein, und ich konnte mir nicht vorstellen, was mit ihm los war.

Es hätte mir fast das Herz gebrochen. Ich habe trotzdem nichts getan, um ihn zu trösten. Diesmal mußte ich hart bleiben.

75. Kapitel

Seit seiner Rückkehr aus London waren Will immer wieder böse Gedanken gekommen, auch jetzt, im Krankenhaus.

Es nervte ihn, daß Maggie nach wie vor ein großer Star war – und er ein Nichts. Was ihn jedoch am allermeisten störte – daß sie so glücklich war. Maggie bildete mit Jennie und Allie

zusammen eine in sich ruhende Einheit. Sie brauchten ihn gar nicht. Sie kamen wunderbar ohne ihn zurecht.
Teuflische Gedanken. Dauernd. Morgens, mittags – ganz besonders abends und in der Nacht.
Etwa der Gedanke, daß Allie beim Ausritt einen Unfall haben könnte.
Oder die hübsche Jennie – da gab es viel zu phantasieren. Jennie war ohnehin so lieb zu ihm. Sie war doch wie alle andern auch, oder? Sie wollten ihn unbedingt haben, bis sie merkten, wie er wirklich war.
Palmer war auch nicht besser als die andern. Vielleicht sogar schlimmer. Seinem eigenen Bruder mußte er Geld abgeben, nur damit der ein paar harmlose Geheimnisse für sich behielt. Na schön, Palmer hatte sich wenigstens nie hinter einer Fassade versteckt, er hatte immer offen gezeigt, was für ein wertloses Miststück er war.
Eigentlich war nur Maggie das Problem. Er wußte nicht, was er mit ihr machen sollte.
Aber ihm kamen viele böse Ideen.
Eine häßlicher als die andere.
Zum Beispiel ...
Wenn ich mich nun umbringen würde, wie es mein Vater getan hat?
Und wenn ich noch einen Schritt weiter ginge?
Was wäre, wenn ... Was wäre, wenn ...

76. Kapitel

Jetzt müssen Sie genau Obacht geben. *Bitte.* Achten Sie auf jedes Wort, auf jede Nuance. An diesem Punkt wird die Sache wirklich heikel. Hier habe ich ernsthaft an meinem

Verstand zu zweifeln begonnen. Schon bei dem Gedanken daran verkrampft sich alles immer, und ich werde so unsicher, daß mir übel wird.
Bin ich schuldig? Bin ich die Mörderin, für die man mich hält? Oder bin ich hier das Opfer?

»Ich fliege nach San Francisco. Ich muß hin, Will«, erklärte ich ihm einige Wochen nach dem »Vorfall« in New York. Er benahm sich noch immer komisch, war aber für Jennie und Allie ein guter Gesellschafter, weshalb ich mich nicht allzu laut beklagte.
»Was?« Will schaute kaum vom Fernsehen hoch. Es hatte seit kurzem den Anschein, als ob er sich in dem, was er gerade tat, völlig verlor. Er wirkte manchmal so, als ob er Tausende Kilometer weit weg wäre, wenn ich mit ihm sprechen wollte. Ich verstand nicht, was ihn beschäftigte. Wie sollte ich auch? Zwischen uns stand eine unsichtbare Wand.
»Man hat mich gebeten, in einem Benefizkonzert im Candlestick Park aufzutreten, und ich habe zugesagt. Ich muß wieder singen, Will. Ich bin schon viel zu lange nicht mehr aufgetreten.«
Er schaltete den Fernseher aus und drehte sich zu mir um. Er hatte in T-Shirt und Shorts vor dem Kasten gesessen; er machte mir so immer den Eindruck, als ob er darauf wartete, von der Ersatzbank aufs Spielfeld gerufen zu werden.
»Ohne zu fragen, ob ich mitkommen würde?« fragte er.
»Es ist wohl besser, wenn ich allein fahre. Barry wird auch dasein ...«
»Dieses Arschloch.«
»... und nach dem Konzert wollen Barry und ich baldmöglichst eine neue Platte daraus zusammenstellen.« Ich hatte nicht die Absicht, meine Pläne schönzureden oder ihn wis-

sen zu lassen, was ich wirklich dachte, was sich in den Worten hätte zusammenfassen lassen: »*Ich* sag' dir wenigstens, wann ich fortgehe.«

»Und da hast du also einfach beschlossen, nach Kalifornien zu verreisen.« Er lief rot im Gesicht an. Die Augen traten hervor, mit einem ganz verrückten Ausdruck. *Eines Tages wird er durchdrehen,* sagte ich mir.

Er fuhr mich wütend an. »Aber wer bin ich schon? Ein verdammter Hausdiener? Läuft es darauf hinaus, Maggie?«

»Ich sage dir immerhin, wenn ich verreise. Was *du* ja nicht tust. Was ist eigentlich mit dir los? Kannst du mir das bitte mal erklären?«

»Wohin du reist oder nicht, bestimme ich! Kapiert?« *Mir war plötzlich, als ob ich Philips Stimme hörte. Fast der gleiche Ton.*

Ich schaffte es aber, ruhig zu bleiben; wenigstens nach außen hin. »Nein, du befiehlst mir gar nichts, Will. Über dein Leben kannst du entscheiden, aber nicht über meins.«

Er stand auf und kam auf mich zu. Ich wich nicht zurück. Er blieb stehen, regungslos, und fixierte mich mit drohend finsterem Blick.

Das gefiel mir ganz und gar nicht. Weder der Blick noch seine drohende Körpersprache. So hatte ich ihn noch nie erlebt. Ich bekam auf einmal Angst.

Seine Hand zuckte. Es gab keine Möglichkeit, dem Schlag auszuweichen.

Er brüllte los und gab mir eine Ohrfeige quer über die ganze linke Gesichtshälfte. Die Rückhand traf mich ein zweites Mal, so daß ich nach hinten taumelte.

Es war, wie wenn in meinem Kopf zwei Explosionen stattgefunden hätten. *Das war doch nicht möglich!* Er hatte mich noch nie geschlagen. Nie die Hand erhoben, mich nie bedroht.

»Du reist *nicht* nach San Francisco!« schrie er. *»Du läßt mich hier nicht allein, du Hexe.«*

Er holte zu einem neuerlichen Schlag aus, hielt dann aber ruckartig inne und ließ beide Arme sinken.
Als ob er sich's überlegt hätte oder plötzlich zur Besinnung gekommen wäre; er wirkte auf einmal fast wie ein anderer Mensch.
»Okay«, sagte er. »Flieg nach San Francisco. Ist mir völlig egal, was du machst, Maggie.«
Ich begann zu zittern. Ich wehrte den Tränen. Dann wurde mein ganzer Körper von einem schlimmen Beben gepackt. Meine Beine wollten mich nicht mehr tragen. Ich hatte auch keine Kraft mehr in den Armen.
»Ich nehme Allie und Jennie mit«, sagte ich ihm. Ich brachte die Worte kaum heraus und konnte Will nicht ansehen. »Du kannst uns nicht zurückhalten. Versuch's gar nicht erst.«

77. Kapitel

Battery.
He hit me.
This can't be me.
Die Worte meines eigenen Lieds gingen mir durch den Sinn. Ich sah geistesabwesend durch die länglichen Fenster des Jets, mein Blick wanderte zu einer Bergkette aus weißem Gewölk. Allie lag schlafend neben mir; sein Wuschelkopf kuschelte in meinem Schoß. Auf der anderen Seite des Gangs saß Jennie und hörte sich über die Flugzeug-Kopfhörer irgend etwas an.
Die beiden waren froh, mich begleiten zu dürfen. Von meinen Problemen mit Will wußten sie nichts. Das Konzert fiel in Jennies Ferien. Und Allie wollte sowieso *immer*

an meiner Seite sein; meist war er's ja auch. Wir drei waren einander so nah, daß wir längst ein Akronym gebildet hatten: *JAM, Jennie, Allie, Maggie.* Wir hatten es nie geändert, um Will drin aufzunehmen.
Nach der Landung war ich mir der üblichen neugierigen Blicke wildfremder Menschen bewußt. Einige Leute wollten von mir ein Autogramm und hätten uns dabei fast zu Boden gerissen; andere wollten mich einfach berühren, wie wenn sie durch so einen Kontakt etwas von meiner Berühmtheit abbekommen würden.
Berühmt!
Wenn sie nur wüßten, was es bedeutet, berühmt zu sein ... immer im Blickfeld zu stehen!

Im Hotel »Four Seasons« erwartete mich ein Fax von Will:

> *Viel Glück, mein Singvogel.*
> *Verzeih Deinem Will seine Sünden,*
> *bitte vergib mir.*
> *Komm mit den Kindern zurück, sobald Du kannst.*
> *Ich liebe Dich – habe Dich immer geliebt, und Will*
> *wird Dich immer lieben.*

Ich zerknüllte das Papier.
Will wird Dich immer lieben. Wirklich?

78. Kapitel

Barry, Jennie, Allie und ich hockten eng zusammen in einem rot-silbernen Bell-Helikopter. Unter uns lagen die hellen Lichter von Candlestick Park und das dunkle Wasser der Bucht. Ich trug meine übliche Kleidung: eine weite weiße Bluse, einen langen Rock und Schuhe mit flachen Absätzen, damit ich bloß keinen Millimeter größer als von Natur aus war.

War ich aber schon wieder für einen öffentlichen Auftritt fit? Ich war mir nicht ganz sicher, mußte es aber wagen und sehnte mich auch wirklich danach.

In weniger als einer Stunde würde ich also mein erstes Konzert seit drei Jahren geben. Die großen Fernsehanstalten hatten Kamerateams geschickt. Das war doch eine *Nachricht*, stimmt's – *lohnender Stoff*. An diesem Abend sollte ein Album *live* aufgenommen werden. Über eine halbe Million Kartennachfragen hatte es gegeben; dabei gab es höchstens 80 000 Sitze.

Noch waren wir im Helikopter vor dem öffentlichen Andrang sicher, ganz privat, eine Familie: meine Kinder, mein bester Freund und ich. Das war angenehmer, als dort unten zu sein, dachte ich.

»Laß uns doch weiterfliegen«, sagte ich.

Barry hob eine Braue und schnitt eine Grimasse. Er legte eine Hand an den Mund, um den Eindruck zu erwecken, als ob er in ein Mikrofon spräche: »Uh, die Erde ruft Maggie, die Erde ruft Peter Pan.«

»Ich mein's ernst. Könnten wir nicht einfach bis morgen früh in der Luft bleiben?« Mir war ein wenig schwindlig.

»Und wo fänden wir den nötigen Treibstoff?« fragte Jennie.

»Man könnte unseren Helikopter ja in der Luft auftanken lassen. Wie Langstreckenbomber. Das wäre doch mal etwas Neues.«

»Wir würden aber Hunger kriegen«, sagte Allie, der immer nur ans Essen dachte.

»Man könnte uns doch zusammen mit dem Treibstoff auch Sandwiches hochbringen.«

Jennie lachte. Sie hatte es gern, wenn ich Unsinn redete.
»Ich hab' aber *jetzt* Hunger«, verkündete Allie.
»Wir werden gleich landen«, versicherte ihm Barry. »Egal, was deine Mutter sagt. Ich werde dir im Park etwas zu essen besorgen. Ein Steak oder 'nen Hamburger, hmmmmm.«
Mich erfaßte plötzlich eine Welle von Traurigkeit und unaussprechlicher Angst. Bühnenangst. »Ich weiß nicht, ob ich es durchstehe«, sagte ich. »Ehrlich, Barry. Kein Witz.«
Er nahm meine Hand. »Der übliche Bammel vor einem Konzert. Gegen solche Angst sollte man sich nicht wehren. Sondern sie akzeptieren. Sie künstlerisch nutzen.«
»Es ist mehr als das. Hier oben ist alles so sicher, so friedlich. Auf der Erde unten lauern Gefahren. Zum einen die Fans – und dann ...«
»Will«, sagte er. Ich hatte Barry nichts von unserer Auseinandersetzung berichtet, doch er ahnte, daß da etwas nicht in Ordnung war. Er kannte mich einfach zu gut.
»Das Leben«, verbesserte ich ihn.

Okay, ich hatte fast zwanzig Millionen Platten verkauft; und ich hatte elf Grammy Awards gewonnen.
Aber ich durfte doch wohl noch Angst haben, oder?
Mein Gesangsstil entsprach einem persönlichen Bekenntnis. Genau das könnte ich jetzt doch praktizieren. Einfach vor die vielen Menschen treten und so sein, wie ich war. Offen, unverstellt, sehr persönlich.
Es gab da jedoch ein Problem – daß *die alte Maggie* wieder hervorkam. Was ich in mir fühlte, erinnerte mich an die Maggie, die ich früher, in West Point, gewesen war. Sogar an die kleine Maggie, die in Tränen ausbrach, weil sie nicht aufhören konnte zu stottern, wenn ich in der Schule auf Fragen antworten mußte.

Ich wußte genau, wie meine Darbietungen sein sollten – sie sollten Kontur haben, aber auch von Herzen kommen. Man erwartete von meinen Songs, daß sie prägnant und mitreißend waren, richtige »Ohrwürmer«, in die alle möglichen Einflüsse eingegangen waren: Rock, Broadway, das klassische Lied, der französische Chanson; doch unter der Oberfläche sollten sie vielschichtig und psychologisch wahr sein. All dessen war ich mir bewußt, als ich diese große Bühne in San Francisco betrat, als ich auf die vielen erwartungsvollen Gesichter hinunterblickte.

Wieso hatte ich da überhaupt Angst? Warum war ich wie versteinert? Warum fürchtete ich mich, überhaupt nicht singen zu können?

Ich setzte mich an den Flügel und begann mein Lied gegen die steife, kühle Brise abseits der Bucht zu schicken.

Ich hatte fast das Ende des ersten Songs erreicht ...

Dann konnte ich plötzlich nicht mehr weiter.

Vor all den Zuschauern – aber auch vor meinen Kindern. Vor Jennie und Allie, die sich in den Kulissen aufhielten.

Battery, sang ich.

He hit me,
this can't be me.

Ich kam ins Stocken, begann zu stottern und stammeln – was seit vielen Jahren nicht mehr vorgekommen war, was ich mit größter Anstrengung überwunden hatte, überwunden zu haben glaubte.

Ich konnte nicht mehr singen. Ich konnte nicht weiter.

Schließlich wandte ich mich direkt ans Publikum, ich *sprach* zu den Zuhörern: »Ich habe hier oben ein kleines Problem. Es tut mir leid. Ich habe Schwierigkeiten.«

Ich bekam Herzflattern. Ich erlitt einen Schwächeanfall und hatte Angst, vom Klavierstuhl zu sinken.

Dann waren Jennie und Allie neben mir und für mich da.

Und auch einige Musiker. Sie halfen mir von der Bühne. Ich konnte kaum gehen.
»Arme Mommy«, sagte Allie immer wieder. »Arme Mommy. Mommy ist krank.«

79. Kapitel

Will war schon immer ein Nachtmensch gewesen. Doch jetzt hatte er mehr denn je das Bedürfnis, aus dem Haus herauszukommen und auszuschweifen. *Der Werwolf von Bedford.*
Er jagte sein schwarzes BMW-Coupé ungefähr fünfhundert Meter über die Greenbriar Road. Er fuhr von einer schattigen Einfahrt auf der Allee – seiner eigenen – in die nächste.
Den Haupteingang des Lake Club erkannte man an drei Meter hohen Säulen aus Naturstein. Um die ganze Länge des Anwesens lief eine Mauer aus dem gleichen Material. Will fuhr an der Haupteinfahrt vorbei bis zu einer Markierung in der Nähe der Mauer.
Er stellte den Wagen ab und stieg aus. Eine Tür schwang auf, hinter der ein Pfad begann, der zum Dienstboteneingang des Clubhauses führte.
Im Innern des Clubs herrschte eine Stille, die seine Abgeschiedenheit und seine privilegierte Atmosphäre hervorstrich. Es erinnerte Will an die Stille von Kathedralen und europäischen Banken. Er steuerte an den verlassenen Billardtischen und Rauchzimmern vorbei auf eine Tür zu, klopfte, wartete, klopfte wieder.
Die Tür wurde von innen geöffnet. Will blinzelte in das grelle Licht, das ihm plötzlich in die Augen fiel. Dann nahm

er das Mahagonipaneel, die lange Eichenbar, die seidenen Lampenschirme und die Renaissancegemälde an den Wänden wahr.
Die Männer an der Bar hatten sein Eintreten beobachtet und grüßten, als sie ihn als einen der Ihren erkannten.
Unter ihnen saß auch Peter O'Malley. Sie hatten sich merkwürdigerweise im Club ein wenig angefreundet. Sie hatten mit Maggie etwas Gemeinsames. Maggie hatte sie zusammengeführt, sie sprachen oft von ihr. Peter träumte davon, Maggie kleinzukriegen.
An diesem Abend nahmen die beiden an einer nächtlichen Zusammenkunft im Club teil. Das Treffen war streng geheim.
Einmal im Monat verschafften sich einige Mitglieder eine ganz spezielle Unterhaltung, wenn der Club offiziell schon geschlossen war. Die hochvermögenden Herren ließen so Dampf ab und gaben sich Vergnügungen hin, die nach gesellschaftlichen Vorstellungen unvertretbar waren. Freuden wie diese blieben ihnen mit ihren Ehefrauen daheim, weiß Gott, versagt.
Der Raum wurde durch den rotgoldenen Flammenschein eines breiten Kamins erhellt. *Das Feuer der Hölle*, wie Will es insgeheim nannte. *Ein Vorgeschmack dessen, was uns alle einmal erwartet.*
Vor dem Kamin standen sechs Mädchen in einer mehr oder weniger ordentlichen Reihe – jugendliche Schönheiten alle miteinander. Ihre nackte Haut und das lange Haar schimmerten im Schein des Kaminfeuers.
Die Älteste schien höchstens zwanzig Jahre alt zu sein; die Jüngste vielleicht sechzehn. Alle sechs hatten die Augen verbunden. Es war den Mädchen nicht gestattet, die Clubmitglieder zu sehen; auch Ort und Lage des Clubs blieben ihnen verborgen.

Der exklusive Lake Club von Bedford Hills, dachte Will. *Nichts als Fassade. Wie alles im Leben.*
Später am Abend suchte sich Will eins der jungen Mädchen aus. Eine großgewachsene Blonde – sie erinnerte ihn an Jennie.

80. Kapitel

Im Grunde meines Herzens hatte ich schon seit einiger Zeit gewußt, daß meine Ehe mit Will gescheitert war. Es war jetzt nur noch eine Frage des richtigen Zeitpunkts, die Frage, was erstens für die Kinder, zweitens für mich und schließlich für Will am besten war. Ich wollte ihm nicht weh tun, wollte ihn aber verlassen.
Bei unserer Heimkehr aus San Francisco war Will zu Hause, um uns zu begrüßen. Er war auch wieder ganz der alte. Unsere Rückkehr tat ihm gut. Er wurde vor lauter Freude geradezu quirlig. Er schien echt besorgt wegen meines kleinen Zusammenbruchs beim Konzert. Er vertraute mir an, daß er solchen »Bammel« gut verstehen könnte. Das habe ich ihm gern geglaubt.
Er versprach hoch und heilig, daß es keine Wutausbrüche, keinen Streit, kein Verschwinden mehr geben würde. Die Angst, daß ich ihn verlassen könnte, hätte ihn zur Verzweiflung getrieben. Er sei mit sich und seinen Gefühlen endlich wieder im Einklang.
Ich hörte Will zu, hörte alles, was er zu erzählen hatte. Ich hörte die Worte. Aber ich hatte meine Entscheidung bereits getroffen. Will hatte mir, auch wenn nur kurz, eine Seite seines Wesens gezeigt, die ich unmöglich in meiner Nähe dulden konnte, mit der ich nicht umgehen konnte und wollte.

Über das Haus in Bedford legte sich eine ungute Stille.
Auch mit Philip war es manchmal so still gewesen, dachte ich.

Ich bereitete alles vor, sprach mit Nathan Bailford und traf die juristischen Vorkehrungen, so gut ich eben konnte. Ich brauchte noch ein bis zwei Tage; dann wollte ich mit Will darüber sprechen. Vorab suchte ich einen ausgezeichneten Psychiater im benachbarten Tarrytown auf. Ich befand mich, wie die Zeitungen später feststellen sollten, »in ärztlicher Behandlung« – was immer dieser Ausdruck vermitteln soll.

Dann traf etwas Unerwartetes ein. Ich bekam einen Anruf von Jennies Schule; sollte dort vorsprechen; es sei wichtig. Die Verwaltungsräume der Bedford Hills Academy befinden sich in einem kleinen Gebäude im viktorianischen Stil, das eher wie ein gutgehendes Landgasthaus aussah. Ich wurde beim Eintreten sofort von Schülern und Angestellten erkannt, die sich große Mühe gaben, mich nicht anzugaffen. Ich winkte den Kindern zu, die ich kannte; auch etlichen, die mir unbekannt waren.

Ich ging die Treppe hoch, blieb gerade lang genug auf einer Toilette, um mir das Haar zurechtzumachen, mich zu schminken und in Ordnung zu bringen.

Ich war bei dem Schulleiter angemeldet, bei Dr. Henry Follett, und wollte wie eine ganz normale, bürgerliche Mutter aussehen – so wie alle Mütter eben, deren Kinder hier zur Schule gingen. Aus irgendeinem Grund war ich ohnehin bereits nervöser, als der Anlaß vermutlich rechtfertigte. Dr. Follett hatte ein kleines, aber hübsches Büro mit einem wunderschönen Ausblick über das ganze Gelände. Schultrophäen allüberall – Wimpel, Meisterschaftsfahnen, Gruppenfotos von Follett-Schülern oder örtlichen Beamten.

Er war ein liebenswürdiger Herr in den Fünfzigern von

gedrungener Gestalt und schick angezogen. Ich nahm an, daß er einen Sinn für Humor besaß, obwohl seine Miene in diesem Augenblick ernst und sein Lächeln eher amtlich und professionell wirkte. Er hatte jedoch freundliche Augen und einen sympathischen Händedruck.
Ich wußte nicht, warum er mich zu sich bestellt hatte, war aber sofort zur Schule gefahren, weil der Anruf mich doch sehr beunruhigt hatte.
»Es ist wegen Jennie«, sagte er, als ich auf dem Stuhl vor seinem großen, überladenen Schreibtisch Platz genommen hatte.
»Ja. Das habe ich mir schon gedacht. Gibt es irgendwelche Probleme?« fragte ich und versuchte, mir meine innere Unruhe nicht anmerken zu lassen. Ich mußte Stärke zeigen – um Jennies willen. Das würde ich schon noch schaffen.
»Ich bin mir nicht sicher, Mrs. Bradford. Vielleicht könnte ich das ja von Ihnen erfahren.«
Mir war an Jennie nichts Ungewöhnliches aufgefallen. Aber sie war natürlich in der Pubertät, war ein Teenager. »Sie scheint mir ganz in Ordnung. Manchmal ein bißchen aufsässig, gewiß, voller Widerspruchsgeist, und sie imitiert bei uns zu Hause Butthead und Beavis auf eine Weise, daß es mich wahnsinnig macht.«
»Aber ansonsten erscheint sie Ihnen zu Hause unverändert? Sie ist in letzter Zeit nicht krank gewesen? Keine Depressionen? Oder Weltschmerz?«
Ich schüttelte den Kopf und war nach wie vor ebenso ratlos und besorgt. Worauf wollte er eigentlich hinaus? Ich sah Jennie täglich. Klar, sie führte ihr eigenes Leben, sie hatte ihren eigenen Freundeskreis. Ich verhielt mich ganz nach dem Leitsatz, daß für ein Mädchen in diesem Alter nichts wichtiger ist, als daß die Mutter ihr einen vernünftigen Freiraum läßt. Und Liebe schenkt.

»Krank ganz bestimmt nicht«, sagte ich. »Was ist los, Dr. Follett? Bitte sagen Sie mir doch, warum Sie mich herbestellt haben.«

Er trommelte mit den Fingern auf der Schreibtischplatte. »In diesem Semester hat Jennie an siebzehn Tagen die Schule geschwänzt.«

Volltreffer! Mir wurde plötzlich kalt. »Siebzehn Tage gefehlt?«

»Ist nicht zum Unterricht erschienen. Hat sich überhaupt nicht bei uns gezeigt.«

»O mein Gott! Davon habe ich nichts gewußt. Ich kann es fast nicht glauben. Das sieht Jennie überhaupt nicht ähnlich.«

»Nein, es sieht ihr ganz und gar nicht ähnlich«, bestätigte er. Er reichte mir Unterlagen. Eine Notenübersicht sowie verschiedene Entschuldigungen wegen Krankheit. »Ist das Ihre Unterschrift?«

Ich musterte die Zettel und die Aufstellung der Schulnoten. Mir zitterten die Hände. »Mein Name«, sagte ich, »aber nicht meine Handschrift.« *Der nächste Treffer.*

»Jennies Handschrift?«

»Ich weiß nicht. Könnte sein.« Mir drehte sich der Kopf. Damit hätte ich wirklich nie gerechnet. Jennie hatte bisher nie Schwierigkeiten gemacht.

»Wir vermuten, daß sie versucht hat, Ihre Handschrift zu fälschen«, erklärte Dr. Follett und holte mich damit aus meinen Träumereien auf die Erde zurück.

»Aber so etwas würde Jennie doch niemals tun.« Ich zuckte zusammen: Allem Anschein nach *hatte* sie es ja getan.

»Sind Sie sicher? Wenn es nicht Ihre Handschrift und keine Unterschriftsfälschung durch Jennie ist – wer könnte es denn sonst getan haben?«

Meine Gedanken rasten. »Ich habe keine Ahnung.« Plötzlich wurde ich wütend auf Jennie. Wir hatten einander immer vertraut. Ich hatte mir stets für sie Zeit genommen, ganz gleich, wie beschäftigt ich auch gerade sein mochte.

»Mr. Shepherd?« fragte der Direktor.

»Nein. Er ist ihr Stiefvater. Er würde einfach selbst unterschreiben. Und es ist auch nicht seine Handschrift.«

»Schauen Sie sich doch mal die jüngste Notenübersicht an«, meinte er. »Wußten Sie davon?«

Ich schaute hin. Lauter Zweier und Dreier. Ich hätte heulen können. Jennie war immer eine Einser-Schülerin gewesen. Hatte ich vielleicht nicht genügend auf sie aufgepaßt?

»Mrs. Bradford – Jennie zählt zu unseren besten Schülerinnen. Und in diesem Semester bekommt sie plötzlich und ganz unerwartet schlechte Noten. Schlecht für ihre Verhältnisse. Im Abschlußjahr kann so etwas manchmal vorkommen – wenn ein Kind bereits einen Collegeplatz gewonnen hat und meint, es hätte ein bißchen Erholung verdient. Aber Jennie ist im zweiten High-School-Jahr – in einer Klasse, wo es darauf ankommt, die allerbesten Noten zu schaffen.«

»Ich weiß. Und Jennie weiß es auch«, sagte ich. Mir war diese Entwicklung unbegreiflich. Die Sache traf mich wie aus heiterem Himmel. Ich hätte nicht gedacht, daß ihr die Schwierigkeiten zwischen Will und mir aufgefallen wären; möglicherweise hatte sie aber doch etwas gemerkt. Für so etwas haben Kinder ein Gespür.

Dr. Follett erhob sich und streckte mir die Hand entgegen. »Bei uns ist Jennie allen lieb und teuer. Lehrern wie Schulkameradinnen. Falls Sie einen Grund für ihr Verhalten finden, rufen Sie mich bitte an. Sie verraten Jennie damit nicht. Es ist im übrigen nicht das erste Mal, daß wir mit solchen Problemen konfrontiert sind, und wir sind ziemlich geschickt darin, die Dinge wieder ins Lot zu bringen.«

Ich gab ihm die Hand, dann stürzte ich aus dem Zimmer – ich mußte sofort Jennie finden. Sie war auch an diesem Tag wieder nicht zum Unterricht erschienen.
Zunächst jedoch blieb ich auf dem Besucherparkplatz in meinem Wagen sitzen, um mich zu beruhigen. Ich zitterte am ganzen Körper. Ich hatte wieder einmal den Eindruck, daß meine Welt zusammenstürzte.

81. Kapitel

Jennie kam gegen halb vier nach Hause, mit der Tasche voller Bücher und einer Unschuldsmiene, als ob gar nichts gewesen wäre. Ich lud sie zu einer Spazierfahrt ein.
Ich fuhr zur Pound Ridge Reservation, einem Naturschutzgebiet mitten in Westchester. Wir kraxelten die Hügel hoch, zu einem alten Feuerwachturm, von dessen Spitze man bis zum Long Island Sound und ganz nach Süden sogar bis zum Horizont von New York blicken konnte.
Natürlich wollte Jennie gleich wissen, was los sei. Ich bat sie zu warten. Alles zu seiner Zeit, mein Liebling.
Wir gingen schweigend weiter – ich wußte nicht, wie ich das Thema anschneiden sollte – und waren außer Puste, als wir den Hügelkamm erreichten. Ich blieb stehen, fühlte mütterliche Fürsorge, Zorn, war verletzt und optimistisch, alles in einem. Genau wie in meinen Liedern. *Wahre Lieder mitten aus dem Leben gegriffen, oder?*
»Ich habe mit Dean Follett gesprochen«, sagte ich schließlich. *Der erste Groschen fällt!*
Jennie hatte die Augen auf mich gerichtet; nun drehte sie den Kopf weg. Wortlos.
»Er hat mir mitgeteilt, daß deine Noten sich verschlechtert

haben, und er hat mich auch darüber informiert, daß du die Schule geschwänzt hast.« *Der zweite Groschen.*

»Die Schule ist langweilig. Ich finde sie schrecklich.« Jennie sagte es in einem mißmutigen, trotzigen Ton. So war sie doch sonst nicht. In übler Laune hatte ich sie selten erlebt.

»So hast du früher aber nicht gedacht«, bohrte ich weiter.

»Heute seh' ich's aber nun mal so. Das Lernen lohnt nicht. Die Lehrer dort sind nicht gerade intelligent, weißt du.«

»Und deshalb gehst du einfach nicht mehr hin. Das ist interessant, Jen. Wirklich eine Neuigkeit. Und was machst du an den Tagen, wenn du schwänzt?«

»Eigentlich gar nichts. Aber gar nichts ist immer noch besser als der Unterricht.«

»Zu Hause bleibst du jedenfalls nicht.«

»Woher willst du das denn so sicher wissen? Du steckst doch sowieso die meiste Zeit des Tages in deinem Arbeitszimmer.«

Jetzt wurde sie wirklich gemein; aber ich blieb ruhig. »Ich wüßte es, und du weißt es ganz genau. Ich liebe dich, Jennie – falls du irgendwelche Sorgen oder Probleme hast ...«

»Es kümmert sich ja doch keiner um den anderen. Jetzt zieh keine Schau ab, oder tu mir gegenüber bloß nicht so von oben herab.«

Auch ohne daß ich sie berührte, nahm ich eine böse Verkrampfung bei ihr wahr; es fiel ihr offenbar schwer, überhaupt zu reden. Wie hatte es nur dazu kommen können? Warum?

»Ich habe dich lieb«, sagte ich mit einer Stimme, die ein wenig wacklig geworden war. »Du bist das Wichtigste, das ich im Leben habe. Seit eh und je.«

Da endlich verlor sie die Fassung. Und ich auch. »Das darfst du nicht sagen«, heulte sie plötzlich los. »Du darfst nicht

sagen, daß du mich liebhast, Mom. Ich habe deine Liebe nicht verdient.«
Ich brachte kein Wort heraus und mußte gegen ein Schluchzen ankämpfen. »Wieso nicht? Ich *hab'* dich nun einmal lieb. Warum sollte ich dir nicht die Wahrheit sagen?«
»Weil du mich gar nicht liebhaben *kannst.* Du kennst mich ja gar nicht, weißt nicht, wie ich wirklich bin, und du wirst auf mich erst aufmerksam, wenn so etwas passiert ist. *Schlechtere Noten!* Ich meine – wer interessiert sich schon dafür?«
Ich weinte, weil ich geglaubt hatte, mit allem fertig werden zu können, und nun erkannte, daß ich hilflos vor Jennie stand.
Da warf sich Jennie plötzlich in meine Arme und vergrub ihr Gesicht an meinem Hals. Ich spürte heiße Tränen.
»Ich kann es dir nicht erklären. Ich bin mir ja nicht einmal selber über den Grund im klaren. Ich bin fünfzehn, und auf einmal ist alles ein bißchen schief. Ist das denn so neu?« preßte sie mit einem unterdrückten Lachen heraus.

»Mein Gott, Mom«, sagte Jennie dann. »Du zitterst ja am ganzen Leib.«
Wir saßen am Boden und hielten uns ganz, ganz lang in den Armen. Es kam eine Brise auf. Ich legte ihr meinen Sweater um die Schultern. *Mein Baby,* dachte ich. *Meine Freundin in so vielen Jahren. Meine liebe Jennie.*
Ich wußte aber nicht, wie ich sie trösten und es uns beiden leichter machen konnte. Natürlich gab ich mir die Schuld. Ich hatte mir zwar große Mühe gegeben, eine Supermutter zu sein – aber eben nicht genug. Es ist nie genug.

82. Kapitel

Der nächste Morgen war für die Jahreszeit ungewöhnlich warm, und ich verbrachte eine himmlische Stunde im Garten hinter dem Swimmingpool. Zeit mit mir allein; die wärmende Sonne im Nacken, ein bißchen körperliche Betätigung – genau das, was der Arzt verordnet hatte. Ich begann Kräfte zu sammeln.

Ich brauchte Zeit, um alles gründlich zu überdenken. Die unerträgliche Situation mit Will. Jennies Schulprobleme. Den eigenen Zusammenbruch in San Francisco. Es war sehr viel auf einmal.

Im Gebüsch hinter dem Pool gab es eine Explosion.

Ich hielt mit der Gartenarbeit inne und horchte erschrokken und konzentriert.

Hinter der dicken Wand aus Immergrün eine zweite Explosion. Sehen konnte ich der Bäume wegen nichts.

Gewehrschüsse? O mein Gott!

Ich lief, so schnell mich meine Beine trugen, auf die dichte Baumgruppe zu. Mir steckte ein Kloß im Hals.

O Gott, lieber Gott ... was war geschehen?

Was ist da bloß passiert?

Ich stürzte in Richtung der Gewehrschüsse ins Gehölz. Mein Herz schlug wild. Ich spürte einen scharfen Stich in der Brust.

Ein Instinkt trieb mich an. Mir kam nicht einmal die Idee, um Hilfe zu schreien. Wen hätte ich aber auch um Hilfe rufen sollen?

An Felsgestein und Dornen riß ich mir die Hand an den Knöcheln auf. Ich hörte keine weiteren Schüsse mehr; da war nur diese erschreckende, trostlose Stille. Als ich die Lichtung erreichte, blieb ich stehen.

Dort stand Will. Will hielt ein Gewehr in der Armbeuge.

Beim Geräusch meiner Schritte drehte er sich um. Er warf mir einen Blick zu, der sagte, ich hätte hier nichts zu suchen.
»Was machst du?« stieß ich hervor.
»Zielübungen«, sagte er mit einer Geste, die zu einer Reihe mit Bier- und Sodawasserdosen auf einem Baumstumpf deutete. »Willst du auch mal, Maggie?«
Er setzte sein schönstes North-Downing-Grinsen auf. »Ich werde allmählich ziemlich gut im Schießen. Scheint, daß ich ein Naturtalent bin. Ein sicheres Augenmaß habe.«
Philip hatte ebenfalls ein Gewehr besessen. Ich hatte es benutzt, um ihn zu erschießen. Ich sah ihn vor mir, sah, wie rotes Blut aus seinem Mund quoll, sah seinen Ausdruck des Entsetzens, hörte seinen überraschten Schrei, als die tödliche Kugel ihn traf.
»Schaff es fort!« schrie ich. »Ich will kein Gewehr in der Nähe meines Hauses! Schaff das Gewehr weg!«
Will warf mir einen kalten Blick zu, um gleich darauf wieder zu lächeln. »Es ist *unser* Haus. Aber dein Wille geschehe. Wenn es dich stört, wird's verschwinden. Ich kann ja verstehen, daß du dir selber nicht traust, wenn sich ein Gewehr in der Nähe befindet.«

83. Kapitel

Das war nicht mein Tag. Da kam wirklich alles zusammen. Das hatte ich nicht voraussehen können. Es war mein Unglückstag.
Weil ich keinen Schlaf fand, schlich ich mich bei Morgendämmerung aus dem Haus. Ich trug einen Frotteemantel und meine abgetragensten Turnschuhe. Mein langes Haar war völlig verknotet. Ich glaubte, die frische Luft würde mir guttun, einen guten Start in den Tag bescheren.
Ich ging zu der teils abgebröckelten Mauer aus Naturstei-

nen hinüber, die meinen Besitz vom Grundstück des Lake Club trennte. Meine Turnschuhe stapften trotzig durch feuchtes Laub. Über mir schossen kreischende Häher und Wanderdrosseln zwischen den Baumkronen hin und her.

»Ach, nun haltet doch's Maul«, schimpfte ich die Vögel.

Ich schreckte auf, als ich ein andersartiges Geräusch im Walde vernahm – eine menschliche Stimme.

»Wer ist dort?« rief ich. *»Hallo?«*

Von einer Wiese, die zum Lake Club gehörte, tauchte J.C. Frazier auf, der dort für die Anlagen verantwortlich war. J.C. war immer im Freien, weshalb wir uns von Zeit zu Zeit auch begegneten. Mir war bekannt, daß er mit Mrs. Leigh ausging; sie hielt ihn für einen anständigen Kerl. *Und die sind schwer zu finden*, hätte ich ihr am liebsten gesagt.

»Morgen, Mrs. Bradford. Haben wir dies prima Wetter Ihnen zu verdanken?« fragte er. Ein Mann, der keine Sorgen zu kennen schien, und warum auch – seine Rasenflächen und Sportplätze waren einwandfrei in Ordnung.

»Ich habe gemeint, für das Wetter wären *Sie* zuständig, J.C.«

»Ausgeschlossen, Ma'am. Ich bin hier bloß für den Grund und Boden verantwortlich. Die höheren Regionen sind Ihre Domäne. Und da haben Sie heute wirklich saubere Arbeit geleistet. Überall nur blauer Himmel.«

An einer moosüberwachsenen Mauerstelle blieben wir zu einem Plausch stehen. J.C. wußte vermutlich mehr Geheimnisse über die Einwohner in Bedford als wir alle; er verdankte seine Stelle wahrscheinlich seiner Diskretion und seinen gärtnerischen Fähigkeiten. Kein Wunder also, daß wir uns auch an diesem Morgen über die Blumen der Jahreszeit und den nahenden Sommer unterhielten. Harmlose Konversation, doch sie tat mir gut, sie lenkte mich wenigstens für ein Weilchen von meinen Sorgen ab.

Mir fiel plötzlich etwas ein, wonach ich ihn schon seit

längerem hatte fragen wollen; vielleicht hatte ich auch irgendwie bisher Scheu gehabt, es zur Sprache zu bringen.
»Ich hab' nachts manchmal Licht im Club bemerkt. So gegen ein oder zwei Uhr morgens.«
J.C. dachte nach und schüttelte dann den Kopf. »Das ist unmöglich. Nein, das kann gar nicht sein, Mrs. Bradford.«
»Ich *habe* aber Licht gesehen. Da bin ich mir absolut sicher.«
»Nein, Ma'am. Undenkbar. Der Club schließt um 23 Uhr. Das ist die feste Regel.«
Ich überlegte, ob ich weiter mit ihm streiten sollte, ließ es aber bleiben. Wenn J.C. nichts sagen wollte, würde er auch nichts sagen.
Er berührte seine Sportmütze, ein blaues Ding mit der Aufschrift »N.Y. Giants«. »So, ich muß wieder an die Arbeit. Einen schönen Tag, Mrs. Bradford.«
Ich schaute J.C. nach, der zum großen Wirtschaftsgebäude des Clubs hinüberging.
Merkwürdig, dachte ich. *Warum wußte er nichts von der nächtlichen Beleuchtung im Club? Oder aus welchem Grund sollte er mich anlügen?*
Ich begab mich schließlich wieder ins Haus und nahm mir vor, noch am gleichen Morgen mit Will zu sprechen. Es mußte sein – und wenn es für beide von uns auch noch so schmerzlich wäre. Dieser Tag schien mir so gut wie jeder andere.
In der Küche waren Jennie und Allie damit beschäftigt, Brot zu toasten. Beide waren schon angezogen. Jennie machte mir ganz den Eindruck, als ob sie zur Schule gehen wollte – was mich froh stimmte.
»Ist Will schon aufgestanden?« fragte ich, wobei ich mir Mühe gab, so zu klingen, als ob es eine völlig harmlose Frage wäre – etwas Belangloses.
»Du hast ihn gerade verpaßt, Mom«, antwortete Jennie. »Er

mußte geschäftlich nach New York. Hat gesagt, daß er nachmittags so gegen vier wieder zurück wäre.«
Ich stöhnte. So früh war Will sonst nie aus dem Haus. Was für ein Pech!
Was für ein Tag!

84. Kapitel

Will kam nicht um vier Uhr nachmittags zurück.
Als wir uns um halb acht zum Abendessen niederließen, war er noch immer nicht da.
Auch nicht um zehn, als wir nach oben gingen, um uns schlafen zu legen. Er rief nicht an, um zu sagen, daß er später kommen oder an diesem Abend vielleicht gar nicht nach Hause kommen würde.
Ich lag im Dunkeln in meinem Bett, die Augen weit aufgerissen, und gab mir an allem die Schuld, obwohl ich wußte, daß mir so etwas nicht guttat. Am Anfang unserer Beziehung war Will unglaublich liebevoll und einfühlsam gewesen; dann hatte er abrupt abgeschaltet. Völlig.
Ich fragte mich, ob er inzwischen wohl eine Affäre habe. Oder mehrere. Eigentlich hätte mir das jetzt gleichgültig sein sollen. War es aber nicht.
Über der Grübelei bin ich schließlich doch eingeschlafen.
»Verdammt. Verdammte Scheiße!«
Wills Fluchen weckte mich auf. *Er befand sich hier im Schlafzimmer. Er war nach Hause gekommen.*
Ich konnte ihn erkennen, er stand in der Nähe der Tür und untersuchte seinen Zeh. Er mußte sich im Dunkeln an einem Gegenstand gestoßen haben. *Gut so. Geschieht ihm recht.*

Die Schlafzimmertür stand halb offen. Vom Flur fiel Licht herein, und ich konnte die Umrisse seines Körpers sehen.
Er drehte sich in meine Richtung. Ich tat so, als ob ich schliefe. Hielt den Atem an. Er schlich aus dem Zimmer und zog die Tür so ungeschickt hinter sich zu, daß sie laut ins Schloß fiel. Was hatte er vor? Ich warf einen Blick auf das Leuchtzifferblatt der Uhr auf dem Nachttisch. *0.45 Uhr.*
Wo war er an diesem Abend gewesen? *Vielleicht wäre es am besten, aufzustehen und jetzt gleich – während die Kinder schliefen – mit ihm zu reden.*
Ich kroch aus dem Bett, trat ans Fenster und sah nach draußen. Ich sah Will. Was machte er dort? Wohin ging er?
Ich zog meinen Morgenmantel an und verließ das Schlafzimmer. Im Flur war es jetzt dunkel. Beim Hinausgehen hatte Will die Nachtbeleuchtung ausgeschaltet, die wir Allies wegen immer brennen ließen.
Ich lief nach unten.
Im Wohn- und im Arbeitszimmer war kein Licht. Kein Geräusch. Keine Bewegung.
Irgend etwas stimmte nicht. *Warum hatte er die Lichter ausgeschaltet?*
Was hatte er vor?
Auch die anderen Räume im Erdgeschoß lagen finster und still da. In der Küche war niemand; in Mrs. Leighs Zimmer auch nicht. Mir fiel dann ein, daß sie freitagabends immer frei hatte.
Ich kehrte zum Treppenaufgang zurück und sah nach oben.
Nichts zu sehen. War Will ins Haus zurückgekommen?
Ich ging die Treppe hoch.
Etwa auf der Hälfte erkannte ich, daß etwas an der Wand lehnte. Mir stand fast das Herz still. Meine Füße wollten mich nicht mehr tragen: Es war das Gewehr! Ich hatte es

endlich gefunden. *Mitten auf der Treppe, wo Will es zurückgelassen hatte.*

Mir dröhnte der Kopf. Ich war völlig durcheinander. Verwirrt. Das ergab doch keinen Sinn!

Was ging hier vor?

Befand Will sich wieder oben im ersten Stock? Was hatte er mit dem Gewehr vor? Wo kam das Ding überhaupt her?

Ich rannte nach oben, erreichte die oberste Stufe und blieb plötzlich wie angewurzelt stehen. Am anderen Ende des Flurs fiel ein Lichtstreifen unter der Tür durch.

Es war die Tür zu Jennies Zimmer. Vor ein paar Minuten hatte in dem Zimmer noch kein Licht gebrannt.

Ich bekam furchtbare Angst, daß Will dort in ihrem Zimmer war. *Er nimmt mir die Kinder weg,* dachte ich.

Ich schnappte mir das Gewehr. Jetzt hatte ich es wenigstens und nicht Will.

Wollte er uns alle umbringen? Das kam bei verstörten Männern vor. Es wäre nicht das erste Mal. Oder?

Mir kam die Erinnerung: Philip!

Ich rannte über den Flur und riß die Tür zu Jennies Zimmer auf. Das Gewehr war entsichert. Ich glaubte es jedenfalls. *Ich verstand eigentlich nichts von Gewehren. Praktisch null.*

Was ich in dem Zimmer sah, raubte mir den Verstand.

85. Kapitel

Welch ein Tag!

Nicht schießen. Nicht schießen, Maggie, nein! schrie eine innere Stimme in mir.

Auf dem Bett lag Jennie, in kurzen, weißen Pyjamahosen. Ihre langen, nackten Beine waren unbedeckt. Sie hatte die

Augen geschlossen, sie schien normal zu atmen. Auf dem Nachttisch stand ein Glas Milch, es war halb leer.
Ich nahm jedes Detail wahr. Begriff aber noch immer nicht.
Will stand am Fußende des Bettes. Er trug Khakihosen und ein Sporthemd. Was hatte er eigentlich zu seiner geschäftlichen Besprechung in New York angehabt? *Was hatte Will in Jennies Zimmer zu suchen?*
»Maggie!« sagte er in bemüht ruhigem Ton. Mit dem Gehabe eines Filmstars. »Ich hatte gedacht, du schläfst. Hast du mich zum Narren halten wollen?«
Mein Herz pochte so heftig und so schnell, daß ich kaum noch Luft bekam. »Was hast du hier zu suchen?« Ich keuchte die Worte heraus. *»Was geht hier vor?«*
Da setzte sich Jennie plötzlich im Bett auf und rieb sich die Augen. Sie sah erschrocken aus. »Mom? Will? Was ist los? Ist das ein Gewehr?«
Will lächelte über diese Situation – einen so furchteinflößenden, bösartigen Ausdruck hatte ich noch nie gesehen. Dieser Mensch dort war mir völlig fremd. *Was machte er in Jennies Schlafzimmer? Ich glaubte es zu wissen.*
»Jennie und ich wollten uns gerade ein bißchen miteinander vergnügen«, sagte er. »Kommst du mit ins Bett? *Ménage à trois?*«
Ménage à trois? Ich brachte vor Entsetzen keinen Ton heraus, einen Moment war mein Körper völlig gelähmt. Mein Puls raste. Ich fürchtete um meinen Verstand. *Will und Jennie? Nein!*
Ich hob das Gewehr und richtete es auf Will. An die Konsequenzen dachte ich nicht.
Aber ich durfte nicht abdrücken. Ich durfte es nicht tun. Ich konnte einfach nicht.
»Mach, daß du aus diesem Haus kommst, und komm nie wieder zurück«, sagte ich mit fester Stimme.

Will drängte an mir vorbei und rannte im Hochtempo über den Flur. Den Geräuschen nach zu urteilen, nahm er auf der Treppe gleich zwei Stufen auf einmal. Er lachte – ein grelles, wieherndes Lachen, wie man es aus Horrorfilmen kennt. Ich rannte hinter ihm her, war jedoch durch das unhandliche Gewehr behindert. Ich wollte nicht auf ihn schießen, ich wollte nur sicherstellen, daß er verschwand – für immer.
Daß er für immer aus unser aller Leben verschwunden war.
Er lief durch die Haustür ins Freie. Ich ihm nach. Zuerst konnte ich außer den Konturen der Baumkronen nichts erkennen. Ich hörte Schritte, die sich in Richtung des Hauses entfernten.
Ich stolperte. Stieß mit dem Knie irgendwo an. Stützte mich mit einer Hand ab, damit ich nicht der Länge nach hinschlug.
Plötzlich waren die Schritte verstummt!
Ich rappelte mich wieder hoch. Horchte so angestrengt wie im ganzen Leben noch nicht.
Ich hatte Angst. Mir war kalt – *eiskalt*, am ganzen Körper. *Ich wurde das Bild von Will in Jennies Schlafzimmer nicht mehr los. Den Ausdruck in ihren Augen.*
Es war *zu* still. Ich konnte Will weder hören noch sehen. Was machte er hier draußen?
Der Mond verzog sich hinter einigen Wolken. Die Nacht wurde kohlrabenschwarz. Ich durfte nicht hier draußen bleiben. Mir war klar, daß ich zurück ins Haus mußte.
Vielleicht hatte er mich ausgetrickst. War zu Jennie zurückgelaufen? Ich wußte nicht, was ich tun sollte.
Ich stand unsicher da und blinzelte. Schaute mich um, versuchte, das Dunkel zu durchdringen. Mir kam wieder der Gedanke an mein Versteck unter der Veranda unseres Hauses in West Point. Der Alptraum war zurückgekehrt.
Stille.

Dunkelheit.
Die Kälte. Ich zitterte wieder am ganzen Körper.
»Du dumme Schnüfflerin! Du hast mich verraten!«
Mit einem Brüllen griff Will mich von hinten an. Seine kräftigen Hände suchten mich am Hals zu packen. Ich kämpfte mich vom Würgegriff frei. Er schlug mir ins Gesicht, streifte mich zwar nur, aber brachte mich trotzdem aus dem Gleichgewicht. Ich fiel auf die Knie. Ich wollte aufstehen und kam nicht hoch.
Will schwang sein Bein. Mit einem kräftigen Fußtritt brach er mir eine Rippe, vielleicht auch mehrere. Es war ein stechender, ein unvorstellbarer Schmerz. Der Schock, der Terror dieses Augenblicks war grenzenlos.
Ich fiel nach vorn auf den harten, kalten Boden.
Ein Gewehrschuß ging los, lauter als mein Schreien, lauter als ein Donnerschlag. Ich rollte mich auf den Bauch. Dann wurde es um mich herum schwarz. Ich sank ohnmächtig auf die kalten, nassen Blätter.

86. Kapitel

Ich weiß nicht.
Ich weiß nicht.
Ich weiß ehrlich nicht, was in dieser schicksalhaften Nacht des 17. Dezember geschah. Habe ich Will erschossen? Habe ich ihn nach draußen gelockt und dann ins Jenseits befördert? Das hat man mir vorgeworfen. Habe ich mich eines Mordes schuldig gemacht? Habe ich zwei Morde begangen? Und wenn schon zwei, warum dann nicht gleich drei?
Haben die Leute recht, mich als Mörderin zu bezeichnen? Als »schwarze Witwe« von Bedford?

Vielleicht bin ich wahnsinnig geworden. Ich habe fast den Eindruck. Ich empfinde das Ganze als so entsetzlich und ungerecht. Das Leben ist eben nicht immer fair und gerecht.

Ich wachte im eigenen Bett auf, das Gesicht ins Kissen vergraben; in der linken Seite spürte ich einen elenden Schmerz – wie wenn ich mit einer Schaufel geschlagen worden wäre. Und der Kopf platzte mir beinahe vor Schmerzen.

In meinem Bewußtsein stürzte ich endlos, ich konnte die Bilder der Gewalt und des Horrors nicht verdrängen.

Wer hatte das Gewehr abgeschossen?

Jennie, dachte ich. Ich muß zu Jennie. Und zu Allie. Mir wurde ein furchtbares, summendes Geräusch bewußt. Zuerst dachte ich, das Summen wäre in meinem Kopf. Dann merkte ich aber, daß es von draußen kam.

Was waren das für Stimmen draußen vor meinem Haus? Was zum Teufel ging da vor?

Meine Augenlider waren unnatürlich schwer. Hinter ihnen stach rasiermesserscharf ein Schmerz zu. Eine andere Art Schmerz als in meinen Rippen.

Ich zwang mich, die Augen zu öffnen, machte sie aber sofort wieder zu. Das Licht war zu grell. *Wer hatte Licht gemacht?*

Ich hörte Schritte auf der Treppe. Will!

Ich wollte mich aufsetzen. Konnte nicht. *Durch mein Gesichtsfeld schoß ein flammender gelber Balken, wie Wetterleuchten.*

Ich öffnete erneut die Augen.

Ich konnte ihn kaum erkennen, den gedrungenen schwarzen Mann im dunklen Anzug mit weißem Hemd und Krawatte. Er stand neben meinem Bett und blickte auf mich herab. Er schien über zwei Meter groß zu sein. Die Hornbrille wirkte viel zu klein für seinen Mammutkopf.

Er *fixierte* mich. Mit einem ganz merkwürdigen Gesichtsausdruck. *Was hatte der eigentlich in meinem Schlafzimmer zu suchen? Oder lag ich in einem Krankenhauszimmer? Ich kam mir eher wie in einem Krankenhaus vor.*
»Sie sind Maggie Bradford?«
Ich wollte nicken, versuchte zu begreifen, worum es ging, *wo ich überhaupt war.* War das alles nur ein Traum?
»Wir haben Sie im Garten gefunden und hereingetragen«, sagte der Mann. Er zeigte mir einen Ausweis, ein Schild. Ein goldblaues Wappen.
»Ich bin Emmett Harman, der Polizeichef von Bedford.« Seine feierliche Stimme dröhnte in meinem Kopf. *Der Polizeichef von Bedford?*
Was war geschehen? Jennie? Allie?
»Was machen Sie hier? Bitte – wo sind meine Kinder?« flüsterte ich. Meine Kehle war heiser und rauh. Das Sprechen tat mir weh.
»Maggie Bradford, Sie stehen unter Arrest wegen Mord an Ihrem Ehemann Will Shepherd. Sie haben das Recht zu schweigen.«

Fünftes Buch

Prozeß und Fehlurteil

87. Kapitel

»Miss Norma Breen?«
»Ja. Mit wem spreche ich?«
»Mein Name ist Barry Kahn.«
»Was Sie nicht sagen! Der Sänger Barry Kahn?«
»In Person.«
»Ich finde Sie himmlisch! Jedenfalls Ihre Songs. Was kann ich für Sie tun?«
»Ich rufe nicht in eigener Sache an. Wir brauchen Ihre Hilfe.«
»Wer ist wir?«
»Nathan Bailford und ich.«
»Nathan! Wie geht's Nathan?«
»Steckt bis über die Ohren in der Verteidigung von Maggie Bradford.«
»Ja. Davon hab' ich gehört. Ein hartes Stück Arbeit.«
»Wir würden Sie gern zur Mitarbeit gewinnen. Nathan hält Sie für den besten Ermittler, den er kennt.«
»Ich leiste gute Arbeit, aber was kann das schon ausmachen? Handelt es sich da nicht um einen recht eindeutigen, eigentlich längst erledigten Fall?«
»Der Meinung sind wir nicht, ganz und gar nicht. Nathan hält den Prozeßausgang für absolut offen.«
»Da hab' ich aber ganz anderes gehört. Den Medien zufolge hat die Gute ihm den Kopf weggeschossen.«
»So einfach liegen die Dinge wirklich nicht, glauben Sie mir. Hätten Sie nicht Lust, sich da reinzuknien?«

»Hatte er was mit anderen Frauen?«
»Kann man nie wissen. Wahrscheinlich. Aber deswegen hätte Maggie ihn nie umgebracht.«
»Mißhandlung?«
»Soweit wir wissen, hat er sie einmal geschlagen. Nein, Entschuldigung – *zweimal*. Aber auch deswegen hätte sie ihn niemals umgebracht. Sie ist ein guter Mensch. Genau so, wie man sie aus ihren Liedern kennt.«
»Aber warum hat sie's dann getan?«
»Genau deshalb würden wir Sie ja gern in unserem juristischen Team haben – damit Sie *das* herauskriegen, Miss Breen. Wir sind allerdings nicht einmal davon überzeugt, daß *sie* die Tat überhaupt verübt hat.«
»Brauchen Sie eine Verteidigungsstrategie, oder wollen Sie die Fakten rauskriegen?«
»Wir brauchen Argumente zu ihrer Verteidigung.«
»Aha. Vielen Dank für die Offenheit. Das schätze ich an einem großen Sänger.«
»Wir sind aber sicher, daß die Fakten uns Argumente zu ihrer Verteidigung liefern würden. Maggie ist kein Mensch, der Mitmenschen tötet.«
»Nur Ehemänner, wie's scheint. Hat sie denn nicht ihren ersten Mann umgelegt? Ich *meine*, mich erinnern zu können, so etwas in der Zeitung gelesen zu haben.«
»Es ist nie nachgewiesen worden. Sie kam deswegen auch nie vor Gericht. Man hatte sie zunächst angeklagt, die Klage ließ sich aber nicht aufrechterhalten.«
»Und der Mann, mit dem sie zusammengelebt hat? Patrick O'Malley?«
»Ein Unfall. O'Malley starb an einem Herzinfarkt.«
»Ich dachte, den Mord an Shepherd hätte sie gestanden.«
»Die Polizei behauptet, mit ihren Aussagen ein Geständnis

zu haben. Maggie war bei der Inhaftierung verwirrt und durcheinander.«

»Die Medien verurteilen sie bereits. Vor *deren* Urteil hat sie bestimmt keine Chancen. Den ersten Mann mit einem Revolver, den zweiten auf einem Schiff und diesen jetzt mit einem Gewehr.«

»Hören Sie. Wenn Sie die Aufgabe nicht übernehmen wollen –«

»Das hab' ich nicht gesagt.«

»Werden Sie mitmachen?«

»Ihretwegen, Barry Kahn –«

Es herrschte ein kurzes Schweigen in der Leitung.

»Gott segne Sie, Miss Breen.«

»Sie dürfen mich gern Norma nennen.«

Sie konnte hören, wie erleichtert er aufatmete, konnte sich die Anspannung vorstellen, unter der er stand. Und sie bewunderte die Loyalität, mit der er zu seiner Kollegin und Freundin hielt, selbst wenn sie die »schwarze Witwe« von Bedford und wahrscheinlich schuldig wie die Sünde war.

88. Kapitel

Die meisten Leute hatten noch immer keine Ahnung, welche strittigen Fragen Serben und Kroaten trennten, doch der Mordprozeß gegen Maggie Bradford wurde in aller Welt verfolgt. Nicht nur aus allen Enden und Ecken der USA trafen Reporter und Fernsehteams ein, sondern auch aus Europa, Südamerika und Asien.

Mann, das hier ist ein Mordprozeß! dachte sie. *Was immer dabei herauskommt, es wird die Welt nicht verändern. Und selbst wenn sie*

einen oder zwei Ehemänner umgebracht hat – was soll's? Die meisten haben's nicht anders verdient.
In Bedford Village lenkte sie ihren staubigen gelben Camaro über die Clarke Street und kam an diesem Morgen schon zum zweitenmal nur äußerst langsam am Gerichtsgebäude vorbei.
Auf der Hauptstraße eine Prozession von schwarzen Regenschirmen, Plastikregenmänteln. Man sah unzählige Boston-Chicken- und Dunkin's-Donuts-Pakete bei den Leuten. In der Charles Street bog die Parade ab und erstreckte sich dann über fünf Straßenlängen.
Was für ein Stau! Eine richtige Verkehrskatastrophe! In der Millar und Grant Street parkten Touristenbusse: knallgelbe Schulbusse und Greyhoundbusse mit Aufschriften wie Pittsburgh und Catawba an der Stirnseite. Es war Anfang Dezember; es roch nach Schnee.
»Maggie und Will: Bittersüße Liebestragik.« Das war die Schlagzeile *heute*; ähnliche Sprüche tönten Norma aus dem Autoradio entgegen, darunter auch: *»Dreimal geschlagen. Aus für Maggie!«*
Diese Anspielung gefiel Norma ausnahmsweise einmal. Endlich etwas Humor zu diesem Fiasko, mit dem sie jetzt *beruflich* zu tun hatte.
Die Hauptermittlerin der Verteidigung haßte öffentliches Aufsehen, sie war nicht daran interessiert, berühmt zu werden – war nicht einmal scharf darauf, reich zu werden. Die vielen Reporter, die ihr nachstellten, behinderten sie nur bei ihrer Arbeit. Aber sie wußte natürlich, daß sie damit rechnen mußte. Maggie Bradford war ein Star. Die öffentliche Meinung war gespalten; ein Teil befand sie für schuldig, der andere hielt sie für ein Unschuldslamm. Und was dachte Norma?
Ich weiß nicht, was ich denken soll. Maggie ist sich ja nicht einmal

selbst sicher. Was sie der Polizei berichtet hat, kommt einem Geständnis verdammt nahe. Die Indizien sind beeindruckend.
Dank der gelben Paßkarte, die auffällig an der Windschutzscheibe klebte, konnte Norma ihren Chevrolet in der Parkzone vor dem Gerichtsgebäude abstellen. Der Parkplatz war schon gedrängt voll mit Dienstwagen von Staat und Polizei sowie den Privatautos der Anwälte und Assistenten beider Parteien.
Der blaue Mercedes von Richter Andrew Sussman stand auf seinem reservierten Parkplatz neben dem Hintereingang des Gerichtsgebäudes. Nicht weit davon entfernt stand Nathan Bailfords silberner Porsche – sah ganz so aus wie ein Wagen, den ein Student fahren würde, um an Wochenenden hübsche Mädchen aufzugabeln.
Es war Bailford, der zu ihr herüberkam, als sie ihren leicht übergewichtigen Leib aus ihrem Wagen hievte.
Bailford machte eine Geste in Richtung Menschenmenge außerhalb des Parkplatzes. »Und heute findet nur die Auswahl der Geschworenen statt. Denken Sie mal, wie das erst bei Beginn des eigentlichen Prozesses sein wird!«
»Wie hält sich Ihre Klientin?« fragte Norma. Sie hatte die Angeklagte während der vergangenen Wochen mehrmals aufgesucht; sie kam ihr erstaunlich sachlich und irgendwie abweisend vor; weder hilfreich noch hinderlich. *»Konfus«*, kam die Antwort. *Depressiv*, hätte Norma gemeint.
»Unverändert. Verhält sich im Grunde noch genau so wie am Mordabend. Gleichbleibend niedergeschlagen; nie ein Hoch.« Er schaute sie fragend an. »Irgendwelche Neuigkeiten auf Ihrer Seite?«
»Bisher nichts. Es sind aber eine Menge Bälle in der Luft. Manchmal komme ich mir vor wie ein Jongleur am Königshof.« Sie lachte.
Daß es Details in dieser Geschichte gab, die sie sehr besorg-

ten, sagte Norma dem Anwalt nicht. Konkret war momentan noch nichts; es gab da eben viele Unstimmigkeiten, Dinge, die einer genaueren Überprüfung nicht standhielten.

Soviel war jedoch klar: Falls Maggie ihren ersten Ehemann erschossen haben sollte, so deshalb, weil sie unter den gegebenen Umständen dazu gezwungen war. Und falls sie Will Shepherd erschossen haben sollte, so auch gezwungenermaßen. Wer oder was den Zwang verursacht hatte, war unklar.

Das eigentliche Problem bestand darin, daß *zwei* Menschen gewaltsam ums Leben gekommen waren. Ein Tod ließe sich ja noch erklären – zeitweilige Geistesgestörtheit, anhaltende Mißhandlung. Aber *zwei*?

Am Nachmittag wollte Norma noch einmal den Tatort inspizieren, nach weiteren Informationen Ausschau halten, nach einer Spur suchen, die sich weiterverfolgen ließe.

Da *gab* es etwas, das sie noch nicht herausgefunden hatte, irgendeine Sache von entscheidender Bedeutung. Da *mußte* es einfach irgend etwas geben.

Irgendwas stimmte da nicht.

In Palm Springs glitt eine pampelmusenfarbene kalifornische Wüstensonne über die rauhen Felsen des Gebirgskamms. Die ersten Strahlen glitzerten schon über dem Wasser des Swimmingpools und der gefliesten Terrasse, die das Becken umgab.

Peter O'Malley warf seine *New York Times* vom Vortag beiseite. Er nahm seine neue Ray-Ban-Sonnenbrille ab, legte sie auf einen gußeisernen Getränketisch und blickte auf das funkelnde blaue Wasser des Pools.

Er hatte das Gefühl, selbst zu strahlen. Er glaubte fast, auf der Wasseroberfläche das Gesicht von Maggie Bradford erkennen zu können. So wie er es am Abend im Fernsehen gesehen hatte. Blaß, mit tiefen Ringen unter den Augen. Wie ein Zombie hatte sie ausgesehen, richtig erledigt – angesichts ihrer Not hatte sein Herz einen Freudensprung getan.

Geschieht ihr verdammt recht!

Später am Abend hatte er in seinem Autoradio dann ihre Stimme gehört, diese Stimme, die ihn buchstäblich zerstört hatte. Klar, daß der Rundfunk pausenlos Songs von ihr brachte. *Der eingesperrte Singvogel*, hatte der DJ sie genannt. Na schön, bald würde von dieser Stimme nicht mehr viel zu hören sein. Nicht im Radio jedenfalls – wer würde schon die Songs einer überführten Mörderin spielen?

Er setzte wieder die Sonnenbrille auf, nahm den Stift und den Schreibblock, den er zum Pool mitgenommen hatte, und begann einen Brief zu schreiben – mit diesem Brief hoffte er dafür sorgen zu können, daß das Gerichtsverfahren Maggie Bradford zum Schicksal würde.

Jetzt schließt sich der Kreis, Süße. Jetzt kriegst du die Rechnung. Das kannst du mir glauben. Noch ist deine »Affäre« mit den O'Malleys für dich nicht beendet.

89. Kapitel

Alle, die mit Dan Nizhinski, dem Staatsanwalt für Westchester County, in engere Berührung kamen, reagierten instinktiv auf die gleiche Weise: Der Mann war fast zu gut; er war wie geschaffen für seine Rolle.

Da war zunächst einmal seine äußere Erscheinung. Er war eins dreiundachtzig groß mit strohblondem Haar, das oben

auf dem Kopf vorzeitig schütter wurde, doch an den Seiten voll und dicht geblieben war. Sein Gesicht war leicht verwittert, so daß er älter als seine 36 Jahre wirkte. Doch die Falten um die hellblauen, blitzenden Augen verliehen ihm etwas Jungenhaftes, Ungezogenes, das die weiblichen Geschworenen entzückte und die männlichen Geschworenen veranlaßte, ihn als Freund zu betrachten.
Dann war es die Art, wie er im Gerichtssaal auftrat. Kerzengerade stand er da, wenn er die Geschworenen ins Vertrauen zu ziehen schien, hielt dabei jedoch hinreichend Distanz, damit sie ihn mit Ehrfurcht betrachteten. »Ich sage Ihnen die Wahrheit«, schien er ihnen mitzuteilen. »Vertrauen Sie mir. So erstaunlich die Enthüllungen auch sind, sie sind durch nackte Fakten gestützt.«
Gerade jetzt war er ganz entspannt, die Füße in Schuhen aus feinstem Roßleder ruhten auf dem Schreibtisch, als er seine Assistenten auf das bevorstehende Gerichtsverfahren einstimmte.
»An den Fakten bestehen keinerlei Zweifel«, erklärte er ihnen jetzt schon zum zehntenmal. »Sie hat praktisch zugegeben, daß sie ihn erschossen hat, hat die Tatwaffe der Polizei übergeben und hat, wie ich höre, eher mit der Polizei als mit ihren Anwälten zusammengearbeitet – ein Verhalten, das bei Mordfällen übrigens gar nicht so selten ist.
Aber« – er legte eine Pause ein, um die Spannung zu steigern –, »aber diese Frau ist reich genug, um sich die bestmöglichen Anwälte und Ermittler zu leisten. Das Kreuzverhör übernimmt Nathan Bailford persönlich; und er besitzt in Mordsachen noch mehr Erfahrung als mit Wirtschaftsprozessen. Damit hat er seinen Ruf gewonnen. Und als Ermittlerin haben sie Norma Breen engagiert. Falls es etwas Entlastendes zu finden gibt, wird sie es finden – nur daß es eben *nichts* zu finden gibt.«

Wieder eine Pause, diesmal, um der eigenen Gefühle Herr zu werden. »Die Strategie, die die Gegenseite wählen wird – die einzig mögliche Verteidigungslinie –, lautet auf Notwehr. Daß Maggie Bradford aus Notwehr gehandelt hat – daß Will Shepherd sie ermorden wollte, wenn sie ihn nicht vorher erschossen hätte.

Das ist Blödsinn, und wenn wir mit ihr fertig sind, werden auch die Geschworenen mit ihr fertig sein. Die Argumente zur Verteidigung dieser Frau sind lächerlich. Wir sprechen von *Maggie Bradford*! Sie hätte nicht zur Polizei gehen können? Sie hat vor Will Shepherd Angst gehabt? Na schön, diese Argumentationslinie hätte vielleicht im Hinblick auf den Mord an ihrem ersten Ehemann Erfolg gehabt. Im vorliegenden Fall bringt ihr das aber rein gar nichts. Sie ist ein Star der Superklasse. Jedes Gericht dieser Welt hätte ihr Schutz zugesichert, wenn sie drum gebeten hätte. Eine mißhandelte Ehefrau? Lächerlich!«

Dritte Pause. Ein Schluck Kaffee. Die übrigen drei Personen im Raum kannten Dan Nizhinskis juristische Überzeugungen, und gegen sein theatralisches Gehabe waren sie immun. Sie wußten außerdem längst, wie gut er in seinem Beruf war – und welche Bedeutung gerade dieser Prozeß für seine weitere Karriere besaß.

»Zwei Ehemänner, zwei Todesfälle. Aber dann, und obendrein, gibt es im Leben dieser Maggie Bradford auch noch den Tod eines *dritten* Mannes. Des Mannes, den sie angeblich von allen am meisten liebte.

Patrick O'Malley, ihr Liebhaber, mit dem sie zusammenlebte, starb an einem Herzinfarkt auf seinem Segelschiff. Ich bitte Sie – war es wirklich ein Herzinfarkt? Laut Autopsiebefund ja. Aber die *Ursache* des Infarkts ist bis heute ungeklärt.«

Nizhinski fuhr in seinem äußerst beherrschten Ton fort:

»Maggie Bradford ist eine Mörderin. Eine kaltblütige, wesensmäßig herzlose und bis zu diesem jüngsten Fall teuflisch kluge Mörderin.
Aber jetzt haben wir sie. Schuldig im Sinne der Anklage? So überzeugt wie in diesem Fall bin ich in meinem ganzen Leben noch nicht gewesen.«
Nizhinski schwieg und schaute seine Assistenten an. »Noch Fragen? Oder seid ihr zu überwältigt, um sprechen zu können? Können wir diesen Fall überhaupt verlieren? Mit Sicherheit nicht.«

90. Kapitel

Ich kenne mich mit Gefängnissen nicht aus und lege auch keinen Wert drauf, doch wenn das Bedford Hills for Women »eines der luxuriösesten Gefängnisse im Lande« ist, dann kann ich die anderswo inhaftierten Frauen nur bedauern. Das Ganze stinkt zum Himmel, vor allem wenn man unschuldig ist; doch selbst wenn man schuldig ist, kann dies nie und nimmer der richtige Weg zu einer Resozialisierung sein. In diesem Punkt bin ich mir absolut sicher.
Ich habe keine Zellengenossin. Weil ich »ein Star« bin, sitze ich in einer Einzelzelle. Ich mache meine Gymnastik allein, ich esse das miserable Essen für mich allein. Ich habe mich mit einer anderen inhaftierten Frau angefreundet, die ebenfalls beschuldigt wird, ihren Mann umgebracht zu haben. Die Ironie unserer Freundschaft ist uns beiden nur zu deutlich.
Ich bin umgeben von Drogensüchtigen, Kleinkriminellen, Bandenmitgliedern, auch ein paar Mördern. Jennie kommt mich jede Woche mehrmals besuchen; ich kann es gar nicht

abwarten, bis sie wieder kommt. Allie hat man gesagt, ich sei verreist und daß er Mrs. Leigh gehorchen solle. Sie fehlen mir dermaßen, daß ich dazu nichts sagen kann.
Wenn ich an meine liebe Tochter, an meinen süßen kleinen Jungen denke, zerreißt es mir fast das Herz – ich krümme mich vor Schmerz. Ich kann nicht ohne die beiden leben. Um ihretwillen darf ich mich nicht kleinkriegen lassen.

Die letzte Tagebucheintragung habe ich unmittelbar vor dem Abschalten des Lichts beendet. Sie liest sich wie ein einziges Gejammer. So bin ich aber doch gar nicht. Nicht einmal hier im Gefängnis. In sechs Stunden beginnt die Gerichtsverhandlung.
Was wird dann geschehen? Wie wird das Urteil lauten? Ich habe keinen Schimmer. Werde ich der Wahrheit näher sein, wenn ich den Urteilsspruch höre? Endlich wissen, wie sich alles zugetragen hat? Wer wird mir erklären, was im Grunde meines Herzens verborgen liegt?
Sind *Sie* der Wahrheit nähergekommen? Bis zu diesem Moment habe ich Ihnen alles gesagt. Welchen Eindruck haben Sie gewonnen? Sind Sie Ihrer Sache sicher? Erzähle ich Ihnen die Wahrheit – oder bin ich bloß wieder so eine berühmte Persönlichkeit, die Lügen auftischt?
Sind Sie sich über mich wirklich sicher?
Schieße ich mir tatsächlich immer den Weg frei, wenn die Dinge schwierig werden? Ist meine einzige Gegenwehr Mord? Neige ich dazu, mich mit Ungeheuern einzulassen?
Bin ich selbst ein Ungeheuer?

91. Kapitel

Auf geht's!

»Sind Sie bereit, Mrs. Bradford? Es wird schon alles gut werden. Wir sollten uns jetzt auf den Weg machen. Wir werden alles menschenmögliche tun, um Sie so schnell wie möglich in den Gerichtssaal zu bringen. Dazu sind wir auf Ihre Hilfe angewiesen. Senken Sie den Kopf, und bleiben Sie auf keinen Fall stehen, immer weitergehen.«

»Ich werde mir Mühe geben, Bill.«

»Das weiß ich.«

Vorzugsbehandlung. Man hat mir einen besonders ausgebildeten Wachmann extra aus New York City hergeschickt. Ein richtiger Profi in solchen Dingen. Er hat die Aufgabe, die übrigen Wachen zu beaufsichtigen, die mich vor der Presse schützen.

Er wird mich in den Gerichtssaal begleiten, während des Prozesses an meiner Seite sitzen und mich dann so rasch und unbehindert wie eben möglich wieder zum Gefängnis führen. Bill Seibert. So heißt er. Ein wirklich netter Mensch. Gute Manieren. Ein ausgeglichenes Temperament.

Ich spürte, wie er mich von hinten vorwärts schob. Ich stolperte leicht, als ich aus dem Gefängniswagen stieg. *Ein toller Anfang, was?* Ich sah schon die Schlagzeile vor mir.

Ich trat ins blendende Licht der TV-Kameras, unter dichtgedrängte Menschenleiber, in eine Flut lästiger Fragen: ob ich's getan hätte? Wie ich mich fühle? Ob ich im Gefängnis komponieren könnte? Wie ich mit den übrigen Insassen zurechtkäme? Ob ich für sie sänge? *Lassen Sie mich endlich in Ruhe!*

Dieses Ausmaß an Dummheit, Sensationsgier und Niedertracht hätte ich mir einfach nie vorstellen können. Mir war, wie wenn ich mich übergeben müßte. Ich wurde beim

Gehen unsicher in den Beinen. Mit den Handschellen kam ich mir schuldig vor.
»Folgen Sie mir nur«, sagte Seibert. »Lassen Sie sich durch nichts zum Stehenbleiben bewegen. Sprechen Sie mit niemandem, Mrs. Bradford.«
Ich hielt mich an seinen Rat.
Er war der Profi.
Die State Troopers mit ihren Cowboyhüten konnten die Menge kaum zurückdrängen. Hier und da gab es Buhrufe, aber auch Beifall. Der Trubel machte mich schwindlig. Das letztemal hatte ich mich in San Francisco in so einem Gedränge befunden – und daran wollte ich in diesem Augenblick wirklich nicht zurückdenken.
Über die Polizeiabsperrung hinweg griffen Hände nach mir. *Faßt mich nicht an. Bitte laßt mich in Frieden. Ich gehöre niemandem von euch.* Der Gedanke, daß mich die Hand eines Fremden berührte, weckte in mir das Bedürfnis, laut aufzuschreien. Ich unterdrückte den Wunsch, schluckte alles herunter.
Zu meiner Erleichterung wurde der größte Teil der lauten, unbändigen Menschenmenge dann durch eine riesige Eichenholztür ausgeschlossen.
Ich befand mich plötzlich im Foyer des Gerichtsgebäudes. Gerichtsangestellte und niedere Dorfwürdenträger gafften mich an, als ob ich ein Alien aus dem Weltall wäre. Auf dem weißen Wandputz des Marmortreppenaufgangs hingen die üblichen Schwarzweißfotos; Bundesstaats-, Regional- und US-Flaggen hingen lasch an vergoldeten Pfosten. Ich fand es unglaublich komisch.
Barry und Nathan eilten mir entgegen, Nathan gab mir die Hand, Barry einen Kuß auf beide Wangen, und sie folgten mir in den Gerichtssaal. Mir kam alles ganz unwirklich vor. Auch Barry und Nathan schienen fremd und irreal.

Mir war, ehrlich gesagt, speiübel. Da schien eine horrende Erregung in den Saal eingedrungen zu sein – sie war wie ein tödliches Gas. Wie auf Bestellung drehten sich alle Gesichter zu mir um.

Es war entsetzlich.

Ich kämpfte mit mir, um den Kopf hochzuhalten, *damit ich unschuldig aussah.* Ich nahm neben Nathan am Tisch der Verteidigung Platz; Barry ließ sich auf einem für ihn reservierten Stuhl in der ersten Reihe nieder.

Ich klammerte mich mit beiden Händen an den Tisch, um mich innerlich zu stützen. Ich zitterte. Mir war kalt, ich fühlte mich einsam.

Ich suchte nach Jennie und Allie. Aber natürlich wäre nur Jennie da. Das wußte ich. Wir winkten uns zu. Jennie begann zu weinen. *Es war alles so fremd und komisch und falsch.*

»Höret! Höret! Alle Personen, die mit Teil 44 in diesem Gericht zu tun haben, gebt Obacht, und ihr sollt gehört werden. Der ehrenwerte Richter Andrew Sussman hat den Vorsitz.«

Es war der große Augenblick des Gerichtssekretärs auf der Bühne. Aller Augen ruhten auf ihm. *Gut. Das hieß, daß sie endlich nicht mehr auf mir ruhten.*

Der Prozeß begann.

Mein Mordprozeß.

92. Kapitel

So seltsam wie ein fünfrädriger Kombi! sagte sich Norma Breen. *Das paßt alles überhaupt nicht zusammen. Da fehlt doch irgendein Teilchen im Mosaik.*

Wie soll es nur möglich gewesen sein, daß Maggie Bradford –

während sie zu Boden stürzte! – mit einem einzigen Gewehrschuß dieses elende Miststück von Ehemann getötet hat? Der eine Schuß hatte ihn aber erledigt, nicht wahr? Da gab es keinen Zweifel.
Sie nahm sich die Polizeifotos vom Tatort, die unmittelbar nach der Entdeckung von Wills Leiche aufgenommen worden waren, zum hundertsten-, wenn nicht tausendstenmal vor.
Die Leiche lag mit dem Gesicht nach unten am Boden.
Pech gehabt, Will ...
Oder war das Pech von dir geplant? Hast du dich etwa selbst erschossen? Und das Drumherum inszeniert?
Er war vom Haus weggelaufen; das ergab sich eindeutig aus den Fußabdrücken. Maggie hatte ihn verfolgt. Die beiden hatten miteinander gekämpft. Sie hatte ihm in den Kopf geschossen. Er fiel hin.
Ende der Geschichte. Das Ende von Will Shepherd.
Der Anfang des momentanen, vertrackten Rätsels.
Norma spürte eine Erregung. Es lief ihr kalt den Rücken runter. *Da paßte doch was nicht zusammen. Irgendwie fehlte da ein Glied in der Kette. Was zum Teufel war das bloß?*
Was war das fehlende Steinchen in diesem gottverdammten billigen Puzzlespiel?
Sie hatte noch ein paar Dinge zu erledigen. Ein paar Gefälligkeiten zu erbitten. Sie mußte alle Bälle beim Jonglieren in der Luft halten. Sie würde schon noch was finden, um Maggie Bradford freizuschaufeln.
Damit sie wieder morden könnte?

93. Kapitel

Welche Ironie! So empfand ich es jedenfalls. *Dem Ankläger gefiel meine Musik* – er hatte sie jedenfalls einmal sehr geschätzt.

Ich war Dan Nizhinski einmal auf einer Party bei Nathan Bailford begegnet. Er kam in Begleitung seiner Frau, einem ziemlich nichtssagend aussehenden Wesen ohne Make-up mit einer riesigen, ovalen Brille im Gesicht. Ich erinnere mich noch, daß ich mich damals gefragt habe, aus welchem Grund ein so attraktiver Mann ausgerechnet diese Frau geheiratet hatte. Als wir dann aber ins Gespräch kamen, war ich von ihr sehr angetan. Beide Nizhinskis hatten sich als »Fans« von mir zu erkennen gegeben. Großartig!

Jetzt gefiel mir dieser hochgewachsene Dan Nizhinski allerdings ganz und gar nicht. Er machte mir angst. Die Jury behandelte er so, wie ein beliebter Lehrer seine Lieblingsschüler ansprechen würde.

»Er ist gut«, flüsterte ich Nathan zu.

»Das sind wir aber auch«, gab Nathan zurück – ohne daß seine Überzeugung auf mich ansteckend gewirkt hätte.

Die Jury setzte sich zusammen aus einer Konzernsekretärin Anfang Zwanzig, einem High-School-Direktor, zwei Hausfrauen, drei Pensionären, darunter einem ehemaligen Obersten, einem freien Schriftsteller, zwei selbständigen Geschäftsleuten, dem Buchhalter einer Ford-Filiale sowie einem Schauspieler, der »zur Zeit ohne Engagement« war. Sechs Männer, sechs Frauen. Unterschiedlicher Hintergrund. Mit Gottes Hilfe würde ich von ihnen freigesprochen werden.

Mein Fan Dan Nizhinski redete schon wieder über mich. Allerdings nicht eben lobend.

»Wir werden Ihnen beweisen, daß die Angeklagte Maggie Bradford über einen Zeitraum von mehreren Wochen den Plan verfolgte, ihren Ehemann Will Shepherd umzubringen.

Sie werden erfahren, daß dieser vorsätzliche Mord kaltblütig durchgeführt wurde – während nämlich Will Shepherd um sein Leben rannte, als er fliehen wollte.

Sie werden entdecken, daß Will Shepherd kein idealer Ehemann war. Doch was immer seine Sünden gewesen sein mögen – seine Ermordung rechtfertigen sie nicht.

Und Sie werden mit einer solchen Menge von überwältigenden Beweisen konfrontiert, daß es für keinen von Ihnen mehr einen Zweifel geben kann, so wie auch für mich kein Zweifel besteht, daß Maggie Bradford des Mordes schuldig ist und im vollen Maße des Gesetzes bestraft werden muß.«

Dan Nizhinski steuerte auf seinen Platz am Anklagetisch zu, blieb stehen und wandte sich erneut der Jury zu, wie um etwas mitzuteilen, das ihm soeben spontan eingefallen wäre. Obwohl ich jede Wette eingegangen wäre, daß er diese Geste und seine Rede genau einstudiert und viele Male geprobt hatte.

»Noch etwas. Ich habe eine Sache vergessen. Die Mörderin, mit der wir es hier zu tun haben, ist keine gewöhnliche Frau ...«

»Einspruch! Euer Ehren«, rief Nathan Bailford, der von seinem Stuhl aufgesprungen war, »der Staatsanwalt hat meine Klientin verurteilt. Ob sie eine ›Mörderin‹ ist, soll hier erst ermittelt werden.«

»Stattgegeben.«

»... Ihr Name ist Maggie Bradford, ein allseits bekannter Name. Aber sie ist nicht die Frau, die Sie im Fernsehen se-

hen; das Fernsehen präsentiert Bilder und nicht die Wahrheit. Sie ist nicht so nett wie ihre Stimme, nicht so anziehend wie ihre Melodien, nicht so mitfühlend verständnisvoll wie ihre Texte.
Das öffentliche Bild vom Star, von der Sängerin, der Lyrikerin und Komponistin Maggie Bradford müssen Sie unterscheiden von der wahren Maggie Bradford, die vor Ihnen sitzt und eines gräßlichen Verbrechens angeklagt ist.
Lassen Sie sich nicht von Trugbildern täuschen, nicht von ihrem Ruhm blenden, nicht irreführen, weil diese Frau auf eine so überzeugende Weise vom Guten des Menschen zu dichten vermag. Die wahre Maggie Bradford hatte Zugriff zu einer Waffe. Die wahre Maggie Bradford wußte, wie man ein Gewehr abdrückt. Der wahren Maggie Bradford machte es nichts aus, einem Mitmenschen das Leben zu nehmen. Und warum? Weil sie alles für erlaubt hielt. Sie war ja ein Star.
Doch wenn ein Stern vom Himmel fällt, bricht er beim Eintreten in die Erdatmosphäre in Flammen aus. Für Maggie Bradford sind Sie, meine Damen und Herren der Geschworenenjury, die Erdatmosphäre, und weil Sie die Gerechtigkeit repräsentieren, weil Sie die Gerechtigkeit *verkörpern*, wird sie nie mehr strahlen und leuchten … Es darf nicht dazu kommen, daß sie noch einmal leuchtet.«

94. Kapitel

Nathan Bailford erhob sich und umriß, mit einer Leidenschaftlichkeit, die der des Anklägers um nichts nachstand, die Auffassung der Verteidigung. Während beider Reden hatte ich den Eindruck, daß die Anwälte nicht von mir, sondern von einem völlig fremden Menschen sprachen. Mich überkam wieder das gleiche Gefühl wie in dem Moment gleich nach Wills Tod, als man mich beschuldigte, ihn erschossen zu haben – daß es da überhaupt keinen Zusammenhang mit mir gab.

»Die Anklage hat das Bild einer kaltblütigen Mörderin entworfen«, begann Nathan in einem rauhen, trockenen Flüsterton. »Es ist ein furchterregendes Bild und möglicherweise, soweit es Mörder betrifft, durchaus zutreffend. Es ist aber kein wahres Bild von Maggie Bradford, wie Sie erkennen werden, wenn Sie ihre Freunde, ihre Kollegen und sie selbst hören.«

Ich richtete mich auf. Ich kritzelte rasch eine Notiz für Barry.

Wir waren übereingekommen, daß ich nicht in den Zeugenstand trete. Ich werde nicht aussagen!

Er schrieb zurück: *Prima. Dann sag uns, warum du Will erschossen hast!!!*

Darauf ich: *Nein. Das ist mir auch unmöglich.*

Ich hatte es ihnen immer wieder klargemacht – ich würde nie und nimmer aussagen. Ich hatte meine Gründe zu schweigen; und wenn es mich für den Rest meines Lebens hinter Gitter brächte.

95. Kapitel

»Mr. Shepherd?«

»Am Apparat.«

»Mr. Shepherd, ich bin Norma Breen, ich rufe aus New York an. Sie wissen vermutlich nicht, wer ich bin –«

»Aber ja doch. Sie ermitteln wegen des Mordes an meinem

Bruder. Die gräßliche Geschichte macht auch bei uns Schlagzeilen. Was kann ich für Sie tun?«
»Unter seinen Besitztümern habe ich auch eine Notiz von Ihnen entdeckt. Eine simple Mitteilung. Merkwürdig, daß er sie aufgehoben hat. Auf dem Zettel steht: ›Zum Teufel mit Dir, Will.‹ Könnten Sie mir vielleicht erläutern, in was für einem Zusammenhang das stehen könnte? Und warum Ihr Bruder diesen Zettel aufbewahrt haben könnte?«
Kurzes Schweigen. »Ja. Ich glaube, das kann ich. Er wollte mich zur Beteiligung an einem geschäftlichen Projekt überreden. Ich war damals gerade in den Staaten, und er hat mich zu sich gebeten. Ich habe abgelehnt.«
»In so einer Sprache? Gegenüber dem eigenen Bruder?«
»Es war die einzige Sprache, die er verstand. Wir hatten keine enge Beziehung. Mein Bruder war ein völlig verrückter Typ. Verzeihung – aber ich muß Ihnen vielleicht sagen, daß mein Bruder mir nicht gerade der liebste Mensch auf Erden war.«
Norma hatte bereits in Erfahrung gebracht, daß die beiden Brüder sich nicht sonderlich gut verstanden hatten. »Und können Sie mir sagen, warum? Obwohl ich natürlich verstehen kann, daß Ihnen das nicht leichtfällt.«
Palmer Shepherd lachte ins Telefon. »Wieviel Zeit haben Sie? Das ist nämlich eine lange Geschichte.«
»Jede Menge Zeit, wenn Sie meinen, daß es weiterhelfen könnte.«
»Ich wüßte nicht, welchen Zusammenhang es mit dem Mordprozeß haben könnte. Und was für ein Mensch er gewesen ist, wissen Sie mittlerweile bestimmt schon. Aber ich könnte natürlich nach Amerika fliegen. Um ehrlich zu sein – ich empfinde für Maggie Bradford Sympathie. Sie können sich gar nicht vorstellen, wie groß mein Mitgefühl ist.«

»Sehr nett von Ihnen. Ich werde Sie sicher herüberbitten, falls es mir notwendig erscheint.«
»Gut. Mein Angebot ist auch ernst gemeint. Kann ja sein, daß Maggie ihn umgebracht hat. Ich finde es bloß überraschend, daß es vorher noch keiner getan hat.«
»Können Sie sich vorstellen, warum sie es getan haben könnte?«
»Über die Ehe der beiden weiß ich so gut wie nichts. Ich habe absichtlich Distanz gehalten. Doch Will war der Teufel persönlich, Miss Breen. Will war schlecht, war ein *böser Mensch*. Wer auch immer ihn umgebracht hat, hat der Welt einen Dienst erwiesen. Davon bin ich aus tiefster Seele überzeugt.«

96. Kapitel

Der Prozeß nahm im Schneckentempo seinen Lauf. Ein ermüdender Tag folgte dem andern, Woche für Woche. Nach dem zwanzigsten erschöpfenden Verhandlungstag war die Zeugenvernahme abgeschlossen, und Barry und Nathan kamen mich im Gefängnis besuchen. Ich hätte sie am liebsten gar nicht gesehen.
Ich wußte schon, was sie wollten: mich bedrängen, eine Erklärung abzugeben, die mir ein Alibi verschaffen würde. Und das konnte ich nicht. Aber ich verstand natürlich, daß sie sich Sorgen machten, weil der Prozeß nicht gerade zu unseren Gunsten verlief.
»Sag mir, was du von Palmer weißt«, bat ich Barry, als wir dann doch in dem kleinen Besprechungsraum beisammensaßen, der nur für derartige Zwecke eingerichtet war.
Die Frage kam mir seltsam vor. Ein merkwürdiger Auftakt zu unserem Gespräch. Palmer Shepherd?

»Was kann ich dir zu Palmer Shepherd sagen? Er ist der Bruder von Will. Sie waren sich nicht sehr nahe. Ich bin ihm bloß zweimal begegnet. Er hat mir sein Beileid ausgesprochen – *auf der Hochzeit!*«

»Steht er in enger Beziehung zu den Tanten? Weißt du etwas darüber?«

»Weniger als Will.«

Es platzte fast aus mir heraus; die Worte müssen irgendwie komisch geklungen haben. Barry musterte mich scharf, sein Blick wurde jedoch gleich wieder traurig und fern.

»Du *weißt* von der Beziehung zwischen Vannie und Will?« fragte er. »Warum hast du sie uns dann verschwiegen? Warum haben wir davon erst durch Wills Bruder erfahren müssen?«

In mir stieg ein lang unterdrückter Zorn hoch. Ich mußte Dampf ablassen. »Ich *weiß* überhaupt nichts. Vielleicht hätte ich es ahnen sollen. Barry – was willst du von mir?«

Er schaute mich mit festem Blick an. »Sag mir die Wahrheit, Maggie. Ist sie bei dir gewesen? War Vannie je da?«

»Nur zur Hochzeit.« Ich konnte mich noch lebhaft an die Szene erinnern. »Sie war sehr attraktiv – sie war ja auch viel jünger als ihre Schwester, Wills Mutter. Du warst doch auch da, Barry. Du hast sie doch gesehen. Will ist nie über seine Mutter hinweggekommen.«

»Allerdings! Hat er sonst je fremde Frauen mit nach Hause gebracht?«

»Niemals. Meinst du vielleicht, daß ich so etwas geduldet hätte? Das ist doch Unsinn, Barry.«

»Laß mich die Frage einmal anders formulieren«, sagte Barry. »Will hat zu Hause nicht irgendwelche *komischen* Sachen versucht? Du mußt uns vertrauen, Maggie. Du darfst uns gegenüber keine Geheimnisse haben. Nicht zum ge-

genwärtigen Moment des Prozesses. Wir müssen alles wissen, was die Anklage weiß.«
Ich zögerte, nur ganz kurz, verkrampfte mich. Die Richtung unseres Gesprächs gefiel mir überhaupt nicht.
»Nein«, sagte ich. »Ich habe dir nichts zu sagen. Und warum sollte ich dir etwas verheimlichen?«
Barry fuhr mich an. »Jetzt belügst du uns. Verdammt noch mal, Maggie. Du brichst mir noch das Herz.«
»Ich schwöre dir –«, flüsterte ich. Aber ich habe gelogen. Ich lüge sonst *nie* – in diesem Augenblick mußte es aber sein.
»Wer ist es gewesen?« Barry hat mich fast angeschrien. So aggressiv hatte ich ihn noch nie erlebt. Auf der Stirn und am Hals traten ihm die Adern hervor.
»Bitte! ... Barry, nein!«
Er wurde auf einmal ganz blaß. Schloß die Augen. Öffnete sie wieder. »Natürlich!« sagte er. Ihm traten Tränen in die Augen.
Er schaute mich mit solch einem Zartgefühl und Mitleid an, daß nun er mir fast das Herz brach.
»O mein Gott, natürlich«, stieß er hervor. »Will war hinter Jennie her, nicht wahr?«
Ich stand auf und rief nach der Wache. »Bringen Sie mich auf meine Zelle zurück. Bringen Sie mich sofort zurück!«
Ich verließ den Raum mit der Wache. Ich war nicht bereit, noch ein einziges Wort zu sagen – weder zu Barry noch zu meinem Anwalt. Ich durfte, ich wollte Jennie nicht in die Sache hineinziehen.

97. Kapitel

»Die Anklage ruft Peter O'Malley in den Zeugenstand.«
Als die Worte durch den Gerichtssaal hallten, wurde ich bleich. Während der ganzen Zeugenvernahme lebte ich eigentlich im Gefühl permanenter Angst, denn diese Tage waren für mich meistens böse verlaufen.
Trotz hartnäckiger Einsprüche der Verteidigung hatte Richter Sussman es Nizhinski gestattet, Aussagen zum Tode Philip Bradfords zuzulassen. Und nun hatte der Staatsanwalt also die Absicht, soviel wie eben möglich über *Patricks* Tod in die Verhandlung einzubringen.
Es würde nicht leicht sein. Er könnte allerhöchstens *Andeutungen machen*, daß ich verantwortlich gewesen sei. Mir war aber klar, daß Peter ja gerade das wollte. Andeutungen machen, unterstellen, mir weh tun und schaden, wo er nur konnte.
Das Gericht hatte die höchst befremdliche Entscheidung getroffen, die Öffentlichkeit für die Dauer dieser einen Zeugenvernahme von der Verhandlung auszuschließen. Peter hatte sich bereit erklärt auszusagen; sein Anwalt hatte den Richter jedoch überzeugt, Peter dieses Recht zum Schutz seiner Privatsphäre zuzubilligen.
Mir war das unbegreiflich. Warum sollte Peter geschützt werden? Bald wurde mir jedoch alles klar. Peters Zeugenaussage zog sich, rein zeitlich, endlos in die Länge – meine Anwälte müssen mindestens hundertmal Einspruch erhoben haben –, *hörte sich aber im wesentlichen folgendermaßen an:*
»Mr. O'Malley, sind Sie Mitglied einer Organisation namens Lake Club?«
»Das bin ich.«
»Der Club befindet sich in Bedford Hills? Gleich hinter Greenbriar Road?«

»So ist es.«
»Wie groß ist der Mitgliederkreis?«
»Etwa fünfhundert Personen.«
»Und er betätigt sich wie die meisten Country-Clubs – mit Golf, Tennis, Schwimmen, Diners, abendlichem Tanz?«
»Das ist richtig.«
»Der Lake Club bietet aber noch etwas mehr, nicht wahr?«
»Für manche Mitglieder schon.«
»Etwas, das seinen gewöhnlichen Mitgliedern nicht zur Verfügung steht, sondern nur einigen wenigen Auserwählten.«
»Korrekt.«
»Gehören Sie zu diesen wenigen?«
»Ich habe einmal dazugehört.«
»Wer zählt sonst noch dazu?«
»Im allgemeinen prominente Persönlichkeiten.«
»Was bietet ihnen der Club?«
»Er dient hauptsächlich als Versammlungsort. Es finden dort Gespräche über finanzielle Transaktionen, über Regierungsgeschäfte statt.«
»Und wenn solche Gespräche beendet sind?«
»Dann gibt es – Unterhaltung. Nicht jedesmal, aber gelegentlich.«
»Verstehe. Könnten Sie angeben, um welche Art von Unterhaltung es sich handelt?«
»Sie ist in erster Linie sexueller Art.«
»Können Sie sich ein wenig konkreter ausdrücken?«
»Da werden Mädchen, manchmal auch junge Männer, zur Verfügung gestellt.«
»Prostituierte?«
»Als Prostituierte würde ich sie eigentlich nicht bezeichnen.«
»Sie sind dort aber zur ›Unterhaltung‹ der Mitglieder und werden für ihre Dienste bezahlt?«

»Ja.«
»Nur eine andere Umschreibung desselben Sachverhalts … sagen Sie, Mr. O'Malley: Sind Sie in Bedford Hills seßhaft?«
»Nein. In Manhattan und an der Westküste.«
»Sie sind aber Mitglied im Lake Club?«
»Ja.«
»Und Sie haben auch an diesen nächtlichen Partys teilgenommen?«
»Ja.«
»Warum, Mr. O'Malley?«
»Mein Vater, Patrick O'Malley, war in diesem Club ein großes Tier. Nach seinem Tod ist mir die Mitgliedschaft angetragen worden.«
»Hatte Ihr Vater an diesen ›Vergnügungen‹ nach der offiziellen Öffnungszeit des Clubs teilgenommen?«
»Ja.«
»Das heißt, er hat mit jungen Mädchen geschlafen.«
»Ja.«
»Hatte Patrick O'Malley eine Beziehung mit Maggie Bradford?«
»Über viele Monate. Vielleicht an die zwei Jahre lang.«
»Und Sie haben einen Halbbruder?«
»Ja. Die drei haben zusammengewohnt.«
»Würden Sie meinen, daß Patrick O'Malley und Maggie Bradford einander in Liebe zugetan waren?«
»So hat es mein Vater mir gegenüber dargestellt.«
»Seine Mitgliedschaft im Club hat er deswegen aber nicht aufgegeben?«
»Nein.«
»Und den Beischlaf mit jungen Mädchen auch nicht?«
»Davon weiß ich nichts.«
»Wußte Mrs. Bradford von solchen ›Vergnügungen‹ im Club und daß Ihr Vater daran teilnahm?«

»Ja.«
»Woher ist Ihnen das bekannt?«
»Sie besaß Fotos von meinem Vater, auf denen er mit mindestens zwei dieser Mädchen zu sehen war.«
»Sie besaß *solche Fotos*?«
»Ich habe sie in ihrem Schlafzimmer entdeckt. Im Schlafzimmer der beiden. Nach dem Tod meines Vaters. Ich habe beim Ordnen seiner Papiere geholfen.«
»Und dabei handelte es sich um anschauliche Fotos?«
»Sehr anschaulich. Mein Vater mit zwei Mädchen.«
»Auf die Details können wir zum gegenwärtigen Zeitpunkt verzichten. Diese Fotos befanden sich im Besitz von Mrs. Bradford?«
»Ja.«
»Was hat sie von ihnen gehalten?«
»Das weiß ich nicht. Mit mir hat sie darüber nie gesprochen.«
»Was haben *Sie* von den Fotos gehalten?«
»Es ist immer ein Schock, wenn ein Sohn seinen Vater sozusagen *in flagranti* ertappt.«
»Selbstverständlich. Aber überrascht hat es Sie nicht?«
»Nein.«
»Nun sagen Sie mal, Mr. O'Malley – wie ist Ihr Vater gestorben?«
»Das weiß ich nicht.«
»Sie wissen es nicht? Wie ist das möglich?«
»Er starb an Bord seines Schiffes. Todesursache war angeblich ein Herzinfarkt.«
»Angeblich? War er auf dem Schiff allein?«
»Nein. Mrs. Bradford war bei ihm.«
»Und die beiden waren allein?«
»Ja. Die Küstenwache hat das Schiff gefunden. Mrs. Bradford hat der Küstenwache berichtet, wie mein Vater gestorben ist.«

»Und man hat ihr geglaubt?«
»Offensichtlich.«
»Sagen Sie, Mr. O'Malley – haben Sie Will Shepherd gekannt?«
»Ja.«
»Würden Sie ihn als Freund bezeichnen?«
»Als Bekannten.«
»Sie hatten geschäftlich mit ihm zu tun?«
»Ja. Geschäftlich und gesellschaftlich.«
»Aha. Gesellschaftlich. War Will Shepherd etwa Mitglied des Lake Club?«
»Ja.«
»Und auch vom Club innerhalb des Clubs?«
»Ja.«
»Dann hat er auch an den ›Vergnügungen‹ teilgenommen?«
»Selbstverständlich.«
»Hat Maggie Bradford davon gewußt?«
Peter O'Malley hielt inne, rutschte nervös auf seinem Stuhl und schaute dann direkt zu mir herüber. »Jawohl, sie hat. Das ist wahrscheinlich der Grund, warum sie ihn getötet hat.«
Wie gesagt, es hat während dieser Zeugenvernahme hundertmal Einspruch gegeben, doch so habe ich sie in Erinnerung, und ich bin überzeugt, daß es der Jury nicht anders gegangen ist. Ich war im Begriff zu verlieren ... alles, was ich je geliebt und was mir teuer gewesen ist.

98. Kapitel

An jenem Abend suchte mich unmittelbar nach dem Abendessen Norma Breen auf. Sie zählte mittlerweile zu den Menschen, mit denen ich besonders gern sprach. Wir waren etwa gleichen Alters, kamen aus ähnlichen Verhältnissen, das heißt aus Arbeiterkreisen, und verstanden einander.
»Maggie, ich sag' Ihnen das wirklich ungern, aber ich kann Ihre Songs nicht leiden«, begann sie an diesem Abend. Das war so ihre komische Art, um »Tag« zu sagen.
»Miststück«, sagte ich, aber mit einem freundlichen Lächeln. Sie brachte mich zum Lachen, wenn es niemand sonst mehr schaffte. Sie war eine wahre Freundin.
»Nein, das Miststück sind *Sie*. Sie wollen mich bei meiner Arbeit nicht unterstützen – die, ironischerweise, darin besteht, Sie aus diesem Zoo herauszuholen.«
Ich lächelte noch immer. Wir lächelten beide, obwohl das Thema ja todernst war. Man kann aber nicht immer eine todernste Miene machen – nicht ununterbrochen, tagelang, monatelang.
»Ich sag' Ihnen das wirklich höchst ungern«, erklärte ich ihr. »Aber die Art und Weise, wie Sie Ihre Arbeit angehen, gefällt mir ganz und gar nicht.«
»Ist Ihnen wohl zu direkt, wie? Zu nah dran?«
Ich legte meine Hand auf ihre Hand auf dem Tisch. Sie war ein Single, frei, aber wegen ihrer zwanzig Pfund Übergewicht wurde sie von vielen Männern vermutlich gar nicht wahrgenommen. Ein Fehler. Ein großer Fehler, den die Männer da machten.
»Was haben Sie denn heute auf dem Herzen, Norma?« fragte ich sie. Irgend etwas hatte sie ja immer auf dem Herzen.
»Ich würde Sie gern aus Ihrer Märtyrerhaltung heraus-

len. Ich kann Mutter Teresa nicht ausstehen. Hören Sie endlich damit auf, Maggie.«
»Ich *bin* nun mal eine Märtyrerin. Als kleines Kind mußte ich so sein, um von meiner Familie geliebt zu werden. Ich kann nicht anders.«
Norma drehte meine Hand herum und packte sie heftig. »Ich mag Sie, Maggie. Ich habe gelernt, Sie zu mögen – in einer für meine Verhältnisse sehr kurzen Zeit. Es gibt eine Menge Leute, die Sie lieben. Sie sind ganz unverschämt liebenswert.«
Ich schnaubte vor Lachen – in einem Anfall schwärzesten Humors. »Ja, ich werde von allen geliebt – außer von meinen Ehemännern.«
»Könnte es sein, daß Sie sich ein paar Versager herausgefischt haben, damit Sie wieder die Märtyrerin spielen konnten? Wie Sie schon sagten – vielleicht können Sie ja nicht anders. *Aber in diesem Fall können Sie, und zwar nur Sie, sich wirklich helfen.*«
Ich seufzte. Ich glaubte zu wissen, worauf Norma hinauswollte. Ich war es leid, das von Nathan und Barry zu hören; doch aus dem Mund von Norma, von einer anderen Frau, klang es plötzlich irgendwie anders.
»Ich kann trotzdem nicht«, sagte ich schließlich. »Ich kann Jennie nicht in diese Sache reinziehen.«
»Können Sie doch«, sagte Norma. Ihr kamen plötzlich die Tränen. Sie hatte sich noch nie vor mir gehenlassen. Und so saßen wir dann beide schluchzend da, hielten Händchen und weinten uns wie zwei alte Idiotinnen die Augen aus dem Kopf.
»Ich habe mit Jennie gesprochen, Maggie. Jennie meint, daß ihr beide euch unbedingt unterhalten müßt. Sie hat gesagt, es sei jetzt an der Zeit, euer Gespräch fortzusetzen – und daß Sie ihr's schulden.«

99. Kapitel

Norma fuhr noch ein letztes Mal zu Maggies Haus in Bedford Hills. Sie war fest überzeugt, daß sie etwas übersehen hatte; daß alle etwas übersehen hatten. Doch, in Gottes Namen, was konnte es bloß sein?

Sie wurde von Mildred Leigh begrüßt, die ihr eine Tasse Kaffee anbot. Allie spielte im Wohnzimmer. Norma war über die Gelegenheit zu diesem Gespräch froh, weil sie sich bisher noch nie wirklich mit Mrs. Leigh hatte unterhalten können; und vielleicht ließen sich ja doch ein paar nützliche Informationen gewinnen.

»Ich weiß, daß man Sie schon unzählige Male danach gefragt hat – aber erzählen Sie mir trotzdem vom Mordtag«, sagte Norma. »Waren Sie an dem Tag daheim?«

»Bis um halb sieben. Dann bin ich ausgegangen. Ich hatte meinen freien Abend.« Sie lief puterrot an. »Außerdem war ich mit Mr. Frazier verabredet. Ich bin erst am nächsten Morgen wieder zurückgekommen. Da waren die Polizei und die Presse im Haus, und Maggie wurde einer Tat beschuldigt, die sie nie und nimmer begangen hätte.«

Sie scheint sich in dieser Rolle zu gefallen, überlegte Norma. *Ist ja verständlich. Ihre Viertelstunde des Ruhms.* »Hat sich an dem Tag irgend etwas Besonderes ereignet, bevor Sie das Haus verließen?« fragte Norma. »Etwas, von dem Sie annehmen könnten, daß es Maggie von Nutzen sei, wenn man davon weiß? Reden Sie freiheraus. Wie es Ihnen in den Sinn kommt.«

»Es war ein Tag wie alle anderen. Nein, da war nichts Besonderes vorgefallen. Nichts, woran ich mich erinnern könnte. Wie ich schon der Polizei erklärt habe.«

»Die beiden hatten keinen Streit? Nichts dergleichen?«

»Sie haben sich ja kaum gesehen. Mr. Shepherd hielt sich

fast den ganzen Tag über in New York auf. Von einem Streit habe ich nichts gehört.«

»Schildern Sie mir, was die beiden an dem Tag so gemacht haben. Einfach, was Ihnen dazu einfällt, Mrs. Leigh.«

»Nun ja, was Maggie betrifft, so befand sie sich in ihrem Arbeitszimmer. Um ihre Lieder zu schreiben, nehm' ich an. Und wenn sie mal eine Pause machte, kam sie heraus, um sich mit den Kindern zu beschäftigen. Sie spielt unheimlich gern mit Allie. Und er mit ihr.«

»Und Mr. Shepherd?«

»Der ist irgendwann aus New York zurückgekommen. Wann, weiß ich nicht. Am späteren Abend habe ich ihn dann im Club gesehen. Als er schon auf dem Nachhauseweg war.«

Norma war kurz verwirrt. »Sie sind im Club gewesen, Mrs. Leigh? Aus welchem Grund haben Sie sich im Club aufgehalten?«

»J. C. wohnt dort in einem Häuschen auf dem Grundstück. Auf der anderen Seite des Hauptgebäudes, hinterm Parkplatz.«

»Wissen Sie, was Mr. Shepherd dort in jener Nacht gemacht hat?«

»Nein, Ma'am. Ich habe ihn nur am Häuschen von J. C. vorbeigehen sehen.«

»Um welche Zeit ist das gewesen?«

»Gegen 22 Uhr oder 22.30. Ungefähr.«

»Sie haben ihn nur ganz kurz gesehen?«

»Ja, Ma'am. J. C. und ich hatten Besseres zu tun, als Mr. Shepherd zu beobachten.«

»Das glaube ich Ihnen gern.«

Was hatte Will an jenem Abend im Club zu suchen? Das paßte überhaupt nicht mit Maggies Aussage zusammen.

»Aber er war nicht wegen einer von diesen Partys dort?

Die immer nach der offiziellen Öffnungszeit stattfinden?« fragte Norma.

Mrs. Leigh warf ihr einen verschwörerischen Blick zu. »Haben Sie das von J. C. erfahren? Sie wissen über diese Dinge Bescheid? Aber natürlich wissen Sie's.«

»Ist Ihnen denn aufgefallen, wie Mr. Shepherd an diesem Abend angezogen war?«

»Es war dunkel, Ma'am. Mit Sicherheit weiß ich nur eins. Daß er nämlich sein Gewehr aus dem Club mitgenommen hat.«

Norma spürte, wie sich ihr am Oberarm die Haare aufstellten. »Sein Gewehr? Sind Sie sicher?«

»Die Männer machen dort Skeetschießen. Im Schießstand hinter dem Golfplatz. Mr. Shepherd war häufig dort.«

»Aber nicht an dem Tag, als er getötet wurde?«

Mrs. Leigh seufzte. »Ich hab's Ihnen doch gesagt, daß er fast den ganzen Tag über in New York war. Er ist für seine Verhältnisse morgens sehr früh aufgebrochen.«

»Haben Sie das alles auch der Polizei erzählt?« wollte Norma wissen.

Mrs. Leigh nickte. »Alles, was ich Ihnen jetzt gesagt habe.«

»Auch die Sache mit Mr. Shepherd und dem Gewehr?«

»Selbstverständlich.«

Sie beendeten ihren Kaffee. »Vielen Dank, Mrs. Leigh«, sagte Norma. »Sie haben mir sehr geholfen.«

»Mit dem größten Vergnügen. Sehen Sie den kleinen Jungen dort? Er ist ein echter Schatz, und er liebt seine Mommy über alles. Wir wünschen uns nur, daß sie nach Hause kommt. Maggie fehlt uns sehr.«

»Mir auch. Dürfte ich mal telefonieren?«

»Im Arbeitszimmer steht ein Telefon. Ich zeig's Ihnen.«

»Ich find's schon selbst«, sagte Norma. Sie mußte sich bremsen, um nicht zu rennen.

100. Kapitel

»Barry – ich bin gerade in Maggies Haus. Ich habe eine Spur. Das hoffe ich zumindest. *Nein*, ich glaube wirklich, daß ich etwas Wichtiges entdeckt habe.«

Norma hatte die Tür des Arbeitszimmers hinter sich zugezogen, sprach aber dennoch nur flüsternd in den Hörer.

»Ich bin ganz Ohr«, sagte Barry.

»Sie erinnern sich an das fragliche Gewehr?« sagte Norma. »Mrs. Leigh hat Will gesehen – er hatte es in der Mordnacht bei sich. Auf dem Grundstück dieses Country-Clubs, der in diesem gräßlichen Tohuwabohu immer mehr eine Rolle zu spielen scheint.«

»Warum sollte er das Gewehr im Lake Club gehabt haben?«

»Die gleiche Frage habe ich mir auch sofort gestellt.« Normas Stimme stieg vor lauter Erregung. »*Deshalb* ist er zum Club hinübergegangen. Um sich das Gewehr zu holen. Dort muß er es aufbewahrt haben, als Maggie ihm befahl, es aus dem Haus zu schaffen. Sie hat uns doch erzählt, daß sie im ganzen Haus gesucht hat und es nicht finden konnte. *Weil es nämlich im Club gewesen ist!*«

Langes Schweigen. »Aber«, so gab Barry schließlich zu bedenken, »warum sollte er das Gewehr geholt haben? Hat er seinen eigenen Selbstmord inszeniert, Norma? Meinen Sie das? Hat er Maggie in eine Falle gelockt?«

Norma empfand plötzlich eine tiefe Enttäuschung und Verwirrung.

»Das weiß ich selber noch nicht«, sagte sie. »Ich habe keine Ahnung. Ich kann mir ja auch noch keinen Reim drauf machen.

Ich will Ihnen aber sagen, *was* ich mit Sicherheit weiß«, fuhr sie fort. »Die Polizei in Bedford hat gewußt, daß Will fortgegangen ist, um das Gewehr zu holen, und diese Information hat die Polizei für sich behalten. Folglich ist etwas faul im Staate Bedford, und ich werde herauskriegen, was da faul ist und wer dahintersteckt und aus welchem Grund.«

»Gib's ihnen, Norma.«

»Grrr.«

101. Kapitel

Ich hob den Kopf, als Jennie in den Besuchsraum eintrat. Ich hätte am liebsten geweint, habe diese Regung aber unterdrückt. Ich mußte jetzt für uns beide stark sein. Mußte hören, was Jennie zu sagen hatte.

Ich konnte aber den Blick nicht von ihr nehmen. Ich hatte immer mehr an ihr gehangen als an mir selbst. Angeblich sind wir einander sehr ähnlich; doch kann ich bei Jennie nur wenig von meinen Fehlern und Schwächen erkennen. Dem Aussehen nach war die Ähnlichkeit stark. Jennie war inzwischen groß, fast 1,78, ihr blondes Haar fast so lang wie meins. Wir hatten die gleichen Augen.

Ich hab' dich lieb, dachte ich, als sie mir am Tisch gegenübersaß. Daß jetzt dieser Tisch zwischen uns stand, uns trennte, daß ich Jennie nicht einfach in die Arme nehmen konnte und sie mir nicht um den Hals fallen konnte – ich fand es schier unerträglich. Gerade in diesem Augenblick brauchte ich ihre Nähe mehr denn je.

Plötzlich strahlte sie mich an. So war Jennie. »Ich habe eine Nachricht für dich, von Norma. Ich soll dir sagen: Sie kann *beweisen*, daß Mutter Teresa totaler Quark ist. Daß Mutter Teresa in Wahrheit eine Las-Vegas-Nummer ist, daß sie das alles bloß wegen des Geldes macht.«

Über den Witz mußte ich laut lachen.

Jennie beugte sich über den Tisch. »Norma will dir doch nur helfen, Mom.« Sie sagte es in einem betont erwachsenen Ton.

»Dessen bin ich mir sicher, Jen. Wie geht es dir?«

Jennie verdrehte die Augen. »Ob du es glaubst oder nicht – gut. Nicht gerade blendend, aber ganz gut.« Sie warf mir zwei Küsse zu. »Die sind von Allie. Das heißt, er läßt dir *hundert* Küßchen schicken.«

»Kann er sich denn überhaupt noch an mich erinnern?«

Jennie verdrehte erneut die Augen. »Damit er dich nicht vergißt, zwingen wir ihn, sich Videos von deinen Konzerten anzusehen. Wir lesen ihm deine Briefe vor, zeigen ihm Fotos von dir. Aber ich bin wegen was anderem hier. Wir müssen miteinander reden, liebe Mom.«

»Verstehe«, sagte ich. »Ich respektiere deine Wünsche.«

»Gut, das ist ein sauberer Anfang. Also – ich denke, du solltest mir Fragen stellen, weil du gewisse Ideen im Kopf hast, nur daß ich nicht so recht weiß, welche. Und deshalb halten wir uns an die sokratische Methode.«

Ich lächelte. »Ich werde dich nicht mal nach deinen Zensuren in der Schule fragen.«

»Die besten in der Klasse. Doch keine Ablenkungsmanöver. Bleib bei der Sache.«

Das war das Schwerste von allem, das Schlimmste, was ich bis dahin durchgemacht hatte. *Ja, ich hatte gewisse Ideen im Kopf. Nein, ich war nicht bereit, darüber zu sprechen. Möglicherweise wäre ich dazu auch nie bereit.*

»Ich meine, daß wir da anfangen könnten beim Abend von ... von Wills Tod«, sagte ich schließlich.

»Das ist ein prima Anfangspunkt – *beim Ende.*«

»Ich habe Will oben auf deinem Zimmer gesehen. Was hat er bei dir gemacht, Jennie?«

»Er kam mir gute Nacht sagen.«

In Jennies Worten schwang ein Ausdruck von Unschuld mit, der mir die Sprache verschlug. »Das war alles? Jennie, du darfst jetzt nicht lügen – weder um Will zu schützen noch um mich zu schonen. Sind wir da einer Meinung?«
»Klar. Das sind die Spielregeln. Da sind wir einer Meinung. Und jetzt sollten wir mit Spielen anfangen.«
»Du sagst mir die Wahrheit und ich dir. Ich sag' dir alles, was du wissen willst. Über Wills Tod.«
Jennie schaute mich unverwandt an. »Ich habe wirklich ein paar Fragen.«
»Zuerst ich, dann du. Einverstanden?«
Sie nickte. »Okay. Kein Problem.«
Ich wußte nicht recht, wo ich mit dem Fragen anfangen sollte. Ich entschied mich für das Nächstliegende.
»Ist Will oft nach oben gekommen, um dir gute Nacht zu sagen?«
»Manchmal. Er hat mir heiße Milch gebracht. Als er ein kleiner Junge war, hat ihm in England seine Tante immer Tee ans Bett gebracht, hat er mir erzählt.«
Die Erwähnung von Wills Tante beunruhigte mich, obgleich Jennie natürlich nicht wissen konnte, wieso. Ich holte tief Luft. Ich wußte nicht, ob ich durchhalten würde. Für diese Art von Unterredung mit Jennie war das Gefängnis nicht eben ein idealer Ort.
Sie tastete nach meiner Hand. »Darf ich versuchen, es ... uns beiden leichter zu machen?«
»Wenn du meinst, daß du es kannst?« flüsterte ich. Mir versagte fast die Stimme. Ich fühlte mich ausgelaugt, leer. Ausgestoßen.
»Will war ein sehr komplizierter Mensch. Das weißt du ja selbst. Ich glaube, er – oder jedenfalls ein Teil von ihm – wollte ein guter Vater sein. Er kam manchmal nach oben auf mein Zimmer und hat mit mir gesprochen, er wollte ein-

fach reden. Ich glaube, er wollte *beweisen*, daß er so etwas konnte – dort zu sein und *bloß reden*. Er hat mir viel von seiner Kindheit und Jugend erzählt. Er konnte aber auch gut zuhören. Manchmal.«

»Ja. Wenn er wollte«, sagte ich.

»Ich war ganz doll in ihn verschossen, Mom. Ich fand ihn so wunderschön, wie einen Gott, wie Ralph Fiennes oder Mel Gibson unter Wirkung von Steroiden. Ich hab' *immer* an ihn denken müssen.«

»Und es ist nichts passiert?«

»Ich weiß, daß er dir gegenüber das Gegenteil behauptet hat – ich habe es doch gehört –, es ist aber nie etwas passiert. Du mußt mich nicht schützen. Bitte glaub mir – *es ist überhaupt nichts passiert.*«

Ich hob meine beiden Hände an Jennies Gesicht. Ich wollte ihr nah sein. Näher konnten wir uns an diesem schrecklichen Ort nicht kommen.

»Laß mich als Zeugin für dich aussagen, Mom. Bitte, bitte – laß mich's für dich tun, ja? Ich will dir helfen, wenigstens dies eine Mal. Und ich glaube, daß ich dir helfen kann. Zwischen Will und mir ist nichts gewesen. Du mußt mich nicht beschützen.«

102. Kapitel

Beim Eintreffen im Lake Club hatte Norma wieder einmal ihre typisch schlechte Laune. *Die verflixten fehlenden Teilchen in diesem Puzzle! Sie müssen hier doch irgendwo herumliegen*, sagte sie sich immer wieder in der Erwartung, daß ihre Worte in Erfüllung gingen, wenn sie nur stark genug hoffte.

Sie war mit dem Vorsatz zum Club gefahren, J.C. Frazier

ein paar Fragen zu stellen. J.C. war in den späten Vierzigern, sein Gesicht war gezeichnet von seiner Arbeit im Freien, und er hatte einen durchtrainierten Körper.

Mein Gott, was für ein Mann, dachte Norma, als sie auf der Terrasse des Clubhauses neben ihm Platz nahm. *Bleibt zu hoffen, daß er auch ein offenes Mundwerk hat.*

Norma ließ es langsam angehen, brachte J.C. dazu, zu bestätigen, was sie ohnehin schon wußte: daß in dem Club nächtliche »Partys« stattgefunden haben und daß Will Shepherd bei mehreren Gelegenheiten als Gast teilgenommen hatte.

»Ob es wohl irgendwo eine Liste gibt?« fragte sie. »Eine Liste dieser Partybuben?«

Der Sportwart zuckte seine breiten Schultern. »Falls es eine geben sollte, habe ich sie jedenfalls nie gesehen. Ich bezweifle es aber.«

»Dann nennen Sie mir ein paar Namen. Von Leuten, die Sie nach der offiziellen Schließung des Clubs dort beobachtet haben. Nun machen Sie schon, J.C.«

J.C. schüttelte den Kopf. »Unmöglich. Wenn jemand rausbekäme, daß ich schwatze, wäre ich meinen Job los. Ich dürfte eigentlich nicht mal von der Sache *wissen.*«

»Sie haben mir aber doch erzählt, daß Mr. Shepherd dazugehörte.«

»Ich möchte Ihnen helfen. Ich kann Ihnen nur nicht in dem Maße behilflich sein, wie es Ihnen vielleicht lieb wäre.«

»Teufel noch mal, es geht hier um Ermittlungen für einen Mordprozeß. Ihr Wissen könnte Mrs. Bradford das Leben retten!«

J.C. rutschte nervös auf seinem Stuhl hin und her. »Das verstehe ich ja. Deswegen rede ich auch überhaupt mit Ihnen. Aber Sie können mich nicht zwingen, Ihnen die Namen zu nennen. Das darf ich nicht tun.«

Norma sah ihn böse an. Es schien ihn jedoch nicht zu beeindrucken. »Dann lassen Sie mich wenigstens sehen, wo diese Partys stattfanden. Mit meinen eigenen Augen.«
»Ach, Mrs. Breen, sehen Sie, wenn ich das tun würde –«
»Wenn Sie's nicht tun, werde ich Sie unter Strafandrohung vorladen lassen, dann werden Sie's eben *öffentlich* tun müssen – vor Gericht!«
Er wand sich. »Also, ich zeige Ihnen den Eingang. Aber wenn mich wer fragen sollte, werde ich behaupten, den hätten Sie von sich aus entdeckt.«
»Abgemacht.« Norma grinste. »Und nun zeigen Sie ihn mir.«

103. Kapitel

Die beiden folgten einem verschlungenen Pfad zum rückseitigen Teil des Clubhauses, wo sich eine schwere Holztür befand, die ganz den Eindruck erweckte, als ob sie nur vom Dienstpersonal benutzt würde. J.C. Frazier hatte den Schlüssel bei sich.
»Hier wär's also?« fragte Norma. Es war auf dieser Seite des Gebäudes kalt und duster. *Wie die schwarzen Seelen der scheußlichen Mistkerle, die herkommen, um ihre Höllenspielchen zu treiben.*
Das Innere glich in seiner Exklusivität dem übrigen Clubhaus. Norma durchquerte zusammen mit J.C. ein leeres Billardzimmer. Es war fast so, als ob dort ein nebelartiger Dunst in der Luft hinge.
Sie betraten eine erstaunlich elegante Bar, die komplett mit Mahagoni vertäfelt war. Norma begriff sofort, daß es sich um die fragliche Lokalität handeln mußte. Um den Club im Club. *Das Spielzimmer der reichen Jungs.*

»Hier haben sie sich getroffen, nicht wahr? Hier haben sie ihre Sexpartys abgehalten?«
»Jawohl, Ma'am«, murmelte J. C. Er wirkte ernst und verschlossen.
Norma konnte sich diesen »Club« lebhaft vorstellen. Die teure Kleidung, die teuersten Whiskys, das hochtrabende Gehabe dieser »Mächtigen« und ihre Prostituierten. Sie war sich nicht sicher, fühlte aber, daß dieser Raum für die Verteidigung von Maggie eine zentrale Rolle spielen würde. Sie hielt es sogar für möglich, daß ein Clubmitglied Will Shepherd erschossen hatte.
Ob Will zu guter Letzt die Frau des falschen Mannes gevögelt hatte? Oder einen dieser einflußreichen Herren in einer geschäftlichen Angelegenheit hintergangen hatte? Was hätte er noch getan haben können, um sterben zu müssen? Norma traute ihm da so einiges zu.
»Schenken Sie sich einen Drink ein, J. C.«, sagte Norma zum Sportwart des Lake Club, »und dann setzen Sie sich auf Ihren Allerwertesten. Wir haben miteinander zu reden. Sie werden auspacken.«
Er schüttelte den Kopf. »Das kann ich nicht.«
Norma deutete mit der Hand auf den viel größeren, kräftigeren Mann. »Jetzt hören Sie mir mal zu – und Sie sollten mir wirklich *gut* zuhören. Falls Maggie Bradford wegen Mordes verurteilt werden sollte, dann aber bestimmt nicht, weil Sie mit der Wahrheit hinterm Berg gehalten haben! Sie sagen mir jetzt, was Sie wissen, oder Sie sind Ihren Job mit absoluter Sicherheit los – im übrigen werden Sie dann noch viel mehr als nur Ihren Job verlieren. Das verspreche ich Ihnen, und ich werde mein Versprechen auch halten.«
J. C. Frazier ging zur Bar hinüber und schenkte sich ein Glas Maker's Mark ein.
»Gute Wahl«, sagte Norma. »Schenken Sie *zwei* Gläser da-

von ein – eins für mich. Und dann erzählen Sie mir ganz genau, wer diesem Club im Club angehörte. Ich will die Namen wissen. Ich will jeden Namen, den Sie kennen.«
J. C. Frazier schenkte Norma ein Glas ein, dann ließen sie sich an der holzgetäfelten Bar nieder. Schließlich begann er zu reden. Es kam sogar so weit, daß er weinte.
Als er endete, konnte Norma nicht glauben, was sie gehört hatte. *Das war wirklich nicht zu fassen! Jesses, Maria!*
Jetzt sieht die Geschichte völlig anders aus, überlegte Norma. *Die ganze Welt hat sich verändert. Jetzt hab' ich euch, ihr Dreckskerle. Ich hab' euch am Wickel.*

104. Kapitel

Wie erwachsen sie ist, wie gefaßt, beinahe schon eine richtige Frau, dachte ich, als Jennie zum Zeugenstand ging, um vor Gericht auszusagen. Ihr Gesicht schien zu leuchten; ihr lang herabfallendes blondes Haar glänzte. Jennie machte einen so sicheren, gelassenen Eindruck. Wenn ich das nur auch von mir sagen könnte!
Nathan führte Jennie mit größter Behutsamkeit durch ihre Version der Geschichte. Wie Will an jenem Abend auf ihr Zimmer gekommen war. Wie er am Fuße ihres Bettes gestanden und sie »geil« angegafft hatte, als ich hereinkam.
»›Jennie und ich wollten gerade unseren Spaß zusammen haben. Hast du nicht Lust mitzumachen? Ménage à trois?‹ Das hat er zu meiner Mutter gesagt. Ich weiß nicht, warum er ihr das gesagt hat, aber *er hat es gesagt*«, sagte Jennie den Geschworenen. Es war unmöglich, daß sie ihr nicht glaubten.
Und als Jennie diese Worte Wills wiederholte, packte mich der gleiche lähmende Zorn wie damals. *Ich bin froh, daß er tot*

ist, dachte ich. *Es ist ein furchtbarer Gedanke, aber ich bin froh, daß er tot ist.*
Nathan hielt sie nur vierzig Minuten lang im Zeugenstand. So war es abgemacht; er hatte es praktisch mit seinem Blute unterzeichnen müssen. Er schloß und nahm wieder neben mir Platz. Er nahm meine Hand. Ich drückte sie ganz fest.
»Danke, Nathan«, flüsterte ich ihm zu, »daß Sie so viel Geduld mit mir haben.«
»Danke, daß Sie mir vertrauen«, flüsterte Nathan zurück.
Die Gesichter der Geschworenen blieben ausdruckslos; den Frauen konnte ich immerhin anmerken, daß Jennie sie gerührt hatte.
Ich hatte nicht in Notwehr für mich selber gehandelt. Ich hatte getötet, um Jennie zu schützen. Jetzt wußten sie es. Jennie hatte getan, was sie hatte tun wollen.
Dann kam unglücklicherweise der unangenehme Teil. Dan Nizhinsky näherte sich betont langsam dem Zeugenstand. *Ein Killerwal*, dachte ich, *der einen kleinen Fisch schlucken will. Er macht das alles nur, um bekannt zu werden. Mehr bedeutet ihm das alles nicht. Es geht ihm nur um seinen persönlichen Ruhm.*
»Miss Bradford – Jennie«, hob er mit leiser Stimme, fast in einem entschuldigenden Ton an.
»Reden Sie mich bitte nicht mit Vornamen an.« Jennie fing seinen Blick und hielt ihm stand. »Sie kennen mich doch gar nicht, Mr. Nizhinsky.«
Der Ankläger seufzte. Eins zu null für Jennie.
»Sie haben eine enge Freundin namens Millie Steele?« fragte er nach einer kaum merklichen Pause. Es war schwer, Nizhinski aus dem Sattel zu werfen.
Die Frage schien Jennie zu überraschen. »Ja, sie ist meine Freundin«, antwortete sie.
»Sie ist Ihre *beste* Freundin, nicht wahr?« fuhr der Ankläger fort. Er gab sich ungewohnt freundlich.

Jennie zögerte und nickte schließlich mit dem Kopf. Ich merkte, wie es in ihr arbeitete; sie versuchte zu begreifen, was er im Schilde führte.

»Sie müssen mit Worten antworten, Miss Bradford«, belehrte Richter Sussman sie. »Ist Millie Steele ihre beste Freundin?«

Nathan Bailford erhob sich langsam von seinem Stuhl am Tisch der Verteidigung. »Einspruch, Euer Ehren. Ich verstehe nicht, was Miss Steele mit diesem Fall zu tun haben könnte. Ich darf alle Anwesenden daran erinnern, daß Miss Bradford erst fünfzehn Jahre alt ist. Dieser Prozeß und insbesondere diese Zeugenaussage ist für sie eine unvorstellbar schmerzliche Angelegenheit und sollte so kurz wie nur eben möglich gehalten werden.«

»Euer Ehren«, erwiderte Nizhinski, »die Geschworenen werden gleich verstehen, warum ich diese Frage stelle. Es betrifft, das verspreche ich Ihnen, einen äußerst wichtigen Punkt.«

»Fahren Sie fort«, sagte Sussman. »Ich werde Sie jedoch an Ihr Versprechen erinnern. Und gehen Sie behutsam vor.«

Nizhinski kam Jennie näher. Ich zuckte zusammen. Das gefiel mir überhaupt nicht, und ich merkte, daß es auch Jennie nicht behagte.

»Sie sprechen viel mit Millie? In der Schule? Manchmal auch nach der Schule?«

»Gewiß, Sir. Sogar *vor* dem Unterricht«, antwortete Jennie mit einem Lächeln. Auch auf den Gesichtern der Geschworenen war daraufhin ein leises Lächeln zu erkennen.

Ich merkte jedoch, daß Jennie nachdenklich wurde. *Worauf wollte er hinaus?* Ich wollte ihr zurufen: *Paß auf!*

»Würden Sie Ihre Freundin je anlügen? Haben Sie ihr schon einmal eine Lüge aufgetischt? Können Sie sich an so eine Lüge erinnern?«

»Nein. Wir lügen uns nicht gegenseitig an.«
»Dann hören Sie sich folgendes an, Jennie. Am 13. Oktober hat Ihre beste Freundin Millie Steele der Polizei von Bedford folgendes zu Protokoll gegeben –« Er legte eine Pause ein und schlug die dicke Mappe auf, die er zum Zeugenstand mitgebracht hatte.
»›Jennie war in ihren Stiefvater verliebt. Sie hat es mir immer wieder erzählt, daß sie sich wünschte – sie hat sich gewünscht –, also sie wollte mit ihm ins Bett. Und daß sie alles tun würde, um ihn zu verführen.‹«
Nizhinski schloß leise die Akte. »Haben Sie Millie erzählt, daß Sie in Will Shepherd verliebt waren?«
Was tut er ihr an? überlegte ich, und mir krampfte sich der Magen zusammen. *Ja, sie war in Will verschossen.*
»Ja, aber –«
»Antworten Sie bitte mit Ja oder Nein. Waren Sie in Ihren Stiefvater verliebt?«
Er quält sie! Man muß ihn sofort daran hindern! »Nathan!« flüsterte ich.
»Warten Sie, Maggie. Hören Sie zu.«
»Ich war in Will verknallt. Ja, Sir.«
»Haben Sie ihn verführen wollen?«
»Eigentlich nicht.«
»Das ist keine Antwort auf meine Frage, Miss Bradford. Ja oder nein: Haben Sie ihn zu verführen versucht?«
»Ja. In gewissem Sinne schon, vermutlich.«
»Haben Sie mit ihm geschlafen?«
»Nein! Sie sind wirklich ein widerlicher Mensch! Nein!« schrie Jennie den Ankläger an. »Nein!«
Nein! Gott sei Dank! Und jetzt lassen Sie sie in Ruhe!
»Aber wo haben Sie ihn denn geliebt? Millie Steele behauptet, daß Sie es getan haben.«
»Wir haben uns nie geliebt!«

»Verzeihen Sie, aber das ist schwer zu glauben. Sie sind eine reizvolle junge Person, Jennie. Und Will Shepherd hatte eine Schwäche für attraktive junge Damen. Das haben wir hier vor Gericht doch immer und immer wieder gehört. Wollen Sie mir vielleicht erzählen, daß er sich geweigert hat, obwohl Sie sich ihm an den Hals geworfen haben? Bei seinem Ruf ist das wirklich nicht glaubhaft.«
Jennie begann zu weinen. Im Gerichtssaal war nur mehr ihr Schluchzen zu hören. Sie war wieder ein ganz kleines Mädchen geworden.
»Nathan, bitte!« flüsterte ich.
Nizhinski trat noch näher an Jennie heran.
»Um die Wahrheit zu sagen – ist es denn nicht wahr, daß Sie und er monatelang ein Liebespaar gewesen sind? Daß die Behauptung der Verteidigung, Ihre Mutter habe ihn getötet, um Sie zu beschützen, reiner Unsinn ist? Daß Ihre Mutter ihn in Wahrheit aus Rache getötet hat?«
»Ich habe mich ihm nicht an den Hals geworfen! Er hat mich nie angefaßt! Er hat nie etwas Unanständiges mit mir gemacht. So, wie Sie es darstellen, ist es nie gewesen!«
Nizhinski trat einen Schritt zurück und starrte sie an. »Sie wissen, was ein Meineid ist?«
Jennie nickte.
»Bitte antworten Sie mit Ja oder Nein. Der Gerichtsstenograph kann kein Kopfnicken protokollieren.«
»Ja.« Ihre Stimme klang schwach.
»Sie wissen, welche Strafe auf Meineid steht?«
»Nicht genau. Heißt das – Sie stecken mich ungerechterweise ins Gefängnis, so wie Sie es mit meiner Mutter getan haben?«
»Die Strafe für Meineid kann tatsächlich Gefängnis bedeuten. Eine Ungerechtigkeit liegt in diesem Fall jedoch nicht vor, Miss Bradford. Ihre Mutter hat Will Shepherd getötet,

weil sie geglaubt hat, daß Sie beide eine Affäre miteinander hatten.«
Nathan war aufgesprungen. »Einspruch! *Einspruch!*«
»Keine weiteren Fragen«, sagte Dan Nizhinski und entfernte sich von Jennie.
Im Gerichtssaal brach die Hölle los. Es dauerte Minuten, bis Richter Sussmans Hammerschläge sich bei allen Gehör verschaffen konnten.
Jennie wurde vom Zeugenstand weggeführt. Sie weinte. Ich streckte die Arme nach ihr aus, konnte sie jedoch nicht berühren.
»Es ist alles in Ordnung, Mom«, sagte sie. »Niemand kann uns verletzen. Jetzt kann uns keiner mehr weh tun.«
Ich wünschte mir nur, daß sie recht hatte.

105. Kapitel

Norma Breen kaute gutschmeckendes Kaugummi mit Orangengeschmack, als sie im Gericht saß und den Schlußplädoyers lauschte. Sie hatte ein Geheimnis, einen perfekten Schocker, und sie mußte sich auf die Zunge beißen, um nicht damit herauszuplatzen.
Vielleicht kriegen wir den ganzen Mistprozeß ja annulliert, überlegte Norma, die in der hintersten Zuschauerreihe saß. *Oder vielleicht wird Maggie auch trotz des ganzen belastenden Materials freigesprochen. Vielleicht wird die Jury verstehen, daß sie töten mußte – und sie aufgrund irgendeiner juristischen Formsache davonkommen lassen. Oder ihr wenigstens nur die nach dem Gesetz mögliche Mindeststrafe aufbrummen. Und vielleicht wird Mel Gibson anrufen und sich mit mir verabreden wollen, während ich hier auf meinem übergewichtigen Hintern sitze. Man kann nie wissen, oder?*

Norma war zu dem Schluß gelangt, daß es am besten wäre, zunächst einmal den Urteilsspruch abzuwarten. Und während sie nun dem Gegenplädoyer Nathan Bailfords zuhörte, leuchtete in ihrem Herzen ein Hoffnungsfunke auf.
Sie ist ein guter Mensch. Schonen Sie sie. Es wäre nur recht. Tun Sie das Richtige. Ha.
In seiner Ansprache an die Geschworenen hatte Nathan die Fakten dermaßen scharf und bündig interpretiert, daß Norma am Ende den Eindruck hatte, Maggie war das Opfer und Will der Mörder.
Trotzdem – die Tatsache, daß Will tot und Maggie am Leben war, konnte der Verteidiger nicht ändern. Und er konnte auch ein anderes wichtiges Problem nicht lösen – wenn es Maggie nicht gewesen war, wer hatte Will dann getötet?
Der Ankläger erhob sich und machte Nathans Darstellung im Nu zu Schall und Rauch. Mord war Mord. Und es *war* Mord, dafür gab es kein anderes Wort. Mord aus einem einzigen Tatmotiv: Rache. Und weil Maggie die Waffe in die Hand genommen und *wissentlich* in das Zimmer ihrer Tochter getragen hatte, handelte es sich um *vorsätzlichen Mord*, der die Höchststrafe erforderte: lebenslänglich.
Trotzdem, dachte Norma, ist in diesem Prozeß irgendwas total faul.
Ihr war noch immer unwohl. Es war dieses Gefühl in der Magengrube, das sie von Anfang an gespürt hatte. *Maggie hatte Will nicht umgebracht.* Davon war sie inzwischen felsenfest überzeugt. *Will hatte Selbstmord begangen. Laut Maggie und auch laut Palmer hatte er seit Jahren damit gedroht. Und dies war seine letzte furchtbare Rache an Maggie.*
Wenn man Maggie in den Zeugenstand gerufen hätte, wäre es vielleicht doch ans Tageslicht gekommen. Norma hatte Barry und Nathan nur widerstrebend beigepflichtet, daß es ein Fehler wäre, Maggie zu vernehmen, weil sie ja ihre erste

Aussage, die sie vor der Polizei gemacht hatte, nur bestätigen könne: Sie wisse nicht genau, was sich zugetragen habe, vielleicht habe sie ihn wirklich getötet. Aber inzwischen zog Norma die gesamte Verteidigungsstrategie Bailfords in Zweifel. *Alles.*

Dafür war es jetzt zu spät. Nathan Bailford beendete sein Plädoyer und nahm erschöpft auf seinem Stuhl Platz.

Das 43tägige Drama war vorbei.

Es war schier unmöglich, die Mienen der Geschworenen zu deuten.

Doch Norma ahnte, was kommen würde: Die Jury würde Maggie Bradford des Mordes für schuldig befinden.

Und dann, sagte sie sich, kann die Bombe endlich hochgehen.

106. Kapitel

»Es gab nie einen Zweifel! Der Ausgang hat nie in Frage gestanden, nicht eine Sekunde lang, Sportsfreunde. Auf die Sieger! Auf uns!«

Dan Nizhinski lehnte sich in seinem Stuhl zurück, nahm einen Schluck Pilsner und strahlte seine drei Mitarbeiter an.

»Auf die Sieger!« stimmten alle drei ein.

»Und was war's?« fragte Nizhinski, als ob er nicht die Antwort wüßte. »Ein historischer Rekord – der schnellste Schuldspruch aller Zeiten?«

»Ich will Ihnen wirklich nicht in den Arsch kriechen, Dan«, bemerkte die jüngste Mitarbeiterin Moira Lowenstein, »aber Sie haben hervorragende Arbeit geleistet! Sie haben es geschafft, daß die Geschworenen ihre Gefühlsregungen außer acht gelassen haben und nur die Fakten beachtet haben. Keine geringe Leistung. Sie haben es verstanden, die Geschworenen auf den zentralen Punkt hinzuweisen – daß die Jury mit einem Freispruch unser gesamtes Rechtssystem in Frage stellen würde.«

»Ohne euch alle hätte ich es nie geschafft«, sagte Nizhinski unaufrichtig und erweckte den Eindruck, mit irgendwelchen anderen Mitarbeitern hätte er es auch geschafft.

»Was kommt jetzt auf Sie zu, Boß?« Nizhinskis engster Mitarbeiter Bob Stevens goß in weniger als einer Stunde schon das vierte Bier in sich rein.

Nizhinski grinste. Er zog noch immer eine Schau ab – er konnte es einfach nicht lassen. »Um die Wahrheit zu sagen, habe ich darüber noch nicht nachgedacht. Geschadet haben wird mir der Auftritt in diesem Prozeß aber bestimmt nicht. Soviel muß ich zugeben.«

»Und unser Staat könnte ein bißchen Aufräumarbeiten gut gebrauchen«, fügte Moira hinzu. Peter Eisenstadt, der dritte Anwalt im Büro, der stillste, musterte sie kritisch. *Yeah, und nun raten Sie mal, wer sich gern an Ihre Rockschöße hängen würde, wenn es Richtung Hauptstadt geht, Boß?*

»Ich werde mich zur gegebenen Zeit entscheiden«, erklärte Nizhinski. Daß er es auf ein hohes Amt abgesehen hatte, war allen bekannt. »Fürs erste sollten wir diesen Augenblick genießen!« Er hob seine Bierdose. »Auf einen großen Sieg!«

»Auf Sieg!« stimmten seine Kollegen ein, tranken, lachten und beglückwünschten sich gegenseitig.

In ebendiesem Moment klingelte das Telefon.

Dan Nizhinski nahm höchstpersönlich ab.

»Kahn«, sagte der Anrufer. »Barry Kahn.« In der Stimme schwang etwas mit, das den Ankläger frösteln machte. »Norma Breen und ich kommen gleich zu Ihnen ins Büro. Sie hat etwas entdeckt, das für Sie von Interesse sein dürfte.«

107. Kapitel

Schuldig. – Schuldig.

Das Wort hallte in meinem Kopf nach wie eine religiöse Litanei. Nein, eher klang es wie eine Totenklage. *Schuldig. Ich werde im Gefängnis wahnsinnig werden. Ich bin ja schon halb wahnsinnig.*

Norma und Barry besuchten mich gleich nach meinem Rücktransport vom Gericht hierher. Sie lächelten freundlich, sie taten geheimnisvoll. Machen Sie sich keine Sorgen, bedeuteten sie mir. Sie wollten nämlich bei der nächsthöheren Instanz sofort Berufung einlegen. Es würde alles in Ordnung kommen.

Aber wie denn? Bei einem Leben im Gefängnis? Was ist daran »in Ordnung«?

Ich weiß, daß das Berufungsverfahren läuft und daß mein Schicksal für Monate in der Schwebe hängt, wahrscheinlich über Jahre. Trotzdem sind die Chancen einer Revidierung des Urteils gering; ganz gleich, was meine Freunde sagen – meine Chancen sind erschreckend gering.

Warum war Nora dann aber so hoffnungsvoll und fröhlich? Warum bedrängte Barry mich so unerbittlich, mein Gedächtnis noch einmal anzustrengen – was in der Tatnacht genau vorgefallen sei? Und das, obwohl ich doch bereits immer wieder darüber nachgedacht habe?

Die Antwort lautet ganz einfach: Sie wollen mich nur vom soeben Faktum gewordenen Urteil ablenken.

Schuldig.

Das scharlachrote M, mein Kainsmal, prangt noch immer auf meiner Stirn.

Damit hatte ich nicht gerechnet. Ich hatte wirklich gehofft, freigesprochen zu werden. Aber so ist es nun einmal nicht gekommen.

Schuldig.

108. Kapitel

Ich lag in jener Nacht in meiner Zelle bis um zwei Uhr früh, vielleicht sogar bis um drei wach, lag mit geschlossenen Augen da und versuchte krampfhaft, verlorene Bilder aus meinem Leben draußen heraufzubeschwören. Allie. Jennie. Konzerte, die ich gegeben hatte. Am Ende war die Erschöpfung doch stärker als meine dumpfe Verzweiflung, und ich schlief ein.

Geträumt habe ich nicht. Es war, als ob ich ins Leere, ins Nichts gefallen wäre. Mein Fall aus der Gnade dauerte an. Eine bodenlose Tiefe.

Das Aufwachen war ein Schreck.

Vor meiner Zelle stand eine graue Parade von Polizeibeamten. An ihrer Spitze die Gefängnisdirektorin – Maureen Serra persönlich.

Ich warf einen Blick auf meine Armbanduhr.

Es war 6.15 Uhr.

Da kam ich nicht mit, das ging mir nicht in den Kopf.

Ich blinzelte. Rieb mir die Augen. Blinzelte.

Die Gefängnisdirektorin und die Polizisten standen noch immer dort.

Warum waren sie hier? Was war geschehen?

Sollte ich in ein anderes Gefängnis verlegt werden?

War ich tatsächlich wach? War das, was ich da vor mir sah, Realität?

Ich bezweifelte es. Es wäre auch nicht das erste Mal gewesen, daß ich hier im Gefängnis Traum und Wirklichkeit durcheinanderbrachte.

Die Gefängnisdirektorin? Und die vielen andern?

»Sind Sie nicht ein bißchen zu früh gekommen?« fragte ich schließlich. Langsam gewöhnten meine Augen sich an das grelle Licht im Flur.

»Bitte ziehen Sie sich an, Mrs. Bradford«, sagte Mrs. Serra. »Wir haben soeben einen Anruf vom Gericht bekommen. Da tut sich etwas. Sie werden sofort in den Amtsräumen von Richter Sussman erwartet.«

109. Kapitel

Mir war kalt. Zitternd folgte ich den drei Wachen durch das menschenleere Gerichtsgebäude. Ich verstand nicht, was da im Gange war. Meinen Begleitern ging es nicht anders.
Was war los?
Im Zimmer von Richter Sussman waren bei meinem Eintreffen vier Personen versammelt: Sussman, der hinter einem großen Mahagonischreibtisch saß, und zu seiner Rechten Nathan Bailford, der einen feierlichen, erfolgreichen Eindruck machte – wie immer.
Barry, der links im Raum saß, vornübergebeugt, auf einer Ledercouch, zwinkerte mir zu, aber er lächelte nicht.
Einen entspannten Eindruck machte nur Norma Breen, die einen grünen Tweedrock und einen weiten braunen Sweater trug und neben Barry auf der Couch saß. »Hallo, Maggie«, rief sie. Sie war die einzige, die mir überhaupt ein Wort schenkte.
»Hallo, Norma. Hallo«, flüsterte ich in die Runde. Die Situation erschien mir irreal. Wie ein Traum. In Gottes Namen, was ging hier bloß vor?
Neben Sussman stand ein leerer Stuhl. Er machte mir ein Zeichen. Ich folgte benommen seinem Wink und nahm Platz.
Von diesem Stuhl aus konnte ich die Gesichter aller Personen im Raum beobachten, aus der gleichen Perspektive wie

Richter Sussman – wie wenn ich aus der Situation der Angeklagten hinübergewechselt wäre ins Kollegium des Richters. Das gefiel mir sehr.
Es wurden Papiere hin und her geschoben. Aktentaschen geöffnet. Thermosflaschen mit Kaffee aufgeschraubt.
Die Aktentaschen, die Papiere, der im Geschäft gekaufte Kaffee riefen mir wieder ins Gedächtnis, daß diese Menschen sich in einer anderen Lage als ich befanden, daß sie – jeder für sich – ein freies Leben außerhalb der Gefängnismauern führten.
Es sprach noch immer keiner mit mir. Nicht einmal Nathan Bailford.
Sie erwarteten noch jemanden. Dan Nizhinski? Wen sonst? Ich hätte gern erfahren, warum ich hier saß – damit mein Zittern endlich aufhörte. Meine Gedanken rasten durch den Kopf.
Endlich ergriff der Richter das Wort. »Mrs. Bradford«, sagte er, »Mrs. Breen hat einige bemerkenswerte Informationen aufgespürt«, verkündete er. »Wir warten nur noch auf den Staatsanwalt – ah, da kommt er ja. Willkommen, Dan.«
Nizhinski betrat den Raum wie ein Matador die Stierkampfarena, aufrecht, mit wild entschlossener Miene, furchtlos. Ich mußte an Normas Bemerkung über ihn denken: Sie hatte ihn als einen *Putz erster Ordnung* bezeichnet.
Er fixierte Nathan Bailford. »Was ist der Zweck dieser Zusammenkunft? Falls Sie der Meinung sind, den Schuldspruch wegen irgendeines Formfehlers außer Kraft setzen zu –«
»Es geht hier kaum um einen Formfehler«, unterbrach ihn Sussman. »Erzählen Sie ihm Ihre Geschichte, Mrs. Breen. Bitte, nehmen Sie Platz, Dan. Ich glaube, Sie werden gleich froh sein, wenn Sie sitzen.«
Norma stand langsam auf. Sie warf erst mir einen Blick zu,

sodann Nizhinski, der aufgehört hatte, im Raum auf und ab zu gehen, und sie mißtrauisch ansah – das selbstsichere Matadorgehabe ließ bereits ein wenig nach.
Als Norma daraufhin das Wort ergriff, sprach sie mit einer sicheren Stimme, die Aufmerksamkeit forderte. Jetzt war ihr Augenblick gekommen. Nun stand sie im Rampenlicht.
»Während des Prozesses – Sie werden sich erinnern, Maggie – hat Mr. Nizhinski Peter O'Malley als Zeugen präsentiert. Peter Malley hat von nächtlichen ›Privatpartys‹ im Club berichtet, wo Sie, wenn ich mich recht erinnere, selber gelegentlich als Gast an *offiziellen* Abendveranstaltungen teilgenommen haben.«
Ich nickte, ohne eine Ahnung zu haben, worauf Norma hinauswollte. »So habe ich ja eigentlich auch Will kennengelernt. Ein Mitglied konnte ich allerdings nicht werden, selbst wenn ich es gewünscht hätte. Der Club nimmt keine Frauen als Mitglieder auf.«
»Entschuldigung«, meldete sich Nizhinski mit unverhohlener Ungeduld. »Was hat das alles mit dem Prozeß gegen Mrs. Bradford zu tun? Sie hat ihren Ehemann erschossen. Die Geschworenen haben es so entschieden. Die Sache ist ausgestanden, Mrs. Breen. Vorbei.«
»Es hat ganz entscheidend damit zu tun«, erwiderte Norma. »Es gibt neues Beweismaterial, das die Personen betrifft, die den privaten Junggesellenpartys beiwohnten, und es gibt Anlaß zu der Vermutung, daß eine ziemlich große Personengruppe ein Motiv gehabt haben könnte, Will Shepherd Schaden zuzufügen. Wir haben Hinweise darauf, daß Will Shepherd hinsichtlich der Existenz dieser Partys äußerst indiskret gewesen ist, so wie er sich ja in vielerlei Hinsicht in seinem Leben indiskret verhalten hat. Es ist möglich, daß im Verlauf dieses Prozesses eine perfide Verschleierung stattgefunden hat, um Clubmitglieder zu schützen und ein Tat-

motiv zu verheimlichen, das sie für einen Mord an Will Shepherd gehabt haben könnten.«
»Dann hätte dieses Beweismaterial während des Prozesses vorgelegt werden müssen. Dafür ist es jetzt zu spät. Der Schuldspruch ist erfolgt.« Nizhinski gab sich überheblich und selbstsicher wie eh und je.
Ich spürte die Anspannung in den Mienen der anderen. Ich selbst hatte plötzlich eine trockene Kehle. Ich fühlte einen Klumpen im Magen. Nur Norma war offenbar ruhig und gelassen. Jetzt befand sie sich in der Rolle des Anklägers – und sie war erbarmungslos.
»Es ist meine Überzeugung – und ich sollte anfügen, daß der Oberstaatsanwalt des Staates New York diese Überzeugung teilt –, daß Maggie Bradford das Opfer eines ausgeklügelten und ungemein bösartigen Verschleierungsmanövers geworden ist. Eines Verschleierungsmanövers, das der Polizei von Bedford bekannt war und das sie eventuell sogar selbst in die Wege geleitet hat.«
»Ich erhebe Einspruch!« brüllte Dan Nizhinski.
»Lassen Sie Mrs. Breen ausreden«, wies ihn Sussman zurecht. Die Situation verschaffte ihm allem Anschein nach fast ebensolche Genugtuung wie Norma.
»Hier in Bedford sind wichtige Personen des öffentlichen Lebens, einflußreiche Männer aus Wirtschaft, der Bank- und Medienwelt vor polizeilichen Ermittlungen geschützt worden – möglicherweise sogar vor strafrechtlicher Verfolgung«, fuhr Norma fort.
Sie wechselte einen Blick mit Nizhinski. »Warum sehen Sie so entsetzt aus, Mr. Nizhinski. *Es kommt noch viel schlimmer.*«
Jetzt war sie ganz der Star, und ein aufmerksameres Publikum hätte sie gar nicht haben können.
»Sie haben ganz recht, Mr. Nizhinski. Mit dem Prozeß gegen Mrs. Bradford hat das alles nichts zu tun – außer eines

höchst bedeutsamen Details: Maggies Verteidiger – der Mann, der gewußt hat, was ich Ihnen gerade mitteile, und zu seiner Verteidigung von Mrs. Bradford davon hätte Gebrauch machen müssen – konnte ebendieses unmöglich tun: weil der Herr Verteidiger nämlich selbst ein Mitglied des Geheimclubs ist. *Nathan Bailford ist Mitglied dieses Geheimclubs.*«

110. Kapitel

Ein einziger Blick auf Nathans verzerrtes, aschfahles Gesicht genügte, und ich begriff, daß Norma die Wahrheit gesagt hatte. Der Gesichtsausdruck bewies seine Schuld. Mein Verteidiger – *mein Freund* – war vom Stuhl aufgesprungen. Er schnaubte vor Entrüstung, doch ich erkannte die Lüge hinter seinen Worten. In seinem Blick lag die Demütigung, die er erlitten hatte, Verrat und Egoismus.

»Richter Sussman!« rief Nathan. »Das sind die unglaublichsten Lügen, die ich je gehört habe. Ich kann nicht glauben, daß wir uns so was überhaupt anhören.«

»Nein, es sind *keine Lügen*«, konterte Norma. »Dafür gibt es Zeugen. Der Sportwart und zwei Hausdiener des Lake Club. Im übrigen habe ich die unter Eid gemachte Erklärung *eines Mitglieds vom Club im Club.* Die Aussage von einem Ihrer Kumpane.«

Sie zeigte mit dem Finger auf ihn. Er wich zurück, als ob Normas Finger mit Munition geladen wäre. »Möge Gott, nein, möge Maggie Bradford und mögen ihre armen Kinder Ihnen vergeben. Ich kann es nicht. Sie haben sich selbst entehrt – sich und Ihre ganze ohnehin schamlose Zunft. Sie haben zu verantworten, daß eine unschuldige Frau verurteilt wurde. Mein Gott, Nathan! Ich hoffe nur, daß man Sie für immer hinter Gitter bringt. Würden Sie bitte dafür sorgen, Richter Sussman?«

Ich war sprachlos. Ich mußte mich an der Armlehne meines Stuhls festhalten. Meine Wangen hatten zu glühen begonnen. Eine Welle der Erleichterung nach der andern spülte über mich hinweg.

Nur ruhig Blut, ermahnte ich mich. *Bleib ganz still. Das ist wirklich wahr. Es ist kein Traum. Du sitzt nicht wieder in der Gefängniszelle. Du bist hier im Amtszimmer von Richter Sussman. Es ist Wirklichkeit.*

Plötzlich lag ich Norma und Barry in den Armen. Ich bebte am ganzen Leib. Wir weinten – alle drei. Norma muß meine Gedanken gelesen haben. »Es ist tatsächlich so, Maggie«, sagte sie. »Wir hätten es dir ja schon gestern abend gesagt, aber die Gespräche mit dem Oberstaatsanwalt haben bis spät in die Nacht hinein gedauert.«

Wir hielten uns lange umarmt. Ich kann nicht beschreiben, wie mir ums Herz war; solch ein Gefühl von Erleichterung hatte ich noch nie empfunden – nicht mal annähernd. Ich war völlig aus dem Häuschen, euphorisch, doch mein Kopf war klar, ich begriff die volle Tragweite des Ereignisses. Genau. Ganz genau.

»Ich werde das Urteil zweifelsohne wegen eines Fehlers in der Prozeßführung für ungültig erklären müssen«, erklärte Sussman Nizhinski mit einer Stimme, die mir förmlich ins Bewußtsein schnitt, »aber Sie werden das Verfahren möglicherweise noch einmal neu ansetzen wollen. Daß Will Shepherd ermordet wurde, ist eine Tatsache, die von alledem unberührt bleibt – und die Detectives behaupten, Mrs. Bradford habe gestanden, Will Shepherd getötet zu haben. Wir werden ihr hinreichend Zeit geben müssen, sich einen neuen Anwalt zu besorgen und ihre Verteidigung vorzubereiten. Sie wird eventuell sogar die Strategie ihrer Verteidigung ändern wollen. Können Sie mir sagen, was Sie vorhaben?«

Nizhinski blieb tatsächlich für ein paar Sekunden sprachlos.

»Das ist – also, es ist wirklich ein Schock«, stieß er schließlich hervor. »Ich weiß nicht, welche Entscheidung ich treffen werde. Ich brauche ein wenig Zeit, um es mir zu überlegen, Euer Ehren.«

»Rufen Sie mich an, wenn Sie sich's überlegt haben«, sagte Sussman.

Barry wandte sich an den Richter. »Ich bin kein Jurist und weiß deshalb auch nicht, wie ich mich rechtlich korrekt auszudrücken habe, aber – wäre es Mrs. Bradford jetzt vielleicht gestattet, nach Hause zu gehen?«

111. Kapitel

Die folgenden Monate waren für mich ein einziges Déjavu. Aber es ging nicht anders. So arbeitet unser Rechtssystem in seiner ganzen Glorie nun einmal.

Der *zweite* Prozeß stand kurz bevor, und er würde, sofern das überhaupt möglich war, noch deprimierender werden, als der erste schon gewesen war. Der Staat hielt mich nach wie vor für schuldig; und weil die Staatsanwaltschaft darauf bestand, mich ein zweites Mal vor Gericht zu stellen, hielten viele Menschen das eben auch für richtig.

Ich trug das scharlachrote Kainsmal weiterhin mit mir herum. Mir war, als ob große Brocken meines Lebens aus mir herausgemeißelt würden. Wahrscheinlich wurden sie das ja auch. Ich war verstört.

Ich traf in Begleitung von Jennie, Norma und Barry im

Gerichtssaal ein. Barry und Norma waren ein seltsames Paar; doch es war schön, es war wunderbar, die beiden zu beobachten. Erstaunlicherweise waren sie nicht besonders grantig zueinander.

Als wir uns erst einmal innerhalb des Gerichtssaales befanden, ging ich sicheren Schritts zu dem vertrauten Stuhl am Tisch der Verteidigung. Mein neuer Anwalt hieß Jason Wade; er kam aus Boston. Er war auf Mordprozesse spezialisiert und sehr sachlich; ich mochte ihn gern. Das wichtigste für mich war jedoch ganz einfach, daß er nicht Nathan Bailford war, der mittlerweile ein finsterer Schatten meiner Alpträume geworden war.

Seltsam. Seltsam. Wirklich seltsam.

»Maggie sieht wundervoll aus!« hörte ich jemand unter den Zuschauern sagen. *Maggie!* Als ob er ein alter Freund und Vertrauter von mir wäre.

»Er hat recht. Du siehst wirklich phantastisch aus«, flüsterte mir Jennie ins Ohr. Es war zwischen uns wieder ganz wie früher; nein, viel schöner. Jennie gehörte zu den wenigen Menschen, mit denen ich mir eine ganze Nacht ins Gespräch vertieft um die Ohren schlagen konnte. Wie in der vergangenen Nacht. Sogar Allie war bis nach zehn Uhr aufgeblieben.

Der Prozeß dauerte ganze elf Wochen. *Steuergelder im Arbeitseinsatz!* Es wurden die gleichen Zeugen aufgerufen, die mehr oder weniger das gleiche aussagten, obwohl das Kreuzverhör eine andere Richtung nahm.

Mit fortschreitendem Sommer wurde es im Gerichtssaal immer heißer, doch die Hitze war mir gleichgültig, und es kümmerte mich kaum, daß immer und immer wieder die gleichen Fragen gestellt wurden, selbst die Quälerei und die permanente Schäbigkeit der Medien waren mir gleichgültig geworden.

Mir kam es nur darauf an, für unschuldig befunden zu werden. Vor allem aber wollte ich aus dem Fegefeuer heraus, in dem ich so lange hatte ausharren müssen.
Ich war nicht schuldig.
Ich war *unschuldig.*
Ich hätte alles darum gegeben, diese Worte einmal zu hören.

112. Kapitel

Ich lehnte mich vor, um in dem gedrängt vollen Gerichtssaal jedes Wort genau hören zu können, und bekam plötzlich nicht mehr genug Luft. Mir war, als ob ein trockenes Tuch in meiner Kehle steckte und die Luftröhre blockierte. Ich wurde wieder einmal von Platzangst erfaßt.
Die Gesichter im Gerichtssaal verschwammen vor meinen Augen, wurden undeutlich. Hämmernd pulsierte das Blut in meinem Kopf. Mein Nacken war pitschnaß.
Die zwölf Geschworenen der Jury betraten, einer nach dem andern, feierlichen Schrittes wieder den Saal.
Zum zweitenmal.
Sie hatten ihr Urteil gefällt.
Ein zweites Mal.
Als das zusammengefaltete Papier dem Richter überreicht wurde, stockte mir der Atem. Er las das Urteil und gab das Papier wieder an den Sprecher der Jury. Eine Prozedur, die vermutlich notwendig war, doch erschien sie mir grausam.
»Veröffentlichen Sie den Urteilsspruch«, wies Richter Sussman an.
»Wir haben dich lieb, Mom«, flüsterte die hinter mir sitzende Jennie. Norma legte mir einen Arm um die Schulter. Barry, der in der nachfolgenden Reihe saß, streichelte mir

übers Haar. Meine Familie, meine Freunde – es durfte nicht sein, daß ich sie wieder verlassen mußte, doch diese Möglichkeit bestand nach wie vor. Die Zeitung *USA Today* hatte die Chancen eines Freispruchs für mich an diesem Morgen mit 50:50 beziffert. In London und in Las Vegas wurden Wetten auf den Ausgang gesetzt.
Mein Mund schien voll mit Watte. Ich war wie benommen. Ich saß in diesem Gerichtssaal und war doch irgendwie gar nicht da.
Der Jurysprecher hob an, mit einer hohen, dünnen Stimme von unglaublich fernem Klang, wie wenn zwischen ihm und dem Gerichtssaal ein Schirm stünde. Man hätte das Fallen einer Stecknadel gehört.
»Wir befinden die Angeklagte, Maggie Bradford, für *nicht schuldig.*«
Nicht schuldig.
Nicht *schuldig.*
Ich mußte die Augen schließen. Ich fühlte mich erschöpft und schwach und seltsamerweise überhaupt nicht erleichtert. Ich nahm undeutliche Beifallsrufe im Saal wahr. Man sprach mir Glückwünsche aus – Jason Wade und Norma, Jennie und Barry. Wie Riesenballons tauchten Gesichter vor meinem Blick auf. Die Laute waren nicht minder verzerrt wie die Bilder. Alles war schrecklich verwaschen und komisch.
»O Maggie, Sie haben es geschafft! Sie haben gewonnen!«
Wie konnte dieser schlichte, klare Augenblick mich nur so verwirren? Ich wurde aus dem Tumult im Gerichtssaal gedrängt, fand mich in dem sicheren Kokon aus Anwälten, Freunden und meiner Familie wieder. Ringsum Presseleute und Fans, Gesichter, die mir Mikrofone entgegenstreckten, mir Fragen zuriefen und es selbst in diesem Moment nicht lassen konnten, um Autogramme zu betteln.

Damit würde Jason Wade sich befassen müssen. Die Fragen sollte mein Anwalt beantworten. Sollte er doch auch Autogramme für mich vergeben.
Ich wurde richtig geschoben, wie wenn ich mich auf Rädern befunden hätte, durch das höhlenartige Foyer und dann, viel zu schnell, die Treppen hinunter und in ein wartendes Auto. Keine Limousine, ein ganz normales Auto – darauf hatte ich bestanden.
Als ich ein Geräusch wie von einem Schuß vernahm, machte ich vor Schreck einen Satz. Ich litt. *Die Wagentür war zugeschlagen worden.*
Dann begann der »normale« Wagen sich in Bewegung zu setzen, er glitt langsam durch die dichtgedrängte Menschenmenge, die – ganz gleich, ob ich den Prozeß nun gewonnen haben sollte oder nicht – in der Hoffnung, einen Blick von mir zu erhaschen, draußen gewartet hatte. Der Wagen folgte einer Eskorte aus Polizeiautos mit heulenden Sirenen und blinkendem Blaulicht, das Schatten über die Gesichter der Zuschauer warf.
Ich wurde an das Polizeiauto in West Point erinnert, dessen Warnlicht sich ebenfalls gedreht hatte, nur daß damals alles ohne Zuschauer abgelaufen war – und eiskalt war es damals gewesen. Mir traten viele Bilder vor Augen, die dem hier vorausgegangen waren.
Ich schaute durch das Seitenfenster. Die Menschen in der riesigen Menge am Broadway und an der Clarke Street schienen zu klatschen und zu jubeln und meinen Namen zu rufen. Ich fühlte mich aber nicht angesprochen.
Ich hielt Jennie und Allie an mich gedrückt, wollte sie nie mehr loslassen, und sie drückten sich an mich. Wir waren wieder vereint, waren wieder JAM: Jennie, Allie und Maggie.
»Ich hab' dich ja so lieb, Mom«, flüsterte Jennie und gab mir

einen Kuß auf die Backe. »Du bist meine Heldin im Glanz einer strahlenden Ritterrüstung.«
»Und du bist meine Heldin«, versicherte ich ihr.
»Mommy«, sagte Allie nur und rückte noch näher an mich heran. »Meine Mommy.«
»Allie.« Ich küßte ihn auf den Kopf. »Mein Allie und meine Jennie.«

113. Kapitel

»MAGGIE! MAGGIE BRADFORD!« brüllte die Menge dieser Idioten *ihrem Auto* zu.
Der Mörder klatschte und jubelte mit, täuschte Begeisterung vor. Er stand mitten in der Menge, die die Straßenkreuzungen in Bedford Village förmlich erstickte. Bestens versteckt.
Die Blicke des Mörders folgten Maggies Wagen, der vorbeifuhr und in die nächste Straße abbog.
Dann verschwand auch der Mörder von der Bildfläche.

Sechstes Buch

Neues Versteckspiel

114. Kapitel

Fifth Avenue. In der Osterzeit. In New York City. Einfach himmlisch! Könnte es irgendwo auf Erden schöner sein? Die Parade der schönsten Frauen der Welt stöckelte, tänzelte an ihm vorbei. Sie gingen einkaufen, daß es eine Lust war.

Und ausnahmslos alle zum Vögeln, dachte Will. *Ich könnte sie alle haben, jede, ich müßte mich bloß bemühen. Manche Dinge ändern sich eben nie. Manches wird nur immer besser.*

Er bummelte mitten unter ihnen, er hatte es nicht eilig, bis zum Termin blieb noch Zeit. Er trug eine Khakihose und einen blauen Blazer, das schwarz gefärbte Haar kurzgeschnitten und adrett gestriegelt.

Der schwarze Pfeil, dachte er mit einem dünnen Lächeln.

Er erregte das Augenmerk so mancher Frau – *und das aus gutem Grund*, dachte er. Was sein äußeres Erscheinungsbild anging, war er kaum weniger beeindruckend als früher. Er sah eher noch besser aus. Dunkel und geheimnisvoll, was? Genau so, wie viele Frauen sich ihren Traumliebhaber wünschten.

In der Höhe der 59th Street bog er nach Osten in die Park Avenue ab, dann nördlich in die 62nd Street, wo er gleich an der Ecke in einem gelb-braunen Art-deco-Gebäude verschwand. Beim Kauf von Pfefferminz am Zeitungskiosk der Eingangshalle überprüfte er sein Äußeres im Spiegel.

Ein sehr gepflegter, schwarzgefärbter Bart, blaue Augen – die Kontaktlinsen waren ein gut überlegtes Detail, ein ausgezeichnetes Detail –, genau die passende Krawatte von Liberty's in London, ein schicker Blazer. Genau der richtige Aufzug für einen wichtigen Termin.

Will fuhr mit dem Aufzug bis zum zwölften Stock und fand das Büro, das er suchte: *Marshall & Marshall, Attorneys.*

Er stieß die dunkle Eichenholztür auf und sah sich unverzüglich einer Fensterfront mit Ausblick auf die geschäftige Hauptstraße gegenüber. Eindrucksvoll und übertrieben, ganz die amerikanische Art.

Die Rezeptionistin der Anwaltskanzlei war, ihrem Aussehen nach zu urteilen, irischer Herkunft – ein freundliches Wesen mit Alabasterteint und kastanienbraunem Haar, eine Frau in der schönsten Blüte, Mitte Zwanzig. Erste Klasse. Teuer. Wie die Kanzlei, für die sie arbeitete. *Hübsches Dekor,* dachte Will.

Er legte seine Mark-Cross-Mappe lässig auf ihren Tisch.

»Guten Tag, Sir. Was kann ich für Sie tun?« fragte sie. Sie war mehr als angenehm, wie er feststellte. Reagierte nicht beleidigt darauf, daß seine Mappe in ihre Sphäre eindrang. Oder zeigte es jedenfalls nicht – wie es einem wohlerzogenen irischen Mädchen entspräche.

Will lächelte zurückhaltend, aber verführerisch; sein Charme war noch immer ungebrochen. »Ich habe einen Termin bei Mr. Arthur Marshall. Es betrifft eine Erbschaftssache. Er erwartet mich.«

»Jawohl, Sir.« Das Mädchen gab sich Mühe, den vor ihr stehenden, extrem gutaussehenden Engländer nicht anzustarren. »Wen darf ich melden?«

»Palmer Shepherd«, sagte Will.

115. Kapitel

Ich sah mich im warmen, vertrauten Wohnzimmer meines Heims um und konnte mich kaum halten vor Freude. Ich hätte am liebsten laut gejubelt. *Mann, o Mann!*
Das war überhaupt das schönste. In diesem Augenblick das allerwichtigste. Das Fest!
Zu Allies fünftem Geburtstag war ein Dutzend seiner Kindergartenfreunde bei uns. Auf die Einladung hatte es keine einzige Ablehnung gegeben. Das bedeutete mir viel, aber für Allie bedeutete es natürlich noch viel mehr.
Ich hatte zusammen mit Jennie ein ganz altmodisches Geburtstagsfest vorbereitet – mit Spielen und komischen Hütchen, einem Geburtstagskuchen für das Geburtstagskind. Es gab für jeden kleinen Gast ein Geschenk – und natürlich jede Menge Überraschungen für unser Wunderkind.
Alles lief prima. Barry und Norma hatten vorbeigeschaut, um zu helfen. Bisher hatten die Kinder viel gelacht, und es hatte nur *einen* ganz kleinen Zusammenstoß, aber keine einzige Träne gegeben.
Allie kam auf mich zugelaufen. Er gab mir ein Zeichen, daß ich mich klein machen sollte, damit wir auf einer Ebene waren.
Ich kniete, so daß wir uns in die Augen sehen konnten. Wie so oft, drehte Allie mein Haar um seine Finger.
»Weißt du, was?« sagte er mit strahlendem Blick. »Also, ja oder nein?«
»Was denn? Sag's mir. Ist der Geburtstagskuchen vielleicht so groß, daß du ihn nicht alleine essen kannst? Na schön, dann mußt du ihn eben mit deinen Freunden teilen.«
Allie lachte. Er verstand meine Scherze. Ich seine auch.
»Nee. Ich will dir nur sagen, daß du die liebste Mommy der Welt bist. Und das schönste ist, daß du wieder hier bist.«

Es war ein so überaus glückliches Fest, und das nun mein glücklichster Augenblick, und ich brach plötzlich in Tränen aus und empfand eine unbändige Freude, am Geburtstagsfest meines Sohnes teilnehmen zu dürfen.
»Ich hab' ja gewußt, daß es heut Tränen geben würde«, sagte ich zu Allie.
Er umarmte mich und gab mir viele Küßchen, damit es mir wieder besserging. Es ging mir ja schon besser.

116. Kapitel

Da Barry meine gute Laune auf der Geburtstagsfeier bemerkt hatte, nutzte er die Gelegenheit, um mich nach New York zu locken – in sein Studio. Er erlebte eine Überraschung: Ich sagte zu. Ich war bereit, mich überreden zu lassen.
Als ich dann bei ihm in New York war, war Barry ganz aufgeregt, wie meistens, wenn er einen guten Song geschrieben oder ein besonders gutes Geschäft abgeschlossen hatte.
»Du machst mir richtig angst. Du scheinst mir viel *zu* glücklich«, meinte ich lachend. Mir ging es selber blendend. Ich fühlte mich obenauf und frei. Mein Gott – ich war frei!
»Ich habe einen Plan«, berichtete er, als wir uns neben dem Flügel niederließen. »Ich habe einen Plan für dich ausgearbeitet.«
Meine gute Laune stand der seinen in nichts nach. »Danke, nein.«
Barry nahm es gar nicht zur Kenntnis. »In Rhinebeck, New York, ist für den Juli ein großes Konzert geplant.«
»Ich habe es in der Zeitung gelesen, Barry. Ich bin doch

keine Einsiedlerin. Bedford liegt keine fünfzig Kilometer von New York entfernt. Die Antwort lautet leider: Nein. Trotzdem vielen Dank.«

»Zwei Tage Spaß und Freude im Freien. Ich kenne die Veranstalter. Erstklassige Profis. Sie haben bereits siebzehn Nummern fest eingeplant. Aber ihre magische Zahl ist die Achtzehn.«

»Ich würde ja gern, aber es geht nicht. Kannst du dich vielleicht noch erinnern, was mir in San Francisco passiert ist?«

Barry redete einfach weiter. »Hör nur, wen sie bereits gebucht haben. Bonnie Raitt, k.d. lang, Liz Phair, Emmylou Harris.«

Ich nickte. Begann zu lachen. Biß mir auf die Lippe. »Herrje – nur Frauen. Warum hast du bloß mit *den Künstlerinnen* angefangen?«

»Also, weißt du, daran habe ich überhaupt nicht gedacht. Aber du hast recht.«

»Ich glaube, ich bin dazu einfach nicht imstande, Barry. Ich weiß aber dein Angebot zu schätzen – falls das ein Angebot gewesen sein sollte.«

Barry war nicht geneigt, auf mich Rücksicht zu nehmen, mich zu schonen. Das war allerdings eher ein gutes Zeichen. Denn es bedeutete, daß er nicht den Eindruck hatte, als ob ich der Schonung bedürfte.

»Mach damit, was du willst«, sagte Barry. »Außer natürlich, daß du inzwischen deine Stimme verloren haben solltest.«

»Nein, ich habe doch erst heute morgen unter der Dusche gesungen. Ich war ziemlich gut. Ich kann's immer noch. Sogar besser denn je. Leidenschaft, nervöse Schärfe, Reife, Ausstrahlungskraft – da stimmt alles.«

Barry schlug auf seinem Flügel die einleitenden Takte zu »Loss of Grace« an. Die Töne jagten mir, ich muß es gestehen, einen Schauer über den Rücken.

»Ich werd's mir überlegen«, versprach ich. »Ich bin mir aber, ganz ehrlich, nicht sicher, ob ich i-i-in d-d-d-der Öffentlichkeit noch singen kann.«
Ich zwinkerte ihm zu. Es war gut, daß ich mich über mein Stottern, über die Erfahrung in San Francisco, lustig machen konnte.
Barry nickte. Dann strahlte er mich an. »Ich verstehe das als Zusage.«
Er spielte »Loss of Grace« weiter, und ich sang schließlich mit. Und ich muß einräumen, daß auch dies, wie alles in meinem neuen, in meinem zweiten mir geschenkten Leben wunderbar und richtig schien.
Ich habe nicht gestottert und nicht gestammelt. Ich habe gesungen. Und auch wenn ich es selber sage: Ich habe irgendwie schön gesungen. Mit Leidenschaft, mit Engagement.
»Dein Timing ist falsch, deine Phrasierung gräßlich.« Barry schüttelte den Kopf. Um mir gleich darauf zu sagen: »Willkommen daheim, Maggie.«

117. Kapitel

Es bereitete Maggie nach wie vor großes Vergnügen, wie ein ganz gewöhnlicher Mensch mitten in der Menge durch die Straßen New Yorks zu laufen. Sie war schließlich eine Frau aus dem Volk. War das nicht auch der Grund, warum sich so viele Menschen mit ihr identifizierten, ihre Lieder liebten, sie verehrten?
Sie trug Kopftuch und Sonnenbrille, wurde aber gelegentlich trotzdem erkannt. Und sie war immer so entgegenkommend. Gab ein Autogramm. Nun zeig schon dein kleines freundliches Lächeln. *Du schleimiges Miststück.*

Will hielt ein paar Häuserblocks Abstand. *Er* wurde von niemandem mehr wegen eines Autogramms belästigt. Er existierte überhaupt nicht mehr, oder? Er war unsichtbar. Gestorben und begraben, stimmt's?
Am frühen Morgen folgte er ihrem Wagen aus New York und die Saw Mill hoch. Die Route nach Bedford war ihm vertraut. War sein Ruin gewesen.
Was ihm weniger vertraut war, war die seltsame Richtung, die sein Lebensweg genommen hatte. Wie wird man damit fertig, wenn man von einem überreichen, gedrängt vollen Leben ganz oben plötzlich ins Leere fällt?
Wie clever er bis zu diesem Punkt doch gewesen war, dachte Will. In jener schicksalhaften Nacht hatte er Palmer erschossen, ohne den kleinsten Funken des Bedauerns. Es war die einzige Möglichkeit gewesen, der Erpressung ein Ende zu machen, durch die sein Bruder ihn seit dem Vorfall in Rio ausgeplündert hatte.

Er hatte seinem Bruder die eigenen Kleider angezogen und die Leiche dann auf dem Anwesen an Greenbriar Road abgelegt. Anschließend war er ins Haus gegangen und hatte Maggie provoziert. Er hatte sie in den Garten hinausgelockt, sie angesprungen, hatte sie zusammengeschlagen und den Schuß abgegeben, der Palmers Gesicht praktisch zerstört hatte. Danach war er untergetaucht. Alles Weitere hatte er nur *beobachtet.*
Leider war sein neues Leben auch wieder eine Art Hölle. Manchmal war er inzwischen schon so weit, sich selbst für einen Teufel zu halten, der in der Hölle lebte.
Mit Rio hatte alles angefangen. Rio war der Wendepunkt seines Lebens gewesen. Nach jener Nacht waren Verbrechen und Strafe ihm gefolgt.
Er sah, wie Maggie weiter oben an der Straße in ihre Haus-

einfahrt abbog. Er fand es unerträglich, daß sie ohne ihn glücklich sein konnte. So seltsam es schien – er hatte sich Mühe gegeben, sie zu lieben. Er hatte sie vor ihm selber zu bewahren versucht.

Ihm war auch bewußt, was der Wendepunkt in seiner Beziehung mit Maggie gewesen war. Er war sich sicher: Es war jene Nacht, als er sie zum erstenmal im Bett nicht befriedigen konnte. Es war in der Zeit gewesen, als er *Mr. Maggie Bradford* war. Und von dem Moment an hatte er fast täglich daran gedacht, sie umzubringen.

Sie hatte ihm gegenüber versagt: Dafür würde sie jetzt mitsamt ihren Kindern den Preis zahlen müssen. *Verbrechen und Strafe.*

Zum Abendessen suchte Will eine kleine Bar in der Stadt auf. Ein altes Lieblingsrestaurant der Einheimischen.

Er fand es ziemlich aufregend, daß er hier sitzen und einen fetten Beefburger mit Pommes frites essen konnte, ohne daß ihn jemand erkannte.

Aber warum sollten sie ihn auch erkennen? Er gehörte der Vergangenheit an. Falls er überhaupt je zu ihnen gehört hatte.

Der schwarze Pfeil. Jetzt war er der *schwarze* Pfeil.

Er trug eine marineblaue Sportmütze, ein graues Sweatshirt und Khakihosen. In dieser Aufmachung fiel er den Gästen gar nicht auf, die das Baseballspiel der Knicks gegen Indiana im Fernsehen verfolgten.

Er hatte nichts Besonderes an sich. Außer daß er eine Stinkwut in sich spürte. Klar doch. Doch vermutlich war er in dieser gedrängt vollen pferdehufförmigen Bar nicht der einzige Verrückte. Und auch nicht der einzige Kerl, der seiner Ehefrau gegenüber Mordgelüste verspürte.

»Die Knicks sind weich«, sagte der junge Typ neben ihm.

»Die Burgers hier ebenfalls«, sagte Will. Sein Nachbar lachte.

Herzensbrüder, wie? Will hätte das Gespräch gern fortgesetzt.
Ehrlich? Kommen Sie mit zum Haus meiner Exfrau? Ich werde diese Schlampe und ihre beiden Kinder umbringen. Machen Sie mit?
Es war an der Zeit, die Bar zu verlassen. Draußen war es dunkel geworden, wie er bereits durch die Vorderfenster der Bar erkennen konnte.
»Nun ja, Zeit, nach Hause zu gehen«, teilte er seinem neuen Kumpel mit und erhob sich.
Bist du wirklich sicher, daß du nicht mitkommen willst, Freundchen? Das wird eine tolle Nacht werden in Bedford. Das kann ich dir versprechen.

118. Kapitel

Es war für ihn kein besonderes Problem, unentdeckt auf das Grundstück zu gelangen. Will stellte seinen Wagen auf einem der Parkplätze des Lake Club ab und ging durch das Fichtenwäldchen und dann über den schmalen Wiesenstreifen in Maggies Garten.
So weit, so gut. Genau nach Plan.
Als er durchs hohe Gras ging, fiel ihm etwas ein. Hier war er mit Allie geritten, als Allie noch ein kleiner Knirps gewesen war. Er hatte es getan, um bei Maggie Eindruck zu schinden. Er hatte *gewußt*, daß so etwas sie tief bewegen mußte. Er kannte die Schwachstellen der Frauen, er wußte genau, welche Knöpfe er bei ihnen zu drücken hatte. Bei Maggie hatte er mit Bedacht *alle* Knöpfe gedrückt, jeden einzelnen, einen nach dem andern.
Vor einer Woche war er schon einmal in Maggies Haus eingedrungen – zur Probe. Er hatte sich genau überlegt, wie alles laufen sollte. Die Kellertür unter dem alten Teil des Hauses war, wie immer, nicht abgeschlossen.

Die Taschenlampe benutzte er erst, als er drinnen war. Der Keller war irgendwie unheimlich. Das Haus war auf nacktem Boden erbaut worden; das ursprüngliche Felsgestein befand sich noch immer dort. Von der Stelle, wo die Tiefkühltruhe für die Küche stand, führte eine Holztreppe nach oben.

Will ging die Treppe hoch. Als er den Wohnbereich des Hauses betrat, war es kurz nach 23.40 Uhr. Morgen war Schule, deshalb waren alle schon schlafen gegangen. *JAM! Jennie, Allie und Maggie … Merke: kein Will.*

Im Grunde war Maggie ein Mädchen vom Lande geblieben – sie ging abends früh schlafen und stand morgens früh auf. Die Stille im Haus erinnerte ihn an ein Leichenschauhaus; der Gedanke kam ihm durchaus passend vor.

In gewissem Sinne hatte Maggie ihn auf die Idee für diesen Abend gebracht. Sie hatte die Gewohnheit – wahrscheinlich aus gutem Grund –, alle Nachrichten über Ehemänner zu studieren, die Amok liefen und ein oder mehrere Familienmitglieder umbrachten.

Genau das hatte Will in dieser Nacht vor. Sie allesamt umzubringen. In ihrem eigenen Haus. Um danach ein für allemal zu verschwinden. Die Morde würden sich nie aufklären lassen.

Er hatte eine Smith & Wesson, sechzehn Schuß Munition und ein Jagdmesser bei sich. Das war mehr als genug. Notfalls könnte er die Angelegenheit auch mit bloßer Hand erledigen. Auch *die* Methode hätte ihre Vorzüge.

»Familien sind echte Blutsauger«, murmelte Will, als er die Stufen mit dickem Teppichbelag zum ersten Stock hochstieg.

Nicht ein Ton zu hören, kein Laut. *Vielleicht ist das eine Falle,* überlegte Will. *Aber das war eigentlich nicht möglich.*

Der Zug fuhr jetzt ab. Da gab es kein Halten mehr. Da gab

es nichts im Himmel und auf Erden, was die Tat noch verhindern konnte.
Er atmete ruhig und still, mit gleichmäßigen Zügen.
Er fühlte sich sicher, wohl in seiner Haut. Ohne Schuldgefühle. Er empfand überhaupt nichts.
Er tat das absolut Richtige.
Er öffnete ganz, ganz langsam die Tür des Schlafzimmers. In dem weichen, gelblichen Schein des Mondes, der durch die Fenster ins Zimmer fiel, konnte er alles klar erkennen. Diesmal gab es keine Überraschungen. In dieser Nacht würde es überhaupt keine Überraschungen geben.
»Hallo, kleiner Freund«, sagte Will zu Allie.

119. Kapitel

Teufel noch einmal – was war das? Was könnte das sein?
Wir waren früh zu Bett gegangen, alle drei, und ich war sofort eingeschlafen.
Ich hatte geträumt, ich wäre bei einem großen Open-air-Konzert aufgetreten – und hätte auf der Bühne total den Faden verloren. Für eine Deutung dieses Traums mußte man nicht erst Freud bemühen.
Ich wachte auf und glaubte, ein Geräusch zu hören.
War das Jennie? Die eben zu Bett ging?
Ich setzte mich auf und schaute auf das Leuchtzifferblatt der Uhr auf dem Nachttisch. 23.45 Uhr. Ich hielt es für unwahrscheinlich, daß Jennie sich erst zu so später Stunde schlafen legte.
Dann vernahm ich ein weiteres Geräusch. Wie merkwürdig. Da mußte tatsächlich eins von den Kindern noch auf den Beinen sein.

Dann ein lauteres Geräusch – wie ein Bett, das bewegt wurde.
Dann noch eins – das sich wie ein erstickter Schrei anhörte. Oder bildete ich mir das alles nur ein?
Ich sprang aus dem Bett und rannte durchs Schlafzimmer zur Tür.
Ich horchte kurz.
Kein Laut mehr.
Dann wieder, ein gedämpfter Laut, diesmal anscheinend ein wenig weiter weg. Ich begriff nicht genau, von wo. Allie? War Allie aus irgendeinem Grund aufgestanden?
Ich lief aus dem Zimmer auf den Flur. Die Flurbeleuchtung war ausgeschaltet worden. Ich knipste sie wieder an.
Auf dem Flur war niemand. Jennie nicht. Allie nicht.
Falscher Alarm? Vermutlich. Auf dem Lande waren bei Nacht alle möglichen Geräusche zu hören. Knarrende Fußbodenbretter, Fensterläden, die lose in der Angel hingen, Äste, die gegen ein Fenster schlugen.
Ich beschloß, auf jeden Fall nach den Kindern zu sehen. Vielleicht war eins krank oder hatte einen Alptraum gehabt. Du meine Güte, sie hatten schließlich genug durchmachen müssen.
Ich drückte, ganz vorsichtig, die Tür von Jennies Schlafzimmer auf, das meinem eigenen Schlafzimmer am nächsten lag.
Jennie war fort!
Ich lief, so rasch ich nur konnte, über den Flur zu dem Schlafzimmer weiter vorn links, das einen herrlichen Ausblick auf die Pferdeweiden bot.
Ich riß die Tür auf.
Allie war ebenfalls fort!

120. Kapitel

Dafür gibt es bestimmt eine Erklärung. Es muß eine geben.
Trotzdem war ich erschrocken. Furchtbar erschrocken.
Ich rannte die Treppe hinunter und rief laut ihre Namen: »Jennie! Allie! Wo seid ihr beiden? Wo seid ihr?«
Es gibt sicher eine einfache Erklärung.
In der Eingangshalle war niemand. Im Wohnzimmer auch nicht.
Ich konnte aber aus dem Arbeitszimmer einen Lichtschimmer dringen sehen. Okay, die Kinder waren dort.
»Jennie? ... Allie? ... Ist was nicht in Ordnung?«
Ich rannte zum Arbeitszimmer und riß im Laufen einen Stapel Bücher vom alten Flurtisch herunter. Die Bücher knallten laut auf den Fußboden.
Ich rannte um die Ecke und blieb plötzlich wie angewurzelt stehen. Für mich stand alles still. Die Zeit. Der Fortschritt. Jeder Sinn von Gerechtigkeit und Güte im Kosmos. Stillstand.
Dort bei den Kindern – stand Will.
Ich sah das schwarze Haar und den schwarzen Bart, wußte jedoch sofort, daß es Will war.
Er hatte eine Waffe, und er hatte Jennie und Allie – die Waffe war auf die Kinder gerichtet.
»Hallo, Maggie. Lange her, was?« Selbstsicher wie nur was. Ein Psychopath, wie er im Buche steht. »Schön, dich wiederzusehen.«
»Seid ihr okay?« fragte ich die Kinder.
»Wir sind okay, Mom«, sagte Jennie. »Mit uns ist alles in Ordnung.«
»Sie sind okay«, wiederholte Will. »Wo liegt das Problem? Hast du noch nie vom Recht des Vaters gehört, die Kinder zu besuchen?«

Ich begab mich weiter in den Raum hinein. Mein Herz pochte wie wild.
»Ich hasse dich!« sagte ich. Ich konnte es einfach nicht zurückhalten.
»Ich dich auch, Liebling. Aber ich hasse dich *mehr.* Deshalb bin ich ja auch hier«, sagte Will grinsend. »Ich hasse dich aus ganzem Herzen, und das nun schon seit langer Zeit.«
Ich blieb erneut stehen und fixierte ihn. Ich versuchte, ruhig zu bleiben. »Wie kannst du es nur wagen herzukommen, Will? Nach allem, was geschehen ist?«
»Ach, da gibt's viele Gründe. Zuerst einmal den – um die Ratlosigkeit in deinen Augen zu sehen, die Angst. Der Anblick macht mich froh. Da fühle ich mich richtig wohl.«
»Weil du ein Feigling bist.« Ich sagte ihm auf den Kopf zu, was ich wirklich von ihm hielt.
»Zweifellos. Da hast du sicher recht. Das ist genau der Grund, warum ich hier bin. Weil ich Angst habe, so weiterzuleben wie bisher. Genau.«
»Du würdest ihnen nichts tun. Warum solltest du ihnen was antun?« fragte ich ihn.
Will zuckte mit den Schultern. »Weil sie dir gehören. Weil du mich noch mehr versaut hast, als ich sowieso schon war. Ich hätte durchkommen können – bis ich dir begegnet bin. Jetzt, Maggie – ach, halt's Maul. Ich mein' es ernst – halt deine verdammte Klappe.« Er richtete die Waffe auf Allie. Mein Kleiner wollte tapfer sein, wollte nicht weinen, begann aber zu zittern. Und ich war machtlos.
Keiner sagte ein Wort. Will machte sich mit einem Grinsen über diese Stille lustig. Der Mann hatte uns in seiner Gewalt.
»Also gut, ich will euch sagen, was wir jetzt machen«, erklärte er schließlich. »Ihr legt euch jetzt auf den Boden. Mit dem Gesicht nach unten. Alle auf den Boden! Laß uns ein Spielchen machen, Allie.«

»Was sagst du?« Jennie fuhr plötzlich herum und schrie ihn an. »Und wozu? Damit du es leichter hast, uns zu töten? Deshalb bist du doch hergekommen, oder? Du Niete! Du Saftsack!«
»Jennie!« Ich wollte sie beruhigen. Bis mir auf einmal klar wurde, was sie vorhatte; das heißt, ich hoffte, daß sie die Absicht hatte – ich flehte zu Gott.
»Wir werden nicht tun, was du sagst!« Jetzt brüllte ich ihn genauso an wie Jenny. »Wir hassen dich!«
»Wir hassen dich!« kreischte Jennie.
»Wir hassen dich!« rief Allie mit seiner piepsigen Stimme.
Jennie stürzte plötzlich von der Seite her auf Will zu. Ich griff nach seiner Waffe. Ich zerrte mit allen Kräften an seinem Handgelenk. *Mit beiden Händen! Mit der ganzen Kraft einer völlig verzweifelten Frau.*
Gleichzeitig riß ich mein Knie hoch und stieß es Will in die Hoden.
Die Luft *zischte* aus ihm heraus. Er stöhnte. Er ließ die Waffe sausen. Ich hielt sie in meiner Hand.
Ich hatte die Waffe in der Hand. *Und nun? Was nun?*
Ich wich vor ihm zurück, so schnell ich nur konnte. Mein Gott, bekam ich da plötzlich Beine.
Jennie und Allie ebenfalls.
»Kommt! Los, kommt. Macht, daß ihr wegkommt. Jennie, ruf die Polizei. Wähl die Nummer 901. Lauf. Mach schon, schnell!« rief ich den beiden zu.
Will warf mir einen Blick zu, einen ratlosen Blick, als ob er sich das Spiel anders vorgestellt hätte. Dann setzte er wieder ein Lächeln auf – dieses Lächeln, an das ich mich bei ihm so gut erinnern konnte, das er stets mit großem Effekt eingesetzt hatte. Sein Killerlächeln. Richtig.
»Welch eine Überraschung!« meinte er schwer aufseufzend. »So hatte ich mir das wirklich nicht vorgestellt. Trotzdem.

Ein guter Torschütze, ein Stürmer, muß sich aufs Improvisieren verstehen. Ich weiß – du hast dich nie für Fußball interessiert, Maggie, aber es ist so: Ein großer Stürmer kommt ohne Mannschaft aus, da geht's nicht um Sieg oder Niederlage, für ihn gibt's nur eins – das Tor!«

»Will!« sagte ich. »Jetzt halt endlich die Klappe!«

»Weißt du auch, was für ein Tor ich heute nacht schießen wollte, Maggie? Hast du's tatsächlich kapiert?«

»Ja, ich hab's begriffen. Uns umbringen – das hattest du vor. *Jennie*, nun lauf schon. Allie, fort mit dir! Ich mein' es ernst. Lauft. Ruf die Polizei, Jennie.«

»Mom«, sagte Jennie, und nun sprach sie ganz, ganz leise und langsam, »du kommst mit. Mit der Waffe, rückwärts durch die Tür. Komm.«

»Weißt du, welches Tor ich *noch* erzielen wollte, Maggie?« fuhr Will fort. »Ich glaube, du hast es erraten.«

Das glaubte ich auch. Ich glaubte, ihn vollauf zu verstehen.

»Uns töten und dich dann selber umbringen«, sagte ich.

Will klatschte in die Hände. Der große Herr applaudierte.

»Mom, bitte, komm mit uns mit!« flehte Jennie. »Bitte.«

In dem Moment trat Will direkt auf mich zu.

»*Bringst du es fertig*, Maggie?« sagte er, und sein Blick bohrte sich in meine Augen.

»Ich kann alles – wenn es nötig ist«, sagte ich.

»Mom – bitte.«

»Bist du wirklich dazu imstande, Maggie? Würdest du den Alptraum noch einmal von neuem aushalten können? Oder würdest du nicht lieber vorher sterben? Bist du in der Lage, den Abzug zu drücken?«

Will kam weiter auf mich zu.

Der Stürmer.

Kam auf das Tor zu. Wie er gesagt hatte. Ohne Teambewußtsein. Will, der Einzelgänger. Der ultimative Verlierer.

Auf seine Frage gab es keine leichte Antwort. In dieser Situation gab es keinen einfachen Ausweg.
Vielleicht gab es aber doch einen Ausweg. Möglicherweise doch.
Will kam mir immer näher. Er hielt Blickkontakt. Dann begann er mich von neuem anzugrinsen.
Ich drückte ab!
»Mom! Mom!«
Will griff sich ans Bein und wäre fast gestürzt, fast wäre er hingeschlagen.
»Aua!« stöhnte er. »Herrgott, Maggie. Du bist eine richtige Tigerin, eine echte Verteidigerin.«
Er setzte sich erneut in Bewegung. Wie wenn er überhaupt nicht getroffen worden wäre.
Der Stürmer.
Der Angreifer.
Der beste Stürmer der Welt.
Unaufhaltbar, wenn er erst einmal aufs Tor zustürmte.
Um mich und die Kinder zu ermorden, hier, in unserem eigenen Haus!
Will zog ein Messer aus dem Hemd. Ein großes Messer. Er hob das Messer und stürzte sich auf mich.
Ich drückte ein zweites Mal ab.

Epilog

Nachtgesang

121. Kapitel

Südliches Connecticut. Anfang November. Viereinhalb Monate nach den Schüssen waren Will und ich endlich aus den Schlagzeilen der meisten Zeitungen und Illustrierten verschwunden.

Es gab eben keinen neuen Klatsch mehr zu berichten.

Es war ein schöner, trockener Herbstnachmittag – ideales Wetter für High-School-Football –, doch als ich durch die getönten Plexiglasscheiben meines Wagens blickte, da erschien er mir duster, dieser Tag, den ich mir zum Abschließen einer bislang immer wieder aufgeschobenen, unerledigten Angelegenheit vorgenommen hatte.

Norma hat mich begleitet. Ich habe mich jedoch ans Steuer gesetzt. Ich brauchte das Gefühl, alles im Griff zu haben. Ich glaubte, daß ich alles im Griff hatte. Wir würden es ja sehen – bald genug.

Ich gab mir Mühe, tapfer zu sein, diese letzte Prüfung zu bestehen.

Ich hatte nichts Böses getan – *niemals.* Ich hatte nur beschützt, was mir am teuersten war – meine Kinder. Selbstverständlich hatte ich auch Fehler begangen – wer macht schon keine Fehler? Was Will anging, so war ich ein Opfer seiner Obsessionen geworden. Ach, wie brillant er von Anfang an gelogen hatte.

Auf der Fahrt habe ich noch einmal alles mit Norma durchgesprochen. Ich hielt schließlich vor dem Institute for Living, einem Gebäude, das im typischen Stil von Bundesbehörden am Rande von New Haven errichtet worden war und wie eine Kreuzung von einem College-Verwaltungsgebäude und einem Gefängnis wirkte. Es war weder das eine noch das andere. Es war eine psychiatrische Klinik, angeblich eine der besten im Land.

Wir hasteten über einen von Pappeln und Ahornbäumen gesäumten Parkplatz und wandten uns im Vestibül an eine Rezeptionistin in Schwesterntracht.

»Wir möchten Mr. Shepherd besuchen«, sagte ich. Falls sie mich erkannte, hat sie sich jedenfalls nichts anmerken lassen, und dafür war ich ihr dankbar.

»Ich werde Sie zu ihm führen lassen.« Mehr sagte sie nicht. Dann erschien ein Helfer, der uns begleitete.

Vor Wills Zimmer blieb er stehen. »Könntest du hier draußen auf mich warten?« fragte ich. »Ich möchte ihn gern allein sehen.«

»Bist du sicher, Maggie? Du mußt dich nicht bestrafen, Maggie.«

»Ich bin mir absolut sicher. Ich habe vor ihm keine Angst mehr.« *Jedenfalls keine allzu große Angst.*

»Sehr gut. Dann spiele ich jetzt die dicke Pummelige, die draußen vor der Tür wartet. Vielleicht wird mir ja ein männliches Wesen den Gefallen tun und über mich stolpern.«

Der Helfer schloß die Tür auf. Ich ging hinein. Ich ging *hinein*. Es war ein einfaches Zimmer: sauber, das Bett gemacht. Da gab es einen Schreibtisch mit Stuhl, einen bequemen Sessel und eine Stehlampe. Das war alles an Mobiliar. In der Wand gegenüber war ein Buchregal eingebaut, dort standen ein paar Taschenbücher, offenbar ungelesen, und ein kleines Spülbecken zum Waschen. Es erinnerte mich an meine Gefängniszelle. Nur daß hier alles freundlicher war. Will stand am Fenster. Allem Anschein nach setzte er sich

nie. Er schaute mich an, sah *durch mich hindurch* – hätte ich wohl sagen sollen.
Ich habe keine Angst mehr. Das schaff' ich schon – alles, was irgendwie notwendig ist, redete ich mir ein.
Will war, sofern das überhaupt möglich war, noch attraktiver als bei unserer ersten Begegnung in London. Sein Haar war wieder natürlich blond, lang und voll. Es fing die Nachmittagssonne ein, die durchs engmaschig vergitterte Fenster hereinfiel.
»Hallo, Will.«
Keine Reaktion.
Das Gesicht war glattrasiert und blaßrosa; sein Körper schien grazil wie eh und je, selbst im Stehen, wenn er sich nicht rührte.
»Ich bin's, Maggie, Will.«
Er wirkt wie ein großgewordener kleiner Junge, dachte ich, und mir trat das Bild vor Augen – wie er bei dem allerersten Fest im Lake Club und auf unserer Hochzeit ausgesehen hatte, als er mir sein Leid geklagt hatte und *all seine vielen Lügen*. Ich hatte ihn geliebt – weil er sich als ganz besonders liebenswert darstellen konnte. Er war eben doch ein hervorragender Schauspieler. Er hatte viele Menschen zum Narren gehalten – die halbe Welt. Er hatte sich große Mühe gegeben, mich zu täuschen.
Er stieß einen merkwürdigen Laut hervor, einen hohen, klagenden Ton, der im Krankenhauszimmer nachhallte. Der zweite Schuß, den ich auf ihn abgegeben hatte, hatte ihn am Kopf getroffen, war zwar vom Knochen abgeprallt, hatte aber dennoch schweren Schaden angerichtet.
»Mmmahhah … Mmmaahhhlah«, sagte er zu mir. Er schien mir unbedingt etwas mitteilen zu wollen; ich konnte ihn aber nicht verstehen.
Was wollte er mir nur sagen?

Maggie? Mutter? Wollte er Mama sagen? Was bloß?
Ich nahm auf einem harten Holzstuhl direkt ihm gegenüber Platz. Ich mußte mich zwingen, ihm ins Gesicht zu sehen.

Es tut mir leid, daß ich dir das angetan habe, Will. Aber ich empfinde keine Schuld. Es raubt mir nicht den Schlaf – ich kann wieder gut schlafen. Du hast es selbst verschuldet.
Ich dachte an den Mord, den er in Bedford Hills begangen hatte; an seinen furchtbaren Verrat mir gegenüber; wie er sich Jennie und Allie gegenüber benommen hatte; und daß er vorgehabt hatte, uns alle drei umzubringen.
Aber hassen konnte ich ihn nicht. Nicht jetzt. Nicht in seiner jetzigen Verfassung.
»Kannst du mich hören, Will? Verstehst du, was ich sage?«
Der ausdruckslos starre Blick blieb unverändert. Er konnte nicht verstehen, nicht wahr? Er hatte sich für immer in seine eigene Welt zurückgezogen.
Es ist so traurig, dachte ich, als ich ihn an diesem Nachmittag im Krankenhaus beobachtete. *Du bist doch noch so jung. Du siehst so jung aus, so vielversprechend. Aber du wirst mir nie mehr weh tun. Du wirst meinen Kindern nichts mehr antun. Ich habe keine Angst vor dir, Will.*
Kurz nach 17 Uhr kehrte der Helfer zurück. Er klimperte mit seinen Schlüsseln, damit ich ihn näher kommen hörte.
»Die Besuchszeit ist vorbei.«
»Vielen Dank. Nur noch eine Minute. Bitte.«
Ich stand auf und trat ans Fenster, wo Will noch immer stand. Draußen war der Sonnenschein bereits einem Mantel aus schwerem Grau gewichen.
Ich wandte mich Will zu. »Du tust mir leid«, sagte ich, »aber ich kann *dir* auch nicht vergeben.«
Ich wollte, daß er irgend etwas sagte. Ein letztes Wort, das als Erinnerung an ihn bliebe. Eine Erklärung, *warum* er mich

hatte umbringen wollen. Warum er uns auslöschen wollte. Wer war Will Shepherd überhaupt in Wirklichkeit? Kannte ihn überhaupt irgendwer?
»Na gut. Auf Wiedersehn, Will.«
Ich raffte mich auf und ging zur Tür. Ich drehte ihm den Rücken zu. Ich hatte keine Angst mehr vor ihm.

122. Kapitel

Plötzlich schrie Will mit solcher Kraft auf, daß es durchs ganze Krankenhaus hallte. Ich warf mich zu ihm herum. Er kreischte von neuem, daß es ihn schüttelte.
Im Flur rannten Männer herbei. Es erschien ein gedrungener Krankenwärter, der eine Injektionsnadel in der Plastikhülle in der Faust hielt. Es war offenbar nicht der erste Vorfall dieser Art.
»Mmahlaahh!« schrie Will.
Ich dachte, daß es sich um einen Schlaganfall handeln könnte. Irgendein *Anfall* war es mit Sicherheit.
»Mmahhlah! Mmahhlah!« schrie er. Gesicht und Hals waren knallrot angelaufen. Die Adern traten aus der Haut hervor.
Ich starrte Will entsetzt an. *Maggie? Mutter? Was wollte er mir sagen?*
Daß er mich wiedererkannte, daß er *begriff*, war seinem Blick jedenfalls in keiner Weise anzumerken. Er wurde mit Bestimmtheit aufs Bett gedrückt. Ihm schienen die Beine zu schrumpfen.
Der blonde Pfeil – zusammengeschrumpft.
Ich mußte hier weg. Ich rannte aus dem Zimmer. Ich konnte nichts mehr für ihn tun. Am Ende des Korridors wartete Norma auf mich.

»Maggie! Mein Gott! Was *war* das? Was ist dort drinnen passiert? Bist du okay?«

Ich habe die Arme um Normas Hals geschlungen und sie eng an mich gedrückt, um diese Schreie auszulöschen. Schließlich sind wir aus dem Gebäude hinaus zum schwarz geteerten Parkplatz gegangen. Die Bäume waren inzwischen gespenstische Silhouetten.

Etwa auf der Mitte des Parkplatzes mußte ich mich noch einmal umdrehen. Mir war, wie wenn da gerade jemand aus dem Grabe gestiegen wäre.

Ich hatte das Gefühl, daß mich da etwas verfolgte. *Mmahlahh ... Mmahlahh* kam in rasendem Tempo hinter mir her. Diese leblosen, geisterhaften Augen ...

Doch aus dem Fenster von Wills Krankenhauszimmer schaute mir niemand nach. Dort war niemand zu sehen, als ich mich umschaute.

123. Kapitel

Im kargen, isolierten Krankenhauszimmer schrie Will ununterbrochen weiter, schrie, hörte gar nicht mehr auf zu schreien, bis ihm die Kehle rauh und heiser wurde, als ob Splitter drinsteckten. *Doch er schrie weiter.*

Als ihn die Wärter vom Nachtdienst füttern, umziehen und zu Bett bringen wollten, schrie er immer noch. Die Energie, das Durchhaltevermögen dieses Mannes verblüffte alle. Er war immer noch so jung und sportlich und wahnsinnig stark.

»Mmahhlah! Mmahhlah! Mmahhlah!« schrie er in einem fort. *»Mmahhlah! Mmahhlah! Mmahhlah!«*

Er hatte Maggie *gesehen.* Er war *bei vollem Bewußtsein* gewe-

sen. Er hatte mit ihr sprechen wollen, aber nicht gekonnt. Er konnte nicht sprechen. *Mmahhlah!* Mehr brachte er nicht heraus.
Warum verstand sie ihn nicht? Warum verstand ihn niemand?
»Mmahhlah!«
Ich bin am Leben!
Ich lebe!
Bitte laßt mich nicht in diesem Zustand!
Ich bin in diesem Körper gefangen. Versteht ihr das denn nicht? Wollt ihr mir denn nicht helfen?
»Mmahhlah!«
»Mmahhlah!«
Ich lebe noch!

Etwa auf halbem Weg zurück nach Bedford wurde mir schlagartig klar, was Will mir im Krankenhaus hatte sagen wollen.
Es verschlug mir den Atem.
Ich habe ihn aber nie mehr besucht.
Ich werde ihn nie wieder besuchen.

Cole Perriman

Die Stunde des Clowns

528 Seiten, gebunden mit Schutzumschlag

Insomnimania – so lautet die Bezeichnung eines einzigartigen Computer-Networks, das seinen Benutzern zu mitternächtlicher Stunde erlaubt, ihre wildesten Phantasien auszuleben. Ob bei einem Rendezvous in Ernie's Bar, einer Pokerrunde im Casino del Camino, einem sexuellen Abenteuer im Pleasure Dome oder einem Mord im Snuff Room – überall sind sie dabei, jede Situation erleben sie (beinahe) selbst.
Dann wird ein Mann ermordet. Live. Auch er war User von *Insomnimania.*
Marianne Hedison, eine junge Innenarchitektin, ist die einzige, die das Ausmaß des Verbrechens begreift, als sie in der Zeitung einen Bericht über den grausamen Tod des prominenten Opfers liest. Seltsam bekannt erscheint ihr die Vorgehensweise des Täters: identisch mit der brutalen Szene, die sie am Abend zuvor auf ihrem Monitor beobachten konnte.
Als weitere Morde passieren, schließlich auch ihre Freundin Renee umkommt, nimmt die Polizei Mariannes Aussage endlich ernst. Gemeinsam mit Nolan Grobowski, einem noch nicht ganz abgebrühten LAPD-Detective, verfolgt sie die Spur des »einfallsreichsten« aller Snuff-Room-Mörder – des Clowns Auggie …

Stephen W. Frey

Die Haie

384 Seiten, gebunden mit Schutzumschlag

Andrew Falcon ist Mitte Dreißig, sympathisch, attraktiv und ein Finanzgenie. Genug Voraussetzungen, um den Schritt in die Selbständigkeit zu wagen. Doch der geht gründlich daneben: Bald schon ist seine Softwarefirma bankrott. Und obwohl die ganze Wall Street weiß, daß es kaum einen clevereren Banker als Mr. Falcon gibt, findet er auch keine Anstellung mehr. Einzig die NASO-Bank gibt ihm eine Chance. Er soll die hochkomplizierte Übernahme eines mächtigen Chemiekonzerns abwickeln.
Aber Falcon gebraucht seinen Kopf nicht allein für die Transaktion. Als ihm mehr und mehr Unstimmigkeiten auffallen, stellt er auf eigene Faust Recherchen an und findet Dokumente, die auf ein schier unglaubliches Komplott schließen lassen: Ziel der Übernahme ist nichts anderes als die Zerstörung des staatlichen Finanzsystems – und damit der gewaltsame Sturz des beliebten demokratischen Präsidenten …

Cole Perriman

Die Stunde des Clowns

528 Seiten, gebunden mit Schutzumschlag

Insomnimania – so lautet die Bezeichnung eines einzigartigen Computer-Networks, das seinen Benutzern zu mitternächtlicher Stunde erlaubt, ihre wildesten Phantasien auszuleben. Ob bei einem Rendezvous in Ernie's Bar, einer Pokerrunde im Casino del Camino, einem sexuellen Abenteuer im Pleasure Dome oder einem Mord im Snuff Room – überall sind sie dabei, jede Situation erleben sie (beinahe) selbst.
Dann wird ein Mann ermordet. Live. Auch er war User von *Insomnimania*.
Marianne Hedison, eine junge Innenarchitektin, ist die einzige, die das Ausmaß des Verbrechens begreift, als sie in der Zeitung einen Bericht über den grausamen Tod des prominenten Opfers liest. Seltsam bekannt erscheint ihr die Vorgehensweise des Täters: identisch mit der brutalen Szene, die sie am Abend zuvor auf ihrem Monitor beobachten konnte.
Als weitere Morde passieren, schließlich auch ihre Freundin Renee umkommt, nimmt die Polizei Mariannes Aussage endlich ernst. Gemeinsam mit Nolan Grobowski, einem noch nicht ganz abgebrühten LAPD-Detective, verfolgt sie die Spur des »einfallsreichsten« aller Snuff-Room-Mörder – des Clowns Auggie ...

Linda Davies

Das Schlangennest

384 Seiten, gebunden mit Schutzumschlag

Als die junge und attraktive Börsenmaklerin Sarah vom Direktor der Bank of England um einen Geschäftstermin gebeten wird, ahnt sie nicht, was der wohlgenährte Bonvivant wirklich mit ihr vorhat. Und erst recht nicht, daß James Bartrop, Leiter des Rauschgiftdezernates beim britischen Geheimdienst, hinter der ganzen Sache steckt. Kurzentschlossen geht sie auf den Vorschlag ein, eine hochdotierte Stelle als Devisenhändlerin bei der größten Londoner Bank zu übernehmen – und, im Gegenzug, über die dortigen, dubios erscheinenden Geschäfte zu berichten. Gleich an ihrem ersten Arbeitstag im »Schlangennest« stolpert Sarah über die merkwürdigen Arbeitsmethoden ihres neuen Chefs Dante Scarpirato und ihres Kollegen Matthew Arnott: Geheime Telefonate mit dem Direktor der italienischen Zentralbank lassen auf Mafia-Kontakte schließen. Doch gleichzeitig fühlt sich Sarah zu dem undurchsichtigen Scarpirato unweigerlich hingezogen ... Als ihre enge Freundin und »Komplizin« Mosami ermordet wird, weiß Sarah, daß sie das nächste Opfer der skrupellosen Spekulanten sein kann. Von ihren Auftraggebern im Stich gelassen, beschließt die junge Frau, auf eigene Faust zu handeln, und entwickelt einen genialen Plan.